Flora

Une femme parmi les Patriotes

Catalogage avant publication de Bibliothèque et Archives nationales
du Québec et Bibliothèque et Archives Canada

Pion, Marylène, 1973-
Flora, une femme parmi les Patriotes
Sommaire: t. 1. Les routes de la liberté.
ISBN 978-2-89585-109-7 (v. 1)
1. Canada - Histoire - 1837-1838 (Rébellion) - Romans, nouvelles, etc.
I. Titre. II. Titre: Les routes de la liberté.
PS8631.I62F56 2011   C843'.6   C2011-941096-6
PS9631.I62F56 2011

Les Éditeurs réunis bénéficient du soutien financier de la SODEC
et du Programme de crédits d'impôt du gouvernement du Québec.

Nous remercions le Conseil des Arts du Canada
de l'aide accordée à notre programme de publication.

Nous reconnaissons l'aide financière du gouvernement du Canada
par l'entremise du Fonds du livre du Canada pour nos activités d'édition.

Édition :
LES ÉDITEURS RÉUNIS
www.lesediteursreunis.com

Distribution au Canada :   *Distribution en Europe :*
PROLOGUE   DNM
www.prologue.ca   www.librairieduquebec.fr

 *Suivez Les Éditeurs réunis sur Facebook.*

Imprimé au Canada

Dépôt légal : 2011
Bibliothèque et Archives nationales du Québec
Bibliothèque nationale du Canada
Bibliothèque nationale de France

Marylène Pion

Flora
Une femme parmi les Patriotes

★

Les routes de la liberté

LES ÉDITEURS RÉUNIS

À ma mère qui m'a transmis le goût d'écrire.

À mon père qui est toujours là pour moi.

1

Un rayon de soleil traversa le rideau et vint se loger sur la paupière de la dormeuse. Flora s'éveilla, et tira le drap pour profiter encore des bienfaits du sommeil. Peine perdue, le soleil et ses pensées troublaient son repos. Elle se décida à ouvrir les yeux et prit une profonde inspiration. L'air embaumait le lilas, en ce matin de mai 1836. Elle s'étira et se leva lentement. Puis elle se dirigea vers la commode et entreprit de faire sa toilette. En se regardant dans le miroir, elle se remémora les événements de la veille.

Flora, benjamine de la famille MacGregor, venait tout juste de célébrer son dix-huitième anniversaire de naissance. Des trois enfants MacGregor, elle était la plus déterminée. Même si son père, un homme autoritaire, l'avait éduquée dans la plus stricte discipline, Flora avait eu une enfance somme toute heureuse. Comme toutes les jeunes filles de la bonne société montréalaise, elle savait lire, broder, jouer du piano et tenir une conversation mondaine. Mais Flora désirait un peu plus que ce qu'une jeune femme de bonne famille pouvait posséder dans ce monde d'hommes. Elle s'intéressait à la littérature, à l'histoire, à la géographie et, au grand dam de son père, à la politique. Elle aurait aimé discuter pendant des heures avec son père et son frère James de différents sujets et, surtout, des revendications du Parti patriote qui, ces derniers temps, étaient sur toutes les lèvres.

John Henry MacGregor n'approuvait pas que sa plus jeune fille lise les journaux et se tienne au courant de choses qu'il trouvait futiles pour une femme. Fils et petit-fils de militaire, John Henry avait reçu une éducation spartiate. Son grand-père était arrivé au Canada en 1760 et avait été présent aux côtés du général Amherst lors de la capitulation de Montréal. Après la

Conquête, son grand-père avait décidé de s'installer au Canada et d'y faire venir sa femme et son fils Henry. Suivant la tradition familiale, John Henry avait aussi fait son service militaire avant de devenir médecin. Il avait participé à la guerre de 1812 contre l'invasion américaine. Peu avant son départ au front, il avait épousé Katherine Foster, la fille d'un riche marchand de Montréal. Trois enfants étaient nés de cette union : James, Anne et Flora. John Henry était un homme intransigeant et profondément respectueux des convenances. Anne, sa fille aînée, obéissante, comme l'exigeait sa condition de femme, avait épousé l'homme qu'il lui avait choisi, un médecin. Elle lui avait donné de magnifiques enfants qu'elle élevait tout en continuant sa broderie et ses sorties mondaines. Flora était tout le contraire d'Anne ; avec son caractère, lui imposer le choix d'un mari ne serait pas facile.

Depuis l'Acte constitutionnel de 1791, la province de Québec avait été divisée en deux. Le Haut et le Bas-Canada connaissaient des périodes troubles depuis plusieurs années. L'Acte constitutionnel, conférant presque tout le pouvoir au gouverneur, avait fait plusieurs mécontents qui réclamaient que les élus puissent décider de l'avenir du pays sans que le gouverneur intervienne constamment dans les décisions. Les élections partielles de mai 1832, soldées par une émeute, avaient fait trois morts.

La venue d'immigrants par bateaux avait apporté ses épidémies de choléra à Montréal et à Québec au cours des étés 1832 et 1834, faisant des milliers de morts. Le pays connaissait également, depuis déjà longtemps, un marasme économique. Le sud de la province avait subi une invasion de la mouche de Hesse, s'attaquant aux épis de blé. L'arrivée du Parti patriote au Parlement, en 1834, n'avait fait qu'échauffer les esprits. John Henry, en bon militaire et père de famille, avait décidé de protéger les siens. Aussi, après des années passées à Montréal, il avait vendu sa maison en ville pour s'installer à Chambly avec sa famille dans sa maison d'été, une propriété aux abords de la rivière Richelieu. Il souhaitait y profiter d'une retraite bien méritée, et y terminer ses jours dans la quiétude et le confort, riche d'une fortune amassée au fil des ans.

Son fils James, après avoir terminé ses études de médecine, avait également décidé de s'établir à Chambly ; le médecin du village étant mort quelques mois auparavant.

Flora brossait vigoureusement ses cheveux en pensant à cette nouvelle vie qui s'offrait à elle. Anne lui manquerait, mais elles s'étaient promises de s'écrire. Ayant longtemps partagé la même chambre, les deux sœurs étaient très complices. Du reste, depuis le mariage d'Anne, elles s'étaient un peu éloignées. Anne était désormais préoccupée par le bien-être de sa famille et par la gestion de sa maisonnée. Flora avait donc décidé de suivre son père, sa mère et son frère à Chambly.

Pour occuper ses journées, pendant l'été, Flora peindrait et jouerait du piano à sa guise. Elle aiderait sa mère à broder et lirait. Elle prendrait le temps de se distraire pour ne pas penser à l'absence de sa sœur Anne. Même si elle était peu intéressée par le jardinage, Flora pourrait donner un coup de main à sa mère avec ses plantes. Katherine, une femme réservée, se passionnait en effet pour les roses et souhaitait créer une roseraie.

Flora ouvrit la penderie en se demandant ce qu'elle porterait cet après-midi. Sa famille était invitée chez un voisin, Wallace Callaghan. Elle connaissait Wallace depuis quelques années. Ses parents étant morts alors qu'il était jeune, il avait été élevé par sa grand-mère Callaghan. Cette dernière possédait une immense résidence à Chambly en plus d'une maison à Montréal. Wallace y passait presque tous ses étés. Flora ne l'avait pas revu depuis la mort de Ruth Callaghan, six ans plus tôt. Wallace avait hérité du manoir familial. Après le décès de sa grand-mère, il avait quitté le pays pour un long séjour à Londres chez une tante. Lorsqu'il avait appris l'arrivée des MacGregor à Chambly, il avait organisé une réception et avait invité les personnes les mieux nanties de la région pour les accueillir.

Flora regarda les robes qu'elle avait achetées avant de quitter Montréal. Elle opta pour la robe bleu ciel en se disant que cette couleur ferait ressortir ses yeux. Elle déposa délicatement la toilette sur son lit. Elle se changerait avant de partir. Puis elle sortit une robe un peu plus simple, qu'elle aimait porter. Elle s'habilla et remonta ses cheveux, mais ne tenta pas de fixer les mèches rebelles qui retombaient de sa coiffure. Elle savait que c'était peine perdue. Après le déjeuner, elle se changerait de nouveau et madame Carter l'aiderait à se coiffer. Avant de sortir, elle regarda un dernier instant sa robe sur son lit et se félicita de son choix. Satisfaite, elle sourit et se dirigea vers la salle à manger.

* * *

Katherine MacGregor regarda sa fille. Elle se revoyait à son âge, aussi insouciante qu'elle. Comme elle était belle ! Sous l'effet de la lumière, ses cheveux viraient au roux. Remontés en chignon, ils laissaient apercevoir la délicatesse du cou. Flora tenait la couleur de ses cheveux de la mère de Katherine, une Irlandaise. Katherine était certaine que Flora ferait tourner bien des têtes à cette réception. Elle espérait sincèrement que celle-ci se trouve un époux qu'elle aimerait profondément. Elle ne souhaitait en aucun cas pour sa fille un mariage imposé. Son propre père, Jonathan Foster, marchand de Montréal, avait organisé le sien avec le fils de son ami, Henry MacGregor. Katherine s'était donc mariée avec John Henry en 1810, à l'âge de dix-huit ans. Peu de temps après, James était né, puis John Henry était parti au combat contre les Américains. Lorsqu'il en était revenu, elle s'était rapidement retrouvée mère de trois enfants. Elle avait dû se tailler une place au sein de ce mariage. Avec les années, elle avait conçu de l'affection pour son mari et appris à l'admirer. Elle soupira et sourit à Flora, assise à côté d'elle. De tous ces enfants, Flora était celle qui avait le plus de caractère, la seule qui savait tenir tête à son père. Elle réussissait souvent à amadouer John Henry sans même qu'il s'en rende compte.

John Henry leva les yeux de son journal et salua sa fille. James entra en trombe dans la salle à manger. Il avala à toute vitesse son petit-déjeuner et se leva précipitamment. Son père l'intercepta.

— Où vas-tu comme ça ?

— Je vais faire une promenade à cheval.

— As-tu oublié que nous sommes invités à une réception ?

— Je vais revenir tôt, c'est promis.

— Tu as intérêt à ne pas arriver en retard. Ce dîner est très important, tu y rencontreras des gens influents et je veux te présenter à tout le monde.

— Ne vous inquiétez pas père, je serai là à l'heure.

James embrassa sa mère, sourit à sa sœur et sortit.

* * *

Comme chaque jour, la matinée avait été chargée pour François-Xavier Lacombe. Il s'était levé tôt pour réparer les clôtures avec son père. Ensuite, il était allé aider son ami Étienne à accomplir la même tâche, son père lui ayant dit qu'il n'avait pas besoin de son aide ce matin-là. Étienne Vallières était un peu comme un frère. Sa mère étant morte alors qu'il n'avait que dix ans, Étienne était demeuré seul avec son père. Celui-ci, après la mort de sa femme, s'était muré dans un silence absolu et avait sombré dans l'alcool, laissant Étienne se débrouiller seul. La voisine des Vallières, Marie-Louise Lacombe, avait pris Étienne sous son aile et l'avait pratiquement élevé, avec ses autres enfants. François-Xavier avait ainsi grandi avec Étienne. Les jeunes hommes, âgés tous deux de vingt-et-un ans, étaient rapidement devenus les meilleurs amis du monde. Depuis la mort de Jean Vallières, un an plus tôt, Étienne travaillait d'arrache-pied pour reconstruire la ferme et améliorer son sort. François-Xavier lui avait promis de l'aider à s'établir.

François-Xavier se dirigeait à grands pas vers la maison de son ami. Étienne était déjà aux champs. Quand il vit François-Xavier arriver, il alla à sa rencontre.

— J'ai commencé tôt ce matin, d'ici une heure nous devrions avoir terminé. Je propose que cet après-midi, nous allions à la pêche.

— Je crois que c'est une excellente idée. Mon père m'a dit qu'il n'avait pas besoin de moi. Aussi bien en profiter ! Bientôt, nous serons occupés à faire les foins et nous n'aurons plus une minute à nous. Ça fait longtemps que nous ne sommes pas allés pêcher.

Les deux jeunes hommes entreprirent de réparer les clôtures afin que les quelques bêtes que possédait Étienne ne s'échappent pas. François-Xavier observait son ami. Étienne mettait tout son cœur à la tâche. Il avait dit à François-Xavier qu'il comptait bien agrandir sa terre et s'y établir. Ensuite, il pourrait prendre femme et reconstruire ce que son père avait laissé à l'abandon. François-Xavier se doutait bien qu'Étienne attendait de voir ce que cet été lui rapporterait ; ensuite, il ferait la grande demande à sa sœur Geneviève. C'était presque écrit dans le ciel qu'un jour Étienne Vallières épouserait Geneviève Lacombe, même s'il n'avait jamais avoué en être amoureux. François-Xavier savait très bien que sa sœur ne laissait pas son ami indifférent. Étienne avait pris conscience que Geneviève serait pour lui une excellente femme.

Après avoir fixé la dernière clôture, Étienne et François-Xavier prirent leurs cannes à pêche, un panier de provisions et se dirigèrent sur les bords de la rivière Richelieu.

* * *

Flora était allée rejoindre sa mère à l'extérieur. Katherine voulait prendre note des travaux à effectuer durant l'été pour remettre de l'ordre dans les jardins. Elle était heureuse que John Henry ait engagé une servante et une cuisinière de plus qui viendraient en aide à madame Carter. Cette dernière, au service de la famille depuis de nombreuses années, avait été une gouvernante hors pair pour les enfants ; désormais, elle supervisait les domestiques et s'occupait de la cuisine. Avec l'aide de madame Carter, Katherine aurait tout le temps de s'occuper des jardins, de lire et de faire de la broderie.

Katherine était assise sur un banc et contemplait les environs, un carnet de notes sur les genoux. Flora s'approcha de sa mère et s'assit près d'elle.

— Je compte bien vous aider à restaurer les jardins cet été.

— Il y aura beaucoup de travail à faire, mais je crois que j'y arriverai. Si tu y tiens, ton aide est la bienvenue. En revanche, je veux que tu profites de l'été ! Bientôt, tu seras mariée et tu regretteras de ne pas avoir eu suffisamment de temps libre.

— J'espère bien que je ne serai pas mariée l'an prochain.

— Les choses ne se passent pas toujours comme on le désire. Je te souhaite de faire un mariage de cœur et non de raison.

Flora remarqua que sa mère avait détourné les yeux en disant ces mots. Katherine devint très songeuse. À son regard, Flora comprit que sa mère n'était pas toujours heureuse auprès de son père. Elle changea de sujet.

— J'ai bien hâte de me rendre à ce dîner. Je trouve très délicat que Wallace Callaghan donne cette réception en l'honneur de père.

— Ton père a soigné madame Callaghan pendant de nombreuses années. Il était près d'elle lors de ses derniers instants.

— Père est bien heureux de cette invitation. J'espère que James reviendra à temps.

— Je l'espère moi aussi, ton père sera très fâché s'il ne peut présenter son fils à toutes ces personnes importantes.

— James a dit qu'il serait rentré à temps, je pense qu'il le fera.

Katherine se leva, secoua la terre qui collait aux plis de sa robe, et prit doucement sa fille par le bras.

— Viens, allons nous préparer.

* * *

James aimait monter à cheval, se promener en pleine nature et respirer les parfums qui embaumaient l'air. Il venait d'emprunter un sentier qui menait à la rivière et s'arrêta sur les bords du Richelieu pour que son cheval s'abreuve. Puis, il marcha le long de la berge. La rivière à cet endroit tourbillonnait dans un immense bassin creusé naturellement avant de poursuivre sa course vers le fleuve Saint-Laurent. James remarqua que deux hommes étaient en train de pêcher non loin. Il hésita un moment, craignant de les déranger, puis décida d'aller vers eux pour voir si la pêche avait été fructueuse.

François-Xavier regarda cet étranger qui se dirigeait vers eux, de taille moyenne et aux cheveux brun plutôt foncé. Ses vêtements indiquaient qu'il venait d'un milieu aisé. L'inconnu s'adressa à lui avec un léger accent.

— Je venais voir si vous aviez fait de bonnes prises.

— Nous allons en avoir suffisamment pour notre repas du soir.

François-Xavier invita l'homme à s'asseoir. Malgré son statut social, l'homme leur parlait comme il l'aurait fait avec n'importe qui. James se présenta et les trois hommes se serrèrent la main. James raconta à François-Xavier et à Étienne qu'il venait de terminer ses études et, qu'à Chambly, il reprenait la clientèle du vieux docteur Leblanc, décédé au printemps. Les trois hommes discutèrent comme s'ils se connaissaient depuis toujours.

* * *

John Henry faisait les cent pas. Devant l'énervement de son mari, Katherine proposa de partir immédiatement pour la réception. James les rejoindrait plus tard. John Henry rassembla ses affaires et partit en maugréant. Flora sortit derrière sa mère, espérant vivement que James arrive le plus tôt possible. Elle connaissait son père et, quand il était en colère, rien ne parvenait à le calmer.

Bien que la demeure des Callaghan soit située près de la leur, John Henry avait fait atteler sa calèche pour s'y rendre. Bientôt, ils arrivèrent devant l'immense maison de pierres et se retrouvèrent sur le seuil de la porte. La maison était beaucoup plus spacieuse que celle des MacGregor. Le toit était surmonté de deux énormes cheminées desservant les nombreux foyers qui réchauffaient les chambres, les froides nuits d'hiver. Les multiples fenêtres laissaient deviner des pièces confortables et luxueusement meublées. Sur la porte d'entrée, énorme et en bois massif, un heurtoir surmonté d'une tête de lion servait à prévenir les habitants de la maison de la présence de visiteurs.

John Henry utilisa le marteau de porte pour signaler l'arrivée de la famille. Un majordome vint ouvrir et les invita à entrer. Ils traversèrent un grand vestibule et le domestique leur désigna un salon où se trouvaient déjà quelques invités. Wallace Callaghan alla à leur rencontre. Il était de taille imposante, et avait les cheveux et les yeux d'un brun foncé.

— Je vous souhaite la bienvenue, docteur MacGregor, ainsi qu'à votre femme et à votre fille.

Il serra la main de John Henry, prit la main de Katherine et l'effleura d'un baiser. Flora, en retrait derrière sa mère, regardait le décor somptueux du salon. John Henry prit la parole :

— Vous vous souvenez de ma plus jeune fille, Flora ?

— Je ne me souvenais pas à quel point votre fille était ravissante !

Wallace se souvenait d'Anne, la sœur plus âgée de Flora. Sans la courtiser, Wallace s'était toujours plu en la compagnie de cette jeune fille un peu plus jeune que lui. Il se souvenait que la petite Flora suivait sa sœur dans ses moindres déplacements. Wallace était heureux de constater que, même plus âgée, Flora avait conservé son regard épanoui d'enfant et sa mine espiègle. La petite fille qu'il avait connue avait laissé place à une jeune femme éclatante et tout simplement ravissante.

Wallace la regarda quelques instants. Puis, il s'empara de la main de Flora et la porta à ses lèvres. Celle-ci se sentit rougir de la tête aux pieds. N'étant pas habituée à de tels transports, elle baissa les yeux. Wallace demanda à John Henry où se trouvait son fils. John Henry lui répondit qu'il avait eu un empêchement et qu'il viendrait bientôt les rejoindre.

Wallace prit John Henry par le coude et invita les convives à entrer au salon pour les présenter à tous les invités.

* * *

James ne s'était pas rendu compte de l'heure, heureux d'être assis là et de discuter avec ses nouveaux amis. Il s'était entendu à merveille avec François-Xavier. Étienne lui avait semblé un peu plus distant et réservé. James sortit sa montre de poche et se leva précipitamment. Le temps était passé si vite. Il salua ses deux amis et leur promit de venir pêcher avec eux le dimanche après-midi suivant. Il enfourcha sa monture et se dirigea à toute vitesse vers la maison de son père.

Il entra en toute hâte dans la maison et monta dans sa chambre pour se changer. John Henry serait furieux, il le savait. D'ailleurs, quoi qu'il fasse, son père le lui reprochait. Il voulait à tout prix que James fasse ses études de médecine. Ce dernier n'était pas du tout intéressé par cette profession. Il caressait un rêve bien différent, souhaitant devenir journaliste et témoigner des événements. John Henry l'avait menacé de lui couper les vivres et il avait dû se soumettre à la volonté de son père. Avec le recul, il prenait conscience qu'il aimait de plus en plus sa nouvelle profession. Prolonger la vie était en soi une belle vocation.

Après s'être changé, il se dirigea vers la demeure des Callaghan.

* * *

Flora s'était assise au jardin et regardait ce qui se passait autour d'elle. Elle avait été charmée par l'accueil de Wallace. Il avait bien changé depuis leur dernière rencontre. Wallace était de taille impressionnante et sa démarche laissait transparaître une assurance à toute épreuve. Ses yeux brun lui donnaient un regard quelque peu sévère et il les avait posés sur elle avec intensité.

Flora se laissait bercer par le son du petit ruisseau qui coulait doucement au centre du jardin. Son père était resté au salon et fumait un cigare en compagnie des autres hommes. Sa mère était assise dans un fauteuil en osier sur la véranda et dégustait un thé en écoutant les autres femmes bavarder. Wallace Callaghan se promenait parmi les petits groupes en voyant au confort de ses invités. Il vint trouver Flora.

— Vous semblez bien seule, ma chère! Vous devriez vous joindre aux autres dames.

— Je ne me sens pas seule du tout. J'admire la quiétude de votre jardin, monsieur Callaghan.

— Appelez-moi Wallace. Mon jardin manque un peu d'entretien, je dois l'avouer. Une touche féminine ne lui ferait qu'un très grand bien. Je suis heureux que vous ayez accompagné vos parents. J'aurais bien aimé revoir votre frère. Si je me souviens bien, il doit avoir près de vingt-six ans maintenant.

— Il vient tout juste de fêter son vingt-cinquième anniversaire.

— C'est bien vrai, je me souviens maintenant que nous étions presque du même âge. Comment va votre sœur?

— Anne a épousé un médecin, il y a quatre ans. Elle est mère de deux jeunes enfants. Elle habite toujours Montréal.

— Je devrais aller lui rendre visite un de ces jours. Il me serait agréable de la revoir et de connaître sa famille. J'ai été très étonné tout à l'heure ; si votre père ne vous avait pas présentée, jamais je ne vous aurais reconnue. Il est vrai que tout le monde vieillit, mais je dois dire que le temps vous a été favorable. Vous êtes plus belle que jamais ! J'espère que vous me réserverez au moins une danse ce soir, ma chère.

— Votre invitation a beaucoup touché mon père, et c'est un honneur pour moi de vous remercier en vous accordant une danse.

— Je vous en remercie, venez maintenant vous rafraîchir quelques instants à l'ombre de la véranda, chère Flora.

Flora se leva et se laissa guider par Wallace qui lui prit la main et la conduisit vers la véranda.

* * *

Quand James arriva à la réception, tous les invités étaient dans la salle à manger et commençaient à prendre leur repas. Le domestique qui avait accueilli John Henry et sa famille y conduisit James. Flora fut la première à remarquer l'entrée de son frère. Elle chercha son père du regard et le vit qui levait les yeux vers James. John Henry était visiblement furieux. Wallace se leva comme si de rien n'était et alla trouver James pour lui désigner sa place tout près de lui.

James croisa le regard de sa sœur qui lui sourit en continuant de manger. Wallace discuta avec James tout au long du repas. John Henry répondait vaguement aux questions de ses voisins sur la vie à Montréal. Flora tenait à remercier Wallace d'avoir sorti James de l'embarras. Après le repas, les invités sortirent prendre l'air avant de se rendre au grand salon, métamorphosé en salle de bal. Flora profita de ce moment pour se diriger vers Wallace. Celui-ci discutait. Elle attendit patiemment qu'il termine sa conversation. Son invité le laissa enfin et Wallace se tourna vers elle.

— Je voulais vous remercier, Wallace, de l'accueil que vous avez fait à mon frère.

— Je me suis rendu compte de l'embarras que semblait ressentir votre père devant son arrivée tardive.

— Mon père et James ne sont pas toujours en harmonie, malheureusement ; vous avez sauvé la situation en vous occupant de James et en faisant comme si son retard ne vous importunait pas.

— Ce retard ne m'importunait pas du tout. Votre famille est la bienvenue chez moi, ma grand-mère aimait bien la compagnie de vos parents que je vous considère moi-même comme des amis.

Wallace sourit à Flora. James vint se joindre à eux. Wallace se retira afin de permettre au frère et à la sœur de discuter tranquillement. Flora regarda un instant son frère. Elle se demandait bien ce qui avait pu le retarder autant. Elle l'interrogea toutefois sur son retard.

— Où étais-tu, James ? Tu dois bien te douter que père est furieux. Il tenait à tout prix que tu sois présent à cette réception.

— Je le sais bien, mais je suis venu quand même. Si je suis arrivé si tard, c'est parce que j'ai fait la connaissance de nouveaux compagnons.

James raconta à sa sœur sa rencontre avec François-Xavier Lacombe et Étienne Vallières. Flora écoutait son frère en songeant à la chance qu'il avait de s'être fait des amis si vite. Hormis sa sœur Anne, elle n'avait pas de véritables amies. Anne lui manquait terriblement en ce moment. Elle était son aînée de cinq ans et, bien qu'elle ait quitté la maison paternelle quatre ans auparavant pour épouser Alexander Thompson, Flora la voyait presque chaque jour lorsqu'elle habitait à Montréal. Son absence lui pesait. Elle aurait tellement voulu que sa sœur soit à Chambly. Elles auraient pu profiter de l'été comme elles le faisaient dans leur jeunesse. Flora décida de chasser cette mélancolie de son esprit. Elle agrippa James par le bras et l'invita à se rendre au salon.

John Henry avait vu son fils entrer au bras de Flora. Il voulait lui dire à quel point il avait été déçu par sa conduite. James faisait toujours le contraire de ce qu'il voulait. Ce soir, il avait dépassé les bornes en se présentant au beau milieu du repas. John Henry était allé trouver Wallace pour excuser la conduite de son fils. Wallace ne lui en voulait pas. John Henry trouvait tout de même ce retard impardonnable. La colère le poussait à se rendre auprès de son fils, mais la raison réussit à le retenir. Il n'allait tout de même pas faire une scène devant les invités. Il attendrait d'être de retour chez lui pour dire à James que, dorénavant, il devrait se soumettre à son autorité. Que dirait-on devant l'indiscipline de son fils ? Il ne voulait en aucun cas être la risée de Chambly. James apprendrait à lui obéir !

Wallace observait Flora, dansant dans les bras de son frère. Elle semblait heureuse et était sans doute la plus ravissante des femmes présentes à cette soirée. Il se souvenait des étés où il était venu chez sa grand-mère. Son attention avait été attirée par Anne, un peu plus jeune que lui. Flora était alors une enfant. Ce jour-là, Wallace constata qu'elle était encore plus ravissante que sa sœur. Même à dix-huit ans, elle montrait déjà une maturité qui le charmait au plus haut point. Il avait été séduit par son apparence distinguée et surtout par la beauté de son visage et le bleu de ses yeux. Flora ne le laissait pas indifférent, il devait se l'avouer. Perdu dans ses réflexions, il se rendit compte que la danse était terminée et que James et Flora se dirigeaient vers la véranda pour prendre un peu d'air. Il s'approcha du couple.

— Flora, ma chère ! Vous m'aviez promis une danse cet après-midi. Vous souvenez-vous ?

Flora regarda son frère qui lui sourit en lui disant qu'il préférait se retirer. James laissa sa sœur avec Wallace. Il se dirigea vers sa mère et la pria de l'excuser, expliquant qu'il voulait rentrer à la maison. Katherine regarda son fils s'éloigner. John

Henry aurait une sérieuse discussion avec lui le lendemain, elle en était convaincue.

John Henry avait vu son fils quitter le bal. Il aurait pu le suivre pour lui reprocher son arrivée tardive à la réception, mais son attention était alors accaparée par un tout autre sujet. Il avait vu Flora au bras de Wallace et une idée venait de gagner ses pensées. Wallace ferait un excellent mari à sa dernière-née !

* * *

La soirée se déroulait si vite que Flora ne se rendit pas compte de l'heure lorsque son père vint la trouver pour lui dire qu'ils partaient. Elle avait dansé une bonne partie de la soirée avec Wallace et, quand elle prit place aux côtés de son père et de sa mère dans la voiture, elle comprit à quel point elle était épuisée. John Henry tempêtait contre son fils qui leur avait faussé compagnie, Katherine restait silencieuse, les pensées perdues dans la nuit noire. Quand ils arrivèrent chez eux, John Henry et Katherine se retirèrent dans la bibliothèque pour discuter avant d'aller dormir.

Après avoir fait sa toilette et revêtu sa chemise de nuit, Flora descendit souhaiter bonne nuit à ses parents. La conversation qu'elle surprit la laissa stupéfaite. John Henry venait d'annoncer à Katherine qu'il ferait tout en son pouvoir pour que Wallace s'intéresse à leur fille. Il lui ferait un excellent mari.

Songeuse, Flora remonta dans sa chambre. Wallace Callaghan représentait un bon parti, mais, bien qu'il soit distingué, courtois et aimable, elle ne se voyait aucunement mariée à cet homme. Elle devrait faire changer d'idée à son père avant que la situation ne devienne trop complexe.

2

Geneviève Lacombe ramassait des œufs dans le poulailler. Elle aimait se lever tôt et voir la nature se réveiller tranquillement. Avec tout le travail de la ferme, la famille se devait d'être matinale. François-Xavier était allé traire les vaches. La veille, il avait raconté à sa sœur sa rencontre avec James MacGregor. Geneviève était intriguée par ce jeune homme tout récemment installé dans la région. François-Xavier lui avait appris qu'il était le nouveau médecin du village. Elle était curieuse de le rencontrer et se promettait bien d'aller retrouver son frère et Étienne lors de leur prochaine journée de pêche.

Après avoir déposé les derniers œufs dans son panier, elle alla retrouver François-Xavier à l'étable. Son frère sursauta lorsqu'elle entra.

— Je m'excuse de t'avoir fait peur. Je venais voir où tu en étais dans la traite des vaches.

— J'ai presque terminé, ensuite je vais rejoindre père aux champs. J'aurais bien aimé avoir le temps d'aller aider Étienne à épierrer ses champs, mais je dois d'abord et avant tout aider père. C'est la condition pour qu'il me laisse aller aider mon ami. Je dois faire les travaux ici avant, et après, je peux me rendre chez Étienne. Il prévoit semer un peu plus cette année. Après tant d'efforts, je suis heureux que sa terre commence à lui rapporter un peu. Étienne est travailleur, je suis certain qu'il serait heureux que tu lui rendes visite pour voir où il en est.

— Peut-être que j'irai voir son travail, mais avant je dois te quitter pour aider mère. Aujourd'hui, nous entreprenons le grand ménage de la maison. Nous allons devoir nettoyer pendant plusieurs jours, tant il y a à faire.

Geneviève salua son frère et partit, son panier d'œufs sous le bras. François-Xavier retourna à son occupation en pensant qu'Étienne ferait un excellent mari à sa jeune sœur. Geneviève ne semblait pas se rendre compte qu'il était attiré par elle. François-Xavier espérait profondément que son ami la demande en mariage cet été. Quand Geneviève lui avait proposé de les accompagner dimanche à la pêche, il n'avait pas pu refuser. Cette journée serait peut-être l'occasion pour Étienne de se déclarer.

* * *

Ni James ni Flora n'étaient descendus prendre leur petit-déjeuner ce matin-là.

Flora était réveillée depuis un bon moment. Elle ne savait pas comment aborder son père concernant Wallace. Elle n'était pas prête pour le mariage, son père ne pourrait tout de même pas la forcer à épouser quelqu'un dont elle ne voulait pas! Elle décida d'attendre avant de parler. Le moment venu, elle réussirait sûrement à faire entendre raison à son père. Elle descendit et rejoignit son frère dans son cabinet.

James se trouvait dans la petite pièce adjacente au vestibule. Celle-ci lui servirait à accueillir ses patients en attendant qu'il s'installe dans sa propre résidence. James était en train de ranger ses instruments médicaux dans une armoire prévue à cet effet. Cela lui occupait l'esprit, car il redoutait l'affrontement avec son père. Flora frappa doucement à la porte et James l'invita à entrer. À voir à quel point son frère avait l'air tendu, elle comprit que James n'avait pas beaucoup dormi cette nuit-là. Elle s'assit dans un petit fauteuil, le regarda et lui sourit timidement en lui disant que leur père devait les attendre pour le petit-déjeuner. Elle lui demanda s'il l'avait vu ce matin. James grimaça et déclara ironiquement:

— Non, pas encore, et je redoute cette rencontre. Il va me reprocher mon retard d'hier soir en mentionnant à quel point ma faute est grave et comment je l'ai humilié devant tous les invités.

— Tu exagères, James, ce n'est pas une aussi grande faute que d'arriver en retard.

— Pour n'importe qui, ce n'est pas une faute, mais pour notre père, oui. Sa fierté en a été entachée ! Son autorité a été remise en question ! Je suis son seul fils et il voudrait bien diriger ma vie. Pour l'instant, il ne s'est pas imposé dans la tienne ; mais attends, tôt ou tard, il décidera de ton mariage, comme il l'a fait pour Anne.

— Il ne pourra jamais m'imposer un mari, James, je m'y opposerai !

Flora repensa à la conversation qu'elle avait surprise entre son père et sa mère. Elle décida de ne rien dire à James. Tout cela ne ferait que confirmer ce qu'il venait de dire : leur père était un être directif et autoritaire.

— J'espère que tu parviendras à le faire fléchir. Pour ma part, je sais très bien que c'est peine perdue. Il voulait que je devienne médecin comme lui et je le suis devenu. Père est quelqu'un qui veut tout contrôler. Je suis maintenant en âge de décider de ce qui est bon pour moi, et père devra se rendre à l'évidence qu'il ne peut pas diriger ma vie à sa guise.

James se leva et embrassa sa sœur sur le front. Il sortit et Flora resta quelques minutes, silencieuse, dans le cabinet de James.

* * *

John Henry était confortablement assis dans un gros fauteuil en cuir et feuilletait un livre. Il était fier de sa bibliothèque aux murs couverts d'étagères et remplis de nombreux livres. John Henry les avait tous lus. La bibliothèque était l'endroit où il se sentait le mieux dans toute la maison. C'était son refuge lorsque tout allait mal et il s'y retirait aussi quand les choses allaient mieux. Ce matin, il tenait à rencontrer James dans sa pièce favorite. Ici, il se sentait maître de lui-même et prêt à parler à son fils. James lui devait des excuses pour la veille ; il était médecin, il se devait maintenant d'être discipliné. Un tel retard était impardonnable.

James frappa et entra sans attendre que son père l'y invite. Son père lui indiqua un fauteuil près du sien. James s'installa et le regarda droit dans les yeux.

— Je ne sais pas ce que vous attendez de moi, père.

— Ce que j'attends de toi en premier lieu, ce sont des excuses pour ta conduite d'hier soir. Tu avais promis d'être de retour à l'heure pour la réception de monsieur Callaghan et, en plus d'arriver en retard, tu as dérangé le repas de notre hôte et de ses autres invités. Je condamne sérieusement ta conduite.

— Je suis désolé de l'embarras que mon arrivée tardive a provoqué. Je vous promets qu'à l'avenir, je tiendrai mes promesses.

John Henry fixa son fils un moment. James pensait-il réellement qu'il allait lui pardonner si facilement son retard ? Devant les autres invités, il était un mauvais chef de famille, n'ayant pas su inculquer la moindre discipline à son seul fils. John Henry regarda James et lui dit qu'il serait puni sévèrement s'il faisait preuve une autre fois d'indiscipline. Malgré la colère qu'il éprouvait à l'égard de son père, James retint son souffle et détourna les yeux. Il était évident que John Henry voyait encore son fils comme un enfant. Il se leva et se dirigea vers la fenêtre.

— Il serait temps, mon fils, que tu commences à penser à prendre épouse. Il est important que le médecin du village ait une femme convenable qui accueille la clientèle. J'ai justement eu une idée à ce propos ce matin. Un de mes collègues de Montréal a une fille de ton âge. Je crois qu'il serait disposé à la donner en mariage à un homme comme toi.

— Je me trouverai une femme en temps et lieu.

James était surpris par les propos de son père. Ainsi donc, il avait tout décidé pour lui, une fois de plus. En aucun cas, James ne pouvait admettre que son père lui impose une femme. Il avait trouvé un mari pour sa sœur Anne et bientôt il en trouverait sûrement un pour Flora. James était furieux. John Henry ne l'avait jamais compris et ne le comprendrait jamais. Son père avait déjà tracé son avenir et il se devait de suivre son parcours. James en avait assez de cette attitude. John Henry était tellement têtu qu'il ne démordrait jamais des ambitions qu'il avait pour son fils. James se précipita vers la porte. Il devait sortir de cette pièce pour ne plus voir son père qu'il détestait en ce moment.

John Henry était retourné à sa lecture et il en était mieux ainsi, car il ne remarqua pas le regard empreint de colère que lui lança James avant de sortir. Cependant, il sursauta quand James claqua la porte de son bureau, mais il poursuivit sa lecture. L'important était d'avoir dit ce qu'il pensait.

* * *

Katherine avait entendu la conversation de son fils et de son mari. Elle avait vu James sortir de la maison pour se rendre à l'écurie. Elle aurait tellement aimé intervenir auprès de John Henry et le prier de laisser James faire ce qu'il voulait. Elle trouvait injuste que son mari décide de la destinée de chacun. James avait désormais vingt-cinq ans et il pouvait très bien déterminer ce qui était bon pour lui. Mais le courage d'affronter son mari lui manquait. Jamais dans sa vie elle ne s'était imposée à lui. Elle avait toujours su garder sa place sans intervenir dans les décisions qu'il prenait. Katherine regarda James, quittant l'écurie au galop. Elle repensa aussi aux propos que John Henry avait tenus en revenant de la réception. Certes, Wallace était un bon parti, mais Flora le voudrait-elle comme mari ? Katherine sentit qu'une tempête se préparait au sein de sa famille. Elle aurait voulu dire à John Henry qu'il laisse leurs enfants faire leurs propres choix, mais elle ne s'en sentait pas la force. Toute sa vie, elle avait accepté les décisions de son père, puis celles de son mari. Une femme se devait d'être soumise, sa mère le lui avait maintes fois répété. Elle ferma les yeux en soupirant et, par dépit, se dirigea vers son jardin.

* * *

Flora était assise à sa fenêtre lorsqu'elle vit James partir à toute allure sur sa monture. Elle se doutait bien que l'entretien avec leur père ne s'était pas bien déroulé. Flora aimait son père, mais l'autorité qu'il exerçait sur sa famille était presque tyrannique. James avait raison lorsqu'il disait que leur père avait déjà tracé leur destin. À voir avec quelle fureur James avait fait galoper sa monture, Flora comprit qu'une fois de plus John Henry avait tenté de lui imposer ses idées. Elle attendrait le retour de James pour lui demander ce qui n'allait pas. Peut-être que son frère lui ferait des confidences ? Elle pourrait l'aider à convaincre leur père de le laisser faire. Elle prit la pièce de broderie qu'elle avait commencée et attendit le retour de son frère.

* * *

François-Xavier avait rejoint son père aux champs après avoir trait les vaches. Il devait l'aider à accomplir la tâche qu'il détestait le plus : l'épierrement, c'est-à-dire le ramassage des pierres remontant à la surface du sol au fil des gels et des dégels. Ce travail était d'autant plus pénible qu'ils devaient prendre les pierres une à une pour les charger sur la charrette et les apporter à l'autre bout des champs. Joseph Lacombe voulait séparer ses champs en faisant des murets.

Joseph Lacombe était un travailleur acharné et il était fier que François-Xavier ait hérité de ses qualités. Son fils aîné, Jean-Baptiste, était également excellent cultivateur. Quand il avait épousé Madeleine, la fille de leur voisin Paquin, il s'était installé sur la terre de son beau-père. À la mort de monsieur Paquin, il en hériterait. Jean-Baptiste venait parfois les aider aux diverses tâches et, quand venait le temps des foins, ils s'entraidaient. D'un commun accord avec son aîné, Joseph avait promis à

François-Xavier que la terre lui reviendrait à sa mort. D'ici là, il comptait bien y travailler de nombreuses années. Il affectionnait particulièrement cette terre qui avait appartenu à son père et dont il avait hérité. Elle n'était pas grande, mais elle pouvait nourrir une famille. Il espérait bien que plusieurs générations de Lacombe se succèdent sur cette terre qui n'avait jamais été avare. Joseph voyait bien à quel point son fils détestait l'épierrement. Mais cette tâche devait être effectuée pour passer la charrue et semer. Son fils lui avait demandé la permission pour pouvoir se rendre à l'auberge le soir venu, avec son ami Étienne. Joseph lui avait accordé le droit de s'y rendre si «l'érochage» était terminé. Aussi François-Xavier travaillait-il avec beaucoup d'acharnement. Son père ne voyait pas de mal à ce que quelques verres de rhum récompensent le travail de son fils. Lui-même n'avait jamais dédaigné boire lorsqu'il était plus jeune. Après tout, il fallait bien que jeunesse se passe.

* * *

Geneviève s'était arrêtée quelques instants pour se reposer avec sa mère. Après avoir nettoyé les catalognes, les tapis, ce serait au tour des murs, du plafond et des planchers. Le grand ménage permettait d'aérer la maison qui avait été fermée durant tout l'hiver. Le soir, quand les hommes rentraient du champ et s'installaient devant leur repas, la maison sentait bon et tout reluisait. Joseph félicitait sa femme de bien s'occuper de leur foyer et Geneviève se sentait fière d'être devenue elle aussi une bonne maîtresse de maison. Elle avait en effet appris de Marie-Louise l'art de fabriquer le savon, le pain, le beurre, le fromage, les bougies et toutes les autres nécessités de la vie courante. Sa mère était patiente et rigoureuse dans son enseignement, et Geneviève attentive à son apprentissage. Un jour elle se marierait et quitterait la demeure de ses parents; elle devrait alors veiller au confort de son mari et de ses enfants.

Marie-Louise Brunet avait épousé Joseph Lacombe en septembre 1808. Ses parents et les parents de Joseph étaient voisins de longue date, et elle avait grandi auprès de celui qui allait devenir son mari. Après des années difficiles, et l'immense chagrin de perdre trois enfants en bas âge, Marie-Louise pouvait enfin dire qu'elle était heureuse auprès de l'homme qu'elle aimait. Elle était très maternelle avec les quatre enfants qui lui restaient. Jean-Baptiste habitait tout près avec sa femme et leurs trois enfants, Ursule, Hippolyte et Urbain. Sa fille Adéline vivait à La Prairie avec son mari, Amable Morisset, et leurs deux enfants, Pierre et Albertine. Geneviève et François-Xavier vivaient encore sous le toit familial et aidaient aux travaux de la terre. Marie-Louise était heureuse de son bonheur. Joseph l'aimait et tous deux pouvaient être fiers d'avoir de bons enfants travailleurs et aimant la vie. Marie-Louise savait bien qu'un jour sa fille partirait s'établir avec son mari, mais, pour l'instant, elle restait auprès d'elle. Peut-être épouserait-elle bientôt Étienne Vallières ? Marie-Louise avait presque élevé Étienne et elle le connaissait très bien. Sous son regard dur, il cachait une grande sensibilité. La vie ne l'ayant pas épargné, il s'était refermé sur lui-même. Il était souvent venu se confier à Marie-Louise qui le considérait comme son cinquième enfant.

* * *

James se promena longtemps à cheval ce jour-là. Il ne savait pas exactement ce qu'il ferait pour convaincre son père de changer d'idée. Aussi loin qu'il pouvait se souvenir, il n'avait jamais réussi à le contenter. John Henry avait toujours été exigeant envers lui et ne cesserait jamais de lui imposer ses idées. Le cœur rempli de peine et de déception, il s'arrêta à son endroit favori pour que son cheval se repose. C'était là qu'il avait rencontré François-Xavier et Étienne la veille. Il ne voulait pas rentrer chez lui. Que pouvait-il faire, sinon attendre la nuit ? Il ne se sentait pas prêt à affronter le regard austère et triomphant de son père, ni les yeux tristes et compréhensifs de sa mère, ni même le regard interrogateur de sa sœur. Flora ne demandait pas mieux que de l'aider, il le savait, mais il ne voulait pas qu'elle voie à quel point l'attitude de son père l'avait brisé. Il se rendait compte que tout ce qui importait à son père était de pouvoir dire à ses nobles relations que son fils allait épouser une fille de bonne famille, une fille de médecin. James comprenait qu'il méprisait son père et que plus jamais il ne pourrait se sentir proche de cet homme. Les fois où John Henry avait désapprouvé ses choix, il était parvenu à excuser sa conduite, mais pas cette fois-ci. Il n'avait pas le droit de l'obliger à épouser une parfaite inconnue, ni de lui imposer un rythme de vie !

James observa longtemps le calme de la rivière et laissa ses larmes couler pour apaiser sa peine.

* * *

Flora attendit longtemps le retour de son frère. La nuit commençait à tomber et James n'était toujours pas rentré. Flora devinait l'inquiétude qui rongeait sa mère. Durant tout le repas du soir, Katherine n'avait rien dit ; cependant, elle sursautait au moindre bruit. John Henry ne semblait pas s'inquiéter de la disparition de son fils. James était impulsif et il préférait ruminer sa colère ailleurs que près de ses parents. Il rentrerait bientôt, John Henry en était persuadé.

Après le dîner, il se retira dans sa bibliothèque et Katherine monta dans sa chambre en demandant aux domestiques de la prévenir quand son fils rentrerait. Flora prit un des ouvrages qu'elle avait apportés de Montréal et en commença la lecture. Elle essayait de se concentrer mais y parvenait à grand-peine. Elle priait en silence pour que rien ne soit arrivé à James.

* * *

Après le dur travail de la journée, un verre de rhum serait savoureux. Tout de suite après le souper, François-Xavier était allé retrouver Étienne et avait invité son frère Jean-Baptiste à les accompagner. Les trois hommes s'étaient dirigés vers l'auberge. Joseph aurait voulu y aller avec eux, mais son dos le faisait souffrir. Par temps humide, il se rendait compte qu'il n'était plus un jeune homme et qu'il devait se ménager.

James aussi s'était rendu à l'auberge après avoir passé une bonne partie de l'après-midi à réfléchir à son avenir. Il avait commandé un repas et quelques verres de rhum. L'alcool avait bientôt eu raison de lui, car il n'avait pas l'habitude de boire. Il était affalé sur sa chaise et fixait le fond de la pièce quand François-Xavier entra ainsi que ses deux compagnons. James leur fit signe de venir le rejoindre. Ils commandèrent des verres et s'installèrent à la table de James. À voir son allure, François-Xavier se rendait bien compte que son ami n'en était pas à sa première consommation. Après les présentations, le groupe but à la santé de l'arrivée de James à Chambly.

* * *

Tout le monde était allé se coucher à l'exception de Flora, assise dans le petit salon donnant sur le vestibule. Elle ne pouvait pas manquer l'arrivée de James. Elle était de plus en plus inquiète. Katherine s'était retirée elle aussi dans sa chambre, mais elle ne devait pas dormir, Flora en était convaincue.

Flora ne savait pas depuis quand elle se trouvait au salon. Les heures passaient, il faisait nuit noire à présent, et dehors, tout était silencieux. La jeune fille sentit le sommeil la gagner et elle ferma les yeux quelques instants pour dormir un peu. De toute façon, elle entendrait James arriver, elle avait toujours eu le sommeil léger.

Des bruits de chevaux la réveillèrent. On frappa à la porte et Flora se leva en courant pour ouvrir afin de ne pas alerter toute la maisonnée. Derrière la porte, deux hommes qu'elle ne connaissait pas soutenaient son frère qui n'arrivait pas à mettre un pied devant l'autre. Les deux hommes semblaient avoir le même âge que James et empestaient l'alcool, mais n'avaient pas bu autant que James, Flora en était certaine. Elle ne savait pas comment réagir : devait-elle les remercier d'avoir ramené James ou leur faire le reproche de l'avoir fait boire ? Elle les invita à entrer et attendit avant de juger.

François-Xavier regarda un instant cette jeune femme qui se tenait devant lui vêtue d'un long peignoir de soie et les cheveux nattés derrière le dos. Elle semblait très anxieuse de l'état de James. Malgré son inquiétude, elle se montrait très distinguée. Étienne gardait le silence et attendait que son ami prenne la parole. Ce qu'il fit.

— C'est bien ici qu'habite James MacGregor ?

— Je suis sa sœur. Entrez, je vous en prie, mais ne faites pas de bruit.

— Nous l'avons trouvé comme ça à l'auberge, il semble qu'il ait commencé à boire avant notre arrivée. Où voulez-vous que nous le conduisions ?

Flora leur indiqua l'escalier et leur montra le chemin de la chambre de James. Ils le déposèrent sur son lit et redescendirent derrière Flora.

— Je vous remercie de l'avoir raccompagné jusqu'ici.

— Mon frère Jean-Baptiste a reconduit son cheval à l'écurie. Je pense qu'avec ce qu'il a bu, il devrait dormir profondément toute la nuit. Il a eu de la chance que nous allions à l'auberge ce soir et que nous le ramenions sain et sauf.

— Serait-ce impoli de vous demander vos noms, messieurs ?

— Je suis François-Xavier Lacombe, et voici mon ami Étienne Vallières.

— Mon frère m'a parlé de vous. Vous l'avez rencontré hier, n'est-ce pas ?

— Exactement ! Il ne se trouvait pas dans le même état que ce soir, heureusement.

— James n'a pas l'habitude de boire. Je ne sais pas ce qui s'est produit. De toute manière, il est sain et sauf chez lui. Grâce à vous, messieurs. Sur ce, je vais me retirer. Il est tard et vous devez retourner chez vous. Je vous remercie encore une fois.

François-Xavier et Étienne saluèrent la sœur de leur ami et sortirent dans l'humidité de la nuit. Jean-Baptiste les attendait près de leurs montures. François-Xavier enfourcha son cheval et partit en jetant un dernier regard à l'imposante demeure des MacGregor.

Flora attendit que les trois hommes se soient éloignés puis monta dans la chambre de James. Elle était bouleversée de voir son frère dans un pareil état. Quand elle entra dans la pièce, Katherine s'y trouvait et avait enlevé la redingote et les chaussures de son fils.

— Je te remercie de t'être préoccupée de lui, Flora.

— Je ne voulais pas vous réveiller, mère. J'ai fait porter James jusqu'à sa chambre par ses compagnons.

— Je n'étais pas parvenue à m'endormir. Maintenant que je sais mon fils en sécurité, je vais pouvoir fermer l'œil. Va dormir ma fille. Je vais en faire autant. Je crois que le mieux pour James est de ne pas dire à ton père comment nous l'avons trouvé. Bonne nuit, Flora.

— Bonne nuit, mère.

Flora embrassa sa mère et gagna sa chambre. Elle se coucha, éteignit la bougie et se retrouva seule dans la noirceur de la nuit. Les compagnons de James semblaient être de braves hommes. Elle s'endormit en pensant que son frère avait beaucoup de chance de s'être fait des amis.

3

Le lendemain, Flora s'était réveillée plus tard que d'habitude. La porte de la chambre de James était encore fermée et elle se doutait bien qu'il s'y trouvait encore. Elle frappa doucement et entra. James était allongé sur son lit, mais ne dormait pas. Elle avança une chaise près de lui.

— Comment vas-tu ce matin ?

— Je ne me sens pas tellement bien, à vrai dire. J'ai dormi d'un sommeil agité et je ne comprends toujours pas comment je suis revenu à la maison et encore moins comment j'ai réussi à grimper jusqu'à ma chambre.

— Tes compagnons t'ont ramené. Tu étais si mal en point que tu peux t'estimer heureux d'être revenu sain et sauf.

— Je me souviens d'avoir rencontré Étienne et François-Xavier à l'auberge. J'ai aussi rencontré l'autre fils Lacombe, mais je ne me souviens plus de son prénom.

— Ce qui importe, c'est que tu te reposes.

— Père a dû en faire une tête lorsque je suis rentré.

— Il n'est pas au courant de ton écart de conduite et, si j'étais toi, je m'habillerais et je descendrais comme si de rien n'était.

— Je m'en sens incapable. Peux-tu m'excuser auprès de nos parents ? Je vais me reposer encore un peu et peut-être que je pourrai descendre tout à l'heure.

— C'est bien, je reviendrai te voir après le déjeuner.

Flora embrassa son frère sur le front et James la remercia de s'être occupée de lui. Flora descendit en prenant soin de refermer la porte derrière elle.

En bas, son père la salua et sa mère leva les yeux vers elle. Flora déclara que James ne se sentait pas bien ce matin et qu'il descendrait plus tard. Katherine remercia sa fille en silence et John Henry ne remarqua pas que Flora était un peu mal à l'aise.

* * *

Bien qu'il se soit mis au lit plus tard que d'habitude, François-Xavier s'était levé à l'heure des poules et travaillait déjà aux champs avec son père. Joseph avait interrogé son fils sur leur soirée à l'auberge. François-Xavier raconta à son père comment il avait ramené le fils MacGregor chez lui. Joseph sourit en pensant que ce matin devait être bien pénible pour le jeune MacGregor. Il devait sûrement avoir quelque peu «mal aux cheveux». Dans sa jeunesse, il lui était arrivé d'abuser du rhum et il savait le danger de cet alcool. Il se souvenait des maux de tête et de cœur qu'il avait éprouvés le lendemain de la veille. Il chassa ses souvenirs de jeunesse de son esprit et continua son travail.

* * *

Après le déjeuner, Flora était allée à la cuisine pour faire préparer une tasse de bouillon à son frère. Elle déposa la tasse sur un plateau avec quelques tranches de pain grillé. Après avoir frappé à la porte de la chambre de James, elle entra sans faire de bruit. James s'était rendormi. Flora posa le plateau sur sa table de chevet et réveilla doucement son frère. James s'assit dans son lit et sa sœur lui tendit la tasse de bouillon chaud qui saurait lui replacer l'estomac.

— Je ne sais pas comment te remercier, Flora. Je me sens un peu mieux et je pense que c'est grâce à toi.

— Je suis heureuse que tu ailles mieux. Nous nous sommes beaucoup inquiétées pour toi, hier soir.

— Je suis désolé si je vous ai causé du souci, à toi et à mère, mais je suis certain que père n'a pas remarqué ma disparition.

Flora constata que James semblait très amer au sujet de leur père et elle en fut navrée. Voulant arranger un peu les choses, elle dit à James que leur père s'était lui aussi inquiété de sa disparition. James n'en croyait pas un mot et trouvait bien aimable de la part de sa sœur qu'elle mente pour sauver les apparences. Voyant son frère triste tout à coup, Flora lui prit la main et lui dit doucement :

— Je pense qu'une promenade à cheval nous ferait le plus grand bien. Je te laisse quelques minutes pour que tu t'habilles puis nous irons galoper un peu.

— Je ne crois pas que je serai de très bonne compagnie. Vas-y seule, Flora. Je vais dormir encore un peu.

Voyant que James semblait un peu réconforté, elle n'insista pas et lui dit qu'elle reviendrait plus tard. James lui embrassa la main et finit tranquillement son bouillon.

* * *

Flora n'alla pas à cheval, préférant que son frère l'accompagne. Elle écrivit plutôt une lettre à Anne pour lui relater les événements des derniers jours. Elle avait tellement hâte de recevoir des nouvelles de sa chère sœur. Elle lui décrivit la réception donnée en leur honneur chez les Callaghan. Néanmoins, elle omit volontairement de lui raconter dans quel état son frère était revenu la veille. Elle ne tenait pas à inquiéter Anne outre mesure et, de toute façon, elle avait la conviction que James ne recommencerait pas de sitôt à boire du rhum. Il lui avait dit que, pour l'instant, il avait eu sa leçon et qu'il avait en horreur l'odeur de cet alcool.

Après avoir écrit sa lettre, Flora rejoignit sa mère au jardin puis se promena près de la rivière, le long de la propriété des MacGregor. Flora aimait rester assise sur une grosse pierre et écouter le grondement de l'eau qui descendait en rapides vers le bassin de Chambly. Elle ferma les yeux en profitant du moment de bien-être qui la submergeait. Peut-être qu'après tout, la vie à Chambly ne serait pas aussi mauvaise qu'elle l'avait pensé, hormis le fait qu'elle était loin de sa chère sœur. Anne lui donnerait de ses nouvelles bientôt et leur rendrait sans doute visite pendant les vacances.

Flora rêvassait tranquillement quand elle entendit des pas derrière elle. James avait-il enfin décidé de sortir prendre l'air ? Sa surprise fut grande lorsqu'elle se retourna. Wallace se tenait devant elle et la regardait.

— Je ne voulais pas vous faire peur. Pardonnez-moi de troubler votre quiétude. Vous sembliez perdue dans vos pensées.

— Je profitais seulement du magnifique paysage qui s'offre à moi. Tout est si beau ici. Je pensais à ma chère sœur qui me manque grandement. Elle aussi aime beaucoup cet endroit. J'aimerais tant qu'elle soit près de moi.

— Aujourd'hui, vous devrez vous contenter de ma présence.

— J'en serais très honorée.

Wallace s'assit auprès de Flora sur une pierre. Il regarda un instant les tourbillons de la rivière à leurs pieds, puis examina Flora qui baissa les yeux. Elle était très intimidée par le regard perçant de Wallace. Devant lui, elle se rendait compte qu'elle perdait tous ses moyens. Wallace dégageait une immense confiance en lui et Flora se sentait mal à l'aise. Le silence lui pesait, mais elle ne savait pas quoi lui dire. Elle fut reconnaissante qu'il parle.

— Je suis venu rendre visite à votre père. Quand je vous ai vue près de la rivière, j'ai décidé de venir vous saluer et vous remercier.

— Me remercier à propos de quoi ?

— Parce que j'ai passé une excellente soirée en votre compagnie lors de ma réception.

— Je me suis bien amusée moi aussi.

— Je compte bien donner d'autres réceptions et vous y inviter, vous et votre famille. Votre père est un homme honorable et je suis heureux de le compter parmi mes amis. J'aimerais connaître votre frère un peu plus, chère Flora. Il me semble que nous pouvons être amis. Se trouve-t-il à l'intérieur avec votre père ?

— James est plutôt mal en point aujourd'hui. Il est sûrement à l'intérieur à se reposer. Il s'est endormi tard et il a préféré garder le lit.

— J'espère que son état n'inspire aucune crainte. Je vais vous laisser admirer les remous de la rivière pour aller rencontrer votre père. J'ai été très heureux de vous revoir, Flora. Vous pouvez venir me rendre visite chez moi avec votre famille. J'en serais très honoré.

Wallace prit la main de la jeune femme et l'effleura des lèvres. Flora lui sourit et le remercia de son invitation. Elle le regarda partir et se diriger vers la maison. Elle était impressionnée par sa démarche assurée. Elle pensait à ce que son père avait dit à sa mère et elle ressentait un grand malaise par rapport à lui. Elle ne pouvait pas dire quels sentiments l'habitaient lorsqu'elle se trouvait en présence de Wallace. Sa galanterie était très flatteuse et Flora ne détestait pas ses compliments. Il n'y avait que cette assurance qui ne laissait aucun doute sur le fait qu'il devait toujours parvenir à ses fins.

* * *

Après avoir salué Katherine MacGregor, Wallace s'était fait conduire auprès de John Henry. Celui-ci se trouvait dans sa bibliothèque et lisait tranquillement *The Montreal Gazette*. Il accueillit chaleureusement Wallace et l'invita à s'asseoir près de lui. Wallace regarda les milliers de livres qui couvraient les murs de la vaste bibliothèque. Voyant avec quel intérêt il regardait sa collection, John Henry l'invita à faire le tour de la pièce. Tous les ouvrages étaient classés par ordre alphabétique et par sujet. Outre les livres de médecine et de politique, John Henry possédait des livres d'histoire, de géographie et des traités de philosophie. Après les avoir survolés, Wallace s'assit dans un gros fauteuil près de la fenêtre.

— Je suis très impressionné par votre bibliothèque, docteur MacGregor. La mienne semble minuscule à côté de la vôtre.

— Ce sont les années qui m'ont fait accumuler autant de livres. Sans me vanter, je peux affirmer honnêtement que j'ai lu tous les livres que je possède. Je dois dire que mes œuvres préférées sont celles portant sur la politique et l'histoire militaire. Je m'y intéresse beaucoup. Comme mon père et mon grand-père, d'ailleurs.

— La politique m'intéresse moi aussi. Je possède quelques livres sur ce sujet, mais je dois avouer que vous en avez beaucoup plus que moi.

— Il me serait agréable de vous en prêter, Wallace. Avant de partir, prenez le temps de choisir ce qui vous plaît.

— Je vous remercie beaucoup, docteur MacGregor. J'ai remarqué que tout à l'heure vous étiez en train de lire votre journal. Y a-t-il des nouvelles importantes, dignes de mention ?

— Pas vraiment, il est souvent question du Parti patriote ces temps-ci. Papineau et ses amis commencent à s'impatienter. Depuis le dépôt de leurs 92 Résolutions, en 1834, ils attendent toujours une réponse du Parlement de Londres. Je pense qu'il y aurait longtemps que j'aurais cessé d'attendre à leur place.

— À mon avis, ils réclament beaucoup trop de choses. Il est presque évident que Londres va refuser leurs recommandations.

— Toute cette histoire sent la rébellion.

— Je ne crains pas le soulèvement de quelques habitants, armés de leurs fourches et de leurs faux. L'armée britannique aura sûrement le temps et les moyens de mater tout début de révolte.

John Henry espérait sincèrement que Wallace ait raison. Bien malgré lui, il avait été témoin de la violence d'un soulèvement populaire, une émeute survenue quelques années plus tôt lors des élections partielles à Montréal. Pour empêcher toute révolte, l'armée avait dû tirer sur la foule, faisant trois morts et deux blessés graves. Les Canadiens français avaient accusé le gouverneur d'avoir permis ce massacre et il s'en était fallu de peu pour qu'une véritable insurrection soit enclenchée. Cette histoire était loin d'être terminée et, un jour ou l'autre, il se passerait quelque chose.

Wallace regardait John Henry qui semblait perdu dans ses pensées. Il décida de rompre le silence.

— Vous avez parlé de votre père et votre grand-père qui s'intéressaient aussi à la politique. Ils devaient être des hommes aussi cultivés que vous, docteur MacGregor. Parlez-moi d'eux.

— Mon grand-père John, venu d'Écosse, est arrivé au Canada en 1760. Il venait au pays en tant que soldat. Il était présent lors de la capitulation de Montréal auprès du général Amherst. Après la guerre de la Conquête, il a décidé de s'établir ici ; sa femme et son fils Henry, mon père, sont venus le rejoindre. Avec sa fortune personnelle, mon grand-père s'est établi et a payé les études en médecine de son fils, quelques années plus tard. Mon père a épousé la fille d'un militaire influent. Je suis né quelques années après cette union. J'ai étudié la médecine et j'ai participé à la guerre de 1812. Avant de partir au front, j'ai épousé Katherine, James est né alors que j'étais encore là-bas.

— Vos enfants ont eu beaucoup de chance de vous avoir comme parents. Je n'ai pas vraiment connu les miens. Heureusement que ma grand-mère s'occupait de moi. Je vous envie d'avoir une famille qui vous entoure. J'ai bien quelques oncles et tantes, mais en Angleterre. Je dois dire que parfois je me sens bien seul dans mon immense manoir.

— Vous êtes le bienvenu en tout temps chez nous, Wallace. Je suis étonné que vous n'ayez pas encore pris femme. Vous pourriez avoir une famille bien à vous.

— Je ne me suis pas marié parce que je n'ai pas trouvé la perle rare. Peut-être suis-je trop exigeant ? J'ai connu quelques femmes, mais c'était sans importance. Je ne me voyais pas passer le reste de mes jours avec elles. De toute façon, je compte bien accepter votre invitation et venir vous voir le plus souvent qu'il me sera permis. D'ailleurs, j'aimerais bien connaître votre fils un peu mieux. Je pense que nous pourrions devenir amis.

— J'en serais très heureux. Peut-être auriez-vous une bonne influence sur lui ? Nous avons eu quelques différends dernièrement. Nous sommes si différents et à la fois si semblables. Il est aussi têtu que moi.

— J'aurais bien aimé avoir un père qui se serait soucié de moi comme vous le faites pour James.

Wallace tira sa montre de sa poche et s'étonna en voyant l'heure.

— Je crois que je vais vous laisser. Il sera bientôt l'heure de dîner et j'ai des affaires à préparer. Je vais à Montréal pour quelques jours.

— J'aimerais beaucoup que vous restiez avec nous dîner. Ma famille en sera enchantée, j'en suis certain.

— Je ne veux pas m'imposer, docteur MacGregor.

— J'insiste. Il me sera agréable de vous recevoir à ma table. Je vous demande de ne plus m'appeler docteur MacGregor, mais John Henry. Maintenant, le médecin ici, c'est James.

— J'accepte votre invitation, John Henry.

Wallace serra la main de John Henry et les deux hommes continuèrent leur conversation en attendant d'être appelés pour le dîner.

* * *

Toute la famille Lacombe se trouvait attablée et dégustait la soupe aux pois que Geneviève avait préparée avec sa mère. Étienne était venu manger avec eux. Il arrivait souvent que le jeune homme dîne avec la famille Lacombe. Étienne aimait bien bavarder avec Joseph qu'il considérait comme un père. Les trois hommes discutaient de leur travail de la journée. Geneviève et sa mère les écoutaient et prenaient le temps de se reposer un peu de leur dure journée de travail.

Geneviève avait remarqué que, depuis quelque temps, Étienne n'était plus le même avec elle. Elle avait été pendant longtemps aussi complice avec Étienne qu'avec François-Xavier. Enfant, elle s'était souvent amusée avec eux à grimper aux arbres et à pêcher. Désormais, quand Étienne lui parlait ou la regardait, elle avait l'impression que le comportement de celui-ci avait changé. Elle n'avait pas trouvé le courage d'en parler à son frère qui se serait peut-être moqué d'elle et encore moins d'en parler à sa mère, car cela la gênait terriblement. Après tout, ce n'était qu'une impression. Probablement qu'Étienne n'avait pas changé. C'était peut-être qu'elle vieillissait et qu'elle ne voyait plus les gens de la même façon. Elle se promit d'observer Étienne plus attentivement au cours des prochains jours.

* * *

James avait décidé de s'habiller et de descendre pour le souper. Son père se poserait des questions s'il ne se présentait pas pour le repas. Sa tête le faisait horriblement souffrir et son estomac se tordait encore un peu. Il mangerait peu et se coucherait tôt. Le lendemain, il devait remettre le bureau en ordre afin d'être prêt à recevoir ses nouveaux clients. Avant de descendre, il alla frapper à la porte de la chambre de Flora. Sa sœur pourrait l'accompagner en bas.

Flora refaisait sa coiffure avant de descendre pour le repas quand son frère frappa à sa porte. Elle l'invita à entrer. James avait meilleure mine et il alla s'asseoir sur le lit, le temps qu'elle se prépare. James complimenta sa sœur et lui demanda pourquoi elle s'était changée pour le repas.

— Mère m'a avisée que nous avions un invité ce soir. Wallace Callaghan est passé rendre visite à notre père et celui-ci a cru bon de l'inviter à prendre le repas avec nous.

James était heureux de la tournure des événements. Il ne se sentait pas la force d'affronter la mauvaise humeur de son père. Il était évident qu'avec un invité dans la maison, John Henry ne le questionnerait pas sur ce qu'il avait fait la veille. Il aurait voulu raconter à sa sœur à quel point il avait été déçu de la décision de leur père. Pour le moment, il n'en avait pas la force. Plus tard, il lui raconterait ce qui s'était passé avec John Henry. Il savait qu'il pouvait avoir confiance en Flora.

* * *

Après le repas, Joseph bourra sa pipe et s'assit dans la berceuse près du feu. Même si le mois de mai était arrivé, les nuits étaient encore fraîches et il faisait bon d'allumer un feu pour enlever l'humidité de la maison. François-Xavier et Étienne commencèrent une partie de cartes pendant que Geneviève et Marie-Louise lavaient la vaisselle. Geneviève frottait énergiquement la grosse marmite dans laquelle sa soupe aux pois avait cuit. Elle tournait le dos à Étienne et elle ne voyait pas que, parfois, il la regardait intensément.

La vaisselle terminée, Geneviève s'assit près de son père et continua son ouvrage de broderie commencé plus tôt dans la semaine. De temps à autre, elle jetait des regards furtifs en direction d'Étienne et, quand le jeune homme surprenait son regard, il baissait immédiatement les yeux vers son jeu. Il semblait absorbé dans sa partie de cartes et Geneviève se dit qu'elle aurait tout le loisir de l'observer le dimanche suivant à la pêche.

* * *

Malgré la tension, le repas se déroula bien. John Henry avait accueilli James en lui demandant s'il s'était remis de son indigestion. James avait été surpris par cette attitude. Son père devait bien se douter qu'il n'avait pas souffert d'une indigestion, mais qu'il devait son malaise à l'abus d'alcool. James s'était senti soulagé que son père ne lui reproche pas son inconduite.

Durant tout le repas, Wallace avait observé Flora. Toujours aussi mal à l'aise, celle-ci décida néanmoins d'affronter sa timidité et de lever les yeux vers lui. Contrairement à ce qu'elle aurait pensé, il ne détourna pas le regard. Il l'observait toujours. Elle feignit de l'ignorer et continua tranquillement de manger.

Après le repas, la famille passa au salon. Flora s'assit dans un gros fauteuil près des trois hommes et prit sa broderie. Katherine se retira dans un coin de la pièce et se mit à lire de la poésie, laissant les hommes discuter de différents sujets.

James déposa son journal. S'adressant à son père, il pointa du doigt l'article sur le Parti patriote.

— Ils attendent toujours une réponse du Parlement de Londres.

Flora demanda à son père ce que le Parti patriote pouvait bien réclamer à Londres qui tardait à répondre à leur demande.

— Ils voudraient un Conseil législatif électif et un Conseil exécutif responsable. Ils souhaiteraient avoir un contrôle du budget par l'Assemblée élue et que la fonction publique soit accessible aux Canadiens français. Ils revendiquent la défense des droits et de la langue française, ils réclament le contrôle des fonds publics par la Chambre d'assemblée et ils veulent une meilleure administration de la justice. Rien de plus !

John Henry secoua la tête en soupirant. Wallace sourit, puis il prit la parole.

— Ils ont beaucoup trop de requêtes et beaucoup d'entre elles sont sans importance. Imaginez ! Papineau et ses amis souhaitent une révision de la politique de distribution des terres et ils veulent conserver les lois françaises. Ils ne se rendent pas compte que le Bas-Canada est tombé aux mains de l'Angleterre depuis un peu plus de soixante-quinze ans. C'est l'Angleterre, maintenant, qui décide des lois et de tout ce qui concerne la colonie.

Flora posa son travail de broderie et regarda Wallace droit dans les yeux.

— Il serait peut-être intéressant que nous puissions choisir ce qui est bon pour nous ? Londres est bien loin pour décider de notre sort.

— Le Bas-Canada devra désormais admettre que sa mère patrie c'est l'Angleterre. La Nouvelle-France a été conquise et c'est au pays conquérant de décréter des lois.

— Je ne suis pas d'accord avec cette façon de penser. Londres devrait reconnaître que la majorité, c'est-à-dire les gens vivant de ce côté-ci de l'océan, a le droit de participer à l'administration de la colonie et que cette majorité peut régir le pouvoir politique.

— La majorité dont il est question ici, ma chère, parle français. Nous sommes des sujets de Sa Majesté, dois-je vous le rappeler ?

— L'Angleterre devrait se rendre à l'évidence : tôt ou tard ses enfants devront la quitter !

John Henry observa sa fille. Jamais il n'avait senti une telle colère dans sa voix. Wallace regardait Flora avec un air de défi, il semblait s'amuser à la voir s'emporter. Bien qu'il éprouvât beaucoup de fierté de voir sa fille tenir tête à un homme, il la ramena à l'ordre.

— Je pense, Flora, que tu exagères quelque peu. L'Angleterre a déjà accordé beaucoup de droits aux Canadiens français. Tu t'emportes ! Je comprends maintenant pourquoi la politique n'est pas l'affaire des femmes ! Vous êtes beaucoup trop émotives.

Flora jeta un regard furieux à son père et revint à son ouvrage, piquant furieusement son aiguille dans l'étoffe. Elle trouvait si injuste d'être traitée comme une ignorante. Elle aussi avait lu presque tous les livres que son père possédait. La politique et l'histoire la fascinaient. Les États-Unis avaient réussi à devenir indépendants de l'Angleterre des années plus tôt. Pourquoi en serait-il autrement pour le Bas et le Haut-Canada ? Les hommes devaient laisser plus de place aux femmes dans leurs grandes décisions politiques. L'émotivité, justement, rendrait peut-être justice à ceux qui la réclamaient. James, regardant sa sœur, interpella son père avec un air de défi :

— Je suis d'accord avec Flora, l'assemblée a été élue et elle devrait pouvoir décider de ce qui est le mieux pour le peuple. L'Angleterre est comme un père qui refuse de voir vieillir ses enfants.

John Henry lui lança un regard furieux. N'ayant rien perdu de la scène, Wallace annonça à ses hôtes qu'il devait aller préparer ses bagages pour son départ à Montréal le lendemain. La tension s'estompa. James se retira avec sa mère et John Henry pria Flora de raccompagner leur invité. Celle-ci posa furieusement sa broderie et se dirigea vers le vestibule pour raccompagner Wallace.

— J'ai bien aimé discuter avec vous, ma chère. Je chéris la compagnie féminine qui sait parler d'autres choses que de vêtements et de sorties mondaines.

— Si les hommes écoutaient un peu plus ce que les femmes pensent, la colonie serait peut-être mieux gouvernée.

— Je prends note de ce que vous venez de dire, Flora. Dès mon retour de Montréal, j'espère bien continuer cette discussion où nous l'avons laissée.

— Je crains que nous ne parvenions pas à nous mettre d'accord. Vous allez à Montréal ? Puis-je vous demander de remettre une lettre à ma sœur ?

— Bien entendu ! C'est avec plaisir que je vous rendrai ce service. Il y a si longtemps que je n'ai pas vu votre sœur ; je profiterai de cette occasion pour lui faire mes hommages.

Flora le remercia et le pria d'attendre quelques instants, le temps d'aller chercher la lettre. Elle se précipita dans sa chambre pour récupérer sa missive. Elle prit le soin d'indiquer l'adresse d'Anne sur un bout de papier et redescendit.

Wallace l'attendait sur la galerie et regardait les étoiles. Elle lui remit la lettre et l'adresse de sa sœur. Wallace la regarda un instant et dit :

— Peut-être pourrez-vous m'accompagner à Montréal la prochaine fois que je m'y rendrai ?

Flora se contenta de sourire. Wallace, ne perdant pas ses bonnes habitudes, lui prit la main et l'embrassa. Elle le regarda descendre l'escalier et s'enfoncer dans la nuit. Quand il se retourna pour la saluer, elle était déjà rentrée.

4

Après la messe, comme tous les dimanches, les paroissiens discutaient sur le perron de l'église. François-Xavier et Étienne avaient convenu de se rejoindre tout de suite après la messe. Ils devaient passer chez eux pour se changer, prendre leur pique-nique, leur canne à pêche et se rendre sur les bords du Richelieu où James devait les retrouver. Geneviève les accompagnerait. François-Xavier se disait que ce serait l'occasion rêvée pour la laisser seule avec Étienne afin qu'il puisse lui faire part de ses sentiments. Il n'en avait pas parlé à Étienne, mais il espérait sincèrement que son ami profite de ce moment pour lui déclarer sa flamme.

Après avoir emporté tout ce dont ils avaient besoin, François-Xavier, Étienne et Geneviève se dirigèrent vers l'endroit où les attendait James. François-Xavier avait emprunté la canne à pêche de son père, car James n'en avait pas. Leur ami n'était pas encore arrivé et les trois jeunes gens prirent le temps de s'installer confortablement en attendant de faire honneur au pique-nique.

* * *

Tout de suite après que le pasteur eut donné congé aux fidèles, James se précipita chez lui pour se changer et aller retrouver ses amis. John Henry regarda son fils partir précipitamment. Il se demandait bien où il se rendait à cette vitesse et l'intercepta au moment où il traversait le vestibule.

— Où te diriges-tu comme ça, mon garçon ?

— Je vais pêcher avec des amis.

— Tu devrais prendre le temps de manger avant de courir retrouver ces gens.

— Tout est prévu pour que nous mangions là-bas. Je dois partir, ils m'attendent. Nous sommes dimanche, père, aucun patient ne viendra aujourd'hui.

— Vas-y! Mais souviens-toi, James: sous mon toit, c'est encore moi qui décide de tes allées et venues. Ce serait bien si tu ne rentrais pas trop tard.

James s'en alla sans dire un mot. Son père le traitait une fois de plus comme un enfant. Quand se rendrait-il donc compte qu'il avait désormais vingt-cinq ans et qu'il pouvait très bien décider de ce qui était bon pour lui? Jamais il ne pourrait comprendre son père. Tout en se dirigeant vers l'écurie, James pensa qu'il devait l'oublier et profiter de la journée. Le soleil réchauffait de plus en plus la terre et le vent était beaucoup plus agréable à présent. L'été arrivait à grands pas. En se rendant à l'écurie, il croisa sa sœur et lui demanda ce qu'elle ferait cet après-midi.

— Peut-être une promenade à cheval. Je n'en ai pas fait encore depuis que nous sommes ici, et je pense que sortir me fera le plus grand bien. Je me sens si nostalgique. J'ai tellement hâte d'avoir des nouvelles de notre chère sœur. J'espère que lorsque Wallace reviendra, il apportera une lettre d'Anne. Il devrait revenir de Montréal dans quelques jours.

— Tu fais bien de te distraire. Si jamais tu en as envie, viens nous rejoindre près du bassin, je vais pêcher avec mes compagnons. Je pourrai te les présenter mieux que la dernière fois.

Flora éclata de rire en pensant aux circonstances de sa rencontre avec les amis de James. Elle revoyait son frère, porté comme un pantin désarticulé jusque dans sa chambre. James s'esclaffa en voyant qu'il avait réussi à divertir sa sœur. Il l'embrassa en lui faisant promettre de venir les retrouver si elle se sentait seule.

* * *

Étienne et François-Xavier s'étaient assis sur un rocher et avaient jeté leur ligne à l'eau. Geneviève avait étendu sur l'herbe la vieille nappe que sa mère lui avait prêtée et le panier à pique-nique en plein centre en attendant de servir le repas. L'ami de François-Xavier tardait à arriver et Geneviève commençait à se demander s'il viendrait. La réponse à ses interrogations lui fut donnée lorsqu'elle entendit venir un cheval.

Le jeune homme semblait être du même âge que son frère et avait à peu près la même taille. François-Xavier alla à la rencontre du nouveau venu tandis qu'Étienne ramassait les cannes à pêche. Geneviève ne savait pas si elle devait aller rejoindre François-Xavier ou attendre que son frère vienne le lui présenter. Elle décida d'attendre.

James attacha sa monture à un arbre et rejoignit François-Xavier et Étienne. Ses deux compagnons le conduisirent à Geneviève. James ne s'attendait pas à rencontrer la jeune sœur de son ami et fut surpris de la trouver là. François-Xavier fit les présentations et James serra la main de Geneviève. Sa main lui sembla bien petite dans la sienne. Pourtant, malgré la finesse de ses doigts, il constata que Geneviève serrait fermement la sienne. Il la regarda un instant et vit qu'elle rougissait. Jamais de toute sa vie il n'avait éprouvé pareil sentiment en regardant une jeune femme. Bien qu'elle soit toute menue, la sœur de son ami dégageait une force surprenante. Ses cheveux d'un blond doré étaient retenus en nattes. Elle ne baissa pas les yeux et James put en admirer le gris bleu. Elle avait le regard espiègle et tout ce qu'il trouva à dire était qu'il était ravi de faire sa connaissance. Elle répondit par un sourire et il alla s'asseoir avec ses amis.

Geneviève avait rougi lorsque James avait posé son regard sur elle. Elle avait remarqué la douceur de ses mains… James ne devait jamais avoir tenu un outil de sa vie. Jamais auparavant elle n'avait ressenti cela en voyant quelqu'un. Son cœur battait très fort et ses joues étaient brûlantes. Le souffle coupé, elle alla s'asseoir près de son frère et d'Étienne, commença à servir le repas en distribuant de la soupe aux pois et un morceau de pain. Puis elle se servit et commença à manger en jetant un regard furtif à James. De temps à autre, leurs regards se croisaient. Les deux jeunes gens détournaient les yeux et continuaient de manger.

Après le repas, François-Xavier et Étienne retournèrent au bord de l'eau pour installer leurs cannes à pêche. James resta avec Geneviève et l'aida à ramasser la vaisselle et le panier à provisions. James la remercia pour ce délicieux repas. Elle le remercia de l'avoir aidée et lui dit qu'il pouvait aller rejoindre son frère et Étienne. James lui sourit avant de tourner les talons. Elle le regarda partir en pensant qu'elle était heureuse d'avoir accompagné son frère et Étienne en cette belle journée du mois de mai.

* * *

Flora aidait Katherine à nettoyer le jardin. Elle se sentait triste, mais elle n'osait pas en parler à sa mère. Katherine lui aurait dit de ne pas s'en faire, que tout allait s'arranger! Flora savait pertinemment que la seule façon pour que les choses se règlent était qu'elle devait se trouver une occupation pour ne plus penser à Anne qui lui manquait terriblement. James était parvenu à se faire des amis et Flora l'enviait d'avoir quelqu'un avec qui discuter. La solitude la terrifiait. Pour la vaincre, elle devait apprendre à profiter des moments où elle était livrée à elle-même. Avant de partir, James lui avait dit que si elle se sentait trop triste, elle pouvait venir les rejoindre près de la rivière. Elle était intimidée à l'idée de rejoindre James et ses amis. Du reste, elle trouvait intolérable d'attendre des nouvelles d'Anne et de rester à ne rien faire à la maison. Flora se dit que la meilleure chose pour elle était d'accepter l'invitation de James. Elle promit à sa mère de rentrer tôt en mentionnant qu'elle partait pour une promenade à cheval.

* * *

François-Xavier avait fait tout son possible pour qu'Étienne et Geneviève se retrouvent seuls quelques instants. Il s'était assis près de James et avait discuté de toutes sortes de choses en espérant qu'Étienne en profite pour parler à Geneviève. Ce dernier était resté près d'elle, mais ne semblait pas lui avoir parlé de ses intentions. Geneviève pêchait elle aussi et semblait trop occupée pour lui laisser la moindre chance de lui faire part de sa proposition. François-Xavier aurait voulu être seul avec Étienne pour lui dire qu'il devait faire sa demande en mariage à Geneviève le plus tôt possible, mais l'occasion ne se présenta pas. François-Xavier baissa les bras et se dit qu'il devait profiter de la journée et cesser de s'inquiéter. Étienne ferait sa déclaration en temps voulu.

James manipulait à présent sa canne à pêche comme un maître. Il observait Geneviève du coin de l'œil; elle ne devait pas en être à sa première expérience. Elle lançait son hameçon avec énergie et fut récompensée par quelques bonnes prises. Comme elle était belle! Il aurait voulu être seul avec elle et lui dire à quel point elle lui plaisait. James était parvenu à oublier ses problèmes avec son père et profitait pleinement de cette magnifique journée. Il se sentait bien avec ses nouveaux amis et il avait peut-être trouvé l'amour. Geneviève ne le laissait pas indifférent, son cœur battait à tout rompre lorsqu'il se trouvait à ses côtés. Il n'était pas familier avec ce type de sentiment, mais il était presque certain qu'il ne pouvait s'agir que d'amour. Il parlerait peut-être de tout ceci à Flora. À qui d'autre pouvait-il se confier?

Les compagnons pêchaient depuis une bonne heure déjà lorsque Flora arriva près d'eux. Déjà, elle regrettait d'avoir rejoint son frère. Elle avait tellement peur d'imposer sa présence. Elle pensa rebrousser chemin, mais se ravisa. Elle devait au moins aller saluer James et ses compagnons. Elle dirigea sa monture vers celle de James, descendit, attacha soigneusement son cheval à un arbre et lissa les plis de sa jupe. Puis elle se dirigea vers le groupe d'un pas mal assuré.

Ayant vu sa sœur arriver, James alla à sa rencontre. Comme il était heureux qu'elle soit venue les rejoindre ! Flora sourit à son approche et se dirigea vers lui. Il lui prit la main et lui dit :

— Je suis heureux de te voir ici, Flora. Viens que je te présente mes amis.

Flora suivit son frère. Étienne prit la main gantée de Flora, la salua et retourna à sa canne à pêche. François-Xavier la regarda un instant en se disant qu'il n'avait jamais vu de jeune femme aussi élégante, puis il lui serra délicatement la main en prenant soin de ne pas écraser ses doigts qui semblaient si fragiles sous ses gants de cuir. Flora se sentit rougir quand François-Xavier posa son regard sur elle. Le jeune homme lui sourit timidement et passa machinalement la main dans ses cheveux châtains, décolorés par le soleil. Il la salua et retourna auprès d'Étienne.

Geneviève vint à sa rencontre et James lui présenta la sœur de son ami. Geneviève lui serra énergiquement la main en lui souhaitant la bienvenue. Elle l'invita à s'asseoir pour faire connaissance. Flora la suivit et s'installa près d'elle sur une grosse souche en lissant de nouveau les plis de sa jupe.

— Je suis bien heureuse de vous rencontrer, mademoiselle MacGregor. James ne m'avait pas dit qu'il avait une sœur.

— Je pense que nous avons le même âge ; donc nous pourrions nous appeler par nos prénoms et nous tutoyer.

— C'est une excellente idée. Comment trouves-tu Chambly ?

— C'est un bel endroit, je pense que je devrais m'y plaire beaucoup. Je dois avouer cependant que Montréal me manque un peu. En fait, ma sœur me manque davantage.

— Je comprends que tu te sentes seule. Je pense que moi aussi je me sentirais bien seule si je vivais pareils changements dans ma vie.

Flora écoutait Geneviève et elle était heureuse de pouvoir parler à quelqu'un d'étranger à sa famille. Flora et Geneviève s'entendaient très bien, discutant comme si elles s'étaient toujours connues. Elles se découvrirent de nombreux points communs et se montrèrent enchantées de partager quelques confidences. Flora était contente d'avoir accepté l'invitation de son frère. Elle avait trouvé une amie avec qui parler. Geneviève ne manquait pas d'énergie et Flora aimait sa compagnie.

James regardait de temps à autre sa sœur. Il semblait bien que Flora se soit fait une amie. Les deux jeunes femmes semblaient s'entendre à merveille. François-Xavier s'approcha de James.

— Je pense que Geneviève a trouvé l'âme sœur.

— Je peux dire la même chose de Flora. Je suis bien heureux, car elle se sentait bien seule depuis notre arrivée à Chambly. Je m'estime heureux moi aussi d'avoir des amis comme Étienne et toi.

— Je suis vraiment content que nous nous entendions si bien. Comme je peux le constater, tu t'es vite habitué à la canne. On dirait même que tu pêches depuis toujours.

— Je reviendrai volontiers pêcher ici, l'endroit est formidable. Je devrai trouver le temps, car je vais être prochainement très occupé. Le docteur Leblanc avait une clientèle nombreuse.

L'après-midi passa rapidement pour les cinq jeunes gens et, bientôt, ils décidèrent de se séparer pour retourner dans leur famille. Bien que de milieux forts différents, les deux jeunes femmes s'étaient rapidement liées. Flora et Geneviève se promirent de se revoir le dimanche suivant au même endroit. Les deux nouvelles amies s'embrassèrent et Flora se dirigea vers son cheval, attaché à côté de celui de son frère. James salua ses deux amis. Il s'arrêta près de Geneviève, lui prenant délicatement la main et l'effleura des lèvres en disant qu'il avait été bien heureux de la rencontrer. Retenant son souffle et essayant de calmer les battements de son cœur, Geneviève le remercia d'être venu et de lui avoir permis de rencontrer Flora. James se dirigea vers sa sœur, aida celle-ci à monter sur son cheval et enfourcha sa propre monture. Flora salua Geneviève et les MacGregor quittèrent leurs amis. Geneviève suivit des yeux James jusqu'à ce qu'il ne soit plus visible à l'horizon. Elle rassembla ses affaires et regagna la maison paternelle aux côtés de François-Xavier et d'Étienne.

* * *

Flora et James arrivèrent à temps pour se changer avant le repas du soir. Flora était si heureuse de s'être fait une amie. Geneviève était tellement aimable. Lorsqu'elle descendit à la salle à manger, elle se rendit compte qu'elle ne s'était pas sentie aussi bien depuis son départ de Montréal. Elle raconta à sa mère comment elle avait fait la connaissance de Geneviève et à quel point elles se ressemblaient. Katherine était sincèrement heureuse de voir que sa fille ait enfin une amie. James était un peu plus songeur et, à la fin du repas, il se retira dans sa chambre.

* * *

Après avoir aidé sa mère à laver la vaisselle, Geneviève s'assit près de la fenêtre et laissa libre cours à ses rêves. Elle espérait revoir James durant l'été. Elle fermait les yeux et revoyait sans cesse le bleu de ses yeux. Les battements de son cœur s'accéléraient lorsqu'elle repensait à ses lèvres qui s'étaient posées sur sa main. Peut-être la voyait-il comme autre chose que la fille d'un habitant ? Elle l'espérait sincèrement. Son accent l'avait charmée dès qu'il s'était adressé à elle. Il parlait très bien français pour un « Anglais de Montréal ». James s'était peut-être conduit avec elle comme avec toutes les jeunes filles qu'il rencontrait ? Elle inspira profondément pour tenter de se calmer et reprendre le contrôle de ses pensées. Elle prêterait davantage attention à l'attitude de James envers elle.

Le soir, dans son lit, elle pria Dieu en lui demandant de faire en sorte qu'elle ne se trompe pas quant à l'attitude de James, car, elle le savait désormais, elle venait de tomber amoureuse.

* * *

James eut du mal à trouver le sommeil cette nuit-là. Il repensait à sa rencontre avec Geneviève et la revoyait, lui souriant. Il plaça les mains derrière sa tête en regardant le plafonnier. Il devait trouver le sommeil, demain serait une dure journée. Le jeune homme avait décidé de faire la tournée de ses nouveaux patients afin de se présenter à eux et de les connaître. Il s'endormit en pensant qu'il pourrait également faire un détour pour saluer son ami François-Xavier et, du même coup, sa charmante sœur. Il ferma les yeux, un sourire de satisfaction sur les lèvres.

* * *

Flora repensa à sa journée lorsqu'elle se coucha, ce soir-là. Elle se sentait si heureuse d'avoir rencontré Geneviève. Elle avait envié James de s'être fait des amis et, désormais, elle avait elle aussi une amie sur qui compter. Geneviève pouvait avoir confiance en elle et cette confiance était réciproque. Flora constatait que l'amitié pouvait se développer bien vite lorsque deux personnes avaient les mêmes affinités. Elle avait pris conscience ce jour-là que son amitié pour Anne était bien différente de celle qu'elle ressentait pour Geneviève. Anne était sa sœur, et elle avait été de nombreuses années sa compagne de jeu, bien qu'Anne soit son aînée de cinq ans. Elle l'aimait beaucoup, mais se rendait compte à présent qu'elles étaient bien différentes l'une de l'autre. Anne était comme sa mère, elle ne protestait pas contre l'autorité, tandis que Flora n'avait pas peur d'exprimer son point de vue. Geneviève était comme elle sur cet aspect. Elle était directe et n'avait pas peur de faire valoir ses opinions. Flora se rendit compte ce soir-là qu'elle avait plus en commun avec son amie Geneviève qu'avec sa sœur Anne. Elle constatait qu'Anne l'avait toujours protégée, et que dorénavant elle devait affronter le monde seule. Elle n'était plus une petite fille et elle devait s'affirmer. Lorsqu'elle avait quitté Montréal, elle était encore une jeune fille qui avait peur du monde et sa séparation avec sa sœur lui avait été bien pénible.

À présent, elle était une jeune femme qui pouvait prendre toutes les décisions concernant son avenir ; elle n'avait plus besoin de se sentir protégée par son aînée. Dans le noir de sa chambre, elle sourit en se disant qu'elle venait de franchir une étape de sa vie.

5

James dormait profondément lorsque le domestique vint le réveiller. Il était déjà huit heures et la maison était toujours silencieuse, sauf dans la cuisine où les domestiques s'affairaient à préparer le petit-déjeuner. James s'aspergea le visage d'eau froide pour se réveiller. Il sortit de nouveaux vêtements de sa penderie et s'habilla en s'étirant et en bâillant. Après quelques jours, il parviendrait peut-être à s'habituer à se lever si tôt.

Il descendit à la cuisine et madame Carter lui servit son petit-déjeuner. James aimait beaucoup son ancienne gouvernante. Celle-ci s'assit quelques instants auprès de lui et lui dit à quel point elle était fière de lui. James se rendait compte qu'elle avait grandement contribué à son éducation. Katherine s'était occupée de ses enfants lorsqu'ils étaient en bas âge, mais elle avait dû passer le flambeau à une gouvernante à la demande de John Henry. Elle avait donc laissé à regret l'éducation de ses enfants pour s'occuper de la réception des patients de son mari. Heureusement, madame Carter était une femme dévouée et d'une générosité incomparable. Katherine avait su dès le début que cette dernière s'occuperait très bien de ses enfants.

Helen, de son prénom, était la veuve de Jonathan Carter, cordonnier à Montréal. Quelque temps après le décès de son mari, elle s'était engagée comme gouvernante chez les MacGregor. N'ayant pas eu d'enfants, elle s'était occupée des enfants MacGregor comme des siens. Elle était au service de la famille depuis près de vingt-cinq ans. Désormais, puisque les enfants étaient grands, elle s'occupait de superviser les domestiques. Elle avait atteint l'âge de soixante-cinq ans, et sa sagesse ne faisait aucun doute. Toute la maisonnée, aussi bien les domestiques que la famille MacGregor, lui demandaient en effet souvent conseil.

Ce matin-là, elle avait tenu à exprimer à James à quel point elle était fière de sa nouvelle profession. Il était évident qu'il ferait un excellent médecin. Les nouveaux patients de James verraient à quel point il était humain et combien il aimait les gens. James était beaucoup plus altruiste que son père.

Le jeune homme termina son petit-déjeuner et embrassa madame Carter avant de se diriger vers l'écurie où se trouvait son cheval. Il attela sa monture et s'élança dans la brume du matin.

* * *

Après avoir fait sa toilette, Flora descendit prendre son petit-déjeuner. Sa mère était déjà au jardin et son père lisait son journal dans la bibliothèque. Elle décida de manger dans la cuisine plutôt que dans la salle à manger. Madame Carter expliquait certaines choses à la nouvelle cuisinière lorsque Flora entra. Elle lui servit une tasse de thé et s'installa près d'elle pour en prendre une elle aussi.

— Je crois que je mérite bien quelques minutes de repos. Depuis ce matin, je ne me suis pas arrêtée une seule fois pour respirer. Je dois dire que mon enseignement à cette nouvelle cuisinière requiert beaucoup d'énergie. On dirait qu'elle parle une autre langue que la mienne. Jamais je n'ai vu quelqu'un d'aussi maladroit. Je lui donne quelques jours pour apprendre et pour s'améliorer. Sinon, je devrai me plaindre à ton père et lui demander qu'il engage une nouvelle cuisinière. Cette fois-ci, j'espère bien qu'elle viendra de Montréal. Les domestiques de Montréal sont beaucoup plus éduqués et raffinés.

— Vous avez toujours été patiente avec nous, je suis certaine que vous l'êtes aussi avec les domestiques, madame Carter.

— Je me rends compte que je vieillis, et que ma patience semble vouloir me quitter. Tu vois, je n'ai pas l'habitude de me plaindre, et voilà que je gémis sur mon sort ! Pardonne-moi

Flora, je ne suis qu'une vieille femme grincheuse. As-tu bien dormi ?

— J'ai dormi à merveille. Je crois même que j'aurais dormi davantage si ce n'était pas de cette belle journée qui s'annonce. James est déjà parti ?

— Il s'est levé tôt, il a mangé puis il est parti à toute allure faire ses visites. J'ai l'impression que ce soir il va se coucher tôt.

— Je trouve que c'est une excellente idée de faire cette tournée. James se fera connaître et les gens n'hésiteront pas à venir le voir par la suite. Mon père trouvait cette idée un peu absurde. Je crois que c'est moi qui ai réussi à le convaincre de la nécessité de rencontrer tous ces gens.

— Du plus loin que je puisse me souvenir, tu as toujours été la seule capable de faire fléchir ton père. Tu étais toute petite et tu exprimais déjà tes opinions. Tu lui as souvent tenu tête.

— Je ne me souviens pas d'avoir réussi à imposer mes idées à mon père ; si je lui ai tenu tête lorsque j'étais plus jeune, ce fut malgré moi.

— Tu lui exprimais tes idées, puis il changeait d'opinion. Je pense que, si tu étais un homme, tu aurais fait un excellent avocat.

— J'aurais peut-être aimé faire ce métier. De toute façon, je suis une femme et je dois dire que je ne sais pas encore vraiment ce que je vais faire de ma vie.

— Tu feras comme toutes les femmes de ce monde. Tu te marieras et tu auras des enfants, Flora.

— Je ne me sens pas prête à me marier et encore moins à avoir des enfants. Pour l'instant, je veux profiter de mon été. Vous ai-je raconté que je m'étais fait une amie hier, en allant me promener à cheval ?

Flora raconta à madame Carter dans quelles circonstances elle avait rencontré Geneviève. La gouvernante était heureuse que Flora se soit fait une amie et, surtout, qu'elle ait décidé de profiter pleinement de son été. Elle avait remarqué que, depuis son arrivée à Chambly, elle semblait triste. Madame Carter attribuait la tristesse de sa protégée à la séparation avec Anne. Le fait d'être éloignée de sa sœur contribuerait fortement à ce que Flora s'affirme davantage. Elle deviendrait plus mûre et serait plus épanouie, madame Carter en était certaine. La présence d'Anne auprès de Flora n'était pas néfaste, bien au contraire, mais Flora apprendrait à mieux se connaître et à vivre par elle-même. Flora cesserait de vivre dans l'ombre de son aînée et se démarquerait du reste de la famille. Elle avait la force et la ténacité de John Henry, et toute la douceur de Katherine. Elle pourrait tout aussi bien diriger à elle seule une maisonnée.

Flora termina son petit-déjeuner tout en discutant avec madame Carter. Aujourd'hui, elle voulait faire une promenade à cheval, aider sa mère et jouer du piano ; elle avait délaissé son instrument de musique depuis son arrivée à Chambly. Elle se sentait pleine d'énergie et avait envie de faire mille et une choses.

* * *

Comme toutes les fois où il se rendait à Montréal, Wallace s'était arrêté chez son amie Jane Hamilton. Wallace connaissait Jane depuis plusieurs années et la courtisait même, au grand bonheur des parents de celle-ci. Des rumeurs de fiançailles couraient à leur sujet. Jane, proche parente du gouverneur Gosford, venait d'une famille noble et très riche. Leur futur mariage en serait un de convenance. Jane adorait les sorties mondaines et les après-midi passés à bavarder avec ses amies dans les salons de thé. Le principal sujet de conversation, ces derniers temps, était les prochaines fiançailles de Jane et du très séduisant et surtout très riche Wallace Callaghan.

Wallace se rendit ensuite chez le docteur Thompson pour donner la lettre de Flora à Anne. Cette dernière fut très surprise de revoir Wallace Callaghan ; elle l'invita à entrer et à prendre le thé. Anne lui présenta son mari, Alexander, et leurs deux enfants, Adam et Victoria. Les deux hommes discutèrent au salon pendant qu'Anne répondait à la lettre de sa sœur, que Wallace pourrait lui remettre le lendemain, à son retour à Chambly.

Alexander Thompson était très fier de recevoir un invité aussi populaire et aussi très surpris de voir que sa femme connaissait Wallace Callaghan. Elle n'avait jamais mentionné que ce jeune homme était un proche de sa famille. La fortune de Callaghan était une des plus imposantes de la région, ce qui faisait de lui un des meilleurs partis de tout le Bas-Canada. Wallace Callaghan était reçu par l'aristocratie montréalaise et l'invité d'honneur des soirées données par la noblesse. Tous se demandaient qui deviendrait madame Callaghan. Alexander avait entendu des rumeurs des fiançailles prochaines de Wallace Callaghan et de Jane Hamilton.

Dès lors qu'il avait découvert un lien entre sa femme et Wallace Callaghan, Alexander Thompson espérait sincèrement être invité à cet éventuel mariage. Bien qu'il ait plusieurs patients, Alexander espérait en effet soigner davantage de gens parmi les mieux nantis. Les médecins étaient largement rémunérés lorsqu'ils soignaient des patients aristocrates. Au début de sa carrière, il avait souvent soigné des gens trop pauvres pour le payer. Désormais, il avait une famille à faire vivre et il ne pouvait plus accepter de ne pas être payé par ses patients. Ces derniers pouvaient désormais le rembourser, mais il arrivait souvent encore qu'ils soient obligés de lui verser ses honoraires avec des biens matériels. Alexander rêvait de se voir un jour dans les plus riches salons de Montréal et même de devenir le médecin attitré de l'aristocratie.

Il offrit une seconde tasse de thé à Wallace en lui disant qu'Anne ne tarderait pas à les rejoindre. Wallace semblait très détendu et lui demanda depuis quand il pratiquait la médecine. Alexander lui raconta comment il était devenu l'assistant du docteur MacGregor et, par le fait même, comment il avait rencontré Anne. Wallace écoutait attentivement les propos d'Alexander quand Adam entra au salon en pleurant et en se dirigeant vers son père. Il était tombé et son genou était tout écorché. Alexander prit Adam dans ses bras, s'excusa auprès de son invité et se dirigea vers son cabinet pour panser la plaie de son fils.

Anne descendit rejoindre Wallace quelques instants plus tard. Elle lui remit sa lettre. Il se leva et lui dit qu'il devait partir en la priant de remercier Alexander de son accueil et en s'excusant de ne pas pouvoir rester plus longtemps. Anne le reconduisit à la porte en lui demandant de leur rendre visite lorsqu'il reviendrait à Montréal. Il lui prit la main et l'embrassa en lui promettant qu'il n'y manquerait pas.

* * *

Le soleil était haut dans le ciel lorsque James arriva près de la ferme des Lacombe. Il décida de saluer son ami et de rencontrer ses parents, mais il voulait surtout revoir Geneviève. Il alla au-devant de François-Xavier qui revenait des champs avec son père. Il fut présenté à Joseph Lacombe et celui-ci l'invita à se joindre à eux pour le repas du midi. James ne se fit pas prier, il avait une faim de loup, son petit-déjeuner était alors bien loin.

Après avoir donné de l'eau à son cheval, James l'attacha près de la maison, à l'ombre. Il suivit François-Xavier en essayant tant bien que mal de camoufler les gargouillis de son estomac. Son ami se retourna un instant et éclata de rire en lui disant que bientôt son estomac arrêterait de se plaindre grâce au repas préparé par sa mère et sa sœur. James éclata de rire et franchit le seuil de la porte.

Quand la porte s'ouvrit, Geneviève essaya de se contenir et ne se retourna pas. Elle continua de brasser la soupe mijotant dans une grosse marmite, laissant sa mère accueillir le nouveau venu. Marie-Louise invita James à se joindre à eux à la table, tout près de François-Xavier et devant Geneviève. Dans la famille

Lacombe, les femmes avaient une place à la table et le privilège de manger en même temps que les hommes. Dans d'autres familles, les femmes devaient servir les hommes en premier et manger ensuite leur repas froid. James tira la chaise et s'assit non sans profiter de ce moment de répit qui s'offrait à lui. La journée n'était pas encore finie et, déjà, il sentait la fatigue le submerger. Le repas lui redonnerait sûrement l'énergie dont il avait besoin.

Marie-Louise servit à tout le monde un bol de soupe et plaça un gros morceau de pain au centre de la table. Geneviève posa tout près un beurrier. Elle s'assit à sa place et prit un morceau de pain en invitant James à faire de même. Ce dernier complimenta Marie-Louise sur le repas et celle-ci, regardant un instant sa fille qui baissait les yeux, dit à James qu'elle n'en avait pas vraiment le mérite. Elle s'était occupée de la lessive et avait laissé à Geneviève le soin du repas. Marie-Louise était fière que sa fille soit une aussi bonne cuisinière et elle tenait à ce que le mérite de ce délicieux repas lui revienne. Regrettant sa méprise, James dit à Marie-Louise qu'elle devait accepter tout de même le compliment, car Geneviève avait eu un bon professeur en matière d'art culinaire. Il chercha le regard de Geneviève en lui expliquant que de toutes les cuisinières qu'il avait connues, c'était elle qui faisait la meilleure soupe. La jeune fille rougit jusqu'à la racine des cheveux. Elle remercia James et, se tournant vers son père et son frère, leur dit qu'ils devraient prendre exemple sur leur invité et complimenter plus souvent la mère et la fille à ce sujet. Joseph, surpris par les paroles de sa fille, regarda sa femme sourire. Il éclata de rire. Bientôt tout le monde pouffa de rire et le repas se poursuivit dans la joie et les taquineries.

* * *

Flora se promenait dans le jardin. Elle voulait cueillir des lilas et en remplir le grand vase posé sur l'immense table en chêne de la salle à manger. Katherine avait revêtu une vieille robe et, à genoux, nettoyait la terre des feuilles mortes de l'automne précédent. Flora se pencha quelques instants près de sa mère et lui demanda si elle avait besoin d'aide. Katherine lui dit qu'elle n'en avait plus pour très longtemps et elle insista pour que sa fille profite de la journée pour faire une promenade.

Flora décida donc de se rendre aux écuries et de faire seller son cheval. La journée était si belle qu'elle pouvait bien faire galoper un peu sa jument préférée. Son père avait acheté Lady l'année précédente et la jeune femme la préférait à tous leurs chevaux. La bête à la robe charbon et à la crinière noire comme la nuit était la plus docile de toutes.

Flora se promena pendant près d'une heure dans les champs. Elle ralentit sa course en passant devant le fort Chambly qui se dressait devant les rapides de la rivière Richelieu. Elle s'arrêta quelques instants où, la veille, elle avait rencontré sa nouvelle amie, Geneviève Lacombe. Puis, toujours en selle, elle repartit vers la maison.

La course folle avait fatigué la jument et sa cavalière la conduisit à l'écurie. Après avoir dételé Lady, Flora entra dans la maison et se dirigea vers sa chambre pour se rafraîchir. Elle refit sa coiffure, se lava le visage, le cou et les bras, puis elle enleva sa robe couverte de poussière. Elle sortit une robe de sa penderie, verte en taffetas. Cette robe était élégante et sobre en dépit de sa couleur vive. Flora trouva un ruban de satin assorti et noua ses cheveux en un chignon lâche. Elle descendit au salon ; son père était dans sa bibliothèque, sa mère lisait dans la véranda. Elle s'installa à son piano et exécuta un morceau que sa mère lui avait appris. Lorsqu'elle jouait du piano, elle ne voyait pas le temps passer et laissait son esprit vagabonder librement.

* * *

Wallace arriva bientôt à la hauteur de la maison des MacGregor. Il était parti tôt de Montréal ce matin-là. Avant de rentrer chez lui, il voulait s'arrêter quelques instants chez le docteur MacGregor pour le saluer. Ce n'était pas la seule raison de sa visite, il devait remettre la lettre d'Anne à Flora, mais surtout, il voulait revoir la jeune femme. Il se rendait compte qu'il aimait bien se retrouver en sa présence. Chaque fois qu'il se rendait à Montréal, il allait rendre visite à Jane Hamilton, celle qui était presque officiellement sa fiancée. Pourtant, de plus en plus, il constatait que ses pensées étaient occupées par la demoiselle de Chambly. Certes, Jane Hamilton était très riche et très convoitée par les hommes de la bourgeoisie, mais sa personnalité n'était pas aussi fascinante que celle de Flora MacGregor. Jane avait le visage fin, les lèvres minces et ses cheveux blonds manquaient d'éclat. En fait, elle n'était pas vraiment belle ; son corps était dépourvu de toutes les rondeurs qui font le charme du sexe féminin. Jane Hamilton était une femme bien fade à côté de Flora. Tout chez la fille du docteur MacGregor était éclatant de caractère. Ses yeux, ses cheveux et son sourire ! Wallace n'avait jamais vu un si beau sourire. Il devait se l'avouer, la beauté de Flora MacGregor l'avait envoûté.

En passant devant la véranda, il salua Katherine MacGregor, occupée à lire. Celle-ci se montra heureuse de sa visite et, lorsqu'il lui demanda qui jouait si mélodieusement du piano, elle lui répondit fièrement que c'était Flora. Elle l'invita à entrer et demanda à un domestique de le conduire au salon. Puis elle s'excusa, disant qu'elle devait se rendre à la cuisine pour voir où en était le repas du soir. Le domestique ouvrit les portes du salon et Wallace entra dans la pièce en prenant soin de ne pas déranger Flora qui venait de commencer un morceau de Mozart. Il s'installa dans un petit fauteuil et écouta. Flora laissait courir ses doigts délicats sur les touches de son instrument. Il pouvait l'admirer à sa guise. Il suivait des yeux la ligne gracieuse de sa nuque et la peau délicate de son cou et de ses épaules. De ses cheveux retenus en chignon s'échappaient des mèches folles qui dansaient au-dessus de ses épaules.

Flora, se sentant observée, arrêta de jouer et se retourna. Constatant que Wallace Callaghan l'observait, elle bondit sur ses pieds et se leva. Wallace vint à sa rencontre.

— Je suis désolé si je vous ai fait peur, Flora, je voulais simplement écouter votre interprétation. Je dois vous dire que vous jouez à merveille. J'adore Mozart et vous rendez son œuvre merveilleusement bien.

— Je vous remercie, Wallace, pour votre compliment. J'aime bien m'exercer au piano, mais je dois dire que je ne suis pas habituée à m'exécuter devant un auditoire.

— Vous jouez si bien, vous pourriez donner des concerts.

Flora ne répondit pas et s'assit sur son banc de piano, devant Wallace. Il s'avança vers elle et lui tendit une enveloppe.

— J'ai rendu visite à votre sœur et elle vous fait parvenir cette lettre. Sur ces entrefaites, je ne vous importunerai pas plus longtemps.

Wallace lui tendit la main et la serra doucement dans la sienne. Puis, tournant les talons, il se dirigea vers la sortie. Flora le remercia et lui demanda s'il voulait prendre un rafraîchissement. S'arrêtant sur le seuil de la porte, ravi de cette invitation, Wallace se retourna vers Flora en lui disant qu'il prendrait bien un peu de citronnade.

* * *

Après le délicieux repas qui lui avait été servi, James salua la famille Lacombe puis s'excusa de devoir les laisser pour poursuivre ses visites. Joseph et François-Xavier partirent devant lui et Geneviève le raccompagna jusqu'à sa monture.

— Le dîner était excellent. Je suis bien heureux d'avoir été invité.

— Nous sommes heureux de vous avoir accueilli, docteur MacGregor.

— J'aimerais que tu m'appelles James. Docteur MacGregor désigne davantage mon père que moi. Je crois que l'on va se revoir dimanche prochain, je compte bien retourner pêcher.

— Si le temps le permet, je serai là moi aussi.

— Alors, à dimanche prochain.

James salua Geneviève et partit sur son cheval. Elle le regarda disparaître derrière le gros érable devant la maison, le cœur rempli d'espoir lorsqu'il se retourna pour la regarder.

* * *

Flora et Wallace étaient allés prendre leur citronnade à l'ombre de la véranda en compagnie de Katherine. Wallace raconta aux deux femmes sa rencontre avec Anne et sa famille. Katherine s'enquit de la santé de sa fille et de ses petits-enfants. Flora écoutait sa mère et Wallace discuter. Elle aurait souhaité se retrouver à des lieues de là. Quelque chose chez Wallace lui déplaisait. Il était trop gentil, trop poli, trop charmant. Il ne paraissait pas sincère dans ses propos.

Wallace termina son second verre de citronnade, salua Katherine et Flora puis leur demanda de saluer John Henry de sa part. Il descendit l'escalier, traversa le jardin pour enfourcher son cheval et partit au galop. Alors Katherine soupira en disant à sa fille à quel point elle trouvait ce jeune homme charmant. Pour toute réponse, Flora se leva et se dirigea dans la maison.

* * *

James arriva chez lui et monta dans sa chambre pour se changer avant le souper. Il avait croisé Wallace Callaghan en chemin et il devinait que leur voisin s'était arrêté pour saluer sa famille. Il était heureux d'avoir évité une rencontre avec lui. James était fatigué et avait hâte de se laver pour se débarrasser de la poussière de la journée. Il s'essuya et changea de vêtements, puis descendit à la salle à manger.

* * *

Katherine, John Henry, James et Flora avaient alors terminé leur repas. Après avoir raconté sa journée à sa famille, James suivit son père dans la bibliothèque pour prendre un bon thé chaud avant de monter dormir. Flora préféra se retirer dans sa chambre en emportant une tasse de thé. Elle s'installa près de sa fenêtre, dans sa grosse chaise en osier, et le sirota. Elle sortit la lettre de sa sœur, l'ouvrit et en commença la lecture.

Montréal, le 3 juin 1836

Ma très chère Flora,

L'air de Chambly semble te faire le plus grand bien. Je suis heureuse d'apprendre que toute la famille se porte bien. J'imagine notre père dans sa bibliothèque à lire son journal et je vois mère cultivant ses roses. James est sans doute parti galoper comme il le fait si souvent et toi, tu es certainement assise au piano. Chaque fois que je regarde le mien, je t'imagine. Je pense beaucoup à toute la famille, vous me manquez tous! Adam et Victoria ne cessent de me parler de leur chère tante qu'ils aiment tant. Nous prévoyons, Alexander et moi, passer quelque temps à Chambly. Comme tu le sais, les étés à Montréal sont les plus chauds à mon avis. Je pense que l'air frais du Richelieu serait le bienvenu dans ma condition. Alexander m'a même suggéré d'aller à Chambly avec les enfants tout l'été. Je vais y réfléchir sérieusement.

Je fus très surprise de recevoir ta lettre par l'entremise de Wallace Callaghan; il y avait plusieurs années que je ne l'avais vu. Je dois dire qu'il est extrêmement charmant. Il nous a promis qu'il reviendrait nous rendre visite lors de son prochain passage dans notre ville. C'est un honneur pour nous de recevoir un tel invité. Sa présence est convoitée dans toute la ville. Alexander m'a paru fort satisfait de l'avoir rencontré. C'est peut-être cette rencontre qui l'incitera à venir passer des vacances à Chambly dans la maison de nos chers parents.

Il me tarde de vous revoir tous et de revoir ma chère sœur, ma confidente.

Ta sœur bien-aimée, Anne.

Flora replia la lettre d'Anne. Tout comme sa mère, Anne était subjuguée par Wallace Callaghan. Flora repoussa la lettre de la main et celle-ci tomba sur le parquet. Elle était déçue de son contenu, bien superficiel. Certes, Anne s'enquérait de leur santé à tous et elle lui annonçait qu'elle viendrait sûrement à

Chambly au cours de l'été, mais le fait de consacrer pratiquement la moitié de sa lettre à Wallace Callaghan contrariait
grandement Flora. Anne écrivait presque que leur visite à
Chambly se ferait dans le but de le voir.

Flora se pencha, ramassa la lettre et la rangea dans la boîte
avec toute sa correspondance en se disant que le lendemain elle
ne verrait peut-être pas les choses du même œil.

6

James recevait ses patients dans le cabinet qu'il avait aménagé. Il faisait aussi des visites à domicile pour les gens plus malades. Bientôt, sa clientèle serait établie et il pourrait penser à s'acheter une maison et à prendre femme. Son choix était déjà fait, Geneviève revenait sans cesse hanter ses pensées.

Tous les dimanches, James allait retrouver ses amis près de la rivière. Flora profitait de ce moment pour rencontrer son amie Geneviève.

Cette semaine-là, les deux jeunes femmes s'étaient donné rendez-vous au même endroit. Geneviève et Flora souhaitaient cueillir des fraises des champs. Elles partirent ensemble, chacune son panier sous le bras. Geneviève connaissait un endroit où les petits fruits poussaient en abondance. Flora s'installa dans un coin et commença sa cueillette. Geneviève s'agenouilla non loin de son amie. De temps à autre, Flora ou Geneviève poussait un cri de surprise en dénichant une grosse fraise.

Quand leur panier fut plein, les deux amies retournèrent à l'endroit où les trois hommes étaient en train de pêcher. Flora et Geneviève discutaient tout en marchant. Elles parlaient des confitures qu'elles feraient quand Geneviève trébucha sur une pierre que l'herbe dissimulait parfaitement. Elle s'étala de tout son long et Flora l'aida à se relever. Geneviève réussit à s'asseoir, mais son genou était écorché. Elle saignait et sa cheville la faisait souffrir. Flora retira délicatement le bottillon du pied de Geneviève et découvrit une cheville rouge enflant à vue d'œil. Elle adossa son amie confortablement à un gros arbre et partit chercher de l'aide.

Flora avait laissé son panier de fraises au pied de l'arbre et marcha d'un pas rapide vers son frère et ses amis. François-Xavier fut le premier à la voir arriver. Il se demandait où se trouvait sa sœur. Il interrogea Flora qui lui raconta ce qui s'était passé. En entendant sa sœur rapporter l'incident, James détacha son cheval, aida Flora à monter derrière lui et partit au galop. François-Xavier et Étienne enfourchèrent la jument de Flora et suivirent James.

Le petit groupe arriva là où se trouvait Geneviève. James descendit le premier de son cheval et se précipita vers elle. Il examina la blessure et décida de la conduire chez lui où il pourrait soigner sa cheville douloureuse. Le jeune médecin prit la blessée dans ses bras et l'installa sur son cheval. Étienne aurait bien voulu porter secours à la malheureuse, mais il ne possédait pas de monture et ne savait que faire pour la soigner. Il repartit à pied, seul, laissant François-Xavier avec Flora et James avec Geneviève.

François-Xavier aida Flora à monter derrière lui et suivit James jusqu'à la demeure des MacGregor. Quand James arriva près de la maison, il aida Geneviève à descendre de cheval. Il la transporta à l'intérieur, la tenant toujours dans ses bras. François-Xavier et Flora le suivaient.

James porta Geneviève jusqu'à son cabinet et nettoya le genou écorché. Flora et François-Xavier restèrent auprès de Geneviève. François-Xavier était mal à l'aise dans la demeure des MacGregor. Il n'avait jamais vu une maison aussi grande, des pièces aussi vastes et aussi richement décorées. Lorsqu'il avait ramené James, plusieurs semaines auparavant, il n'avait pas prêté attention au lieu. À présent, il regardait autour de lui, fasciné par la hauteur des plafonds. Il imaginait bien sa famille y habiter.

Flora tenait la main de Geneviève et lui faisait boire un peu d'eau. Cette dernière semblait souffrir énormément. Sa cheville avait perdu toute sa finesse. François-Xavier se tenait dans l'embrasure de la porte et regardait James penché sur sa sœur.

Flora resta près de François-Xavier pendant que James examinait Geneviève. Il tâta délicatement la cheville enflée et regarda Geneviève puis François-Xavier.

— Cette cheville n'est pas cassée, mais la foulure est mauvaise ; je vais faire un bandage que tu devras porter au moins trois bonnes semaines en évitant de marcher sur ton pied.

* * *

James termina le pansement de Geneviève puis l'aida à se remettre debout en la soutenant. François-Xavier remercia le médecin et sortit avec Flora atteler la voiture.

François-Xavier paraissait très contrarié par la blessure de sa sœur. Flora se fit rassurante et affirma que Geneviève serait guérie dans quelques semaines. François-Xavier regarda l'amie de sa sœur un instant et lui répondit sur un ton quelque peu méprisant.

— Pour les femmes de votre statut social, mademoiselle MacGregor, une blessure de ce genre n'est pas tellement grave, mais pour des habitants, c'est une catastrophe ! Dans la saison forte, nous avons besoin de toute notre main-d'œuvre ; nous vivons de notre terre, dois-je vous le rappeler ?

Flora jeta un regard glacial à François-Xavier et regretta d'avoir tenté de le réconforter. Le frère de son amie ne lui avait pas souvent adressé la parole et elle l'avait toujours trouvé quelque peu arrogant. Cette fois, elle se demandait pourquoi il avait réagi de la sorte à son égard. Elle n'avait voulu que le rassurer sur l'état de Geneviève. En lui répondant de cette façon, il l'avait profondément blessée.

François-Xavier regretta aussitôt d'avoir répondu ainsi à Flora. Il était inquiet de la blessure de Geneviève et la sœur de James ne semblait pas se rendre compte que la situation serait difficile pour sa famille. Il aurait voulu s'excuser, mais elle semblait furieuse et il ne voulait pas se quereller avec elle.

James resta quelques minutes seul avec Geneviève. Elle semblait bouleversée des recommandations du médecin. Pendant un instant, ses yeux se remplirent de larmes et elle les détourna lorsque James la regarda. Devant son désarroi, celui-ci posa la main sur son épaule. Alors Geneviève fondit en larmes.

— Je ne peux pas me reposer pendant trois semaines. Ma mère a besoin de moi, elle ne pourra pas tout faire seule. Mon père a aussi besoin de moi ; avec les foins qui s'en viennent, je ne peux me permettre d'arrêter de travailler.

— Tes parents comprendront, Geneviève, il faut absolument que tu te reposes, c'est la seule façon de guérir.

James attira Geneviève près de lui et la réconforta. La jeune femme ne lui résista pas et s'abandonna dans ses bras. Il prit son visage entre ses mains et essuya ses larmes du bout des doigts. Leurs yeux se rencontrèrent un moment, avant que James pose les lèvres sur les siennes. Geneviève lui rendit son baiser. À cet instant, ils reçurent réciproquement l'assurance de leur amour.

Puis, en entendant la voiture s'arrêter devant la maison, ils se séparèrent, conservant précieusement le souvenir de leur étreinte. François-Xavier entra et aida James à soutenir Geneviève jusqu'à la voiture. Ils partirent pour la ferme des Lacombe.

* * *

Étienne était allé récupérer les cannes à pêche puis était reparti chez lui. Un immense sentiment de lassitude s'était emparé de lui. L'incident de Geneviève lui avait fait prendre conscience qu'elle s'éloignait de plus en plus de lui. Auparavant elle se confiait facilement à lui ; ils avaient toujours pu discuter de toutes sortes de choses. Désormais, elle ne lui parlait plus autant, ne s'intéressait plus à lui.

En fait, Étienne se rendait compte que l'attitude de Geneviève avait changé depuis l'arrivée de James MacGregor à Chambly. Même François-Xavier avait changé d'attitude à son égard. James et François-Xavier étaient devenus amis et Étienne avait l'impression que la complicité qu'il avait toujours eue avec François-Xavier s'estompait.

Étienne serra les mâchoires et se dit qu'il devait retrouver sa place au sein de la famille Lacombe. Il devait faire part à Geneviève des sentiments qu'il avait pour elle avant qu'il ne soit trop tard.

* * *

Profitant de sa seule journée de congé de la semaine, Marie-Louise était assise sur la galerie, devant la maison, lorsque la voiture des MacGregor remonta le petit chemin. Elle alla chercher Joseph qui dormait à l'intérieur, dans sa chaise berçante.

Quand le couple sortit sur la galerie, la voiture s'était immobilisée, et François-Xavier et James aidaient Geneviève à descendre. Allant au-devant de sa fille, Marie-Louise se renseigna sur ce qui lui était arrivé et l'aida à s'asseoir. Geneviève présenta Flora à ses parents en leur disant que celle-ci avait bien pris soin d'elle. Marie-Louise serra la main de la jeune femme qui venait de retirer son gant de cuir, et lui souhaita la bienvenue.

Geneviève fit part à ses parents des recommandations du docteur MacGregor. Elle resta silencieuse, attendant leur réaction. Marie-Louise étreignit sa fille en lui disant que tout irait bien et qu'elle pourrait se débrouiller seule. Peut-être pourrait-elle demander l'aide de sa belle-fille Madeleine qui habitait tout près ? Joseph baissa les bras puis, de sa grosse voix bourrue, déclara bien haut :

— Tu t'occuperas de la cuisine, ma fille. Le reste, je m'arrangerai bien pour le faire faire par ton frère ! Je me vois mal quérir les œufs avec mes grosses mains. De toute façon, un jour ou l'autre, tu prendras mari et nous devrons nous débrouiller seuls.

Geneviève remercia du regard son père qui comprenait sa détresse et l'encourageait à guérir. Bien qu'il soit parfois brusque, Joseph avait toujours su réconforter ses enfants à sa façon.

Flora, restée à l'écart avec James, écoutait la scène en silence. Se souvenant de ce que François-Xavier lui avait répondu, elle s'avança avec détermination et, regardant Joseph, elle dit :

— Je ne connais rien aux travaux de la ferme, mais si vous voulez m'apprendre, je peux remplacer Geneviève en attendant sa guérison.

Joseph resta bouche bée devant l'assurance de la jeune femme. Il ne pouvait accepter l'aide gratuite d'un des membres de la famille MacGregor. La sœur de James avait l'air trop fragile et trop distinguée pour se pencher au beau milieu du potager et arracher les mauvaises herbes. Il la voyait mal faisant les foins avec eux, activité qui demandait force et endurance. Il n'imaginait pas qu'une jeune femme de son rang puisse travailler la terre. Joseph regarda Flora et répondit :

— Je suis touché de votre générosité, mais je ne peux pas accepter. Le travail est difficile et je ne voudrais pas vous causer le moindre tort, mademoiselle. Nous parviendrons à nous débrouiller sans l'aide de quiconque.

Flora ne trouva rien à répondre. Elle avait eu son comble de ressentiment pour la journée. Elle embrassa Geneviève, salua Marie-Louise et monta dans la voiture pour attendre James. Son frère salua les Lacombe puis monta aux côtés de sa sœur. Il claqua son fouet puis repartit en direction de chez eux.

* * *

Étienne avait vu la voiture des MacGregor repartir de chez les Lacombe, et avait longuement hésité avant d'aller prendre des nouvelles de Geneviève. Il n'avait pas l'habitude de ce genre de témoignage de tendresse. Il voulait montrer à Geneviève qu'il tenait à elle, qu'il s'inquiétait de sa santé. Il décida finalement de combattre sa timidité et de se rendre chez les Lacombe. En route, il cueillit quelques marguerites et forma un petit bouquet.

Geneviève était seule sur la galerie et se berçait doucement, assise confortablement dans la chaise berçante de son père. Elle leva les yeux et sourit en voyant Étienne arriver, le bouquet de fleurs à la main. Elle l'invita à s'asseoir près d'elle. Il lui tendit le bouquet de marguerites.

— Je venais voir comment tu allais.

— Je devrais aller mieux dans quelques semaines. D'ici là, je dois me reposer et attendre que ma foulure guérisse.

— Tu as toujours été résistante, je me souviens de la fois où tu es tombée du gros chêne, au milieu de la terre de ton père. Même si tu avais mal, tu t'es relevée et tu es partie en courant, les larmes aux yeux.

Geneviève sourit en repensant à ce souvenir. Elle était touchée de l'attention d'Étienne et par ses fleurs. Depuis qu'elle le connaissait, c'était la première fois qu'il lui témoignait autant d'attention. Elle sourit en pensant que trois semaines étaient vite passées, et surtout à l'idée que James MacGregor l'aimait.

* * *

Sur le chemin du retour, Flora ruminait sa colère. Elle repensait à l'attitude de François-Xavier et ne comprenait pas pourquoi monsieur Lacombe avait refusé son aide. Il croyait peut-être qu'elle n'était pas assez forte pour entreprendre les mêmes travaux que Geneviève faisait. Elle aussi pouvait travailler aussi durement que les femmes d'habitants. Elle trouverait un moyen de prouver à tous qu'elle était capable de remplacer Geneviève.

James, pour sa part, flottait sur un nuage. Il ne se rendait pas compte de la colère de Flora. Plus rien n'avait d'importance maintenant : Geneviève l'aimait et il était le plus heureux des hommes. Il se tourna vers Flora, il devait se confier à elle, lui dire à quel point il était heureux. Mais Flora soupira.

— Je suis assez forte pour aider la mère de Geneviève. Personne ne pourra m'empêcher de faire mes preuves.

— Monsieur Lacombe ne voulait pas te vexer en te disant qu'il n'avait pas besoin de toi. Je pense simplement qu'il est trop fier pour accepter de l'aide. Nous faisons partie d'une couche privilégiée de la société et les gens de la campagne croient que nous ne sommes pas résistants et que le travail nous fait peur.

— Peux-tu m'aider, James ? Je veux essayer de leur venir en aide. Je le fais par amitié pour Geneviève et aussi parce que je trouve le temps bien long. Passer mes journées à broder comme toutes les femmes de la haute société ne me satisfait pas. J'ai envie de faire quelque chose de constructif, d'enrichissant.

— Je vais voir ce que je peux faire, je peux bien essayer de t'aider.

James prit la main de Flora et la serra bien fort. Il arrêta la voiture et regarda sa sœur.

— Je suis amoureux, Flora. J'aime Geneviève et je compte l'épouser.

— Je suis si heureuse pour toi, James ! Quand comptes-tu faire ta demande ?

— Le plus tôt possible, je vais réfléchir à la meilleure façon d'annoncer la nouvelle à père. Je me demande bien comment il va réagir.

James détourna la tête en priant que son père le laisse faire à sa guise. Il avait envie de crier son amour sur tous les toits, mais, pour l'instant, il devait réfléchir à la meilleure stratégie pour annoncer son intention à son père.

* * *

Ce soir-là, Étienne resta souper chez les Lacombe. Joseph et François-Xavier lui racontèrent comment Flora MacGregor avait offert son aide. Geneviève, touchée par l'offre de son amie, n'était pas d'accord avec les propos de son père et de son frère. Ils pensaient tous les deux qu'elle ne serait pas capable de bêcher le potager, de fouler le foin et d'aider aux divers travaux de la maison.

— Je pense que vous resteriez fort surpris de voir Flora accomplir les mêmes tâches que nous accomplissons, mère et moi. Je trouve injuste que vous ne lui donniez pas sa chance.

Joseph regarda sa fille et lui dit qu'ils verraient bien le lendemain si Flora était aussi décidée que l'après-midi-même. Geneviève ne trouva rien à ajouter aux propos de son père, mais espéra silencieusement que son amie reviendrait le lendemain !

* * *

Le soir avant d'aller au lit, Flora, assise près de sa fenêtre, se brossait les cheveux. Elle se demandait bien comment elle pourrait surprendre le père et surtout le frère de Geneviève. François-Xavier avait semblé très surpris de sa proposition ; elle l'avait regardé du coin de l'œil quand elle avait offert son aide. On frappa à sa porte et James entra, tenant des vêtements.

— Si tu veux toujours aller aider demain, je suis monté au grenier et j'ai trouvé de vieux vêtements qui ne me font plus.

James les lui tendit et, devant l'étonnement de sa sœur, il éclata de rire. Flora le remercia et lui dit qu'il pouvait l'attendre le lendemain matin, qu'elle irait chez les Lacombe avec lui.

* * *

Le jour commençait à poindre derrière les rideaux de dentelle. Flora terminait son petit-déjeuner à la cuisine lorsque James entra. Il mangea à toute vitesse et, sans perdre un instant de la magnifique journée qui commençait, il sortit avec sa sœur.

Flora s'était levée à grand-peine ce matin-là. Après s'être aspergé le visage d'eau froide, elle était fin prête à travailler toute la journée.

Elle monta sa jument et partit au galop derrière son frère.

* * *

Joseph aperçut les deux cavaliers qui s'avançaient sur le petit chemin qui menait à la maison. La fille MacGregor était beaucoup plus tenace qu'il ne l'aurait cru. François-Xavier arriva alors et aperçut James qui conduisait deux chevaux à l'écurie. Il resta fort surpris de voir Flora devant leur maison.

La scène était plutôt amusante. Flora MacGregor, habituellement si élégante, était vêtue d'un pantalon gris trop grand pour elle et soutenu par des bretelles noires. Elle portait une chemise de lin, les manches roulées jusqu'aux coudes. Sa longue tresse retombait dans son dos.

En voyant Flora, toute droite dans la lueur matinale, François-Xavier regretta de lui avoir parlé avec arrogance la veille. Décidément, cette jeune femme le surprenait beaucoup ! Plutôt que de s'occuper de broder et de prendre le thé avec d'autres jeunes filles riches, elle se trouvait là, offrant généreusement son aide.

Marie-Louise n'avait rien perdu de la scène. Elle était heureuse que son mari n'ait pas réussi à décourager la jeune fille. Devant Joseph et François-Xavier, figés d'étonnement, elle ouvrit la porte et invita la jeune femme à entrer. Flora passa, la tête haute, devant François-Xavier et son père. Geneviève l'accueillit dans la maison avec joie.

— Mon père et mon frère sont très étonnés de te voir ici. Je suis heureuse de la surprise que tu leur as faite ! Tu aurais dû voir leur tête à ton arrivée !

Geneviève et Marie-Louise éclatèrent de rire pendant que François-Xavier allait retrouver James. Joseph s'approcha de

LES ROUTES DE LA LIBERTÉ

Flora.

— Je suis bien surpris de te voir ici ce matin. Si tu travailles aussi bien que tu es tenace, nous ne pourrons plus nous passer de ton aide ! Marie-Louise te montrera ce que tu dois savoir.

Joseph lui toucha affectueusement l'épaule puis sortit faire sa tournée à l'étable. Marie-Louise commença ses explications. Flora écoutait attentivement, en souriant de temps à autre à Geneviève.

* * *

Madame Carter s'était bien amusée à voir Flora partir de si bonne heure, vêtue des vieux vêtements de James. Elle avait raconté la scène à Katherine qui avait demandé où se rendait sa fille. Flora était tout le portrait de John Henry. Quand elle voulait quelque chose, elle finissait toujours par l'obtenir ! La jeune fille était déterminée à montrer à tous qu'elle pouvait aussi travailler la terre, que les gros travaux ne lui faisaient pas peur ! Flora réalisait ce dont elle avait envie, et Katherine ne pouvait qu'en être heureuse pour elle. Mais John Henry ne serait certainement pas d'accord.

* * *

Durant la matinée, Flora avait pétri le pain, puis balayé l'intérieur de la maison. Elle avait aussi sorti les tapis pour les battre de son mieux. Avant le dîner, elle avait commencé à arracher les mauvaises herbes dans le jardin. Geneviève lui avait prêté son chapeau de paille et, de temps à autre, Flora s'essuyait le front. Même s'il n'était pas encore midi, les rayons du soleil étaient très chauds. Flora leva les yeux pour voir les hommes qui revenaient des champs. Elle se dirigea vers la pompe pour se rafraîchir avant le dîner.

Après s'être mouillé le visage avec de l'eau froide et en avoir bu une longue gorgée, Flora attendit que les deux hommes soient rentrés dans la maison pour y pénétrer à son tour. Tout le monde était assis à table et attendait que Marie-Louise serve le dîner. Cette dernière invita Flora à s'asseoir près de Geneviève puis lui servit un bol de soupe.

Flora était exténuée, mais elle ne voulait aucunement laisser paraître sa fatigue. Joseph lui tendit un morceau de pain.

— Mange à ta faim, ma fille, tu as travaillé fort ce matin et tu as besoin de toutes tes forces pour l'après-midi. Les premiers jours sont souvent les plus difficiles, mais le corps s'habitue très vite aux gros travaux.

—Je vous remercie, monsieur Lacombe, de m'encourager ainsi.

Marie-Louise sourit à Flora en lui disant qu'elle avait bien travaillé. Pendant que Flora pétrissait le pain et nettoyait le jardin, Marie-Louise s'était chargée de la lessive et Geneviève avait préparé la soupe. Cette dernière donna un coup de coude à son amie en lui disant qu'à trois, elles faisaient une excellente équipe !

* * *

L'après-midi, Marie-Louise aida Flora à sarcler le jardin. Elle lui demanda ensuite de porter de l'eau aux hommes pendant qu'elle s'occuperait de ranger les vêtements qui avaient séché tout l'après-midi au grand vent. Flora emporta la gourde pleine d'eau puisée dans le puits derrière la maison.

Joseph fut le premier à l'apercevoir monter la pente douce qui conduisait aux champs. Elle lui tendit la gourde et en profita pour essuyer la sueur sur son front. Il lui redonna la gourde en lui disant qu'il était fier du travail qu'elle avait accompli. Joseph lui indiqua ensuite où se trouvait son fils. Flora repartit, un sourire de satisfaction se dessinant sur ses lèvres.

Elle trouva François-Xavier qui finissait de réparer une clôture. Elle lui tendit la gourde et il l'invita à s'asseoir non loin de là, sur une souche, à l'ombre du sous-bois qui bornait les champs. Il lui demanda de lui faire part de ses commentaires sur sa journée de travail.

Flora regarda un instant François-Xavier qui buvait une longue gorgée d'eau froide et dit :

— Je suis un peu fatiguée, mais combien satisfaite de ma journée ! D'ailleurs, ton père m'a dit clairement qu'il était fier du travail que j'avais accompli. Je crois que je l'ai bien étonné en venant ici ce matin. Il ne s'attendait pas à voir une fille de mon rang travailler la terre.

En prononçant cette phrase, elle avait jeté un coup d'œil en direction de François-Xavier. Il la regarda un instant puis déclara :

— Je pense que mon père, dans son immense sagesse, peut parfois se tromper. Bien qu'il soit parfois orgueilleux, il sait admettre ses torts. Il ne croyait pas que des gens de votre milieu pouvaient aussi bien travailler la terre. Tel que je le connais, il est certainement désolé d'avoir pensé que tu ne pourrais travailler aussi durement.

François-Xavier venait d'avouer presque ouvertement ses torts. Flora répliqua en souriant :

— Je suis certaine à présent que ton père a appris que les apparences sont souvent trompeuses. Le travail acharné peut parfois être accompli par une classe sociale plus aisée. Je pense que la volonté peut remplacer bien souvent la force physique.

François-Xavier sourit et dit à Flora avant d'éclater de rire :

— Je compte bien le rappeler à mon père s'il lui arrivait d'oublier cette leçon !

Flora éclata de rire à son tour puis retourna vers la maison.

* * *

Le stratagème dura près de deux semaines. Chaque matin, Flora se rendait chez les Lacombe au lever du soleil et remplaçait Geneviève dans les tâches qu'elle ne pouvait accomplir. Un après-midi où il faisait particulièrement chaud, John Henry but un verre de limonade avec Katherine dans la véranda. Il demanda à sa femme où était sa fille. Katherine lui dit que Flora était partie faire une promenade et qu'elle irait chez les Lacombe pour s'enquérir de l'état de santé de son amie Geneviève. John Henry crut sa femme à moitié. Il voyait bien que sa fille était absente depuis le matin et que ce n'était pas dans ses habitudes de se lever si tôt. Il attendit impatiemment son arrivée pour avoir droit à des explications.

Plus tard, Wallace passa chez les MacGregor pour saluer son ami, et trouva Katherine dans sa roseraie, occupée à broder. Après lui avoir fait ses hommages, il se rendit à la bibliothèque pour discuter avec John Henry.

En réalité, Wallace était bien déçu de constater l'absence de Flora. Il voulait lui proposer de l'accompagner le mois suivant, à l'inauguration du chemin fer qui relierait La Prairie à Saint-Jean. Il avait reçu une invitation de son ami Peter McGill à prendre place dans un wagon de la locomotive de la Champlain's and St-Lawrence Railways. Plusieurs personnes influentes s'y trouveraient et Wallace comptait même inviter le docteur MacGregor et sa famille. Flora se sentirait peut-être plus à l'aise si ses parents étaient du voyage.

Il pensait de plus en plus souvent à la jeune femme. Qu'elle puisse accepter son invitation le remplissait déjà de bonheur puisqu'alors elle serait près de lui. Il avait reporté à l'automne sa demande en mariage à Jane Hamilton. Plus il y pensait, moins il se voyait l'épouser. À présent, il ne recherchait que la compagnie de Flora. La jeune femme ne pouvait pas résister à ses charmes. Aucune jeune femme de tout le Bas-Canada ne pourrait refuser d'épouser un des plus riches hommes de la colonie.

* * *

Après avoir porté de l'eau aux hommes aux champs, Flora rejoignit Marie-Louise qui se reposait sur la galerie en compagnie de Geneviève. Flora s'assit quelques instants sur les marches de la petite maison de pierres construite par Amable Lacombe, le père de Joseph. Marie-Louise tendit un verre d'eau froide à Flora. La jeune femme s'empressa de boire à longs traits. Marie-Louise sourit et dit doucement :

— Tu as bien travaillé, ma fille, à présent tu as tout le loisir de te reposer. Tu pourras partir quand tu le voudras. Ton aide m'a été bien précieuse. Les femmes surprennent souvent les hommes. Ils croient tous que nous sommes des créatures faibles, mais ils semblent oublier que les durs travaux ne nous font pas peur. N'est-ce pas nous qui mettons les enfants au monde ?

— Je vous trouve bien courageuse de travailler aussi fort. Je dois dire que je suis épuisée. Quelques heures de plus et je crois bien que je me serais effondrée.

Flora retira son chapeau de paille et le tendit à Geneviève. Puis elle récupéra son cheval et rentra chez elle.

* * *

Flora était heureuse de voir se dessiner à l'horizon la maison familiale. Quelques instants plus tard, elle pourrait enfin retirer ses vêtements qui lui collaient à la peau et manger car elle avait une faim de loup. Elle espérait que le souper ne tarderait pas à être servi. Voyant sa sœur arriver, James vint à sa rencontre. Elle le laissa conduire sa jument à l'écurie et contourna la maison pour entrer par-derrière. Elle se trouva nez à nez avec son père qui discutait avec Wallace.

John Henry eut un choc en voyant sa fille habillée de vieux vêtements d'homme ridicules. Flora avait le visage couvert de poussière et ses cheveux étaient défaits. Elle recula d'un pas devant la mine déconfite de son père et baissa la tête devant le regard amusé de Wallace.

L'homme s'excusa auprès de son invité en lui demandant de l'attendre dans la bibliothèque et suivit sa fille qui montait dans sa chambre. Lui retenant le bras, il la força à se retourner pour le regarder.

— Ne te sauve pas si vite, jeune fille ! Tu me dois des explications, je pense ! D'où viens-tu et qu'est-ce que cette tenue ridicule ?

— Je suis allée aider la famille de mon amie Geneviève. James m'a prêté ses vêtements pour que je puisse travailler à mon aise.

John Henry qui, jusque-là, avait essayé de contenir sa colère, éclata tout à coup.

— C'est inconcevable que ma fille travaille pour cette famille d'habitants ! Tu n'es pas une domestique ! Tu n'as pas reçu l'éducation que tu possèdes pour travailler la terre. Regarde tes mains, elles sont toutes écorchées et tu as une mine à faire peur ! Monte tout de suite te changer et retrouver un peu de dignité, ma fille ! Te montrer ainsi devant mon invité, monsieur Callaghan, qui nous a si bien reçus ! J'ai tellement honte de te voir ainsi ! Je vais aller trouver ce Lacombe, il n'a pas le droit de prendre mes enfants pour des esclaves.

— J'y suis allée de mon plein gré, père, monsieur Lacombe n'était pas d'accord au début pour que je les aide.

James arriva sur ces mots. John Henry se retourna.

— Tu aurais dû empêcher ta sœur de faire tout ceci, James. Je fais tout pour que vous soyez des gens bien, et tout ce que vous trouvez à faire est de me mettre constamment dans l'embarras !

James continua son chemin sans rien dire et John Henry le laissa aller. Flora, qui n'avait jamais vu son père dans un tel état, crut bon de lui fournir quelques explications.

— James n'a rien à se reprocher, j'ai beaucoup insisté pour qu'il m'aide. Tout ceci est ma faute. Je ne vois pas comment il peut être honteux de travailler de ses mains. J'ai beaucoup aimé mon expérience, père, et j'espère bien pouvoir recommencer.

— Je fais mon possible pour que tu sois une jeune femme du monde. Il n'est pas question que tu offres tes services comme un homme engagé ! Tu vas faire ce que je te dirai, ma fille, et rien d'autre, tu m'entends ? Je t'interdis de retourner là-bas, je ne veux plus que tu revoies cette fille ni aucun membre de sa famille.

Flora, foudroyant son père du regard, éclata à son tour.

— Vous ne pouvez pas m'empêcher de revoir Geneviève, elle est ma seule amie à Chambly. Vous devrez m'enfermer à double tour dans ma chambre si vous voulez que j'obéisse !

Devant l'insolence de sa fille, John Henry perdit tout contrôle et la gifla. Tremblante de rage et de tristesse, Flora se toucha la joue de la main et monta les escaliers en courant. John Henry entendit la porte de sa chambre se refermer avec fracas. Il regrettait d'avoir frappé sa fille ; il avait toujours été plus proche de Flora que de ses autres enfants et, désormais, il sentait qu'un fossé s'était creusé entre eux.

* * *

Pour se faire pardonner d'avoir mis Wallace dans l'embarras, John Henry lui demanda de rester à souper et l'invita à prendre un verre dans la bibliothèque avant le repas. Voulant rassurer John Henry, Wallace dit qu'il ne devait pas se sentir embarrassé de la conduite de sa fille. Flora était une femme tenace et il admirait les femmes de caractère. John Henry sourit tristement en repensant à la gifle qu'il avait donnée à sa fille. Peut-être avait-il exagéré en lui ordonnant de ne plus revoir Geneviève Lacombe. Il comprenait que sa fille se sente seule et qu'elle se soit fait une amie. Il attendrait que la tempête soit passée avant de lui permettre de voir Geneviève le dimanche, comme elle le faisait depuis quelque temps déjà.

* * *

Flora était montée précipitamment dans sa chambre et, après avoir claqué la porte, elle s'était effondrée en larmes sur son lit. Elle pleurait de rage que son père veuille toujours tout décider. Il ne pouvait pas l'empêcher de revoir Geneviève. Puis, elle s'assit en pensant que, au cours des prochains jours, elle devait faire preuve de bonne volonté à l'égard de son père si elle voulait qu'il change d'avis. Elle essuya ses joues ruisselantes de larmes et ouvrit sa penderie en se disant qu'elle devait revêtir sa plus belle robe pour le repas du soir.

Elle se lava le visage à l'eau froide, défit sa longue tresse et se brossa vigoureusement les cheveux. Puis, elle les remonta et fixa sa coiffure avec ses peignes en ivoire. Elle appela madame Carter pour qu'elle vienne l'aider à s'habiller. Elle porterait une robe de soie champagne.

* * *

James se joignit à son père et à Wallace pour prendre un verre dans la bibliothèque. Wallace leur fit part de son invitation à l'inauguration du chemin de fer. John Henry, très touché, accepta sans hésiter en disant que cette sortie ferait le plus grand bien à sa famille. Un des domestiques leur annonça que le repas était servi. Les trois hommes se dirigèrent vers la salle à manger et s'installèrent autour de la grande table en chêne. Katherine se joignit bientôt à eux. Il ne manquait que Flora. John Henry envoya un domestique lui demander de descendre. En attendant, il servit du vin rouge à son invité et au reste de la famille.

John Henry se préparait à monter chercher sa fille quand celle-ci entra dans la salle à manger, l'air frais et dispos. Elle salua tout le monde et prit place. Wallace gardait les yeux fixés sur la jeune femme, plus belle que jamais dans cette robe de soie. Ses cheveux étaient relevés et, de chaque côté, des mèches légèrement bouclées encadraient délicieusement son visage. Elle tendit son verre à son père en attendant qu'il lui verse du vin. John Henry regardait sa fille. Flora ne semblait éprouver aucune gêne. Elle attendait patiemment. John Henry aurait pu croire qu'elle lui lançait un regard de défi en attendant qu'il la servît. Il lui en aurait fait le reproche si cela n'avait été de la présence de Wallace. Il redoutait une seconde altercation et, pour empêcher toute discussion, il garda le silence.

Flora trempa délicatement les lèvres dans le précieux liquide et commença à manger son potage de légumes.

* * *

Pendant tout le souper, Flora garda le silence. Lorsque son père lui fit part de l'invitation de Wallace, elle ne dit mot et continua de fixer droit devant elle. Wallace admirait cette jeune femme qui réussissait ainsi à tenir tête à son père.

Après le repas, John Henry invita Wallace à se joindre à eux dans le grand salon pour prendre un digestif. Flora se leva et, s'excusant, dit qu'elle avait besoin de prendre l'air. Katherine la suivit des yeux vers la véranda. Elle n'avait pas entendu ce qui s'était passé entre son mari et sa fille, mais, une fois de plus, elle constatait à quel point Flora ressemblait à son père. Elle ne lâcherait pas prise facilement. Ce soir, elle avait donné la preuve à tout le monde de sa ténacité. Elle avait mis sa plus belle robe et était descendue dans la salle à manger plutôt que de rester dans sa chambre à se morfondre et à pleurer.

Wallace suivit John Henry à contre-cœur, car il aurait bien souhaité se retrouver seul avec sa fille. John Henry lui servit un cognac qu'il s'empressa de terminer. S'excusant auprès de ses hôtes, il expliqua qu'il voulait rentrer tôt. Il sortit en regardant si Flora se trouvait toujours sur la véranda.

Elle était assise sur la balançoire au coin de la galerie qui entourait la maison. Elle se berçait doucement, serrant sur ses épaules un châle de fine dentelle.

Il se dirigea vers elle en toussotant pour annoncer sa présence. Flora tourna la tête et attendit de savoir ce qu'il lui voulait.

— Je voulais vous faire part moi-même de l'invitation à l'inauguration du chemin de fer. Tout à l'heure, pendant le repas, je n'ai pas su votre opinion.

— Que je veuille y aller ou non, je crois que je n'ai pas le loisir de décider. Mon père souhaite y aller, donc je n'ai pas le choix, je vais y aller aussi !

— Je ne veux pas savoir ce qu'en pense votre père, Flora, je veux seulement savoir s'il vous est agréable de m'accompagner avec votre famille.

— Dans la mesure où mon père sera heureux, mon opinion est sans importance.

Wallace sourit à cette pointe de sarcasme. Il savait au contraire qu'elle brûlait de curiosité de monter à bord d'un wagon de la locomotive. Lorsque John Henry lui avait fait part de l'invitation de Wallace, ce dernier avait vu une lueur briller dans les yeux de la jeune femme. Elle souhaitait vivement accepter cette invitation, mais continuait de se montrer indifférente devant son père. Wallace s'approcha doucement.

— Votre opinion est très importante pour moi, chère Flora ! Je suis persuadé que, si vous ne voulez pas venir à cette inauguration, votre père ne pourra pas vous forcer.

— Je dois avouer que je suis bien curieuse de voir à quoi ressemble cette locomotive.

— Ainsi donc, je suis très heureux de savoir que vous m'accompagnerez !

Wallace lui prit la main, l'effleura des lèvres et partit en direction de chez lui.

7

Flora avait laissé passer la tempête et avait revu Geneviève. Elle s'était excusée de ne pas être retournée aider la famille Lacombe pour les travaux. Elle raconta à son amie son altercation avec son père. John Henry n'avait pas interdit à sa fille de revoir son amie, et les jeunes femmes se voyaient maintenant tous les dimanches.

Vers la fin juin, chez les MacGregor, toute la maisonnée était en effervescence. Anne et Alexander, en effet, avaient annoncé leur arrivée la semaine précédente. Katherine avait fait préparer la chambre de sa fille et l'attendait impatiemment. La petite chambre attenante à celle d'Anne servirait aux enfants.

Flora était impatiente de revoir sa sœur. Elle lui avait tellement manqué. James avait dû insister pour partir seul chercher Anne et sa famille, Flora voulant à tout prix l'accompagner jusqu'au point d'arrêt de la diligence venant de Longueuil. Celle-ci était allée prendre le thé avec sa mère au jardin pour passer le temps. Elle s'était assise en face du chemin qui remontait vers la maison et guettait d'un moment à l'autre l'arrivée de la calèche.

John Henry n'avait en rien perdu ses habitudes, il lisait tranquillement son journal dans sa bibliothèque. Katherine avait confié à madame Carter le soin de veiller à la préparation d'un festin pour le dîner. Elle voulait faire une fête pour souhaiter la bienvenue à Anne. Elle avait fait parvenir une invitation à leur voisin, Wallace, afin qu'il soit lui aussi de la fête, le remerciant ainsi de les avoir si gentiment accueillis à leur arrivée à Chambly.

Flora venait de terminer sa tasse de thé quand la calèche gravit la pente vers la maison. Elle se leva précipitamment, suivie de sa mère, et alla à la rencontre des voyageurs.

Les deux sœurs s'embrassèrent chaleureusement. Katherine serra dans ses bras ses deux petits-enfants. Toute la famille entra dans la fraîcheur de la maison.

* * *

John Henry souhaita la bienvenue à sa fille et invita Alexander à le suivre au salon. James suivit son père. Katherine conduisit Anne et ses enfants dans leur chambre pour qu'ils puissent se rafraîchir. Flora aida sa sœur à défaire ses malles.

— Je suis si heureuse de te voir à Chambly. J'espère que vous resterez une partie de l'été ici.

— Alexander souhaitait se reposer un peu. Il compte repartir dans une semaine. Pour ma part, je pense rester un peu plus longtemps avec les enfants. La chaleur à Montréal est insupportable.

— Il est vrai que le Richelieu apporte beaucoup de fraîcheur. Il est dommage que nous ne puissions pas faire de promenades à cheval comme lorsque nous étions jeunes.

— Alors, nous irons faire des promenades à pied.

Flora posa la main sur le ventre rond de sa sœur, essayant de percevoir un mouvement du petit être qui y grandissait tranquillement.

* * *

Lorsque Wallace arriva chez les MacGregor, il fut conduit au salon où se trouvaient les autres hommes. John Henry vint à sa rencontre. Il salua James et Alexander et alla s'asseoir dans un confortable fauteuil en cuir. Les hommes étaient en grande discussion lorsque le majordome annonça que le dîner était servi. Les quatre hommes se dirigèrent vers la salle à manger.

Katherine et Anne s'y trouvaient déjà. Madame Carter s'occupait des deux enfants à la cuisine. Il manquait Flora qui ne tarda pas à arriver. Tous se levèrent lorsqu'elle fit son entrée. Wallace ne parvenait pas à détourner les yeux de la dernière arrivante. Elle était splendide dans sa robe vert émeraude. La couleur sombre et riche de sa robe mettait en valeur la pâleur de sa peau.

Quand tous les convives eurent pris place, John Henry se leva et souhaita la bienvenue à Anne et à son mari. Il invita tout le monde à commencer le repas. Wallace, assis devant Flora, l'observait à la dérobée. Il sut à ce moment qu'il devait tout faire pour la conquérir. Il ne voulait plus de la fortune de Jane Hamilton, ce qu'il souhaitait était un seul regard de Flora. Elle leva les yeux vers lui à ce moment précis, mais ce qu'il y vit ne lui apporta pas satisfaction. Elle ne le regardait pas avec l'admiration ou la considération qu'il aurait souhaitées. Elle le regardait comme on le fait avec un étranger. Pourtant, il était devenu un ami de la famille. John Henry aimait sa compagnie, Katherine l'avait invité pour le dîner de bienvenue de sa fille. James était quelque peu distant avec lui, mais peut-être que dans quelque temps il le considérerait comme un ami. Il se redit qu'au cours des prochains jours, il devait à tout prix se rapprocher de Flora. Si sa tentative réussissait, il pourrait la demander en mariage à l'automne.

* * *

Le dîner était terminé depuis un moment déjà. Anne était allée border ses enfants puis était revenue au salon. Les hommes dégustaient un cognac pendant que les femmes discutaient dans un coin, près de la fenêtre. Flora se leva et s'excusa auprès de sa mère et de sa sœur : elle avait un peu mal à la tête et voulait se retirer dans la quiétude de sa chambre. Wallace la suivit et la rattrapa devant le grand escalier.

— Je voulais vous inviter à m'accompagner à cheval, demain. Vous me feriez grand plaisir, chère Flora.

Flora était tellement fatiguée qu'elle ne trouva pas la force de refuser. Elle avait toujours préféré aller seule à cheval, mais une fois n'était pas coutume. Wallace paraissait heureux qu'elle ait accepté. Il lui dit qu'il viendrait la chercher en fin de matinée.

* * *

Le lendemain, Wallace arriva à l'heure prévue. Il alla saluer John Henry et Alexander puis se rendit à la roseraie où se trouvaient Anne et Katherine, après avoir pris soin de se faire annoncer à Flora. Katherine l'accueillit et le fit asseoir près d'elle en attendant l'arrivée de sa plus jeune fille. Anne lui dit qu'elle aurait bien aimé participer à la promenade à cheval, mais qu'elle devait y renoncer, compte tenu de son état. Flora arriva en s'excusant de son retard. Wallace lui prit délicatement le bras et la conduisit vers les chevaux.

Le cheval de Wallace trottait lentement à côté de celui de Flora. Wallace ne connaissait pas les habitudes de la cavalière. Aimait-elle galoper à toute allure ou préférait-elle la délicatesse du trot ? Elle répondit bientôt à sa question, prenant fermement les guides et lui proposant une course. Il la laissa filer la première et partit derrière elle. Il fut étonné de la rapidité de son cheval. Flora était une excellente cavalière. Elle prit un sentier qui menait dans les bois et le jeune homme dut admettre qu'il avait du mal à la suivre.

Ils galopèrent un bon moment, puis le cheval de Flora bifurqua vers le ruisseau qui coulait doucement dans une clairière. Flora n'attendit pas que Wallace lui offre son aide pour descendre de sa monture. Elle conduisit Lady près du ruisseau et la laissa s'y abreuver. La jeune femme s'adossa à un arbre en lissant sa jupe, puis retira ses gants de chevreau. Wallace laissa son cheval à côté de la jument de Flora et s'assit sur une grosse pierre.

— Cet endroit est magnifique. Je ne m'étais jamais rendu aussi loin auparavant.

— Lady apprécie beaucoup venir se rafraîchir ici après une course.

— Vous êtes une excellente cavalière, Flora. Je dois dire que j'avais peine à vous suivre.

— James m'a toujours dit que je dirigeais mon cheval comme un homme. Si je ne devais pas monter en amazone, James m'a dit que je ressemblerais à s'y méprendre à un jeune homme vêtu d'une robe !

Wallace éclata de rire, ce qui détendit l'atmosphère ; Flora semblait toujours sur ses gardes en sa présence.

— Si vous dirigez votre cheval comme un homme, vous avez toute la grâce d'une excellente cavalière. J'espère que nous retournerons en promenade.

— Peut-être bien. James a beaucoup de travail et Anne ne fera pas d'équitation cet été.

— J'aime beaucoup votre famille, Flora. Vous avez une grande chance d'être entourée de vos parents. J'aurais beaucoup aimé connaître mes parents et avoir des frères et sœurs. Hélas ! Depuis la mort de ma grand-mère, je me sens bien seul.

— Vous n'avez plus de famille au Bas-Canada ?

— Non, quelques oncles, tantes et cousins qui habitent toujours en Angleterre. C'est bien loin. Quand une femme voudra partager ma vie et fonder une famille, je serai le plus heureux des hommes.

En disant ces mots, Wallace regarda intensément Flora. Elle ne sembla pas prêter attention à ses propos. Elle s'était levée et avait commencé à mettre ses gants. Wallace aurait voulu qu'elle l'interroge sur ses intentions, qu'elle réagisse à la confidence qu'il venait de lui faire ! Elle regarda son cheval et lui dit qu'ils devraient rentrer ; il commençait à faire très chaud, elle souhaitait se rafraîchir. Il l'aida à monter et enfourcha sa monture à son tour.

Flora n'avait rien trouvé à répondre à Wallace. Elle avait bien vu son regard insistant, mais elle n'avait pas voulu s'étendre sur le sujet. Elle était toujours aussi mal à l'aise en sa présence et craignait une demande en mariage de sa part.

Quand ils arrivèrent devant la demeure de Wallace, ils arrêtèrent leurs chevaux.

— Entrez donc, chère Flora! Nous pourrions prendre une citronnade au jardin.

— Je voulais rentrer tôt à la maison.

— J'insiste, prenez donc le temps de vous rafraîchir, je vous prie.

Wallace pouvait se montrer très convaincant. Il aida Flora à descendre de sa monture puis conduisit les deux chevaux à l'écurie. Flora resta seule quelques instants, le temps que Wallace confie Lady à son palefrenier. Il revint en se précipitant pour lui ouvrir la porte de la maison. Le majordome vint les accueillir.

— J'espère que monsieur a fait une bonne promenade. Je souhaite la bienvenue à mademoiselle. Durant votre absence, vous avez reçu la visite de mademoiselle Hamilton. Je lui ai dit que j'ignorais l'heure de votre retour, mais elle a préféré vous attendre. Elle se trouve dans le jardin où je lui ai servi un thé.

Wallace semblait réellement contrarié par cette visite. Que venait faire Jane à Chambly? Il n'avait vraiment pas envie de la voir à cet instant. Il aurait voulu rester seul encore avec Flora.

Voyant Wallace embarrassé, Flora lui dit qu'elle pouvait rentrer et le laisser seul avec son invitée. Wallace lui prit le bras et, souriant, déclara que sa présence ne l'importunait pas et qu'il avait hâte de lui présenter sa «bonne amie» Jane Hamilton. Il conduisit Flora au jardin.

Jane Hamilton était assise à l'ombre d'un érable et buvait son thé. Elle se leva en voyant son hôte arriver et s'exclama d'une voix forte :

— Mon cher Wallace ! Il y a si longtemps que je n'ai eu la chance de vous voir. Vous ne me rendez plus visite à Montréal. Je me suis décidée à venir vous voir dans votre cher Chambly !

En disant ces mots, elle lui tendit sa main gantée. Wallace la prit d'un geste machinal et l'effleura du bout des lèvres. Jane aperçut Flora qui se tenait derrière Wallace.

— Comme je peux voir, vous êtes en charmante compagnie, Wallace ! Qui est cette ravissante demoiselle ?

En disant ces mots, elle regarda Flora d'un air arrogant en la dévisageant de la tête aux pieds. Wallace vit le regard hautain de Jane et fit les présentations.

— Je vous présente Flora MacGregor, la fille de l'excellent docteur MacGregor qui habitait autrefois Montréal. Son père a pris grand soin de ma grand-mère jadis. Nous revenons d'une promenade à cheval, Flora est la meilleure cavalière que je connaisse.

— Je ne vous ai jamais vue dans les salons de thé de Montréal, mademoiselle MacGregor.

Flora dévisagea Jane de la même façon dont elle avait été dévisagée. Elle la regarda droit dans les yeux et lui dit :

— Je n'ai pas encore eu la chance de fréquenter ce genre d'endroit.

Wallace sentit l'hostilité entre Jane et Flora et, prenant Flora par le bras, il dit à Jane :

— Flora joue du piano à merveille. Peut-être aurez-vous la chance de l'entendre jouer un de ces jours ? Toutes les dames qui fréquentent les salons de thé seraient étonnées de son talent.

— Je rêve d'entendre cela, chère Flora ! Maintenant, Wallace, conduisez-moi à l'intérieur je vous prie, je meurs de chaleur.

Jane prit le coude de Wallace et l'entraîna de sorte qu'il lâche le bras de Flora. Cette dernière resta derrière eux et regarda cette femme blonde s'accrochant à Wallace comme une vigne à un mur. Jamais Flora n'avait rencontré de personne aussi arrogante. Tout chez elle était détestable. Elle était vêtue d'une robe bleue beaucoup trop somptueuse pour l'heure de la journée. Ses cheveux remontés en une coiffure compliquée et ses lèvres pincées lui donnaient un air important. Elle marchait la tête haute en toisant tout ce qui se trouvait autour d'elle. Wallace conduisit Jane vers un fauteuil en osier de la véranda et, s'excusant, il alla trouver Flora.

— Je suis désolé de l'arrogance de mon invitée, Flora.

— Je crois bien que je vais vous laisser seul avec elle, Wallace, elle requiert toute votre attention.

— Promettez-moi, je vous prie, de bien vouloir revenir chez moi prendre cette citronnade.

— Je reviendrai quand vous n'aurez plus de visite.

Flora jeta un regard à Jane qui se rafraîchissait avec son éventail. Wallace lui sourit et retourna à sa visite impromptue.

* * *

La cheville de Geneviève était complètement guérie. Heureusement, elle pouvait à présent aider pour les foins. La veille, François-Xavier, Joseph et Étienne avaient commencé à faucher. Après que le foin coupé et séché avait été placé en veillotte pour la nuit, Geneviève et Marie-Louise s'étaient rendues aux champs pour aider à charger le foin sur les charrettes. Le travail était dur, mais en valait la peine ; les animaux auraient de quoi se nourrir pendant l'hiver. La journée était suffocante, mais le travail se devait d'être accompli. Il y avait tant à faire !

James était allé rendre visite à ses patients et avait décidé de terminer sa tournée en passant par la ferme des Lacombe. Il ne trouva personne à la maison et décida de monter le sentier qui menait aux champs. Il vit bientôt la charrette, et la famille Lacombe s'affairer à y empiler le foin. Il alla à leur rencontre. L'air embaumait l'herbe coupée. Lorsque François-Xavier l'aperçut, il se dirigea vers lui et sa monture.

Le jeune médecin descendit de son cheval. Il offrit d'aider à charger le foin. François-Xavier lui donna une fourche et lui expliqua en quoi consistait le travail. Marie-Louise, juchée sur la charrette, foulait le foin coupé que les autres empilaient à l'aide de fourches. Joseph accueillit avec gratitude la proposition de James. Geneviève était ravie de voir celui dont elle espérait les visites. Depuis que sa cheville était guérie, James était venu un peu moins souvent la voir. Elle avait hâte que la semaine se termine pour arriver au dimanche qui était désormais devenu la plus belle journée de la semaine. Elle regardait furtivement James. Il avait retiré sa veste et roulé ses manches. Il maniait la fourche assez aisément pour une première fois. Les muscles de ses bras étaient tendus et sa chemise était alors presque trempée, comme celle de son père et de son frère. La chaleur était accablante. La gourde circulait pour que tout le monde puisse se rafraîchir.

Avec l'aide de James, le foin se trouva bientôt dans la grange. Marie-Louise invita James et Étienne à se joindre à eux pour le repas. James dut décliner cette offre même s'il aurait bien voulu être avec Geneviève. Avant de repartir, il se rendit près de la pompe pour s'asperger le visage d'eau froide. Geneviève le suivit. Il rinça abondamment sa main droite, couverte d'ampoules. En voyant qu'il s'était blessé, Geneviève lui prit la main et, fouillant dans la poche de son tablier, elle sortit son mouchoir et l'enroula autour de la paume de James. En prenant soin de vérifier qu'il n'y avait personne autour, James embrassa

Geneviève avant de monter sur son cheval. Geneviève, légère, regarda partir celui qui faisait battre son cœur.

* * *

Anne attendait impatiemment le retour de sa sœur Flora. Elle l'avait vue partir un peu plus tôt avec Wallace Callaghan, et elle avait hâte de savoir comment s'était passée sa promenade. Elle vint à sa rencontre lorsqu'elle la vit revenir de l'écurie.

— Comment s'est passée ta promenade ? Je croyais que tu resterais plus longtemps en compagnie de Wallace.

— Je devais prendre un verre de citronnade, mais Wallace était attendu.

— Qui était son visiteur ?

— Sa très bonne amie Jane Hamilton. Je n'ai jamais vu quelqu'un d'aussi arrogant !

— Tu as rencontré Jane Hamilton ? Elle possède une immense fortune. On raconte qu'elle et Wallace sont fiancés.

— Wallace a fait les présentations en me disant qu'elle était une amie.

— Cela m'étonne beaucoup ! Comment est-elle ? Est-il vrai qu'elle porte des toilettes somptueuses ?

— À cette heure de la journée, sa robe aurait pu être un peu moins voyante. Je me demande bien de quelle façon elle est habillée pour de grandes occasions.

Anne écoutait attentivement sa sœur décrire Jane Hamilton. Jane ne devait pas être aussi détestable que Flora le disait. Tout le monde prisait la compagnie de cette jeune femme à Montréal. Tous les meilleurs partis du Bas-Canada tournaient autour d'elle. Ce n'était un secret pour personne que Jane et Wallace forment un couple parfaitement assorti. Après que Flora l'eut laissée seule au salon, Anne continua à rêver d'être présentée à Jane Hamilton. Elle serait alors admise dans les plus prestigieux salons de thé de Montréal et, surtout, romprait la monotonie de sa vie beaucoup trop rangée.

* * *

James monta directement dans sa chambre à son retour de la ferme. Le mouchoir de Geneviève enroulait toujours sa main. Il défit délicatement le nœud qui retenait le bandage. Quelques jours plus tard, les ampoules auraient disparu. Puis il déplia le mouchoir et observa la fine broderie bordant le carré de tissu. Dans un coin du mouchoir, les initiales de Geneviève étaient brodées en bleu. Il effleura du doigt la finesse de l'ouvrage, plia le mouchoir et, avant de le placer dans sa poche, il respira les effluves du parfum de Geneviève. Il se changea et descendit dans la salle à manger pour le souper.

* * *

Wallace s'était senti obligé d'inviter Jane pour le repas car elle avait fait une longue route. Il lui fit préparer une chambre. Jane souhaitait repartir le lendemain pour Montréal. Elle lui avait fait promettre sur un ton presque exigeant de venir la voir le plus tôt possible.

Pour se faire pardonner, Wallace fit reconduire Jane à Montréal. Dès qu'il ne la vit plus à l'horizon, il monta se changer, fit seller son cheval et se dirigea vers la demeure des MacGregor.

* * *

Flora, Anne et Katherine brodaient tranquillement au jardin tandis qu'Adam essayait de capturer des papillons et que Victoria trottinait joyeusement derrière son frère. Ce fut Anne, la première, qui vit Wallace arriver. Elle se leva et, posant sa broderie, dit à sa mère et à sa sœur qu'elles avaient un visiteur. Flora leva les yeux de son ouvrage et vit Wallace se diriger vers elles. Il offrit ses hommages à Katherine et Anne et invita Flora à faire quelques pas avec lui.

Wallace tenait à s'excuser encore une fois de la conduite de Jane Hamilton.

— Il ne faut pas en vouloir à Jane. Bien que son ton puisse paraître arrogant, je suis certain qu'elle brûlait de curiosité de vous connaître.

— Je n'en veux aucunement à votre fiancée, Wallace.

— Comme je peux voir, les nouvelles se rendent même jusque dans des régions éloignées de Montréal. Mais je crois qu'il est nécessaire que je corrige un peu la situation : les fiançailles ne sont pas encore officielles. Pour l'instant, Jane Hamilton est une amie et rien ne semble indiquer le contraire.

Wallace regarda intensément Flora. Puis, lui prenant le bras, il lui souffla :

— De toute façon, peut-être bien qu'il n'y aura pas de fiançailles du tout ! Jane semble beaucoup plus éprise que moi. Je crois que l'amitié est tout à fait possible entre un homme et une femme sans qu'il y ait promesse de mariage à l'horizon, ne pensez-vous pas, chère Flora ?

— Vous avez sûrement raison, Wallace. Vous devriez peut-être mettre les choses au clair avec mademoiselle Hamilton.

— Je suivrai vos judicieux conseils, Flora. En attendant, je tenais à m'assurer que vous ne soyez pas offensée par ses propos.

— Rassurez-vous, Wallace, je ne suis pas fâchée du tout.

— Je ne vous ennuierai pas plus longtemps, je dois rentrer. Retournez à votre broderie. Saluez votre famille pour moi.

Flora regarda Wallace s'éloigner. Elle se demandait si un jour elle réussirait à être à l'aise en sa présence.

8

En ce 21 juillet 1836, jour de l'inauguration du «chemin à lisses», la famille MacGregor et Wallace Callaghan étaient en route vers La Prairie. Les deux voitures se suivaient de près. Dans la première étaient assis John Henry, Katherine et James ; dans la seconde, Wallace, Flora, Anne et son mari, Alexander. Les deux enfants étaient restés à la maison sous la douce surveillance de madame Carter. Flora et Anne étaient assises côte à côte, tenant fermement leur ombrelle.

Les voyageurs arrivèrent bientôt à l'entrée du village de La Prairie, déjà envahi de monde. Près de 300 personnes avaient quitté Montréal à bord du *Princess Victoria*, le nouveau traversier à vapeur. Les deux voitures s'immobilisant, Wallace descendit le premier, suivi d'Alexander. Flora était impressionnée de voir tous ces gens réunis pour l'inauguration du chemin de fer de la Champlain & St. Lawrence Railroad Compagny. Wallace lui tendit la main pour l'aider à descendre de voiture.

Le jeune homme présenta ses invités à plusieurs personnes qu'il connaissait, et même à Peter McGill, président du conseil d'administration de la compagnie. Puis, prenant Flora par le bras, il la conduisit vers l'immense locomotive noire qui, même immobile, laissait sortir de la vapeur de sa grosse cheminée. La *Dorchester* ressemblait à un gigantesque dragon prêt à cracher d'énormes flammes.

Lorsque le discours inaugural fut prononcé, tous furent invités à monter à bord des wagons attachés derrière l'énorme machine. John Henry et sa famille s'installèrent dans l'avant-dernier, à l'exception de Flora qui monta dans le premier, sur l'insistance de Wallace.

Jane Hamilton se trouvait elle aussi dans ce wagon. En jetant un regard tout autour, elle vit Wallace ; puis, se dirigeant vers lui, elle reconnut Flora à ses côtés. Une fois de plus, il était en compagnie de cette jeune femme. Elle n'allait tout de même pas se laisser impressionner par cette fille de campagne. Gardant la tête froide, Jane se dirigea vers le couple.

— Mon cher Wallace, comme je suis heureuse de vous voir ici et surtout de savoir que nous allons partager le même wagon !

— Quel plaisir de vous voir, Jane ! Vous vous souvenez sûrement de mon amie Flora ?

— Comment aurais-je pu l'oublier ? Il reste deux places à mes côtés, faites-moi l'honneur de venir vous asseoir près de moi.

Avant même que Flora n'ait pu dire le moindre mot, Jane les entraîna vers un banc. Wallace se retrouva assis entre les deux femmes. Flora était coincée entre la fenêtre et Wallace. Jane ne cessait de babiller et Flora tourna son regard vers l'extérieur. Comme la journée était merveilleuse, elle n'allait pas la gâcher avec la présence de Jane Hamilton. C'était la première fois que Flora voyait une aussi grosse machine et la toute première qu'elle montait à bord de ce nouveau moyen de transport. Elle décida de savourer cet instant. Elle n'entendit pas Jane lui adresser la parole. Wallace toussota et dit tout bas :

— Flora, vous êtes perdue dans vos pensées.

— Je suis désolée, Jane, que disiez-vous ?

En lui jetant un regard sardonique, Jane s'exclama :

— Je suis surprise de vous voir ici, Flora ! Presque toute la bourgeoisie de Montréal se trouve ici. Pour une fille de campagne, vous avez beaucoup de chance d'assister à cette magnifique inauguration. Comme je peux voir, vous avez troqué votre tenue de cavalière pour cette robe qui vous convient mieux. Cependant, je trouve l'étoffe un peu trop raffinée pour ce genre d'excursion. Mais je conviens que la mode est question de goût !

Flora dut se mordre les joues pour ne pas lui lancer des injures. Comme elle était détestable ! Elle l'avait profondément blessée. Jamais Flora n'avait été insultée de cette manière ! Elle regarda Jane. La jeune femme était vêtue d'une robe rouge écarlate en soie avec d'immenses manches bouffantes. S'il y avait quelqu'un dans tout le wagon qui était vêtu avec un peu trop d'extravagance, c'était bien elle ! Flora, pour sa part, avait opté pour une sobre robe ivoire agrémentée d'un châle de dentelle fine assorti. Flora détourna les yeux et Wallace vit son malaise. Il se leva et Jane dut elle aussi se lever pour le laisser passer. Entraînant Flora, il descendit du wagon et s'engouffra dans le second. Jane resta plantée là au beau milieu de son banc.

Wallace trouva deux places restantes près d'une fenêtre et invita Flora à s'asseoir.

— Cette fois-ci, Jane est allée beaucoup trop loin ! Je viens de me rendre compte à quel point elle est méchante ! Pardonnez-lui, elle est jalouse de votre beauté, ma chère. Vous étiez la plus éblouissante du wagon et Jane était bien pâle à côté de vous.

— Je vous remercie, Wallace, de votre compliment. Je vous remercie aussi d'avoir changé de wagon, je n'aurais pas pu la supporter tout le long du voyage.

Flora posa ses mains gantées sur ses genoux et attendit impatiemment le départ. Bientôt, la locomotive s'ébranla et le paysage commença à défiler lentement sous ses yeux. Wallace vit dans le regard de Flora l'excitation d'une petite fille. Il était si près d'elle qu'il pouvait sentir les effluves de lavande de son parfum. Il ferma les yeux un moment en respirant à pleins poumons la délicatesse de cette odeur. Il aurait voulu à cet instant précis la serrer dans ses bras.

* * *

François-Xavier s'était rendu en compagnie de sa sœur et d'Étienne à La Prairie chez Adéline, leur sœur aînée. Il n'aurait pas voulu pour tout l'or du monde rater le départ du train. Ils s'étaient installés, Geneviève, Adéline et son mari, Amable Morisset, leurs deux enfants, Pierre et Albertine, tout près de l'endroit où passerait le train. Ce n'était pas tous les jours qu'il était possible de voir une telle machine circuler dans les campagnes environnantes !

Bientôt, ils entendirent le bruit de la locomotive. Tout le monde se leva pour la voir passer. François-Xavier aurait voulu être à son bord, peut-être qu'un jour il pourrait circuler dans ce genre de machine !

Étienne se tenait tout près de Geneviève. Lorsque la locomotive fut passée, il resta en retrait. Adéline, Amable et François-Xavier regagnèrent la charrette. Étienne avait décidé de ne pas laisser passer sa chance avec Geneviève. Il prit son courage à deux mains et, au moment où elle rejoignait sa famille, il lui prit délicatement le bras et l'entraîna près de lui.

— Il y a longtemps que nous nous connaissons, et, depuis quelque temps, j'éprouve de plus en plus de gêne en ta présence.

Geneviève voulut l'interrompre, mais il lui demanda de le laisser continuer.

— Ce que je veux te dire n'est pas facile et, je t'en prie, ne m'enlève pas le peu de courage qui me reste. Je sais que ma terre ne me rapporte pas beaucoup pour l'instant, mais dans quelque temps, elle sera assez productive pour faire vivre une famille. J'aimerais beaucoup que tu deviennes ma femme. Je prendrai soin de toi et ta famille sera tout près si tu t'ennuies.

Geneviève retint son souffle. Elle avait toujours considéré Étienne comme un frère. Elle l'aimait beaucoup, mais ne se voyait pas l'épouser. Comment lui dire qu'elle ne voulait pas être sa femme et que celui qu'elle aimait n'était pas lui ? Étienne avait suffisamment souffert dans sa vie et elle ne voulait pas être la cause de son malheur. Elle ralentit le pas et Étienne s'immobilisa, attendant une réponse.

— J'ai toujours eu la plus grande estime pour toi, Étienne. Je sais que tu es un honnête homme et un travailleur acharné. Mais je ne peux pas t'épouser. Tu es presque comme un frère pour moi, un ami que j'estime beaucoup.

— Je suis prêt à te laisser le temps qu'il faut pour réfléchir à ma proposition, Geneviève.

— Tu ferais mieux de te trouver une autre femme que moi. J'ai toujours pensé que dans un mariage l'amour doit être présent. J'ai beaucoup d'amitié pour toi, mais pas d'amour.

— Peut-être que, si j'étais médecin, tu m'estimerais beaucoup plus encore et tu consentirais à m'épouser ?

Geneviève se figea. Ainsi Étienne savait pour elle et James. Elle sentit ses joues s'empourprer. Elle devait garder une maîtrise parfaite d'elle-même.

— Pourquoi dis-tu cela ?

— Je sais très bien que le docteur MacGregor ne te laisse pas indifférente. Depuis qu'il est arrivé à Chambly, je l'ai remarqué. Devant ton refus, je me rends bien compte que mes craintes étaient fondées. Tu es amoureuse de lui, cela est évident. Il n'est pas du même monde que nous. Tu crois que tu as de l'importance à ses yeux ? Il te rejettera lorsqu'il verra la maigre dot que tu apportes. Tout ce qu'il fait pour le moment c'est s'amuser avec toi ! Je te croyais fière, Geneviève Lacombe, je me rends compte que je me suis trompé !

Geneviève sentit la colère monter en elle. Elle n'avait pas voulu blesser Étienne et lui ne se gênait pas pour lui lancer son fiel au visage. Devant sa méchanceté, elle ne put se retenir et le gifla. Son amertume laissa place à la tristesse et Geneviève regretta aussitôt son emportement. François-Xavier, qui les observait, se demandait bien ce qu'Étienne avait pu dire pour mettre sa sœur dans cet état. Ce dernier s'empressa de monter dans la charrette et tourna le dos à Geneviève, assise devant lui. La voiture s'ébranla et, discrètement, Étienne serra les poings ; il venait de perdre la femme qu'il aimait.

* * *

Le voyage en train ne se déroula pas comme prévu. Il y eut un problème avec la chaudière et le trajet d'une quinzaine de miles mit près de deux heures jusqu'à Saint-Jean. Heureusement, le retour ne prit qu'une heure.

Même si la journée avait mal débuté avec la présence de Jane Hamilton, Flora aima le voyage. Quand la locomotive entra en gare à La Prairie, Wallace l'aida à descendre et, après avoir dit au revoir à toutes ses connaissances, il se dirigea avec elle où se trouvait le reste de la famille MacGregor. Flora sentit quelqu'un lui retenir le bras. Elle se retourna et se trouva nez à nez avec Jane Hamilton. Wallace se plaça à côté de Flora.

— Je suis désolée si je vous ai offensée tout à l'heure, Flora, dit Jane. Pour me faire pardonner, je vous prie de venir me rendre visite quand vous séjournerez à Montréal. Nous irons dans les salons de thé et je vous présenterai mes compagnes.

Flora se contenta d'acquiescer, ne trouvant rien à répondre. Jane salua Wallace puis tourna les talons. Le jeune homme entraîna Flora vers sa famille. Ils reprirent le chemin du retour, heureux d'avoir été les témoins d'un événement sans doute historique.

* * *

Durant tout le trajet, Geneviève demeura silencieuse. Elle en voulait à Étienne d'avoir exprimé tout haut les craintes qui l'assaillaient depuis quelque temps. James était-il sérieux lorsqu'il lui disait qu'il l'aimait ? S'amusait-il à ses dépens ? Elle l'aimait tellement qu'elle en mourrait si ses sentiments n'étaient pas partagés. Étienne avait probablement raison, James s'amusait peut-être avec elle. Geneviève aurait voulu confier ses peurs à quelqu'un. Sa mère ne comprendrait pas son refus d'épouser Étienne. Elle ne pouvait pas se confier à son père ni à son frère, d'ailleurs, puisqu'Étienne était son meilleur ami. La seule personne qui pourrait l'écouter sans la juger était Flora. Bien qu'elle puisse avoir un parti pris, Flora serait la confidente idéale. Elle pourrait peut-être même répondre à ses interrogations sur les sentiments de James à son égard. Geneviève dut se résoudre à attendre le dimanche suivant pour se confier à son amie. Elle tourna le dos à Étienne et son regard se perdit vers l'horizon.

* * *

Flora s'était assise aux côtés de sa sœur sur le chemin du retour. Wallace s'installa près d'Alexander et les deux hommes échangèrent leurs impressions sur le voyage en train. Flora raconta à Anne ce qui s'était passé avec Jane Hamilton. Anne écoutait sa sœur en silence. Elle ne pouvait concevoir que Jane soit foncièrement méchante, d'ailleurs cette dernière s'était excusée, et avait même invité Flora à prendre le thé. Anne enviait un peu sa sœur, elle-même serait si heureuse d'être l'invitée de Jane Hamilton !

Flora s'était rendu compte qu'Anne ne partageait pas son opinion au sujet de Jane Hamilton. Depuis quelque temps d'ailleurs, Anne avait changé. Les deux sœurs n'étaient plus complices comme autrefois. Certes, son aînée menait une existence vraiment différente de la sienne, étant à la fois épouse et mère, mais Anne avait pourtant toujours été une oreille attentive. Désormais, Flora constatait qu'elle l'écoutait à peine et qu'elle semblait même exaspérée de l'entendre se confier. Flora éprouva une profonde tristesse en pensant que sa sœur s'éloignait un peu plus d'elle chaque jour.

* * *

Wallace invita la famille MacGregor à dîner. James fut le seul à refuser son invitation, prétextant du travail. En fait, François-Xavier lui avait donné rendez-vous à l'auberge et il avait hâte de lui raconter sa journée.

John Henry et Alexander s'installèrent dans les chaises de rotin de la véranda en fumant un cigare offert par leur hôte. Wallace servit de guide à Katherine, Anne et Flora, et leur fit visiter les jardins. Un ruisseau coulait dans le domaine et un petit pont de bois permettait de le traverser. Si le jardin de Katherine était très structuré, celui de la résidence Callaghan était laissé à l'état presque naturel. Les lis côtoyaient les rosiers, les capucines et les pavots. Toutes ces fleurs avaient été plantées là par la grand-mère de Wallace et, depuis qu'il avait hérité de la résidence, les jardins avaient été abandonnés.

Katherine se penchait pour admirer la beauté des fleurs. Anne marchait aux côtés de Wallace en rêvant de ce qu'aurait été sa vie si elle avait épousé le riche héritier de la famille Callaghan. Elle aurait fréquenté les meilleurs endroits de Montréal et sa vie aurait été plus gaie. Certes, elle aimait Alexander, mais il lui arrivait parfois de regretter ce mariage de convenance. Quand était venu le temps de se marier, Wallace était alors en Angleterre, et John Henry avait estimé qu'Alexander ferait un excellent parti pour sa fille. Elle n'avait pas eu le choix.

Flora marchait derrière eux et humait le parfum des différentes fleurs en cette fin d'après-midi. Elle écoutait le fin gazouillis des oiseaux et essayait d'apercevoir les petits volatiles qui semblaient jouer à cache-cache au travers des branches touffues.

Laissant sa mère aux côtés de Wallace, Anne rattrapa Flora. Elle s'agrippa au bras de sa sœur et chuchota :

— Wallace m'a dit que son jardin manquait de romantisme féminin. Crois-tu que Jane Hamilton viendra habiter ici après leur mariage ?

— Wallace m'a confié qu'il n'était pas encore question de mariage entre eux. Je suis certaine qu'avec ce que m'a dit Jane aujourd'hui, elle a perdu un peu d'estime aux yeux de Wallace. Il m'a avoué qu'il se rendait compte qu'elle pouvait être méchante.

— Tu crois alors qu'il ne l'épousera pas ? Qui sera l'heureuse élue à ton avis ?

— Je n'en ai pas la moindre idée.

Anne entraîna Flora à l'écart de leur hôte et lui dit en prenant un air moqueur :

— Ainsi, tu n'en as pas la moindre idée, Flora ? Eh bien moi, je ne serais pas surprise qu'il te fasse sa demande avant la fin de l'été. Il n'a pas cessé de me questionner sur toi, il m'a même demandé si tu avais un soupirant.

— Je suis certaine que tu te trompes, Anne.

— Wallace est un bon parti, Flora. Il est riche et c'est sans doute le célibataire le plus prisé de tout le Bas-Canada. Père sera certainement du même avis que moi, Wallace Callaghan te ferait un excellent mari.

— Je ne suis pas amoureuse de lui, Anne. Jamais je n'accepterais de faire un mariage de convenance comme tu l'as fait.

En disant ces mots, Flora le regretta tout de suite. Anne la regarda tristement.

— Je n'ai pas eu le choix, c'est vrai, mais je m'en accommode très bien. Je sais bien que père aurait pu choisir quelqu'un de plus fortuné. Je regrette parfois ce mariage, mais j'ai appris à aimer Alexander. Si père décide de ton mari, crois-moi, tu n'auras pas le choix.

— Je suis désolée, Anne, je ne voulais pas te causer du chagrin. Je trouve tellement injuste que père nous impose ses choix. Pardonne-moi si je t'ai blessée, ma chère sœur. Viens, allons rejoindre les autres.

Flora saisit Anne par le bras et l'entraîna dans la véranda.

* * *

Lorsqu'ils étaient rentrés de La Prairie, Étienne était parti chez lui sans dire un mot. Geneviève s'était murée dans un silence absolu. Décidément, il s'était passé quelque chose entre eux. François-Xavier décida d'en avoir le cœur net et se rendit chez son ami.

Étienne était dans l'étable, occupé à nourrir ses bêtes. Il sursauta lorsqu'il vit son ami dans l'embrasure de la porte mais l'invita à entrer. Étienne continua sa tâche et François-Xavier rompit le silence.

— Tu es parti bien vite tout à l'heure ! Que s'est-il passé ?

— J'avais beaucoup de travail à faire, tu le sais comme moi, les bêtes n'attendent pas.

— Je te connais depuis longtemps, Étienne, et je sais que quelque chose t'a contrarié. Que s'est-il passé avec Geneviève ?

— Qu'est-ce qui te laisse croire qu'il s'est passé quelque chose avec ta sœur ?

— Ne fais pas l'imbécile ! Geneviève ne nous a pas parlé de tout le voyage et surtout je n'ai pas manqué la gifle qu'elle t'a donnée.

— Il ne s'agit que d'un malentendu.

— Je t'en prie, Étienne, au nom de notre amitié, raconte-moi ce qui se passe.

Étienne regarda François-Xavier et s'adossa au mur de l'étable. Il lui raconta comment il s'était rendu compte que Geneviève n'était plus la même avec lui. Puis, il lui parla de sa demande en mariage, et du refus de sa sœur. François-Xavier resta pensif. Ainsi, sa sœur était amoureuse de James MacGregor ! Il regarda Étienne à la dérobée et vit une profonde tristesse dans les yeux de son ami. Il ne savait pas quoi dire pour le rassurer. James était aussi son ami et ferait un bon mari pour sa sœur, il en était convaincu, mais apprendre que Geneviève refusait d'épouser Étienne le chagrinait beaucoup. Tout ce qu'il trouva à dire à ce dernier était que les choses s'arrangeraient d'elles-mêmes.

À présent, assis à l'auberge, il attendait James en repensant à sa conversation avec Étienne. François-Xavier leva la tête et vit James le chercher du regard. Il lui fit signe de la main et son ami se dirigea vers lui.

James tira une chaise et commanda un verre de rhum. Les deux hommes se racontèrent leur journée : James, son voyage en train, et François-Xavier, son escapade à La Prairie pour voir passer la locomotive. Les deux hommes éclatèrent de rire au récit de ces journées semblables.

Ils discutèrent un long moment, puis François-Xavier prit un air quelque peu renfrogné. James attendit en silence que son ami prenne la parole.

— Ce que j'ai à te dire est assez délicat. J'ai discuté avec Étienne aujourd'hui. Ce qu'il m'a confié m'a beaucoup étonné.

— Justement, en parlant d'Étienne, je croyais qu'il viendrait ce soir. Comment va-t-il ?

— Pas très bien, vois-tu, il s'est disputé avec Geneviève. Il l'a demandée en mariage et elle a refusé.

James se sentait mal à l'aise. Il se contenta d'appuyer le menton dans le creux de la paume de sa main et attendit la suite. François-Xavier décida de ne pas passer par quatre chemins.

— Tu es la cause de ce refus, James ! Ma sœur est tombée amoureuse de toi. Tout ce que je veux savoir, c'est si tu t'intéresses à elle de façon sérieuse. Je serais très peiné d'apprendre que tu te moques de ses sentiments.

— Je suis un peu mal à l'aise de parler de tout ça avec toi. Je n'en ai même pas parlé avec la principale intéressée.

— Dis-le-moi James, c'est important. Aimes-tu Geneviève ?

— Depuis que je l'ai rencontrée, mes pensées sont constamment tournées vers elle. Je crois bien que je l'aime.

— Que comptes-tu faire alors ? Veux-tu l'épouser ?

— J'aimerais beaucoup, mais je dois surmonter plusieurs obstacles, à commencer par mon père. Il me voit épouser une jeune femme riche de Montréal. Je suis certain qu'il ne sera pas d'accord avec mon choix d'épouser ta sœur. D'ailleurs, mon père n'a jamais été d'accord avec moi sur quoi que ce soit !

— Quand comptes-tu le lui dire ?

— Je ne sais pas encore. J'aimerais beaucoup avoir le temps de m'établir d'abord. Je veux offrir ce qu'il y a de mieux à Geneviève. Je me doute bien que mon père n'acceptera pas que nous nous installions sous son toit après notre mariage. Mais avant toute chose, je dois parler à Geneviève, je ne sais pas encore si elle me désire comme mari.

— À entendre parler Étienne, elle est éprise de toi. En attendant, levons notre verre en ton honneur et en celui de ma sœur. Quand il y a promesse de mariage dans l'air, il faut bien fêter cela !

* * *

Le dimanche suivant, Flora rejoignit Geneviève à leur lieu de rendez-vous. Étienne ne vint pas. James et François-Xavier se trouvaient seuls à pêcher.

Flora dut beaucoup insister pour qu'Anne accepte d'accompagner sa sœur et son frère. Flora avait tellement hâte de lui présenter son amie. Anne se montra amicale avec Geneviève, juste ce qu'il fallait. Quand François-Xavier lui fut présenté, elle regarda avec un certain mépris ce grand gaillard aux cheveux décolorés par le soleil. Elle serra la main tendue du bout des doigts. Elle se demandait bien ce que Flora et James pouvaient trouver à cette famille Lacombe.

Flora remarqua bien entendu l'attitude de sa sœur et regretta d'avoir insisté pour qu'Anne les accompagne. Geneviève invita Anne à s'asseoir et celle-ci refusa poliment. Devant le malaise provoqué par son refus, Anne s'excusa et leur dit qu'elle voulait rentrer pour se reposer. Flora offrit de la raccompagner, mais Anne s'opposa en lui disant de rester auprès de son amie. Flora regarda sa sœur repartir en direction de la maison.

Flora décrivit alors à Geneviève la semaine qu'elle venait de passer. Elle lui relata ce que Jane lui avait dit en prenant un ton moqueur. Geneviève trouva la situation plutôt drôle. Puis, l'heure des confidences arriva. Flora commença la première. Elle raconta à Geneviève à quel point elle trouvait triste de sentir sa sœur s'éloigner d'elle.

— Nous étions si proches avant mon départ de Montréal. Maintenant, on dirait que tout nous sépare !

— J'ai bien vu tout à l'heure qu'elle ne semblait pas apprécier ma compagnie.

— C'est bien triste à dire, mais j'ai l'impression qu'Anne est devenue une personne tout à fait superficielle. On dirait que tout ce qu'il l'intéresse ne concerne que l'argent. Elle m'a même dit qu'il lui arrivait de regretter son mariage avec son mari.

— Elle se rend compte maintenant qu'elle a fait un mauvais choix.

— Le malheur est qu'elle n'a pas choisi d'épouser Alexander, c'est plutôt mon père qui a fait les arrangements.

— En sera-t-il de même pour ton mariage ?

— Mon père voudra certainement m'imposer son choix, mais je trouverai bien une façon de le faire changer d'idée.

Geneviève écoutait son amie d'un air songeur. De toute évidence, les mariages étaient omniprésents dans l'air. Elle décida de lui parler de la demande d'Étienne.

— Justement, cette semaine, j'ai reçu une demande en mariage. J'ai refusé, non pas pour une question d'argent. Étienne m'a demandé de l'épouser.

— Et tu as refusé ?

— Oui. Depuis ce temps, il ne m'adresse plus la parole.

Geneviève raconta ce qui s'était passé avec celui qu'elle avait toujours considéré comme un frère. Flora écoutait son amie silencieusement. Quand Geneviève termina son récit, elle dit :

— Tu as refusé de l'épouser afin de suivre ton cœur et non ta raison. Je t'envie beaucoup de pouvoir respecter tes sentiments. Je suis certaine que tu as trouvé difficile de lui dire que tu en aimais un autre. Tu as agi pour le mieux.

— J'espère bien, mais si tu avais vu toute la tristesse de son regard. Le pire dans toute cette histoire est que je suis peut-être amoureuse de quelqu'un qui ne m'aime pas !

— Cet homme sait-il que tu es amoureuse de lui ?

— Pas encore. Je ne sais pas comment lui en parler. J'espérais qu'il le devine.

Flora regarda Geneviève d'un air taquin. Elle se doutait bien de l'identité de la personne qui faisait battre le cœur de son amie.

— Je pourrais t'aider à le lui dire, Geneviève.

— Peut-être bien.

— Je crois d'ailleurs que je le connais très bien. N'ai-je pas raison ?

— Tu as entièrement raison, Flora, je suis amoureuse de ton frère.

— Alors, je peux te rassurer, chère Geneviève, je crois bien que James éprouve des sentiments semblables aux tiens.

Geneviève se sentit rougir de la tête aux pieds. Elle éprouvait une si grande joie qu'elle sauta au cou de son amie. James et François-Xavier se retournèrent en même temps en entendant les deux jeunes femmes rire aux éclats. Flora se leva et se dirigea vers eux. Elle prit François-Xavier par le bras et l'entraîna plus loin en prenant soin de parler assez fort pour que James puisse l'entendre.

— Je crois que mon frère et ta sœur ont des choses à se dire.

* * *

Flora s'était assise sur une vieille souche. François-Xavier, non loin, lançait des galets dans la rivière. Il vint s'asseoir près d'elle.

— Je crois que la meilleure chose à faire était de les laisser discuter. J'aurais bien aimé qu'Étienne épouse ma sœur ; en fait, depuis toujours, je croyais que c'était ce qui arriverait. Mais je suis certain que ton frère lui fera un excellent mari. James est un homme de cœur.

— Il saura la rendre heureuse, je n'en doute pas un seul instant.

François-Xavier était un peu intimidé de se retrouver seul avec Flora. Il n'avait jamais eu la chance de côtoyer une autre femme que ses sœurs et sa mère. Il examinait Flora à la dérobée. Elle portait sa tenue d'équitation et avait relevé ses cheveux. Il la regardait lisser les plis de sa jupe bleu foncé. Son corsage ivoire était élégamment boutonné jusqu'au cou. La ligne de son cou était élancée et gracieuse. François-Xavier ne s'était jamais attardé à la contempler ainsi. Depuis qu'elle était venue les aider aux travaux de la ferme, lorsque Geneviève s'était blessée, François-Xavier avait été impressionné par la force de son caractère. Il avait regretté de l'avoir considérée comme une femme fragile et vaniteuse. Il n'en était rien, il devait l'avouer.

Voyant qu'il la fixait, Flora toussota pour le faire sortir de sa rêverie. François-Xavier prit la parole.

— Je me disais justement que tu étais bien différente de ta sœur. J'ai d'ailleurs remarqué qu'elle ne semblait pas aimer se retrouver en notre compagnie.

— Geneviève m'a fait la même remarque tout à l'heure. Je suis désolée si Anne a semblé porter un jugement en vous rencontrant. Elle ne sait pas ce qu'elle manque en ne vous connaissant pas. James et moi avons beaucoup de chance de vous avoir comme amis.

— Je suis heureux d'entendre ça ! D'ailleurs, elle devra peut-être s'habituer à la présence de Geneviève. Je crois bien que James fait la grande demande.

François-Xavier montra son ami du doigt. James venait de s'asseoir près de Geneviève et s'apprêtait à lui parler.

* * *

Geneviève pouvait sentir l'odeur épicée du tabac qui se dégageait de la chemise de lin de James. Bien que le silence fût difficile à supporter, elle attendait qu'il parle le premier.

James fixait depuis un moment ses longs doigts. Il ne savait comment aborder Geneviève. Il devait lui dire à quel point il tenait à elle. Prenant tout le courage qu'il lui restait, il se pencha vers elle.

— Je crois que le temps est venu de nous parler sérieusement. François-Xavier m'a raconté pour Étienne. Je suis désolé pour lui, mais je dois t'avouer que cette nouvelle me réjouit. Si tu avais voulu l'épouser, j'aurais respecté ton choix. Maintenant, je crois comprendre qu'une demande en mariage de ma part serait peut-être acceptée ! Alors, veux-tu m'épouser, Geneviève ?

Je veillerai sur toi, je te le jure. Je t'aime profondément et je tâcherai d'être le meilleur mari du monde.

— J'accepte, James.

James scella d'un baiser cette promesse de mariage. Flora et François-Xavier ne purent s'empêcher d'aller rejoindre le couple pour les féliciter.

9

Le mois d'août tirait déjà à sa fin. Anne et sa famille se préparaient à repartir pour Montréal. Chez la famille Lacombe, les récoltes allaient bon train. Cette année, la terre avait été généreuse, et Marie-Louise, aidée de Geneviève, avait fait de nombreuses conserves pour les longs mois d'hiver.

François-Xavier et Geneviève avaient tenu secrète la demande en mariage de James. Ce dernier avait demandé un peu de temps à Geneviève. Il voulait attendre le moment propice pour annoncer la nouvelle à son père.

Chez les MacGregor, une grande réception se préparait. James allait fêter son vingt-cinquième anniversaire de naissance. Katherine avait profité de ce qu'Anne se trouve encore parmi eux pour organiser une célébration en l'honneur de son aîné. Tout le monde était au courant de ce qui se préparait sauf James, bien entendu, qui continuait de vaquer à ses occupations.

Flora avait eu une idée dont elle avait fait part à sa mère : James serait certainement très heureux que ses amis, François-Xavier, et surtout Geneviève, participent à la fête. Katherine accepta et Flora se précipita chez les Lacombe pour les inviter à la réception. La famille venait tout juste de terminer le repas et les hommes s'apprêtaient à retourner aux champs.

Flora rencontra François-Xavier sur le pas de la porte. Il se préparait à rejoindre son père qui descendait le chemin menant à l'étable. Flora le pria d'attendre un peu et de la suivre dans la maison où elle comptait lancer son invitation.

Geneviève resta silencieuse. Elle serait heureuse de participer à la fête en l'honneur de James, mais elle savait pertinemment que ce n'était pas sa place. Elle n'était qu'une fille de ferme après tout. James avait beau lui dire qu'elle était aussi bien qu'une fille de la ville, elle savait que jamais elle n'arriverait à survivre dans la haute société.

François-Xavier gardait également le silence et il attendit le moment opportun pour intervenir.

— Que veux-tu que nous allions faire dans ce genre de réception?

— James sera très heureux de votre présence, vous êtes ses amis.

Geneviève se tourna vers Flora et chuchota:

— J'ai bien peur, Flora, que notre présence ne soit pas tellement appréciée par ta famille! Nous ne sommes que des habitants, nous ne venons pas du même monde et tu le sais très bien.

— En refusant mon invitation, Geneviève, c'est un peu comme si tu approuvais l'attitude des gens qui vous considèrent comme de simples habitants. Vous êtes nos plus chers amis. L'amitié n'est pas une affaire de classe sociale, crois-moi.

François-Xavier intervint.

— Je crois que Flora a raison, Geneviève. Nous sommes aussi bien que les gens de la bourgeoisie. En devenant ami avec James, je ne me suis pas interrogé sur son rang, je suis devenu simplement son ami. Tu as fait la même chose avec Flora.

— François-Xavier a raison. James sera très heureux de te voir à cette fête, Geneviève.

— Je n'aurai pas le temps de me confectionner une robe assez belle pour cette soirée.

— Si tu veux, je peux te prêter une des miennes. Je peux aussi prêter un costume de James à François-Xavier.

Geneviève sourit en regardant son frère.

— Il nous sera peut-être encore plus facile de nous fondre dans le décor ainsi, qu'en penses-tu, François-Xavier ?

— Pour ma part, je crois que je pourrais y aller avec mon habit du dimanche. Ce serait suffisant. Mais si cela peut te convaincre de participer à cette fête, chère sœur, j'accepte de m'habiller comme vous le souhaitez, mesdames ! Sur ce, je dois vous laisser, car j'ai encore beaucoup de travail.

François-Xavier fit une petite révérence puis retourna à ses occupations. Flora embrassa son amie en lui promettant de revenir dès le lendemain avec les vêtements qu'elle comptait leur prêter.

* * *

Katherine venait de se rendre aux cuisines pour voir si tout était prêt. Les invités seraient bientôt là, James arriverait peu de temps après. Elle espérait que tout se passe bien. Quelques amis de la famille étaient venus de Montréal ; Anne, Alexander et leurs enfants étaient demeurés à Chambly. Wallace Callaghan serait également présent à cette fête, ainsi que les deux amis de ses enfants, Geneviève et François-Xavier Lacombe. La présence de ces deux derniers tracassait tout de même Katherine. Elle les connaissait peu et espérait que tout aille pour le mieux. Flora l'avait rassurée en lui disant qu'elle leur avait prêté des vêtements pour la soirée. Après tout, elle ne devait pas s'inquiéter, Flora et James semblaient avoir une haute estime de ces gens. Vérifiant une dernière fois les préparatifs de la fête, elle se rendit dans sa chambre afin de se changer pour la soirée.

* * *

James était préoccupé en rentrant de ses visites. Il détestait perdre un patient. Joseph Gagnon, père de six enfants, avait été écrasé par son cheval et, après avoir atrocement souffert, était décédé. James était arrivé trop tard pour abréger les souffrances du malheureux homme. Il détestait le sentiment d'impuissance qui l'envahissait devant la mort d'un patient.

Il arriva bientôt devant la maison paternelle mais ne ramena pas son cheval à l'écurie. Une bonne promenade à cheval l'aiderait à se calmer et à se changer les idées. Il devait d'abord déposer sa trousse et se changer avant de faire galoper son cheval. James grimpa les escaliers quatre à quatre. Il traversa le vestibule et passa devant le salon ; il y jeta un bref regard pour voir si sa mère s'y trouvait et demeura figé en voyant tous les invités qui lui souhaitèrent un bon anniversaire.

Katherine accueillit son fils en l'embrassant chaleureusement. James salua tous les gens venus célébrer son anniversaire. Quelle ne fut pas sa surprise de voir François-Xavier qui se tenait droit et fier dans un de ses plus beaux costumes aux côtés de Geneviève, plus éblouissante que jamais dans une robe de soie ! Une robe appartenant sans doute à Flora… Il se pencha et embrassa tendrement la main de la jeune fille qui lui rendit son sourire en rougissant. Flora se tenait derrière Geneviève et embrassa son frère en lui souhaitant un joyeux anniversaire.

* * *

Les invités portèrent un toast en l'honneur des vingt-cinq ans de James. Jamais François-Xavier ni Geneviève n'avaient vu de table mieux garnie. Le repas avait commencé par un succulent potage. À présent, l'agneau grillé libérait un fumet délicieux. La table était recouverte d'une nappe de dentelle fine sur laquelle étincelait un service de porcelaine d'une blancheur impeccable. Le centre de la table était éclairé par deux immenses chandeliers en argent. François-Xavier dégustait son vin en observant sa sœur. Geneviève gardait le nez dans son assiette et, de temps à autre, jetait un coup d'œil à son frère et à James.

James était assis en face de Geneviève et, durant tout le repas, il fut incapable de détourner les yeux de sa bien-aimée. Il avait remercié Flora d'avoir eu la merveilleuse idée d'inviter ses deux amis. Il pourrait passer toute la soirée de son anniversaire aux côtés de Geneviève, si ravissante. La robe pervenche mettait en paleur ses cheveux dorés comme les blés et ses yeux, habituellement gris-bleu, étaient ce soir presque aussi foncés que la rivière avant la tempête. Geneviève avait relevé ses cheveux en un chignon retenu par un ruban assorti à sa robe. James aurait voulu se retrouver seul en sa compagnie. Il imaginait tirer sur le morceau de soie, libérer la chevelure dorée puis glisser les mains sur la nuque de Geneviève. Il aurait pu s'enfuir au bout du monde avec elle. Quitter ce monde qui, tout à coup, lui paraissait si hostile. Il l'avait présentée fièrement à son père et John Henry avait à peine levé un regard sur elle. Il avait d'ailleurs fait la même chose avec François-Xavier. Hormis sa mère et sa sœur Flora, personne ne leur avait adressé la parole avant le repas. Anne se contentait de leur jeter un regard furtif, mais son air hautain le bouleversait. Il prit une gorgée de vin en chassant ces sombres pensées de son esprit.

Wallace fixait Flora depuis un bon moment. Elle rayonnait ce soir, dans sa robe de velours vert forêt. Elle portait sur les épaules un châle de mousseline et ses cheveux étaient relevés et soutenus par des peignes en ivoire. De temps à autre, elle se penchait vers son amie et lui murmurait à l'oreille. D'ailleurs, Flora ne lui avait presque pas adressé la parole, se contentant de discuter avec les deux Lacombe. Elle l'avait salué poliment, rien de plus. Il détesta ce François-Xavier qui accaparait toute l'attention de Flora. Il lui aurait volontiers écrasé le nez, mais il était un gentleman et il se devait d'agir en conséquence.

* * *

Après le dîner, tous se rendirent au salon où les meubles avaient été rangés pour laisser le centre de la pièce libre afin que les invités puissent danser. John Henry et Alexander, détestant la danse, s'étaient retirés dans un coin et fumaient un cigare en compagnie de quelques invités venus de Montréal. James ouvrit le bal en invitant sa mère à danser. François-Xavier prit le bras de sa sœur et Flora se retrouva seule aux côtés de Wallace qui lui tendit la main et l'entraîna à son tour sur la piste de danse. Anne resta tranquillement assise dans un gros fauteuil et observait les danseurs. Son regard s'attarda sur le couple formé par les deux Lacombe. Si elle n'avait pas su à cet instant de quel milieu ils venaient, elle se serait méprise sur leur origine. Geneviève ressemblait à toutes les dames qu'elle côtoyait dans les salons de thé. François-Xavier était de la même taille que James et ses vêtements élégants lui donnaient un air très distingué.

Après cette danse, Wallace invita Anne à danser malgré sa grossesse avancée. Flora se servit un verre de champagne pour se rafraîchir. James conduisit sa mère vers un confortable fauteuil pour qu'elle puisse converser avec ses amis venus de Montréal. Puis, il se dirigea vers Geneviève et l'invita à danser.

Flora tendit une coupe de champagne à François-Xavier.

— Je suis vraiment heureuse que tu sois venu ce soir avec Geneviève. James était ravi de la surprise. Je dois dire que Geneviève est tout à fait ravissante.

— Moi aussi je trouve que ma sœur a fière allure. Merci, Flora, d'avoir pensé à nous inviter. Je pourrai raconter un jour à mes petits-enfants que j'ai été invité à un banquet royal! Je pense que je n'ai jamais autant mangé de ma vie! Heureusement que le travail de la terre est exigeant physiquement. Je pourrai éliminer rapidement les effets dévastateurs de ce repas un peu trop copieux.

Il sourit avant de boire sa coupe de champagne. Flora reprit la coupe vide et lui dit:

— Alors, invite-moi à danser et tu verras, ta digestion n'en sera que meilleure.

Elle sourit et François-Xavier l'entraîna au milieu de la pièce.

* * *

Flora fut surprise mais se garda bien de demander à François-Xavier où il avait appris à danser de la sorte. Elle lui accorda la danse suivante, puis l'autre, ne pouvant se résoudre à abandonner un si bon cavalier. Il la dirigeait avec fermeté, mais son emprise ne manquait pas de délicatesse. Elle aurait pensé qu'il aurait pu être un peu gauche et rude étant donné la robustesse de son corps. Malgré sa stature, il était d'une souplesse impressionnante. Flora se laissait guider et ne pouvait détacher ses yeux des siens.

Wallace observait le couple. Flora était littéralement hypnotisée par cet homme qui commençait à l'agacer sérieusement. Ce rustre lui avait volé toutes les danses avec Flora. Au début, il l'avait laissée faire, pour qu'elle voie à quel point il était mauvais cavalier, mais désormais, cet habitant accaparait toute son attention. À la prochaine danse, il l'inviterait. Et de force s'il le fallait ! Elle verrait à quel point il était bien meilleur cavalier.

Quand la musique s'arrêta, Flora sortit prendre l'air. Wallace la suivit.

Celle-ci, appuyée à la rampe de l'escalier de la galerie, regardait le ciel étoilé. Les soirées commençaient à être un peu plus froides, et elle serra son châle sur ses épaules pour se réchauffer. Elle fit quelques pas dans la fraîcheur de la nuit et, entendant des pas, elle se retourna précipitamment. Wallace marchait à sa rencontre. Flora porta la main à son cœur.

— Pardonnez-moi, Flora ! Je ne voulais pas vous effrayer.

— Ce n'est rien, Wallace, que voulez-vous ?

— Faire quelques pas avec vous. Vous le permettez ?

— Je crois que je vais rentrer, je commence à avoir un peu froid.

— Alors, je vous raccompagne.

Wallace lui prit le bras et ils s'arrêtèrent devant l'escalier de la maison.

— Je n'ai pas tellement apprécié votre rejet, ma chère.

— De quel rejet parlez-vous, Wallace ?

— Vous ne m'avez accordé qu'une seule de vos danses, vous avez préféré danser avec ce monsieur Lacombe. Je dois avouer qu'il me semble un excellent danseur bien qu'il ne sache pas se tenir dans une soirée comme celle-ci.

— Que voulez-vous dire ?

— Il est absolument inconcevable qu'un invité accapare autant l'hôtesse de la maison. On voit bien qu'il ne sait pas se conduire dans le monde ! Peut-être est-ce dû à ses origines ? Je croyais, ma chère, que vous appréciiez ma compagnie.

Flora sentit ses joues s'empourprer. De quel droit Wallace lui parlait-il sur ce ton ? Elle ne lui appartenait pas, elle n'était en aucun cas sa possession, sa chose ! Elle pouvait danser avec qui bon lui semblait.

— Monsieur Lacombe ne possède pas votre fortune, je suis d'accord, mais c'est un homme honnête et modeste. On ne peut pas en dire autant de votre arrogance, monsieur. Maintenant, je vous prie de me laisser seule.

Flora voulut partir en sens opposé, mais Wallace la retint et l'attira près de lui. Il plaqua ses lèvres contre les siennes et essaya de lui arracher un baiser. Flora recula et le gifla de toutes ses forces.

— Je croyais que c'était ce que vous attendiez de moi, Flora ! Ce rustre ne vous vaut pas, ma chère ! Nous sommes de la même race, des gens cultivés, et nous ne devrions pas fréquenter ces gens.

— Vous avez bu. C'est vous le rustre, Wallace ! Laissez-moi, vous me faites mal !

Il tenait toujours le bras de Flora et l'attira de nouveau près de lui en l'emprisonnant dans ses bras. Elle se débattait, mais il la retenait toujours.

François-Xavier, prenant l'air lui aussi sur la galerie, n'avait pas manqué un seul mot de cette altercation. Au début, il se retint d'intervenir ; Flora semblait en mesure de se défendre seule. Sa gifle à Wallace fit un bruit sec et François-Xavier en resta surpris. Cependant, lorsqu'il vit Callaghan retenir Flora contre son gré, il toussota et se dirigea vers le couple.

— Je pense, monsieur Callaghan, que mademoiselle MacGregor a été très claire lorsqu'elle vous a dit qu'elle souhaitait être seule. Restez gentleman et retirez-vous, je vous prie !

— Ne vous mêlez pas de cela, Lacombe ! Retournez faire le paon à l'intérieur.

Flora parvint à se libérer de l'étreinte de Wallace, mais celui-ci tenait toujours aussi fermement son bras.

— Lâchez-la, Callaghan, et retournez à l'intérieur, je ne vous le dirai pas deux fois !

— De quel droit me parlez-vous de cette façon, espèce de pauvre idiot d'habitant ? Retournez à votre étable et laissez-nous !

François-Xavier s'approcha de Wallace. Les deux hommes se toisèrent quelques secondes. Wallace lâcha enfin le bras de Flora puis leva le poing pour frapper François-Xavier. Ce dernier réussit à esquiver le coup puis empoigna Wallace par le collet de sa chemise. François-Xavier le poussa et Wallace tomba assis au beau milieu de la cour sans trop comprendre ce qu'il lui était arrivé. Il se leva furieusement et fonça sur son assaillant. Bien que Wallace dépassât François-Xavier d'une bonne tête, ce dernier était beaucoup plus habitué à la bagarre et il flanqua un solide coup de poing sous la mâchoire de Callaghan. Celui-ci se releva, s'essuya les lèvres et siffla à François-Xavier :

— Tu me le paieras, espèce d'imbécile !

Puis Wallace tourna les talons et retourna chez lui. Flora laissa tomber son châle et s'affaissa sur la dernière marche du balcon. François-Xavier se pencha pour l'aider à se relever.

— Est-ce que ça va ?

— Je crois que j'ai eu plus de peur que de mal !

— Je suis désolé d'être intervenu si tard, j'ai tout entendu de votre conversation. Merci d'avoir pris ma défense.

— Je n'ai jamais vu Wallace dans cet état. J'avoue qu'il m'a fait un peu peur ce soir. Il s'est toujours bien conduit avec moi et avec ma famille. Je n'aurais jamais cru qu'il puisse être si méchant. Merci mille fois, François-Xavier, de m'avoir tirée de cet embarras. Je souhaiterais beaucoup que cette histoire reste entre nous.

— Comme tu voudras, mais à mon avis tu ne devrais pas fréquenter cet homme. Viens, rentrons avant que tu n'attrapes froid.

François-Xavier ramassa le châle, le secoua et le posa sur les épaules de Flora. Elle le suivit dans la maison.

* * *

James avait passé une excellente soirée avec Geneviève. Il était sorti avec elle un peu plus tôt dans la soirée et lui avait promis que, très bientôt, il l'épouserait. Avant toute chose, il voulait avoir suffisamment d'argent pour s'établir. Ainsi, dans quelque temps, ils seraient toujours ensemble. Il avait embrassé Geneviève avec fougue avant de retourner à l'intérieur.

Ce soir-là, Flora mit plusieurs heures avant de s'endormir. Elle repensait à la soirée qui s'était bien déroulée à l'exception de son altercation avec Wallace. Son attitude répréhensible lui avait donné la chair de poule. Seule la jalousie avait pu le pousser à agir ainsi. Pourtant, elle n'avait jamais laissé supposer qu'elle s'intéressait à lui.

Elle se leva et s'assit près de la fenêtre de sa chambre. François-Xavier n'avait pas hésité une seconde à intervenir. Elle était heureuse qu'il ait été là. Tout au long de la soirée, elle était restée agréablement surprise de sa conduite. Elle avait craint qu'il ne sente pas à sa place, mais, bien au contraire, elle l'avait vu aller et venir comme s'il faisait partie de la maison. Il avait même demandé à sa mère de lui accorder une danse.

Toutes les fois qu'elle avait vu François-Xavier, elle l'avait trouvé plutôt distant et, ce soir, elle avait compris pourquoi James accordait autant d'importance à son amitié avec cet homme. François-Xavier Lacombe était un homme d'honneur et un ami intègre. Il ne se donnait pas de faux airs, à l'instar de Wallace. Elle songea à ce qui se serait passé s'il n'était pas intervenu et sourit en pensant que Wallace devait certainement avoir très mal à la mâchoire.

François-Xavier repensait lui aussi à la soirée. Il n'avait pas l'habitude de ce genre de réception, mais il était heureux que tout se soit bien déroulé, surtout pour Geneviève. Si elle épousait James, elle assisterait souvent à ce genre de dîners. Il pensait aussi au moment où Wallace avait retenu Flora contre son gré. Son sang n'avait fait qu'un tour et il avait bondi pour l'aider. Chaque fois qu'il avait vu Flora, il l'avait trouvée plutôt distante. Mais, ce soir-là, il avait compris pourquoi Geneviève accordait autant d'importance à son amitié avec cette jeune femme. Flora MacGregor était une femme modeste et une amie intègre. Elle ne se donnait pas de faux airs, contrairement à sa sœur Anne. Tout au long de la soirée, il avait senti son regard glacial se poser sur Geneviève et lui. Elle semblait leur reprocher de se trouver là pour l'anniversaire de James. Il chassa le souvenir d'Anne MacGregor et pensa au plaisir qu'il avait eu à danser avec la belle Flora.

* * *

Le lendemain matin, alors que Flora jouait du piano, madame Carter vint lui annoncer la visite de Wallace Callaghan. Flora déclara qu'elle ne souhaitait pas le recevoir.

Pourtant, quelques secondes plus tard, Wallace entra, madame Carter sur les talons.

— Puisque je vous dis que mademoiselle MacGregor ne souhaite pas vous recevoir !

— Ce que j'ai à lui dire ne prendra que quelques instants.

Flora remercia madame Carter et la pria de les laisser seuls. Elle se tourna vers Wallace.

— Personne n'est au courant de votre conduite d'hier soir. Maintenant, je vous prierais de me laisser seule ou je dirai à tout le monde de quelle façon vous vous êtes conduit. Partez, Wallace !

— Je vous suis reconnaissant de ne pas avoir soufflé mot de cette histoire, Flora. Je vous prie de m'écouter quelques instants.

— Soyez bref, je vous prie !

— Je suis tout à fait désolé de ma conduite. Vous avez raison, je ne suis qu'un goujat. Je vous ai manqué de respect et je vous implore de m'excuser. J'avais un peu trop bu et, je dois l'avouer, j'ai été jaloux de vous voir danser avec ce Lacombe. Pardonnez-moi !

Wallace tenait la main de Flora et avait posé un genou par terre. Il gardait la tête baissée. Flora dut se retenir pour ne pas éclater de rire devant le ridicule de la situation.

— Relevez-vous, Wallace !

— Me pardonnerez-vous, Flora, de m'être conduit de la sorte ?

— Je vous pardonne, mais je vous demande désormais de ne pas me considérer comme votre propriété. Je suis libre de mes choix et vous n'avez rien à en dire.

— Vous avez raison. Pour me faire pardonner, j'aimerais beaucoup que vous m'accompagniez au bal du gouverneur à Montréal, fin septembre.

— Je vais y réfléchir. Maintenant, je vais retourner à mon piano, si vous voulez bien m'excuser.

Wallace lui embrassa délicatement la main puis sortit de la pièce.

10

Les feuilles des arbres étaient passées du vert foncé de la fin de l'été au rouge orangé de l'automne, ajoutant un peu de couleurs aux journées qui raccourcissaient. Chez les Lacombe, on se préparait pour l'hiver qui ne tarderait pas. Les animaux rentraient désormais à l'étable pour la nuit. Le foin était entassé et le caveau à légumes regorgeait d'une récolte abondante. Les hommes se préparaient à faire boucherie pour la froide saison. Les femmes avaient muni les lits de couvertures de laine. Les nuits étaient alors si fraîches qu'il était nécessaire de faire un feu dans le poêle.

Chaque soir, Geneviève se réservait du temps pour broder et coudre des vêtements qu'elle destinait secrètement à son coffre d'espérance. Tôt ou tard, elle en aurait besoin et, en s'y prenant d'avance, elle aurait suffisamment de choses convenables pour un mariage avec un médecin. François-Xavier, seul à connaître la promesse secrète de James, regardait sa sœur d'un œil amusé. Elle était absorbée par sa tâche et voulait à tout prix que tout soit parfait.

Un soir, Joseph, qui n'avait rien remarqué d'exceptionnel auparavant, observa Geneviève qui se hâtait fébrilement à finir de broder une chemise de nuit avec de la dentelle au poignet.

— Si je ne te connaissais pas, ma fille, je dirais que tu te prépares pour ta nuit de noces.

Geneviève ne répondit pas tout de suite à son père et continua de broder en cherchant à garder une contenance. François-Xavier observait la scène avec amusement. Geneviève posa son ouvrage et, prenant une grande respiration, elle regarda son père qui se berçait en fumant sa pipe.

— J'ai toujours aimé broder. Cette chemise de nuit ira peut-être dans mon coffre d'espérance, mais j'espère bien que le soir de ma nuit de noces, je n'en aurai pas besoin !

Joseph resta surpris de la réponse de sa fille et éclata de rire. Il jeta un regard du coin de l'œil à Marie-Louise qui rougit. Vingt-huit ans plus tôt, Marie-Louise n'avait pas porté très longtemps la chemise de nuit qu'elle avait, elle aussi, brodée avec soin. Joseph se souvenait même d'avoir entendu rouler sous le lit les minuscules boutons fermant le haut de la chemise de nuit quand, dans la passion de leur jeunesse, ils s'étaient donnés l'un à l'autre. Marie-Louise lui lança un regard complice en repensant à cette nuit-là.

* * *

Flora avait finalement accepté d'accompagner Wallace au bal du gouverneur. Elle en profiterait pour rendre visite à Anne. Madame Carter l'avait aidée à préparer ses bagages et Flora avait choisi de porter sa robe de velours grenat pour le bal. Quand Katherine avait vu la robe de Flora, elle était retournée dans sa chambre pour en revenir avec son plus beau collier de perles et les boucles d'oreilles assorties.

— Tu seras la plus belle de la soirée avec ces perles. Elles viennent tout droit d'Orient et ton grand-père me les avait offertes pour mon premier bal. Je m'en souviens comme si c'était hier. L'orchestre jouait et toutes les dames étaient plus belles les unes que les autres. Moi, je marchais la tête haute avec ce collier. Comme je me sentais élégante dans ma robe de soie ! Elle était presque de la même couleur que la tienne.

— Je serai heureuse de porter vos perles, mère. Merci beaucoup, je promets d'y faire attention.

Katherine serra Flora sur son cœur et l'embrassa doucement sur le front. Puis, elle regarda sa malle en prenant soin de vérifier si Flora y avait mis sa cape ainsi qu'une paire de gants de dentelles. Flora reviendrait le lendemain, et elle ne voulait pas qu'elle prenne froid.

— J'ai prévenu Anne de ton arrivée, elle t'attend et a fait préparer la chambre d'invités. Si j'ai bien compris, elle a aussi fait préparer une chambre pour Wallace.

— Je crois que ma malle est prête. Tiens ! J'entends venir des chevaux, c'est sans doute Wallace qui arrive avec sa voiture.

Flora se précipita à sa fenêtre et vit la calèche de Wallace remonter l'allée. Elle ajusta son chapeau une dernière fois et, fermant sa malle, elle descendit derrière Katherine.

* * *

Flora avait toujours aimé l'effervescence de la ville. La calèche remontait la rue Saint-Paul. Wallace pointa du doigt un édifice.

— C'est là qu'habite Jane Hamilton. Un jour, vous irez peut-être prendre le thé chez elle. Je suis certain qu'elle en serait très heureuse.

— Peut-être lors de mon prochain voyage à Montréal. Cette fois-ci, je ne pense pas que j'aurai le temps de me rendre chez elle. Je souhaite rentrer demain à Chambly.

— Bien entendu. Voici la demeure de votre sœur.

Le cocher s'arrêta devant le bâtiment en pierre. Wallace descendit le premier et tendit la main à Flora pour l'aider à descendre. Alexander vint à leur rencontre. Anne embrassa sa sœur et invita Flora et Wallace à passer au salon.

— Comme je suis heureuse de te voir, Flora ! J'espère que vous avez fait bon voyage.

— Je suis un peu fatiguée, mais heureuse d'être ici. Je vois que tu te portes bien, ma chère Anne.

Les deux jeunes femmes bavardèrent quelque temps. Wallace se leva et s'excusa, il souhaitait se rendre à l'auberge pour y réserver une chambre. Anne le retint.

— Il est hors de question que vous alliez à l'auberge, Wallace! Soyez notre invité, j'ai préparé une chambre pour vous.

— Je suis heureux d'accepter cette invitation. Cela me touche beaucoup.

Wallace se pencha et embrassa la main d'Anne. Elle rougit un peu et demanda à la servante de conduire Flora et Wallace à leurs chambres.

* * *

Anne était assise sur le lit de Flora et la regardait défaire sa malle.

— J'aurais bien aimé vous accompagner à ce bal. Mais j'ai de plus en plus de difficulté à me tenir debout avec ce ventre énorme. J'ai bien hâte d'être délivrée de ce fardeau.

— Je t'ai toujours trouvée belle, Anne, lorsque tu portes un enfant. Ton teint est resplendissant et ton air radieux. J'espère bien en avoir un jour moi aussi.

— Te rends-tu compte, Flora, que tu assistes à ton premier bal? Quelle chance tu as, en plus, d'avoir Wallace Callaghan comme cavalier! Tu vas faire l'envie de toutes les filles de Montréal.

— Wallace est un bon cavalier, mais le meilleur est resté à Chambly.

— Tu veux sans doute parler de cet habitant, comment s'appelle-t-il déjà?

— François-Xavier Lacombe. Tu es injuste de le mépriser, c'est un honnête travailleur.

— Soit, mais Wallace te fera un bien meilleur parti que ce Lacombe.

— Il n'y a pas que l'argent qui compte dans la vie, Anne. Wallace est un peu trop prétentieux à mon avis.

— En tout cas, il peut t'offrir une meilleure vie que ce François-Xavier Lacombe.

Flora préféra ne rien dire. Anne ne comprenait pas qu'elle ne s'intéresse pas à Wallace. Il représentait à ses yeux tout ce qu'une femme pouvait espérer. Il avait une bonne situation, était extrêmement riche et son apparence était très flatteuse. Du reste, Flora le trouvait beaucoup trop superficiel. Avec François-Xavier, elle pouvait parler de toutes sortes de choses sans se sentir jugée. Elle décida de clore la discussion avec sa sœur et sortit sa robe pour le bal.

— Crois-tu que cette robe fera l'affaire pour ce fameux bal ?

Anne toucha du bout des doigts le velours et sourit en regardant Flora.

— Tu seras éblouissante ce soir, ma chère Flora.

* * *

Flora laissa sa cape au vestiaire. Wallace et elle furent conduits dans la grande salle où se trouvaient déjà de nombreuses personnes. Wallace tenait à présenter à Flora de nouveaux amis : le lieutenant-colonel George Wetherall et sa femme. Wallace discuta quelques instants avec eux puis entraîna Flora au centre de la salle pour danser.

La première danse se termina. Wallace dirigea Flora vers un fauteuil et alla lui chercher un rafraîchissement. Celle-ci regardait les danseurs élégamment vêtus. Un jeune homme l'invita à danser, mais elle refusa poliment son offre. Elle cherchait des yeux Wallace quand elle aperçut Jane Hamilton se faufiler pour lui parler ; elle était au bras d'un homme de son âge.

— Chère Flora, comme je suis heureuse de vous voir ici ce soir ! Laissez-moi vous présenter mon frère William. Êtes-vous venue seule ce soir ?

— Non, j'accompagne Wallace, il est parti chercher des rafraîchissements. Je suis enchantée de vous connaître, monsieur Hamilton.

— Vous êtes ravissante ce soir, ma chère, puis-je m'asseoir près de vous ?

Jane n'attendit pas la réponse de Flora et s'assit à côté d'elle. William Hamilton se tenait debout à côté de sa sœur sans dire un mot. Il était de grande taille et, comme Jane, il avait les cheveux blonds. De temps à autre, il jetait un regard furtif vers Flora. Wallace vint bientôt retrouver Flora et fut accueilli chaleureusement par Jane. Il tendit une coupe de champagne à Flora et serra la main de William. Jane s'empara du bras de Wallace et l'entraîna vers les danseurs. Flora demeura assise et but son verre de champagne. William Hamilton se pencha vers elle.

— Vous venez de perdre votre cavalier, mademoiselle MacGregor. Puis-je vous inviter à danser ?

Flora lui sourit, déposa sa coupe sur une petite table à côté du fauteuil, puis se laissa entraîner par le frère de Jane Hamilton.

* * *

Durant la soirée, Jane talonna sans cesse Wallace. Flora s'amusait de voir à quel point la jeune femme pouvait être tenace. Flora se retrouva plus souvent seule avec William Hamilton qu'avec Wallace, son supposé cavalier. William était un homme assez timide comparé à sa sœur, mais était tout de même d'agréable compagnie. Il lui présenta le gouverneur, Archibald Acheson, deuxième comte de Gosford. Puis, pointant discrètement un homme grisonnant au fond de la salle, il lui dit qu'il s'agissait de John Colborne, le chef des forces armées dans les deux Canada. Le colonel discutait avec un autre couple : un

LES ROUTES DE LA LIBERTÉ

jeune homme châtain et une jeune femme brune de taille moyenne. La jeune femme leva les yeux vers elle quelques secondes et lui sourit. William raconta que John Colborne était un vétéran de la célèbre bataille de Waterloo. Flora écoutait attentivement tous ces détails sur ces personnes.

— Je suis étonné de voir ces deux hommes ici ce soir.

— De qui s'agit-il, William ?

— Je vois que vous ne les connaissez pas. Là-bas, se trouvent le député Ludger Duvernay, et le célèbre Louis-Joseph Papineau.

Flora n'eut pas besoin de s'étirer pour voir le chef du Parti patriote : il dépassait d'une tête tous les hommes qui discutaient avec lui. Louis-Joseph Papineau était un homme d'une taille impressionnante.

— Je vois que la politique vous intéresse, Flora. Saviez-vous que les députés ont ajourné une réunion spéciale de la Chambre ? Ils refusent d'y siéger tant que le gouvernement ne réformera pas la Constitution. Tout ceci ne me dit rien de bon ; à mon avis, il y a de la révolte dans l'air.

— Mon père pense la même chose.

— Je crois que votre père est un homme sensé. J'aurais grand plaisir à le rencontrer un de ces jours. Tiens, voilà ma sœur qui revient avec Wallace.

Jane s'affala dans un fauteuil et se rafraîchit avec son éventail. Elle demanda à Wallace d'aller lui chercher du champagne, mais celui-ci s'inclina en lui disant qu'il souhaitait danser avec Flora et que William pourrait lui rendre ce service. Il entraîna Flora avec les autres danseurs.

— Je suis désolé de vous avoir négligée ce soir. Je suis impardonnable, je vous demande de m'accompagner et je vous laisse seule toute la soirée.

— Je n'étais pas seule, Wallace. William Hamilton est d'agréable compagnie.

— Comme je le connais, il vous a sûrement cassé les oreilles avec ses discours politiques.

— Il ne m'a pas ennuyée, au contraire. Je m'intéresse à la politique.

— Au grand désarroi de votre père, dois-je vous le rappeler ?

Wallace sourit et poursuivit :

— Une fois de plus, je suis désolé de vous avoir faussé compagnie. Jane Hamilton est tellement accaparante parfois !

— Elle semble aimer votre compagnie.

— Elle l'aime peut-être un peu trop ! Je viens de décider que c'est maintenant assez. Je vous consacre le reste de la soirée, c'est promis !

Il embrassa doucement la main gantée de Flora et la fit tournoyer parmi les autres danseurs.

* * *

Jane, restée avec William, observait Wallace danser avec Flora.

— Je me demande bien ce que Wallace trouve à cette fille. Elle manque assurément de classe. Tu aurais dû la voir l'autre jour, chevauchant comme une fille de ferme aux côtés de ce cher Wallace.

— Tu peux être cruelle parfois, Jane ! Au contraire, je trouve que mademoiselle MacGregor est quelqu'un de bien. Elle est sensée dans ses discussions, elle s'intéresse même à la politique.

— Voyez-vous cela ! Serait-ce que mademoiselle MacGregor a touché ta corde sensible, William ? Une femme qui s'intéresse à la politique ; que pourrais-tu demander de mieux ? Tu aurais donc dû continuer à discuter avec elle, je me serais occupée de distraire Wallace.

— Peut-être bien que Wallace aime lui aussi les femmes intéressées par autre chose que les tenues vestimentaires et les discussions mondaines.

— À t'écouter, je ne suis qu'une écervelée parce que je ne m'intéresse pas aux mêmes choses que toi. Tu me chagrines, William. Tiens, les voilà qui reviennent.

* * *

La soirée s'acheva très tard. Les invités remercièrent leurs hôtes et tous prirent congé. Jane Hamilton fit promettre à Flora de venir la voir lors de son prochain séjour à Montréal.

Sur le chemin du retour, Flora restait silencieuse et regardait à l'extérieur. Wallace la contempla quelques instants.

— Je suis heureux que vous m'ayez accompagné ce soir. J'ai été l'homme le plus envié de la soirée.

— J'ai passé une excellente soirée, Wallace. Je me suis beaucoup amusée.

— J'espère alors que vous accepterez de m'accompagner de nombreuses fois encore.

— Peut-être bien. Je crois que nous arrivons chez Anne.

Le cocher s'arrêta devant la porte et aida Flora à descendre. Wallace descendit derrière elle et ils entrèrent sans faire de bruit à l'intérieur. Flora jeta sa cape sur le porte-manteau dans le vestibule, et Wallace y laissa son chapeau et son pardessus. Ils montèrent le grand escalier menant aux chambres. Wallace accompagna Flora devant la porte de sa chambre.

— Je vous souhaite une bonne nuit, chère Flora. Vous ai-je déjà dit que je me plais en votre compagnie ?

— Je crois que vous me l'avez déjà dit.

— Alors, vous vous doutez bien que vous ne me laissez pas indifférent. Je me demande bien comment je vais faire pour dormir sachant que vous dormez juste à côté de ma chambre.

— Je ne me poserai pas toutes ces questions, je tombe littéralement de sommeil ! Bonne nuit, Wallace.

Flora voulut ouvrir la porte de sa chambre, mais Wallace la retint par l'épaule. Elle se sentait prise au piège, comme lors de l'anniversaire de James, sauf que François-Xavier n'était pas là pour la tirer d'embarras. Elle se retourna vers Wallace en lui lançant un regard rempli d'indignation. Wallace retira sa main, mais continua de la regarder droit dans les yeux.

— Je voudrais beaucoup me rapprocher de vous, ma chère Flora. Je donnerais tout ce que j'ai pour que vous soyez intéressée par moi. Je sais qu'il m'est arrivé de mal me conduire avec vous, mais vous devriez comprendre mon désarroi. Depuis que je vous ai revue à cette réception, je ne cesse de penser à vous. L'autre soir, à l'anniversaire de votre frère, vous ne m'avez pas laissé le temps de m'exprimer. Il est vrai que j'avais bu, mais l'alcool n'est pour rien dans les sentiments que j'éprouve pour vous, Flora.

— Je ne sais pas quoi vous dire, Wallace.

— Dites-moi seulement que j'ai une chance que vous en arriviez à éprouver des sentiments semblables aux miens.

— Je ne sais pas. Pour l'instant, je souhaiterais me retirer. Laissez-moi réfléchir à tout cela.

— Comme vous voudrez, Flora.

Wallace se retira. Pendant quelques instants, Flora resta songeuse. Puis, elle entra dans sa chambre et referma la porte. Elle s'adossa quelques instants au mur. Ainsi, Anne avait dit vrai. Wallace Callaghan était amoureux d'elle. Flora ne savait pas quels sentiments l'habitaient, elle. Wallace la rendait mal à l'aise, elle le trouvait trop prétentieux. Une chose était certaine, elle n'éprouvait pas du tout les mêmes sentiments que lui semblait éprouver pour elle et elle était convaincue de ne jamais arriver à éprouver un quelconque sentiment d'amour à son égard. Se regardant dans le miroir, Flora se sentit bien seule. Sa famille ne comprendrait pas qu'elle ne soit pas attirée par un homme comme Wallace. La seule personne qui pourrait l'écouter, et surtout ne pas la juger, était sa tendre amie Geneviève. Chambly lui semblait à l'autre bout du monde.

11

La petite Rose Katherine Thompson vint au monde le 23 novembre 1836. L'accouchement laissa Anne assez faible. Katherine avait tenu absolument à se rendre chez sa fille aînée pour l'aider. Flora accompagna donc sa mère à Montréal. Alexander les accueillit dans la chaleur réconfortante de la maison. Les premières neiges ne tarderaient pas à recouvrir le sol d'un blanc manteau.

Après être allée porter ses bagages dans sa chambre, Flora se rendit dans la chambre d'Anne. Elle trouva sa sœur confortablement blottie sous l'édredon, et tenant dans le creux de ses bras un joli poupon tout emmailloté. Katherine était assise à ses côtés. Flora se pencha vers la petite Rose qui dormait à poings fermés.

— Comme elle est belle !

— Mère me disait qu'elle nous ressemble quand nous étions bébés. Elle vient tout juste de s'endormir, tu peux la prendre quelques instants avant de la coucher dans son berceau.

Flora souleva le nouveau-né et déposa un baiser sur son front avant de la recoucher dans son petit lit.

— Je suis heureuse de vous voir toutes les deux. Comme vous pouvez le constater, je vais un peu mieux. Alexander veille sur moi et il refuse que je fasse quoi que ce soit au cours des prochaines semaines.

Katherine se leva et se pencha sur sa fille.

— Tu es comblée, Anne, tu as le meilleur mari du monde et une belle petite famille. Je suis fière de toi, ma fille. Maintenant, Flora et moi allons nous retirer pour te permettre de te reposer un peu. Dans quelques heures, la petite Rose te réclamera à nouveau. Les nouveau-nés sont petits et fragiles, mais ils savent se faire entendre lorsqu'ils sont affamés.

Anne sourit doucement en regardant le berceau qui abritait son troisième enfant, son précieux trésor. Katherine déposa un baiser sur le front de sa fille et entraîna Flora à l'extérieur de la chambre.

* * *

Geneviève aidait sa mère à ranger la literie dans la grande armoire construite par Joseph, l'année du mariage de ses parents. Marie-Louise profitait de la fin de l'automne pour ranger ses draps de coton et ses catalognes. Elle tenait à ce que tout soit parfait. Cette année encore, sa famille serait de nouveau réunie à l'occasion de Noël et du Nouvel An. Sa fille Adéline viendrait de La Prairie, avec son mari Amable et leurs deux enfants. Marie-Louise voulait que la petite famille soit bien installée dans la chambre qu'elle leur avait préparée. Son fils Jean-Baptiste et sa belle-fille Madeleine avaient offert de les loger et, même s'ils seraient un peu moins à l'étroit dans la maison des Paquin, Marie-Louise avait refusé. Elle tenait à s'occuper elle-même du confort de sa chère Adéline. Il ne serait pas dit qu'elle ne pourrait pas accueillir ses enfants dans son humble demeure.

Le ménage terminé, Geneviève se retira. Assise à la fenêtre, elle se demandait bien ce que lui réserverait l'année à venir. Elle savait que James attendait le moment propice pour parler de ses projets à son père, mais elle avait hâte qu'il fasse sa demande en mariage à Joseph. Elle ne craignait pas la réaction de son père. Joseph aimait bien le docteur MacGregor, et il ne voulait que le bonheur de sa fille. Cependant, plus que tout, elle appréhendait la réaction du père de James. John Henry MacGregor savait imposer ses choix. Elle l'avait bien vu lors de la soirée donnée en l'honneur de l'anniversaire de James. Il l'avait à peine regardée lorsque James l'avait présentée. D'ailleurs, à part la mère de James, qui lui avait timidement rendu son sourire, et, bien entendu, son amie Flora qui l'avait si bien accueillie lors de cette soirée, Geneviève avait clairement senti qu'elle n'était pas la bienvenue dans la famille MacGregor.

Elle n'avait rien dit de ses impressions à James, mais elle redoutait le jour où il annoncerait à sa famille qu'il comptait l'épouser. Geneviève aimait profondément James et elle n'accepterait pas d'être séparée de l'homme qu'elle aimait et qu'elle espérait prendre pour époux. Elle soupira et, essuyant une larme qui glissait doucement sur sa joue, elle alla aider sa mère à préparer le repas.

* * *

Anne était descendue à la salle à manger. Katherine était heureuse de savoir que sa fille se rétablissait. Flora et elle devraient rentrer à Chambly sous peu avant que les premières neiges paralysent les routes. Katherine était triste de savoir que, cette année, Anne ne serait pas avec eux à Noël. Il était hors de question, en effet, qu'elle aille à Chambly. Heureusement, Katherine se consolait en se disant qu'elle avait connu sa petite-fille et qu'Anne pourrait leur rendre visite au printemps.

Flora terminait son dessert lorsqu'on frappa à la porte. Le domestique lui remit une enveloppe cachetée. Devant le regard curieux de sa mère et de sa sœur, Flora ouvrit la lettre.

Ma très chère Flora,

J'ai appris que vous vous trouviez à Montréal quelques jours. Vous m'aviez promis de venir prendre le thé chez moi lors de votre prochain passage dans notre chère ville. J'attends votre visite cet après-midi.

Votre amie, Jane Hamilton.

Anne prit la lettre des mains de Flora et regarda sa sœur.

— J'espère bien que tu vas accepter. Tu ne sais pas la chance que tu as! De nombreuses jeunes filles souhaiteraient être invitées par mademoiselle Hamilton.

— Je n'aime pas vraiment ce genre de sorties mondaines.

— Ta sœur a raison, Flora. Profite de ton après-midi. Dans quelques jours, nous allons repartir pour Chambly et tu n'es presque pas sortie depuis notre arrivée.

Devant le regard insistant de sa mère, et celui, rempli d'envie, de sa sœur, Flora accepta.

* * *

Un domestique fit entrer Flora et l'invita à attendre mademoiselle Hamilton dans un petit salon adjacent au vestibule. Flora choisit un petit fauteuil et observa la pièce. Les meubles étaient tous en acajou et les draperies de velours bleu nuit richement rehaussées de franges dorées. Un portrait, sans doute des parents de Jane Hamilton, trônait sur un mur. Flora entendit les pas du domestique. Elle se leva et se dirigea vers la porte.

La jeune femme suivit le domestique dans le long couloir menant au grand salon où l'attendait Jane. Elle passa devant une immense bibliothèque et sourit en pensant à son père qui serait le plus heureux des hommes de se trouver dans cette pièce remplie de livres. Le domestique ouvrit les immenses portes vitrées du salon. Jane vint à leur rencontre.

— Ma chère Flora, comme je suis heureuse de vous voir ! Venez que je vous présente mes compagnes.

Jane lui présenta Judy O'Brien, une jolie petite rousse, et Elizabeth Ashton, dont le visage lui était quelque peu familier. Elle lui sourit.

— Nous nous sommes déjà vues, je crois, au bal du gouverneur. J'étais en compagnie d'un ami et nous discutions avec le colonel Colborne. Vous étiez avec monsieur Callaghan, si je ne me trompe.

— Je me souviens maintenant. Je suis heureuse de vous rencontrer, mademoiselle Ashton.

— Appelez-moi Elizabeth. Venez vous asseoir près de Judy et moi. Nous avons hâte de faire votre connaissance. Jane nous a si souvent parlé de vous.

Flora jeta un coup d'œil en direction de Jane Hamilton qui lui sourit avec un peu de gêne. Jane leur avait parlé d'elle, mais ce n'était peut-être pas de façon toujours élogieuse ! Flora se sentait observée de toutes parts. Elle pesait chacune de ses paroles et, de temps à autre, jetait un regard en direction de Jane qui espérait sans doute qu'elle commette une quelconque bévue. Flora était excessivement mal à l'aise et se demandait ce qu'elle faisait là. Elle aurait voulu se retrouver à Chambly, dans la quiétude de la véranda, ou près du Richelieu, à discuter avec Geneviève, ou encore avec François-Xavier.

Jane sonna pour faire préparer le thé et les quatre jeunes femmes continuèrent leur conversation en attendant le service.

* * *

Sous le prétexte d'une affaire à régler à Montréal, Wallace se rendit chez Anne. Il savait que Flora et sa mère s'y trouvaient et il voulait les raccompagner à Chambly. Katherine fut enchantée de sa suggestion et Anne l'invita à demeurer chez eux pour la nuit. Flora n'était pas encore rentrée de chez Jane et Wallace fut quelque peu désolé de ne pas la trouver là.

Alexander aimait bien avoir la présence de Wallace Callaghan sous son toit. Il avait enfin trouvé un partenaire pour jouer aux échecs. Les deux hommes prirent place dans un coin du salon et Katherine raconta une histoire à ses deux petits-enfants. Anne berçait tranquillement la petite Rose près d'une fenêtre.

Wallace s'arrêta un instant de jouer en pensant à la famille qu'il espérait fonder un jour. Il imaginait Flora plus belle que jamais, berçant leur enfant. Wallace n'avait presque pas connu ses parents, et la famille MacGregor lui semblait la famille idéale. Il considérait John Henry presque comme un père. Tout récemment, il s'était découvert de nombreuses affinités avec Alexander Thompson. Il espérait tant que Flora éprouve des sentiments à son égard qu'il ne se rendit pas compte qu'Alexander attendait impatiemment qu'il ait terminé de jouer. Wallace joua sans grande concentration et Alexander avança une pièce en déclarant « échec et mat » avec joie.

* * *

La tension était tombée ; Flora appréciait un peu plus la compagnie des amies de Jane. Judy était plus timide et réservée, elle écoutait les conversations et, de temps à autre, ajoutait quelques mots avant de redevenir silencieuse. Flora se rendait compte à quel point Jane aimait cancaner. Elle écoutait ses bavardages incessants et ne pouvait s'empêcher de sourire en pensant qu'elle aussi devait parfois faire l'objet de ces commérages. Elle n'était pas choquée : Jane voulait se montrer intéressante et sans doute y avait-il quelque vérité dans tout ce qu'elle racontait !

Au bout d'un certain temps, Judy se leva et, s'excusant, salua Flora, Jane et Elizabeth. Elle dit à Flora qu'elle était heureuse d'avoir fait sa connaissance puis sortit. Jane la reconduisit, laissant Elizabeth et Flora seules.

— Je ne suis jamais allée à Chambly. Cet endroit doit être magnifique, j'adore la nature.

— J'aime bien me promener à cheval le long du Richelieu, cette rivière est tellement belle. Le Richelieu est presque aussi large que le fleuve. D'une saison à l'autre, sa couleur varie. Au printemps, l'eau est d'un bleu presque aussi pâle que le ciel ; l'été, l'eau cristalline coule lentement et tous souhaitent s'y rafraîchir lors de chaudes journées. L'automne, la rivière, bordée par les arbres flamboyants, est presque indigo et l'hiver, par temps très froid, l'eau semble couler au ralenti et souvent des vapeurs montent de la rivière et tous les arbres sont givrés.

— J'aimerais beaucoup voir cette fameuse rivière! Quel plaisir ce doit être de chevaucher tout près d'un tel endroit!

— Il me fera plaisir que vous veniez me rendre visite un de ces jours, Elizabeth.

— Alors, promettez-moi que vous viendrez me voir à Montréal lorsque vous y serez de passage.

Elizabeth remit à Flora son adresse et lui promit de se rendre à Chambly, peut-être le printemps suivant. Elizabeth lui prit la main et la regarda droit dans les yeux.

— Je dois vous avouer, Flora, que je ne vous imaginais pas du tout de cette manière.

— Je me doute bien que Jane n'a pas dû me décrire de la façon la plus flatteuse qui soit.

— Ne vous en faites pas, bien que j'aime Jane, je dois dire qu'elle est très envieuse et je crois qu'elle ne supporte pas que Wallace s'intéresse à vous. Ils étaient presque fiancés, vous savez. Entre vous et moi, je comprends maintenant que Wallace s'intéresse à vous plutôt qu'à Jane. Je dois vous quitter, et je souhaite vraiment que vous me rendiez visite un de ces jours. Je crois que nous avons beaucoup de points en commun.

— Je suis vraiment heureuse de vous avoir rencontrée, Elizabeth. Je vous accompagne, je dois partir moi aussi.

Flora suivit Elizabeth vers la sortie. Jane devait être encore sur le pas de la porte à discuter avec Judy. En chemin, Flora rencontra William, le frère de Jane.

— Quelle surprise, mademoiselle MacGregor! Si j'avais su que vous veniez nous rendre visite, je serais rentré beaucoup plus tôt. Bonjour Elizabeth, je suis toujours heureux de vous voir.

William sourit timidement à Elizabeth. Flora les regardait tous les deux en se disant que William semblait tout à fait ravi de la visite d'Elizabeth. Cette dernière sourit en serrant la main de William et sortit après avoir salué Flora. William prit Flora par le bras et l'entraîna dans la bibliothèque.

— Vous resterez un peu, ma chère. Je serais très honoré de vous faire visiter mon antre de paix.

— Je dois malheureusement rentrer, William. Mon père aimerait beaucoup votre bibliothèque. Elle est immense !

— Quand vous reviendrez, faites-moi l'honneur de vous arrêter chez moi et je me ferai un plaisir de vous faire visiter.

— C'est promis, William.

— Permettez-moi alors de vous raccompagner où vous vous rendez.

Flora salua Jane avant de sortir et William l'aida à monter dans sa voiture.

* * *

En route, William fit un petit détour pour montrer à Flora certains bâtiments de la ville. Il s'arrêta devant un immeuble assez imposant.

— Saviez-vous que c'est là que nos chers députés siègent ? J'ai cru comprendre lors de notre rencontre que la politique vous intéressait.

— J'aime en effet la politique, William, et je dois avouer que je vous envie beaucoup. Si j'étais un homme, je pourrais me présenter comme député, je crois bien que ce serait mon rêve.

— Le travail de député peut être ennuyeux parfois, vous savez. Tenez, à votre droite, voici la demeure de monsieur Papineau. Sans être membre du Parti patriote, je trouve qu'il soulève des questions tout de même importantes. Je pourrais même dire que je suis d'accord avec les Patriotes en ce qui concerne leur demande d'un gouvernement responsable. Londres est bien loin pour décider du sort de sa colonie.

— Mon frère James pense la même chose. Tenez, nous voici arrivés devant la maison de ma sœur. Je vous remercie beaucoup de m'avoir raccompagnée, William.

— Tout le plaisir a été pour moi. Revenez voir Jane si vous passez à Montréal. Je crois que vous avez une bonne influence sur elle ; quand vous êtes là, elle s'intéresse davantage aux choses importantes de la vie. Vous pourriez l'amener à s'intéresser à la politique, qui sait ?

William aida Flora à descendre de voiture. Elle le salua de la main puis gravit les escaliers de l'entrée. Elle ne put s'empêcher de sourire en pensant aux dernières paroles de William sur sa sœur. En entrant, elle se retrouva nez à nez avec Wallace. Il la regarda avec son plus beau sourire.

— Que faites-vous ici, Wallace ?

— J'avais affaire à Montréal, et j'ai proposé à votre mère de vous raccompagner à Chambly.

— Que vous a dit ma mère ?

— Elle semblait heureuse d'accepter. Ainsi donc, vous avez rendu visite à Jane, comment allait-elle ?

— Jane se portait bien, j'ai rencontré Judy O'Brien et Elizabeth Ashton.

— Ce sont d'agréables jeunes femmes, je les connais très bien. Comme je peux voir, l'air de Montréal vous fait le plus grand bien, vous êtes radieuse.

— Merci, Wallace. Maintenant, veuillez m'excuser, je souhaiterais me rafraîchir un peu avant le dîner.

Wallace s'écarta pour la laisser passer et la suivit des yeux jusqu'à ce qu'elle soit arrivée en haut de l'escalier.

* * *

Après que Katherine et Flora eurent remercié Alexander et Anne de leur hospitalité, la voiture de Wallace reprit le chemin du retour. Les journées raccourcissaient et les voyageurs souhaitaient arriver à Chambly avant la tombée du jour. Flora raconta à sa mère sa rencontre avec Elizabeth Ashton. Wallace restait silencieux et perdu dans ses pensées. Katherine toussota pour attirer son attention.

— Vous me semblez bien silencieux, Wallace, que se passe-t-il ?

— Pardonnez-moi, madame MacGregor, le mois de décembre m'est toujours pénible à vivre. Je me sens encore plus seul que jamais quand arrive la nouvelle année. La solitude peut être écrasante parfois, vous savez.

En disant ces mots, Wallace regarda Flora. Celle-ci détourna le regard. Wallace manquait assurément de subtilité. Flora se doutait bien de ce qui se passerait. Elle savait que sa mère ne pouvait rester insensible au charme du jeune homme, et encore moins à la solitude d'un être humain. Flora ferma les yeux en entendant sa mère déclarer :

— Je me doute bien, Wallace, du sentiment de solitude qui vous accable. Cette année sera le premier Noël loin de ma chère Anne et de sa famille. Je n'ose imaginer me retrouver sans famille. J'aimerais beaucoup que vous veniez célébrer Noël et le Nouvel An au sein de notre famille. John Henry sera très heureux de vous accueillir, j'en suis certaine.

— Vous me touchez beaucoup, madame MacGregor. Je ne veux pas imposer ma présence.

Flora n'en pouvait plus de l'entendre et elle céda. Regardant Wallace droit dans les yeux, elle dit :

— Pourtant, c'est ce que vous faites Wallace, vous ne cessez de nous imposer votre présence.

— Flora, excuse-toi tout de suite auprès de monsieur Callaghan ! Tu oublies qu'il a eu l'extrême gentillesse de nous raccompagner. Pardonnez-lui, Wallace, Flora est quelque peu fatiguée, je crois.

— Je ne suis pas fatiguée et je vois très clair dans votre jeu, Wallace ! Vous tentez par tous les moyens de vous infiltrer dans notre famille.

— Flora MacGregor ! Excuse-toi tout de suite !

— Ne vous en faites pas, madame, je trouve très important que Flora exprime son opinion, au contraire.

Flora lui jeta un regard rempli de colère et, se retournant vers la fenêtre, demeura silencieuse tout le reste du trajet.

12

Il avait neigé plusieurs jours et le paysage gris de la fin novembre avait laissé la place à celui, beaucoup plus féerique, de la première bordée de neige importante. Ce serait bientôt Noël et, dans les familles MacGregor et Lacombe, les préparatifs allaient bon train. James et Flora avaient été invités à réveillonner chez les Lacombe le soir du 24 décembre. Chez les MacGregor, on préférait fêter la journée même de Noël.

Depuis la scène qu'elle lui avait faite dans la voiture en revenant de Montréal, Flora n'avait pas adressé la parole à Wallace. Katherine n'avait eu de cesse de se confondre en excuses auprès du jeune homme. Wallace était assez satisfait de la tournure de l'événement. Il était désormais certain d'avoir réussi à faire pencher la balance de son côté. Katherine semblait consternée qu'il soit seul le soir de Noël et elle s'était empressée de réitérer son invitation. Flora ne pouvait rien dire. Bientôt, Wallace pourrait peut-être faire sa demande en mariage. Il l'espérait de tout son cœur. L'année 1837 serait certainement bénéfique pour lui, il en était certain.

* * *

Marie-Louise avait insisté pour qu'Étienne réveillonne chez eux. Il avait finalement accepté et s'était préparé à revoir Geneviève. François-Xavier lui avait dit que James et Flora seraient présents. Étienne avait alors voulu se désister puis, en fin de compte, il avait décidé d'y aller. Il pourrait observer de quelle façon se comportait James avec Geneviève.

Adéline et son mari, Amable, étaient arrivés la veille avec leurs deux enfants. La maison des Lacombe était remplie de rires. Jean-Baptiste et sa femme les avaient rejoints avec leurs trois enfants. Les plus vieux avaient joué dehors avec leur oncle

François-Xavier et faisaient la sieste avant la messe de minuit. Toute la famille se rendrait à l'église en traîneau et réveillonnerait ensuite.

Geneviève avait revêtu pour l'occasion une nouvelle robe qu'elle avait cousue pendant l'automne. Elle avait relevé ses cheveux et les avait retenus avec deux peignes en nacre que Marie-Louise lui avait prêtés. Elle avait aussi emballé un petit présent qu'elle comptait donner à James lorsqu'ils se retrouveraient seuls quelques instants, à l'abri des regards curieux.

François-Xavier avait lui aussi revêtu son habit du dimanche et essayait d'aplatir sur sa tête une mèche rebelle. Il se surprenait à penser de temps à autre à Flora. En fait, depuis l'anniversaire de James, il lui arrivait de plus en plus souvent de repenser à Flora qu'il avait fait tournoyer au son de la musique. En ce réveillon, elle lui accorderait sûrement une ou plusieurs danses. Ce serait, bien entendu, fort différent de la dernière fois. Joseph sortirait son violon et Jean-Baptiste son accordéon, et ils danseraient la nuit durant. Chez les Lacombe, on aimait bien fêter jusqu'aux petites heures du matin.

* * *

Flora portait une robe de taffetas bleu marine, souhaitant être vêtue sobrement pour l'occasion. Elle ne mit pas de collier, et ne porta que de minuscules pendants d'oreilles. Elle se sentirait plus à l'aise de cette façon.

James et Flora avaient convenu de se rendre chez les Lacombe après la messe de minuit. James avait fait atteler le traîneau et attendait Flora à l'extérieur. Katherine avait fait ses recommandations et demandé à James de veiller sur Flora. Le jeune homme aida sa sœur à monter et lui couvrit les jambes avec une fourrure avant de partir pour le réveillon de Noël.

* * *

Flora attendit James sur le pas de la porte des Lacombe. Elle pouvait entendre à l'intérieur le son du violon et les rires des invités. Elle avait hâte d'entrer, mais, en même temps, elle appréhendait quelque peu la soirée. Elle n'avait pas l'habitude de fêter Noël de cette façon. Chez elle, on dînait tranquillement puis on passait au salon où elle jouait quelques airs au piano. Les fêtes de Noël étaient beaucoup plus calmes chez les MacGregor qu'elles semblaient l'être chez les Lacombe.

James arriva enfin, étonné qu'elle ne soit pas encore entrée. Il frappa à la porte et, sans attendre d'être invité, s'engouffra dans la chaleur de la maison.

Marie-Louise vint à leur rencontre et prit leurs manteaux. Elle les invita à rejoindre les autres au salon. Geneviève présenta James et Flora aux autres invités. François-Xavier rejoignit sa sœur et, prenant Flora par la main, l'entraîna au centre de la pièce pour danser un rigodon endiablé.

* * *

Flora et James avaient été accueillis comme des membres de la famille. Flora discutait tranquillement avec Adéline, Madeleine, Geneviève et Marie-Louise. Joseph et Jean-Baptiste buvaient un verre de whisky avant de reprendre leur musique. Amable et François-Xavier se disputaient une partie de bras de fer devant James qui attendait son tour pour tenter de vaincre le gagnant. Étienne observait la scène, seul dans son coin. Geneviève vint le trouver.

— Je suis heureuse que tu sois venu ce soir, Étienne. Du plus loin que je me souvienne, tu as toujours été présent le soir du réveillon. Ce soir aurait été bien différent si tu n'avais pas été là.

— Je suis bien heureux d'être ici. Le whisky est meilleur que jamais !

Amable, ayant perdu la partie de bras de fer, se rapprocha d'Étienne et lui offrit un autre verre. Geneviève les laissa seuls et alla voir qui de son frère ou de son fiancé était le plus fort.

* * *

Flora observait les danseurs en buvant un verre de cidre. L'alcool lui montait un peu à la tête et elle se sentait parfaitement détendue. Elle appréciait beaucoup la soirée et se sentait, pour une fois, parfaitement à sa place. Les Lacombe la considéraient presque comme un membre de leur famille. Ils ne faisaient pas de distinction de rang comme elle avait vu son père et sa mère le faire avec Geneviève et François-Xavier. Elle posa ses jambes sur un petit tabouret devant elle et ferma les yeux ; le cidre, la musique et la chaleur de la pièce commençaient un peu à l'étourdir. François-Xavier s'assit près d'elle.

— J'espère que tu t'amuses. On dirait que tu commences à t'ennuyer. Peut-être devrais-je te proposer de revenir danser un peu ?

— Laisse-moi reprendre mon souffle. À vrai dire, je ne me suis jamais autant amusée de ma vie que ce soir ! Vous êtes infatigables ! Moi, il y a longtemps que je n'ai plus d'énergie.

— Laisse-moi remplir ton verre de cidre, ça devrait t'aider à reprendre le dessus et à venir danser avec moi.

François-Xavier s'exécuta et revint, un verre à la main. Flora le regarda avec un sourire et but le cidre d'une seule traite. Puis, elle entraîna François-Xavier sur la piste de danse.

* * *

Geneviève et James profitèrent que tous se retirent pour manger un morceau et rester seuls un peu tous les deux. Geneviève avait pris le paquet qu'elle comptait offrir à James et le lui tendit, les yeux brillants, attendant sa réaction. James l'ouvrit et y trouva une belle écharpe de laine grise et des mitaines assorties.

— J'ai tricoté cela sans que personne le sache. C'est pour tes visites.

— Cet ensemble me tiendra au chaud, d'autant que c'est toi qui l'as tricoté. Merci, ma douce Geneviève. J'ai aussi ce petit présent pour toi.

Geneviève ouvrit alors une toute petite boîte et y trouva une chaîne et un pendentif en forme de cœur. James la noua autour de son cou. Il l'embrassa en lui souhaitant un très joyeux Noël.

* * *

La soirée continuait malgré l'heure tardive. Flora prit son manteau et sortit prendre l'air. Elle avait trop bu, trop mangé et se sentait mal. Elle était étourdie et avait la nausée. Elle s'éloigna un peu de la maison et, s'appuyant à un arbre, elle se pencha pour vomir. Elle se sentit un peu mieux, mais sa tête lui faisait mal et tournait toujours autant. Reculant, elle tomba à la renverse dans la neige. Elle tenta en vain de se relever.

Flora restait allongée sur le sol et regardait les étoiles tournoyer dans le ciel. Jamais de toute sa vie elle ne s'était sentie si mal ! Elle aurait dû ne pas boire autant, elle qui ne supportait pas vraiment l'alcool. Elle s'était laissé aller au plaisir de la fête, et, à présent, elle gisait comme une ivrogne au milieu de la neige.

François-Xavier sortit pour voir si Flora allait bien et la trouva couchée devant la maison. Il mit ses bottes et se précipita vers elle. Il se pencha pour l'aider à se relever, mais se retrouva lui aussi couché dans la neige à côté d'elle. Il éclata de rire et, se relevant, il l'aida à s'asseoir puis à se lever.

— Je crois que tu as bu assez de cidre ce soir ! Viens, rentrons avant de prendre froid.

— Je me sens mal, tout tourne autour de moi.

François-Xavier avait peine à soutenir Flora qui menaçait de tomber une fois de plus. Il décida que la meilleure chose à faire était de la prendre dans ses bras.

Il ouvrit la porte avec son pied. Devant le regard amusé de sa famille et celui, horrifié, de James, François-Xavier resta figé devant la porte encore ouverte. Joseph, passablement ivre lui aussi, referma la porte. Marie-Louise indiqua l'escalier à François-Xavier et le pria de monter coucher Flora dans le lit de Geneviève. Cette dernière et James le suivirent.

Geneviève aida François-Xavier à coucher Flora et, après que James eut dit qu'ils devraient attendre un peu avant de partir, ils redescendirent. Flora reprit lentement connaissance en se demandant où elle se trouvait. François-Xavier lui répétait de se reposer avant de retourner chez elle.

— Si tes parents te voient comme ça, ils vont t'interdire de revenir ici !

— Je suis désolée, je me sens un peu mieux. Je crois que je vais redescendre.

— Attends encore un peu. Repose-toi.

— Reste ici me tenir compagnie.

— Je ne suis pas tellement habitué à jouer les gardes-malades !

— Je me sens tellement bête de m'être conduite de la sorte. J'ai tellement honte.

— Ne t'en fais pas : tout le monde en bas est un peu ivre et personne ne prêtera attention à toi.

— Je ne suis qu'une idiote !

Flora se retourna pour cacher ses larmes. François-Xavier posa la main sur son épaule et força la jeune femme à se retourner vers lui.

— Tu n'es pas idiote, tu as participé un peu trop à la fête. Cesse de te tracasser avec cela. Geneviève a déjà fait la même chose ou presque.

— Merci de te préoccuper de moi, François-Xavier.

— Ce n'est rien, je suis un peu comme un ange gardien. Repose-toi, je reviendrai t'aider à descendre quand James voudra rentrer.

— Je veux alors remercier mon ange gardien.

Flora retint François-Xavier par le bras et s'approcha de lui. L'ivresse aidant, et surtout parce qu'elle était perdue dans ses yeux bleus, elle fut soudain prise d'une impulsion et l'embrassa à pleine bouche. François-Xavier resta surpris par ce baiser, mais ne la repoussa pas. Flora recula et il la ramena près de lui pour poursuivre son étreinte. Elle ne résista pas et leurs lèvres s'unirent dans un second baiser. François-Xavier recula et, passant une main dans ses cheveux, il sourit d'un air gêné, tourna les talons et redescendit.

* * *

Il faisait presque jour lorsque James et Flora repartirent. Sur le chemin du retour, Flora se demandait si elle avait rêvé ou si elle avait vraiment embrassé François-Xavier. Elle se sentait un peu mieux et avait hâte de se coucher dans son lit et de dormir un peu. James arrêta le traîneau devant la maison et l'aida à descendre. Ils entrèrent sans faire de bruit et James aida Flora à monter dans sa chambre. Elle s'effondra sur son lit et s'endormit aussitôt, encore tout habillée.

* * *

Le matin de Noël, madame Carter réveilla Flora. James lui avait brièvement raconté ce qui s'était passé, et il ne voulait pas que Katherine, et encore moins que John Henry, apprennent ce qui était arrivé la veille chez les Lacombe. Madame Carter ouvrit le rideau et la clarté du matin envahit la chambre de Flora. Elle se cacha la tête sous l'édredon et marmonna de la laisser tranquille.

— Allez, ma fille, on se lève tout de suite ! Tes parents t'attendent pour le petit-déjeuner. Tu ne voudrais pas qu'ils montent te chercher tout de même ?

— Laissez-moi dormir, madame Carter, j'ai encore la tête qui tourne, vous savez.

— James t'a préparé une petite décoction pour te remettre l'estomac.

Flora avala un peu du liquide fumant et fit la grimace. Elle se leva puis se rassit. Madame Carter lui tendit une robe rose.

— Avec cette couleur, tu vas paraître en meilleure forme, Flora.

— Comme j'aimerais me réveiller de ce cauchemar !

— James m'a dit que tu avais un peu trop fêté…

— Je me suis comportée comme une vraie sotte et, maintenant, j'en subis les conséquences.

Madame Carter l'aida à tresser ses cheveux puis, reculant pour la regarder, sourit en disant qu'elle avait meilleure mine. Flora la suivit jusqu'à la salle à manger. Il n'y manquait plus qu'elle. James sourit en la voyant. Elle prit une tasse de thé et se contenta de manger du bout des lèvres une tranche de pain grillé. Katherine lui demanda comment s'était passée sa soirée et Flora répondit en regardant James qu'elle s'était beaucoup amusée.

* * *

Après avoir nourri les bêtes, François-Xavier monta se changer et se rendit chez les MacGregor pour aller porter les pendants d'oreilles que Flora avait laissés sur la table de chevet de Geneviève. Un domestique lui demanda d'attendre mademoiselle MacGregor dans le petit salon à côté du vestibule. Flora entra dans la pièce en refermant la porte. François-Xavier lui tendit les pendants d'oreilles avec un air amusé.

— Ma mère tenait à ce que je vienne te les porter, se disant que tu en aurais peut-être besoin. Je crois aussi qu'elle voulait prendre de tes nouvelles. Comment vas-tu, ce matin ?

— Un peu mieux que cette nuit ! Je suis tellement désolée de m'être comportée de la sorte. J'espère que ta famille n'a pas eu trop honte de moi.

— Non, pas du tout ! Tu sais, certains étaient plus ivres que toi ce matin. Mon père n'a pas pu se lever, ni mon frère, d'ailleurs. Ne t'en fais pas. Nous en avons vu d'autres !

— Je veux m'excuser pour ce que j'ai fait lorsque nous étions tous les deux dans la chambre de Geneviève. Je ne sais pas ce qui m'a pris. Je préférais tirer les choses au clair. Je ne voudrais pas que ce geste soit mal interprété.

— C'est sans doute à cause du cidre. Je te pardonne. Bon, je dois rentrer, il me reste encore des choses à faire même si c'est Noël.

François-Xavier lui demanda de saluer James. Flora le raccompagna à la porte et il se retourna avant de sortir.

— Moi aussi j'étais un peu ivre, hier soir. Oublions ce baiser.

— Si tu parviens à oublier ma conduite, je ne t'en tiendrai pas rigueur, François-Xavier.

* * *

Wallace arriva les bras chargés de cadeaux. John Henry l'accueillit chaleureusement et ils passèrent au salon. Flora et Katherine s'y trouvaient déjà. Wallace souhaita un joyeux Noël à tout le monde et John Henry lui servit un verre de cognac. Il en offrit aux autres, mais Flora se contenta d'un verre de punch.

Wallace vint s'asseoir près d'elle et lui chuchota doucement à l'oreille :

— Vous êtes la plus belle, ce soir ! J'espère que vous n'êtes plus fâchée contre moi à propos de l'autre jour, quand nous sommes revenus de Montréal.

— Je suis comme cela. Parfois, les mots dépassent mes pensées.

— J'apprécie beaucoup votre franchise, Flora. Je n'essaye pas de m'infiltrer dans votre famille. Il est vrai que j'aime beaucoup la compagnie de vos parents, mais je ne veux pas m'imposer, je souhaiterais que vous aimiez davantage mes visites.

— J'essaierai, Wallace.

Madame Carter vint les avertir que le dîner était prêt. Wallace tendit la main et aida Flora à se lever. Il lui prit délicatement le bras et la conduisit dans la salle à manger.

* * *

Après le dîner, tous passèrent au salon et Wallace s'empressa de distribuer les présents. Il offrit à John Henry une très belle pipe en ivoire et James reçut une belle plume pour rédiger ses dossiers. Katherine eut une écharpe de la plus belle soie venant de Chine. Wallace tendit deux petites boîtes à Flora. La première contenait de superbes peignes en ivoire et la seconde un collier de perles. Katherine se pencha pour l'admirer. Jamais de sa vie elle n'avait vu de perles de cette taille ! Elle qui avait cru que le collier offert par son père le soir de son premier bal était le plus beau du monde ! Elle le passa au cou de sa fille et en admira l'éclat.

Flora remercia poliment Wallace et, à la demande de son père, elle exécuta un morceau de piano.

* * *

La soirée était beaucoup plus tranquille que celle de la veille. Flora s'endormait. Elle avait hâte que la soirée s'achève. Il était déjà tard quand Wallace se leva et remercia tout le monde de l'avoir accueilli. Il demanda à Flora d'avoir l'amabilité de le raccompagner à la porte. Il s'habilla chaudement puis, en attendant son traîneau, il prit la main de la jeune femme.

— Je me sens le cœur léger, ce soir, de savoir que vous n'éprouvez plus de rancœur à mon égard. Je suis heureux que mes cadeaux vous plaisent.

Flora toucha à son collier puis le regarda.

— Les perles sont si belles. Et que dire des peignes ? Je me sens bien mal d'accepter ces cadeaux étant donné la façon dont je me suis conduite l'autre jour.

— Je vous ai fait ces cadeaux pour vous prouver à quel point je tiens à votre amitié.

— Je ne sais comment vous remercier, Wallace.

— Laissez-moi vous embrasser, et ce sera mon plus beau cadeau, Flora.

En disant ces mots, il se pencha sur elle et l'embrassa doucement. Flora resta surprise et ne tenta pas de le repousser. Il s'inclina et sortit. La jeune femme resta quelques minutes devant la porte qui venait de se refermer. Une fois de plus, Wallace avait réussi à obtenir ce qu'il voulait et, cette fois-ci, sans même qu'elle ne s'en rende compte. Elle se toucha les lèvres du bout des doigts. Ce baiser n'avait pas la douceur et la chaleur de celui qu'elle avait connu la veille, avec François-Xavier. À vrai dire, Wallace la laissait de marbre. Elle regretta que François-Xavier lui ait dit que ce baiser était dû à l'ivresse. Elle se rendait compte à présent que, dans son cas, l'alcool l'avait aidée à se départir de sa réserve et à faire ce qu'elle trouvait naturel. Elle releva les épaules et retourna au salon où l'attendait sa famille.

13

L'hiver 1837 s'achevait. Il avait été aussi rigoureux que peut l'être un hiver au Bas-Canada. Même si février était le mois le plus court de l'année, il semblait interminable. La famille MacGregor avait trouvé l'hiver particulièrement long. C'était le premier hiver que ces gens passaient loin de Montréal, et l'état des routes ne faisait qu'aggraver leur sentiment d'isolement. On pouvait toujours aller à Montréal par le pont de glace, mais encore fallait-il se rendre jusqu'au fleuve. Les déplacements étaient beaucoup trop laborieux et l'on préférait demeurer au coin du feu dans le confort de la maison.

Heureusement, le printemps s'annonçait hâtif. Avec l'arrivée du mois de mars, les beaux jours commençaient à poindre à l'horizon. Flora venait de célébrer son dix-neuvième anniversaire de naissance. Katherine lui avait préparé une fête. Wallace, bien entendu, fut invité. Cette fois-ci, ni Geneviève, ni François-Xavier ne furent convoqués à la réception, au grand regret de Flora et de James. Quand celui-ci demanda à sa mère la raison de son refus d'inviter leurs amis, Katherine répondit simplement qu'elle voulait faire une petite fête en famille.

Un matin, en allant ouvrir la porte, Flora resta surprise de voir François-Xavier. Il retira son bonnet de laine et lui sourit timidement.

— Je m'excuse de venir te déranger, mais je dois absolument voir James.

Flora l'invita à entrer se réchauffer et alla chercher son frère. François-Xavier raconta à James que, n'ayant plus de nouvelles d'Étienne depuis quelques jours, il s'était rendu chez lui et l'avait trouvé fort mal en point. Il était fiévreux et toussait beaucoup. Marie-Louise s'était rendue à son chevet. Elle lui avait donné des remèdes maison et lui avait appliqué plusieurs mouches de moutarde sans constater d'amélioration. À présent, elle était inquiète qu'il souffre d'un mal plus important et avait fait chercher James.

— Il ne veut pas se faire soigner, mais ma mère lui a dit qu'il verrait un médecin de force s'il le fallait.

— Attends-moi, je vais chercher ma trousse et je t'accompagne.

James laissa François-Xavier seul avec Flora. Cette dernière demanda des nouvelles de son amie Geneviève et invita François-Xavier à se réchauffer près du feu en attendant James. François-Xavier retira ses grosses mitaines et se frotta les mains l'une contre l'autre.

— Geneviève m'a dit qu'elle avait bien hâte que le beau temps revienne pour pouvoir faire des pique-niques sur les bords du Richelieu.

— Il y a longtemps que je ne l'ai vue. Peut-être pourrais-je me rendre chez Étienne avec vous ? En revenant, j'en profiterais pour saluer Geneviève.

— Je crois que c'est une bonne idée, elle sera très heureuse de te voir.

— Attends-moi ici, je vais m'habiller.

Flora monta enfiler des vêtements chauds et alla rejoindre James et François-Xavier qui l'attendaient sur le pas de la porte.

* * *

François-Xavier s'activait à remettre du bois dans le poêle. Flora était allée pomper de l'eau au puits et, après l'avoir versée dans une grosse marmite, l'avait mise à bouillir. Étienne était couché et grelottait sous ses épaisses couvertures. James ne décela rien de grave chez le malade. Marie-Louise était à son chevet et lui épongeait le front.

— Avec ce que je viens de lui donner, la fièvre devrait baisser et sa toux se calmer. Vous avez fait ce qu'il y avait de mieux pour lui, madame Lacombe. Je vous laisse ces médicaments que vous pourrez lui administrer dans quelques heures. Je repasserai demain pour voir si son état s'est amélioré.

— Je vous remercie beaucoup, docteur MacGregor. Je suis un peu plus rassurée sur son état. Étienne est comme un fils pour moi et je ne voudrais pas qu'il lui arrive malheur.

Après l'examen, James repartit vers la maison des Lacombe avec Flora et François-Xavier.

* * *

Geneviève était heureuse de voir Flora et surtout James. Joseph profita de le voir pour lui demander des médicaments pour soulager les maux de dos qui l'avaient fait souffrir presque tout l'hiver.

Les deux jeunes femmes discutaient depuis un bon moment. Elles ne s'étaient pas revues depuis Noël. Flora n'avait raconté à personne ce qui s'était passé avec François-Xavier. Elle chérissait ce souvenir et le garder secret lui plaisait beaucoup. Elle avait raconté à Geneviève la conduite de Wallace. Son amie lui avait souri en lui disant que la demande était peut-être pour bientôt.

— Jamais je n'accepterai d'épouser cet homme. Il est beaucoup trop sûr de lui et tellement prétentieux. Peut-être que la promesse de mariage ne viendra pas de Wallace ! James et toi êtes presque fiancés.

Geneviève chuchota à Flora pour que personne n'entende.

— J'espère de tout cœur que ce sera pour bientôt. Mes parents semblent se douter de quelque chose, mais ils n'en parlent pas. Ils attendent que James fasse le premier pas. Ton frère craint beaucoup une mauvaise réaction de la part de votre père.

— Je me doute bien pourquoi James redoute autant notre père. Il a toujours su comment nous imposer ses choix. James t'aime tellement qu'il affrontera mon père, j'en suis convaincue.

— Crois-tu que ton père pourrait t'imposer d'épouser quelqu'un comme Wallace ?

— Il pourrait essayer, mais il se buterait à un obstacle de taille : ma volonté !

Flora éclata de rire et Geneviève aussi. James et François-Xavier se regardèrent en se demandant ce qui pouvait bien les faire rire autant.

* * *

Le lendemain, James se rendit chez Étienne pour s'enquérir de la santé du patient. Étienne se trouvait seul chez lui, Marie-Louise venait sûrement juste de partir, une marmite de soupe bouillait sur le poêle et embaumait la pièce.

Étienne ne dormait pas, mais restait sous ses couvertures. James entra et referma la porte derrière lui. Étienne se releva sur ses coudes et le regarda ouvrir sa trousse. James l'aida à s'asseoir et l'ausculta.

— Je suis heureux que tu ailles mieux. Dans quelques jours, la toux devrait s'être résorbée. Madame Lacombe a su bien te soigner, tu as beaucoup de chance qu'elle s'occupe de toi.

— Elle est comme une mère pour moi, les Lacombe sont un peu comme la famille que je n'ai pas eue. Et toi, tu es arrivé ici et tu as presque tout détruit.

— Je suis désolé que nous ne soyons plus amis comme avant, Étienne.

— Comment puis-je être l'ami de quelqu'un qui m'a tout pris ? Depuis mon enfance, je sais qu'un jour j'épouserai Geneviève. Toi, tu arrives à Chambly, tu lui fais les yeux doux et elle tombe sous ton charme. Quand comptes-tu faire ta demande en mariage ? Peut-être après tout que tu ne veux pas t'encombrer d'une femme ? Cela t'empêcherait d'en charmer d'autres !

— C'est bien parce que tu es malade que je ne te casse pas la figure !

— Tu crois que tu en aurais la force ? Même malade, je te battrais et tu me supplierais de te laisser tranquille.

James dut se retenir pour ne pas l'empoigner par la chemise et le frapper. Étienne le regarda avec un air de défi, attendant qu'il lui saute dessus. James respira profondément pour se calmer et rangea ses instruments dans sa trousse.

— Tu vois, tu n'es même pas capable de défendre l'honneur de Geneviève ! Tu me rends encore plus malade que je ne le suis. Je vais te dire une dernière chose : ne fais pas de mal à Geneviève où tu auras affaire à moi. J'espère que tu es sincère avec elle et que tu ne te fiches pas de ses sentiments. Maintenant, va-t'en, je n'ai plus rien à te dire !

Cet excès de colère déclencha une violente quinte de toux chez Étienne et James récupéra sa trousse avant de repartir et de le laisser seul avec son amertume.

* * *

De retour chez lui, James réfléchit aux paroles d'Étienne. Il ne doutait pas de son amour pour Geneviève, mais de son courage pour affronter son père. James savait trop bien ce que John Henry lui dirait. Jamais il n'accepterait que son fils épouse la fille d'un habitant. Il lui faudrait quitter la maison de son père. Pour l'instant, il n'avait pas les moyens de partir, encore moins de réussir à faire vivre correctement Geneviève. Ses patients le payaient quand ils le pouvaient, parfois même ils payaient leurs soins avec des denrées de toutes sortes.

Il ne lui restait qu'à compter ses économies et espérer en avoir suffisamment pour acheter une petite maison pour sa tendre

Geneviève. Joseph n'accepterait pas de donner sa fille en mariage à un sans-abri. Un jour, il réussirait à gagner beaucoup d'argent et il pourrait couvrir celle qu'il aimait de tous les bijoux de la terre. En attendant, il devait trouver la somme suffisante pour pouvoir s'établir sans l'aide de son père.

* * *

Un jour de mars, Wallace arriva en trombe chez les MacGregor. Madame Carter le fit entrer et, après avoir retiré sa redingote, il se précipita dans la bibliothèque où se trouvait John Henry.

— Lord John Russell, le secrétaire d'État aux colonies, a rejeté les 92 Résolutions du Parti patriote! La nouvelle vient tout juste d'arriver de Londres. Papineau et ses amis devront se contenter des dix Résolutions Russell.

— Qu'en est-il de ces résolutions?

— En résumé, le Parlement de Londres ne veut pas d'un Conseil exécutif responsable et ne veut pas donner le contrôle du budget à l'Assemblée.

— Ainsi donc, le gouverneur du Bas-Canada peut dépenser sans le consentement de l'Assemblée.

— En fait, presque tout ce que le Parti patriote demandait a été refusé par Londres. Papineau et ses amis devront se soumettre à la volonté de la métropole.

Flora entra dans la pièce peu de temps après l'arrivée de Wallace; elle écouta en silence les propos des deux hommes. Wallace semblait ravi de cette nouvelle. John Henry ne disait rien et se grattait le menton. Flora toussota pour signaler sa présence. Wallace se retourna et, lui tendant la main, l'invita à s'asseoir. Flora interrogea Wallace.

— Que va faire le Parti patriote devant ce refus?

— Eh bien, ma chère, il va faire ce qu'il aurait toujours dû faire : se soumettre à l'autorité. Le Parlement de Londres a le dernier mot.

— Comment peuvent-ils décider du sort d'un peuple qui vit de l'autre côté de l'océan ?

— Un peuple conquis est un peuple conquis et doit se soumettre à son conquérant.

John Henry se tourna vers Wallace et sa fille.

— Tout ceci ne me dit rien de bon ! Papineau peut très bien échauffer les esprits davantage et il peut y avoir révolte à l'horizon.

— Vous craignez quelques paysans munis de fourches pour seules armes, John Henry ? Pour ma part, je n'ai pas peur, l'armée britannique pourra mater tout commencement de rébellion.

Flora se tourna vers Wallace.

— Vous pensez que l'armée britannique pourra arrêter des milliers de gens qui crient à l'injustice ? Vous ne connaissez pas la volonté d'un homme qui vit depuis longtemps dans la soumission.

— Vous avez raison, chère Flora, je ne connais pas la volonté d'un homme soumis, mais je commence à découvrir la volonté d'une femme de faire valoir son opinion. Hélas, les femmes ne peuvent prendre une part active dans la politique !

— Wallace a raison, Flora, va retrouver ta mère et dis-lui que nous aurons un invité pour le dîner.

— Vous pouvez m'empêcher de m'exprimer, mais vous ne pouvez m'empêcher de penser.

Flora jeta un regard de mépris à son père et à Wallace. Le cœur de ce dernier ne fit qu'un bond. Décidément, Flora avait beaucoup de caractère et elle lui plaisait de plus en plus.

* * *

Au lendemain des Résolutions Russell, l'appui à la cause des Patriotes déferla comme une immense vague sur Chambly. Devant le refus de Londres d'accorder les 92 Résolutions proposées par le Parti patriote, les Patriotes encouragèrent la population à boycotter les produits venant d'Angleterre. Ainsi, le peuple fut encouragé à s'habiller uniquement « d'étoffe du pays » et à fabriquer ses propres produits alcoolisés. James arbora fièrement ses pantalons de lainage gris. Flora se rendit à Montréal et en revint avec une robe confectionnée dans le même genre d'étoffe. Sa tenue provoqua la colère de son père, mais elle voulait à tout prix montrer qu'elle appuyait la cause des Patriotes.

Katherine s'amusa de la conduite de sa fille et pria John Henry d'être indulgent avec sa cadette. L'effervescence du printemps s'était probablement emparée de leur fille.

La fièvre patriotique atteignit aussi les Lacombe. Joseph ne cessait de raconter comment son grand-père s'était battu courageusement lors de la bataille des Plaines d'Abraham. Si, à cette époque, les Canadiens n'avaient pas pu repousser l'ennemi britannique, il était peut-être temps aujourd'hui de se défaire du joug de l'Angleterre. Les Américains avaient bien réussi. Les Canadiens français étaient de braves gens pleins de volonté. Marie-Louise laissait parler son mari et n'intervenait pas. Mais, au fond d'elle-même, elle craignait de plus en plus ce sentiment patriotique.

Quelques années plus tôt, en 1832, sa famille avait terriblement souffert de la crise agricole. Avant, la terre réussissait à produire suffisamment de blé pour qu'ils puissent vendre les surplus. Désormais, ce qui était cultivé réussissait à peine à nourrir la famille. Joseph avait dû semer à contre-cœur des pommes de terre et des pois pour y arriver. Heureusement, Jean-Baptiste possédait presque la terre des Paquin. Joseph aurait trouvé difficile de séparer sa petite terre entre ses deux fils. Marie-Louise craignait que son mari et ses fils soient emportés par la vague patriotique. Elle les imaginait entraînés malgré eux dans une rébellion qui ferait des blessés et peut-être des morts.

Chaque soir, Joseph, Jean-Baptiste, Étienne et François-Xavier s'asseyaient au coin du feu, bourraient leur pipe et discutaient de politique. Parfois, François-Xavier rapportait un journal et faisait la lecture à voix haute pour son père qui ne savait pas lire. Un soir, James s'était joint à eux et ils avaient discuté jusque très tard dans la soirée. Marie-Louise et Geneviève ne comprenaient pas grand-chose aux discussions des hommes et ne se mêlaient pas à leurs propos. Elles se contentaient de tricoter à la lueur des lampes à l'huile.

* * *

Un matin, Flora reçut une lettre de Montréal. Elle monta dans sa chambre pour la lire tranquillement. Elle s'attendait à une missive de sa sœur et fut bien surprise de ne pas reconnaître l'écriture.

Ma très chère Flora,

J'espère que toute votre famille se porte bien. Je vous avais promis cet automne de vous rendre visite et de venir contempler cette rivière que vous m'avez si bien décrite. J'attends avec impatience que vous m'écriviez pour que nous puissions choisir une date qui vous convienne. J'ai grand besoin de m'aérer les poumons à la campagne.

Votre amie dévouée, Elizabeth Ashton.

Heureuse d'avoir reçu une lettre de son amie, Flora s'empressa de lui répondre qu'elle serait enchantée de l'accueillir dès que celle-ci le voudrait.

* * *

Elizabeth Ashton vint à Chambly au début du mois d'avril. La saison froide était terminée et les routes étaient enfin redevenues carrossables. Flora accueillit chaleureusement son amie et l'installa dans la chambre d'invités après l'avoir présentée à ses parents et à James. Elizabeth semblait ravie de se trouver à Chambly. Flora lui montra le domaine et l'invita à faire une promenade à cheval le lendemain de son arrivée, à la découverte des environs. Les deux jeunes femmes partirent tôt après le déjeuner. Flora lui fit découvrir l'endroit où, chaque dimanche, elle rencontrait ses amis.

— Tu as beaucoup de chance, Flora, d'habiter un si beau coin ! Tu avais raison, la rivière est tout simplement splendide !

— Ce n'est rien ; l'été, elle semble tellement invitante qu'on doit se retenir de ne pas y plonger ! J'espère que tu reviendras cet été, Elizabeth.

— Peut-être bien. Je te remercie une fois de plus de m'avoir invitée à venir passer quelques jours chez vous. J'avais bien besoin de me changer les idées. Surtout, je voulais partager ma joie avec toi.

— Que se passe-t-il ?

— William Hamilton m'a demandée en mariage. Je suis si heureuse !

— Comme je me réjouis pour toi, Elizabeth !

— Il y a longtemps que nous sommes amis, William et moi, et j'attendais avec impatience qu'il se décide à faire la grande demande. Te rends-tu compte ? Jane et moi allons être comme des sœurs !

Flora regarda Elizabeth en se demandant ce que cette phrase voulait dire. Elizabeth éclata de rire.

— Jane est bien la dernière personne que je voudrais pour sœur ! Mais j'aime William et nous allons faire partie de la même famille. Aussi bien me faire à l'idée !

Elizabeth fit un clin d'œil à Flora en souriant. Les deux jeunes femmes entendirent des pas et se retournèrent. François-Xavier venait dans leur direction.

— Bonjour, Flora! Je suis heureux de te voir ici!

— Laisse-moi te présenter mon amie Elizabeth Ashton, de Montréal.

François-Xavier tendit la main en direction de la jeune femme. Les trois jeunes gens discutèrent un peu et Flora et Elizabeth reprirent leur promenade à cheval. Quand elles se furent suffisamment éloignées de l'endroit où se trouvait François-Xavier, Elizabeth se rapprocha du cheval de Flora et lui dit en souriant:

— Je ne savais pas qu'il y avait à Chambly de tels gaillards! Ceux de Montréal me semblent bien pâles à côté de ce François-Xavier. Je crois que, si j'avais un peu plus de temps, j'apprendrais à mieux le connaître. Malheureusement, son attention semble être prise ailleurs. Il n'avait d'intérêt que pour toi, ma chère Flora.

— Non, je ne pense pas, je crois plutôt qu'il voulait prendre de bonnes prises pour en rapporter chez lui. François-Xavier n'est qu'un bon ami; c'est d'ailleurs le meilleur ami de mon frère.

— Heureusement que tu n'es pas une sirène, car je crois bien que tu serais prise dans ses filets de pêcheurs! Et maintenant, faisons la course jusque là-bas.

Elizabeth donna un petit coup de cravache à son cheval et Flora la suivit non loin derrière.

* * *

Elizabeth passa quelques jours chez les MacGregor. Flora l'amena souvent faire des promenades le long de la rivière. Quand l'heure du départ arriva, les deux amies se promirent de se revoir bientôt. Flora comptait bien retourner à Montréal pour voir son neveu et ses nièces et, en passant, rendre visite à Elizabeth. Les deux jeunes femmes s'embrassèrent avant de se séparer.

14

Devant le refus de Londres face à leurs revendications, les Patriotes commencèrent à s'organiser pour protester. La cause de Papineau et ses confrères suscita des discussions animées au coin du feu le soir, dans les maisons de la vallée du Richelieu et du nord de Montréal. La plupart étaient d'accord avec les propositions du Parti patriote. Les habitants du Bas-Canada commencèrent à se rassembler pour écouter les allocutions de leurs députés.

La première grande assemblée eut lieu le 7 mai 1837, à Saint-Ours, un petit village situé le long de la rivière Richelieu, entre Sorel et Saint-Denis. Près de 1200 personnes assistèrent à cette réunion où l'on dénonça les Résolutions Russell. Les orateurs présents s'avérèrent très convaincants, car plusieurs autres assemblées furent tenues par la suite. James s'y était rendu et revint plus convaincu que jamais qu'il était temps d'agir.

John Henry désapprouvait de voir son fils se rendre aux assemblées. Pour la première fois de sa vie, James défia son père et lui désobéit en se rendant malgré tout aux rassemblements. Les deux hommes se muraient de plus en plus dans le silence : James, par peur des représailles de son père ; John Henry, par pure colère, et surtout parce qu'il ne pouvait plus contrôler James comme lorsque celui-ci était plus jeune. C'était désormais un homme, et John Henry ne pouvait tout de même pas l'enfermer dans sa chambre. Cependant, John Henry attendait le moment propice pour intervenir.

Ce moment se présenta un jour où James se rendit à Saint-Marc pour une autre assemblée. Ce matin-là, tout le monde vaquait à ses occupations. Katherine travaillait dans sa roseraie et Flora répétait un morceau de piano. Théophile Langlois, un habitant de Chambly, se présenta à la maison des MacGregor, tôt dans la matinée. Il était en nage et réclamait le docteur MacGregor. Madame Carter le conduisit à la bibliothèque. Théophile Langlois venait chercher James pour l'accouchement de sa femme. Il expliqua à John Henry que la sage-femme ne savait plus quoi faire, et que sa femme était en douleurs depuis maintenant presque quarante-huit heures. Elle s'était considérablement affaiblie et la sage-femme l'avait envoyé chercher le médecin pour tenter de sauver la mère et l'enfant.

John Henry savait se montrer froid et austère, mais lorsqu'il s'agissait d'un patient ayant besoin de soins, sa profession l'emportait toujours sur son tempérament. Il expliqua à Langlois que son fils n'était pas présent, mais que lui-même pouvait se rendre au chevet de la malade. Il trouva la trousse de James dans son bureau, sella son cheval et partit au-devant de Théophile Langlois en ayant pris soin de lui demander le chemin. Il savait approximativement où se trouvait la maison de l'habitant. Quand il arriva, il attacha son cheval à un arbre près de la maison et entra. La sage-femme le conduisit dans la chambre de la pauvre femme.

— Elle a perdu beaucoup de sang, elle est très faible, je n'ai jamais vu de cas semblable, docteur.

— Pourquoi avoir attendu aussi longtemps avant de m'appeler ?

— Je pensais que je réussirais toute seule, c'est son sixième enfant, et les autres fois, elle a accouché presque sans effort.

John Henry examina rapidement la patiente et tâta doucement le gros ventre. Le bébé semblait encore vivant, mais considérablement affaibli. Avec un peu de chance, John Henry réussirait peut-être à sauver la mère et l'enfant.

* * *

Après de pénibles efforts et le peu d'énergie qui lui restait, Éva Langlois réussit à accoucher de son sixième enfant. La sage-femme prit le nouveau-né et le frictionna vigoureusement. Après un interminable silence, le bébé poussa un petit gémissement et pleura doucement. John Henry s'occupa de la mère et le cauchemar prit fin. Théophile Langlois remercia chaleureusement le docteur MacGregor d'avoir sauvé sa femme et son fils. John Henry se nettoya à l'eau froide de la pompe et repartit en promettant de revenir le lendemain pour voir si la mère allait bien. Pour l'instant, elle avait besoin de beaucoup de repos.

* * *

Flora rencontra son père sur le chemin du retour, et il lui raconta ce qui s'était passé. Elle pouvait percevoir une pointe de fierté dans son récit. John Henry était heureux. Ainsi, il pouvait encore sauver des vies. Flora félicita chaleureusement son père et, ensemble, ils galopèrent en direction de leur demeure.

* * *

James rentra tard ce soir-là. John Henry dormait lorsqu'il monta dans sa chambre. Le lendemain, lorsqu'il descendit prendre son petit-déjeuner, John Henry était déjà dans sa bibliothèque et avait demandé à madame Carter de le prévenir lorsque James descendrait. Flora et Katherine avaient été priées de quitter la salle à manger. Lorsque John Henry entra, elles refermèrent la porte derrière lui. James leva les yeux vers son père et sut qu'il aurait droit une fois de plus à une scène.

— Comment était ton assemblée, mon fils ?

— Je ne pense pas que vous soyez venu ici ce matin pour me poser cette question, père. Que se passe-t-il ?

— Tu as raison, James, je ne suis pas ici pour savoir quelles balivernes tu as entendues hier. Je suis venu te dire que tant que tu resteras sous mon toit, tu auras des comptes à me rendre. Tu fréquenteras les endroits que j'aurai décidés.

— Vous ne savez même pas de quoi il est question dans ces assemblées ! Vous devriez m'accompagner pour en savoir davantage.

— Je suis contre ce genre de rassemblements. Tu connais ma position devant les revendications des Patriotes. Je t'interdis de retourner à ce genre de réunions, m'entends-tu ?

— Vous ne pouvez pas m'interdire d'y aller !

— Tant que tu habiteras ici, je te dirai ce que je veux que tu fasses. Tu devras apprendre à prendre tes responsabilités, James MacGregor !

— Je ne comprends pas de quoi vous voulez parler ! Je n'ai jamais failli à mes responsabilités, vous êtes injuste de me traiter d'irresponsable.

— Avant de t'occuper de politique, tu devrais t'occuper davantage de tes patients.

— Je n'ai jamais négligé mes patients depuis que je suis médecin. Plusieurs Patriotes sont médecins : le député de l'Acadie, le docteur Côté et le député de l'Assomption, Wolfred Nelson, pour ne nommer qu'eux.

— Il m'importe peu que tes députés aient risqué des vies, mais il est hors de question que mon fils néglige ses patients. Ton manque de maturité a failli coûter la vie à une femme et à son enfant hier. Un médecin se doit d'être toujours disponible pour ses patients. Tu devrais savoir tout cela, James.

Le jeune homme resta silencieux. Ainsi, des patients avaient eu besoin de lui et il n'avait pas été là. John Henry regarda James, perdu dans ses pensées. Il lui tourna le dos pour laisser libre cours à son sentiment de triomphe. Peut-être que, pour une fois, il avait réussi à lui faire entendre raison ? Il le laissa seul dans la salle à manger, sachant très bien que James était rongé par le doute. Cette remise en question porterait peut-être ses fruits.

* * *

James avait décidé de se rendre chez les Langlois pour voir comment allait sa patiente. Il avait trouvé cette solution pour vaincre son sentiment de culpabilité et, surtout, pour montrer à son père qu'il avait encore le sens des responsabilités. Il décida aussi de s'arrêter au village pour trouver un logement. Peut-être même qu'en demandant à François-Xavier de l'aider, il pourrait en construire un et quitter enfin la résidence de son père ? Le prix de la liberté ne pouvait pas être élevé, ses moyens financiers étaient assez restreints, mais, avec un peu de chance, il trouverait une solution qui ne lui coûterait pas les yeux de la tête. Au début, il apprendrait à se priver, puis son état s'améliorerait, il en était presque certain. Peut-être valait-il mieux vivre dans une toute petite maison, avec la femme qu'il aimait et du bonheur à profusion, que de rester dans une grande demeure et se sentir prisonnier de ses gestes ? Sa conversation avec son père l'avait fait beaucoup réfléchir. Il s'était rendu compte qu'il était temps pour lui de faire sa vie. Lentement, ses projets prenaient forme dans son esprit et un léger sourire se dessina sur ses lèvres. Il avait hâte de faire part de ses idées à Geneviève et de voir aussi s'il y avait une possibilité de réaliser son rêve bientôt.

* * *

Flora jouait du piano lorsque Wallace se rendit chez les MacGregor. Madame Carter le conduisit dans la pièce où se trouvait Flora. Cette fois-ci, la jeune femme l'entendit arriver et se retourna avant même qu'il ait eu le temps de s'asseoir.

— Jamais je ne me lasserai de vous entendre, Flora ! Vous jouez divinement bien.

— Merci du compliment, Wallace. Que me vaut l'honneur de votre visite ?

— Je me rends à Montréal demain pour quelque temps. Je me demandais si vous aviez envie de m'accompagner pour rendre visite à votre sœur. Cela vous plairait-il ? Évidemment, vous serez libre d'aller où bon vous semble.

— C'est aimable d'avoir pensé à moi. Il y a si longtemps que j'ai vu ma sœur, il me serait agréable de me rendre à Montréal.

— Dans ce cas, je viendrai vous chercher tôt demain matin.

Il ne se pencha pas pour lui prendre la main comme il le faisait chaque fois qu'il la voyait. Il se contenta d'incliner légèrement la tête et sortit du petit salon.

* * *

James était désormais rassuré. Madame Langlois allait bien et le bébé aussi. Il ne se serait pas pardonné si la femme n'avait pas survécu à son accouchement. Sur le chemin du retour, il s'arrêta au village pour s'informer s'il y avait des maisons à vendre. Malheureusement, sa recherche fut infructueuse. Il ne se découragea pas et prit le sentier qui menait à la ferme des Lacombe. C'était la première fois qu'il se rendait chez ses amis en passant par là. La route s'enfonçait dans un boisé et, bientôt, il arriva à une croisée de chemins. Pour se rendre chez les Lacombe, il devait prendre la route à droite. Cependant, il décida de prendre à gauche pour explorer un peu cet endroit qu'il ne connaissait pas. Il arriva dans une clairière et repéra une petite construction en ruines. Il descendit de son cheval et se rendit près des vestiges de ce qui, un jour, avait sans doute été une maison. Les murs en pierre semblaient encore solides, il suffisait de rajouter quelques pierres et de construire un toit et une cheminée. Au centre de la maison se dressait ce qui restait d'un âtre. La maison avait été détruite par un feu des années auparavant, le toit s'était effondré, et James marchait avec peine sur les débris calcinés. Il retourna à sa monture qui broutait tranquillement les herbes hautes de la clairière, revint sur ses pas jusqu'à la bifurcation et prit le chemin qui menait à la ferme des Lacombe.

* * *

François-Xavier se trouvait à l'étable lorsque James arriva. Il alla à sa rencontre et l'invita à entrer pour se réchauffer un peu et aussi pour voir Geneviève. Malgré le printemps hâtif, l'air était encore un peu frais.

— Je préférerais rester dehors. J'irai faire mes salutations à Geneviève si ça ne te dérange pas. Je voudrais te parler de quelque chose si tu as le temps.

— Bien entendu, faisons quelques pas.

James lui expliqua ce qui s'était passé la veille avec son père et sa décision concernant son avenir et celui de Geneviève, si elle le voulait bien. Il lui raconta ce qu'il avait trouvé dans la clairière et l'interrogea sur cette maison.

— Il y a bien des années qu'elle a brûlé. Mon père et ma mère venaient juste de se marier quand il y a eu cet incendie. La famille qui l'occupait a tout juste eu le temps de sortir de la maison. Ils n'ont pas voulu la rebâtir et sont partis je ne sais où. La maison appartient toujours au vieux Gagnon, mais je pense qu'il la laisserait pour une bouchée de pain. Quand nous étions jeunes, nous allions souvent jouer là-bas même si nos parents nous l'interdisaient.

— Penses-tu qu'elle serait encore assez solide pour être rebâtie ?

— Peut-être, elle devrait être renforcée, mais une maison en pierre est toujours la plus résistante qui soit. Je devrais m'y rendre pour voir. Mon père et moi avons reconstruit notre étable il y a quelques années. Je suis un peu charpentier à mes heures, vois-tu ?

— Je vais me rendre de ce pas chez ce Gagnon et me renseigner. Peut-être qu'avec un peu de chance, il me laissera cette maison pour quelques livres ? Je te demande seulement de garder secrète notre discussion et surtout de ne pas en parler à ta sœur. Si tout fonctionne comme prévu, je voudrais lui faire une surprise.

— Tu peux compter sur moi. Je me rendrai là-bas dès que j'aurai le temps.

James serra la main de son ami comme pour clore une affaire et entra pour saluer Geneviève et sa mère.

* * *

Flora était prête lorsque la voiture de Wallace s'arrêta devant chez elle. Il l'aida à monter et se dirigea vers Longueuil pour prendre le bateau qui les conduirait à Montréal.

Flora était silencieuse. Wallace brisa le silence.

— Comptez-vous rendre visite à Jane Hamilton ?

— Je ne sais pas. Une chose est certaine : je profiterai de mon passage à Montréal pour rendre visite à ma nouvelle amie, Elizabeth Ashton.

— Vous lui ferez mes salutations, Flora.

— Pourquoi vous rendez-vous à Montréal, Wallace ?

— Pour régler certaines affaires, Flora, et pour terminer un projet qui me trotte dans la tête depuis un bon moment.

— De quoi s'agit-il ?

— C'est que je suis un peu superstitieux, voyez-vous ? Je préfère attendre qu'il se concrétise avant d'en parler. Dès que je saurai si mon projet a réussi, vous serez la première à qui je confierai mon secret.

Flora sourit à Wallace, très intriguée par ce projet.

* * *

Anne était heureuse de voir sa sœur et l'accueillit chaleureusement à l'intérieur. Elle invita Wallace à entrer, mais celui-ci refusa poliment son offre.

— J'ai encore plusieurs affaires à régler et il se fait déjà tard. Saluez mon ami Alexander de ma part, voulez-vous ?

— Promettez-nous alors, Wallace, que vous vous joindrez à nous pour le repas de demain soir.

— J'essaierai si je le peux, merci pour l'invitation, Anne. Je vous laisse, mesdames, portez-vous bien.

Wallace salua Anne et Flora. Anne soupira en le voyant s'éloigner, prit Flora par le bras et, en refermant la porte, elle lui dit à quel point elle le trouvait charmant.

* * *

Le lendemain de son arrivée à Montréal, Flora profita du temps plus doux pour faire une promenade dans les rues de la ville. Elle respirait à pleins poumons l'air frais du printemps et surtout le vent humide qui venait du fleuve. En début d'après-midi, elle se fit conduire chez Elizabeth par Alexander qui devait voir un patient. Un domestique prit son manteau et son chapeau puis l'invita à attendre mademoiselle Ashton dans le petit salon. Flora attendit quelques minutes et son amie vint l'accueillir à bras ouverts.

— Comme je suis heureuse de te voir, Flora ! Je ne m'attendais pas à ta visite si tôt ! Il me ferait un immense plaisir que tu restes dîner, d'ailleurs, je suis persuadée que mes parents voudront te rencontrer. Je leur ai si souvent parlé de toi. Ils se sont absentés pour la journée, mais je suis certaine que ma mère s'en voudrait d'avoir manqué ta visite.

— Je serais ravie d'accepter, mais je dois prévenir ma sœur.

— Je vais, dans les minutes qui suivent, envoyer un messager la prévenir. Viens, suis-moi, et allons bavarder tranquillement.

Elizabeth conduisit Flora dans la vaste demeure de pierres et lui en fit visiter les moindres recoins. Flora trouvait une ressemblance entre la maison des Ashton et celle de ses parents. Les pièces étaient chaleureuses et décorées avec goût. La bibliothèque était cependant nettement moins imposante que celle de son père. Elizabeth conduisit Flora dans une petite pièce où se trouvaient une petite table en acajou et quatre chaises confortables. Une grande fenêtre donnait sur la rue et, derrière les imposantes draperies de velours vert forêt, on pouvait observer les passants. Elizabeth sonna une petite cloche et invita Flora à s'asseoir. Une servante ne tarda pas à arriver avec un plateau contenant un service à thé en porcelaine. Elle le posa sur la table, Elizabeth la remercia. La domestique sortit en refermant la porte derrière elle. Elizabeth versa une tasse de thé à Flora.

— C'est mon endroit préféré pour prendre le thé. On peut voir les passants tout en étant confortablement assise à l'intérieur.

— C'est un magnifique endroit, en effet.

— Mes parents passent de moins en moins de temps à la maison. Mon père s'occupe de son magasin ; il y a investi toute sa vie et ma mère passe ses journées à s'occuper d'œuvres de charité ou à rendre visite à ses amies. Je suis leur seule fille encore vivante, mes parents ont perdu deux enfants en bas âge et mon frère Georges est décédé du choléra il y a quelques années. La maison est de plus en plus tranquille. Je suis presque toujours seule maintenant. Alors, je suis vraiment très heureuse d'avoir de la compagnie.

— Tes parents vont se retrouver seuls dans cette grande maison après ton mariage avec William.

— Non, William et moi avons décidé d'habiter ici. Mes parents sont ravis et William a proposé à mon père de reprendre son magasin. C'est un peu comme s'il n'avait pas perdu son unique fils. William sera un très bon commerçant. Nous allons donc nous établir définitivement à Montréal. J'ai beaucoup aimé le charme de ton village, Flora, tu as beaucoup de chance d'y habiter.

— J'espère que tu nous rendras visite prochainement.

— J'y compte bien ! Je te considère comme une amie, Flora. Jane essaye de se rapprocher de moi, je vais épouser son frère, nous pourrions être des amies intimes. Mais j'en doute. Jane est une personne superficielle et nous n'avons pas beaucoup de points en commun.

— C'est bien dommage que Jane ne se rende pas compte à quel point tu es quelqu'un de valeur. Il semble que William l'ait compris tout de suite ! William est quelqu'un de très bien, c'est d'ailleurs presque le seul homme que j'aie rencontré qui écoute avec attention les opinions d'autrui.

— William est très respectueux des idées de tous et de chacun. Nous avons beaucoup de points communs. Qui sont les autres hommes qui savent écouter l'opinion d'une femme ?

— Mon frère James a toujours fait preuve d'une écoute attentive concernant mes points de vue ainsi que François-Xavier Lacombe, le jeune homme que tu as rencontré lors de ta visite.

— Comment aurais-je pu l'oublier ? Ce grand gaillard qui n'avait d'attention que pour toi, Flora !

— Arrête de me taquiner comme ça, Elizabeth !

À cet instant, la servante frappa discrètement à la porte et débarrassa la table des tasses vides. Elle annonça que madame Ashton était rentrée. Elizabeth se leva et entraîna Flora vers la porte. Elle avait hâte de présenter son amie à sa mère.

* * *

Wallace arriva chez Anne comme convenu pour le repas du soir. Il demanda à voir Flora. Anne s'excusa en lui disant que sa sœur avait été invitée à rester chez son amie Elizabeth. Wallace était quelque peu déçu de ne pas la trouver là, il avait hâte de lui faire part de son projet qui se concrétisait. Il voulait à tout prix que Flora soit la première à être mise au courant de la bonne nouvelle. En fait, cette dernière était la seule à qui il voulait confier ses projets. Il ne voulait pas l'effrayer en lui proposant tout de suite le mariage, préférant tâter le terrain. S'il pouvait d'abord gagner son amitié, la demande en mariage viendrait couronner le tout et serait accueillie non pas avec méfiance, mais comme faisant partie du cours normal des choses. Alexander l'invita au salon pour prendre un apéritif avant le dîner et Wallace leva son verre en pensant à ses projets.

* * *

Flora venait de terminer son assiette et écoutait Matthew Ashton raconter comment s'était passée sa journée. Il avait rencontré plusieurs clients dont Wallace Callaghan. Elizabeth expliqua à son père que Wallace était venu à Montréal en compagnie de Flora et qu'il était un ami de la famille MacGregor.

— Monsieur Callaghan est un client distingué et un admirable jeune homme. Vous êtes une MacGregor, Flora ? Je me souviens, maintenant, je crois connaître votre père, John Henry, c'est bien cela ?

— Exactement, monsieur.

— Que devient donc le docteur MacGregor ? Quand il habitait Montréal, il m'est arrivé à quelques occasions d'avoir recours à ses connaissances médicales.

Flora raconta à monsieur Ashton que son père prenait désormais une retraite méritée et que son fils avait pris la relève. Margaret Ashton se tourna vers son mari et lui dit avec beaucoup de tendresse :

— Matthew, tu devrais reprendre un peu de ce délicieux rôti et cesser de harceler mademoiselle MacGregor avec toutes tes questions.

— Margaret, ma chère, je ne pense pas que mademoiselle MacGregor soit importunée par mes questions, mais pour ce qui est du rôti, j'en prendrais volontiers une autre tranche.

Flora observait le couple formé par Matthew et Margaret Ashton. Ils semblaient en si parfaite harmonie. Flora se rendit compte à cet instant qu'elle n'avait jamais entendu ses parents converser de cette façon. John Henry était toujours préoccupé par ses lectures et Katherine était souvent silencieuse. Elle fixa son assiette avec tristesse. Voyant que son amie semblait perdue dans ses pensées, Elizabeth la poussa du coude et lui sourit. Flora lui rendit son sourire en s'efforçant de repousser les sombres pensées qui l'avaient assaillie. Elle venait de comprendre que ses parents ne s'étaient peut-être jamais aimés. Cette pensée lui avait glacé le sang. Elle devait à tout prix réussir sa vie en faisant un mariage d'amour et non de raison, comme sa mère l'avait sans doute fait des années auparavant.

* * *

Quand Flora rentra chez sa sœur, Wallace était déjà parti depuis un moment. Il s'était excusé de devoir partir tôt et avait dit à Anne de prévenir Flora qu'il passerait la chercher le lendemain pour rentrer à Chambly. Flora était un peu déçue de devoir repartir si tôt, mais elle préférait rentrer avec Wallace plutôt que de revenir seule. Anne avait attendu avec impatience le retour de sa sœur pour que celle-ci lui raconte comment s'était passée sa journée.

— La prochaine fois que tu seras de passage à Montréal, je veux absolument que tu me présentes Elizabeth. Je serais si heureuse de la rencontrer. Tu as beaucoup de chance d'avoir une amie comme elle.

— J'ai beaucoup de chance d'avoir des amies comme Geneviève et Elizabeth.

Flora salua Alexander et s'excusa : elle avait sommeil et, le lendemain, Wallace viendrait la chercher tôt.

* * *

Le cocher installa la malle de Flora dans la voiture et les deux soeurs s'embrassèrent. Wallace aida Flora à monter. La calèche s'ébranla et les deux voyageurs se retrouvèrent seuls, assis l'un devant l'autre. Flora engagea la conversation en demandant à Wallace si ses affaires avaient été concluantes. Celui-ci se contenta de sourire en lui disant qu'elle ne tarderait pas à le savoir. Ils parcoururent quelques rues puis Wallace fit arrêter la voiture devant une grande maison en pierre. Flora lui demanda pourquoi la voiture s'arrêtait.

— J'ai quelque chose à vous montrer, descendons.

Le cocher ouvrit la porte, Wallace descendit le premier puis tendit la main à Flora. Il se tourna en pointant du doigt l'immense bâtiment.

— Que pensez-vous de cette maison, Flora ?

— Je n'ai jamais vu une aussi grande demeure ! Elle est très belle.

— Je suis ravi qu'elle vous plaise, figurez-vous que j'en suis l'heureux propriétaire. J'ai de plus en plus d'affaires à régler à Montréal, je compte m'installer ici, dans ma nouvelle acquisition.

— Vous allez quitter Chambly ?

— Je garde ma maison là-bas, elle me servira de maison de campagne ; je dois dire que la ville me manquait beaucoup. Chambly est un beau village, mais un peu trop tranquille pour moi, je l'avoue. J'adore l'effervescence de Montréal et les soirées mondaines.

— Félicitations pour votre nouvelle acquisition, Wallace !

— Vous êtes la première au courant de mes projets.

— Je suis touchée de la confiance que vous me témoignez.

— Vous êtes une amie que j'apprécie beaucoup. Venez, je vous fais visiter.

Wallace l'entraîna à l'intérieur de l'immense résidence. Il y avait encore quelques meubles que le jeune homme avait voulu conserver, mais la plupart seraient importés de Londres. Wallace conduisit Flora dans des pièces toutes plus grandes les unes que les autres. L'immense escalier, au centre de la maison, menait à l'étage, où se trouvaient huit chambres. La chambre principale, la plus spacieuse, était éclairée par une immense fenêtre avec une porte et un balcon qui dominaient l'arrière-cour. Flora regarda par la fenêtre et découvrit un magnifique jardin. En redescendant, Wallace la conduisit dans une pièce gigantesque, la salle de bal. Au centre se trouvait un piano.

— Quand j'ai vu cet instrument, j'ai tout de suite pensé à vous. Je vous imaginais interpréter un des concertos que j'ai eu la chance de vous entendre jouer.

Flora se pencha sur le piano et effleura les touches de ses doigts. Wallace lui sourit et dit :

— Il est un peu désaccordé, je pense, tout comme cette maison, mais avec un peu de soin, il produira la plus merveilleuse des musiques.

— Votre nouvelle maison est vraiment très belle et, dans quelque temps, elle sera la plus luxueuse de tout Montréal, j'en suis certaine.

Wallace regarda un instant Flora. Il aurait voulu la prendre dans ses bras et lui dire qu'il avait acheté cette maison pour elle et qu'elle pouvait la décorer comme bon lui semblait. Il aurait voulu lui dire qu'il la désirait comme femme et comme mère de ses enfants. Ses enfants qu'il pouvait imaginer courant dans la maison et dans le jardin. Il se retint ; le temps n'était pas encore venu de lui faire part de ses projets. Il la regardait se promener avec grâce au beau milieu de la salle de bal et il se vit la faire tournoyer au son de la musique. Il ne doutait pas un seul instant qu'elle pouvait refuser de devenir sa femme. Il savait qu'elle l'épouserait un jour ou l'autre. Au moment propice.

15

Les beaux jours chauds du début de l'été s'installèrent définitivement. Chaque dimanche, François-Xavier, Geneviève, James et Flora se retrouvaient au même endroit pour discuter. Parfois, Étienne se joignait à eux, mais il était de plus en plus distant avec François-Xavier et surtout avec Geneviève. Les assemblées avaient toujours lieu un peu partout dans le Bas-Canada malgré la proclamation du 15 juin du gouverneur Gosford contre la tenue de tels rassemblements.

Le village de Chambly n'avait pas été épargné par les mobilisations pour dénoncer le gouvernement. Le 1er juin, James, Flora, François-Xavier, Geneviève, Jean-Baptiste leur frère, Joseph et Étienne y étaient allés. Flora était restée surprise de voir autant de personnes réunies pour la même cause. Le fait de se rendre à l'assemblée lui avait fait comprendre à quel point il était désormais essentiel que la population réagisse. Cependant, elle n'approuvait pas la montée de violence qui semblait se préparer. Peut-être que le peuple pouvait se faire entendre par ses représentants à la Chambre d'assemblée. Elle ne croyait pas au recours à la force pour faire comprendre au gouvernement que tous en avaient assez.

John Henry, ayant appris que sa fille avait participé à l'assemblée, était entré dans une colère noire. Katherine avait réussi à l'apaiser en lui disant que leur fille avait assez de jugement pour peser le pour et le contre. Grâce à sa mère, James n'avait pas eu droit aux reproches de John Henry. Celui-ci s'était contenté de dire à son fils qu'il n'approuvait toujours pas ses idées politiques. En fait, John Henry ignorait presque James à présent. Cette attitude incitait le fils à prendre rapidement une décision.

James était allé rencontrer le propriétaire de la maison qu'il avait vue. Le vieux Gagnon avait accepté de la lui vendre et James attendait dorénavant que François-Xavier inspecte les lieux pour lui dire s'il pouvait l'aider à reconstruire une maison sur ces ruines ou tout simplement en construire une nouvelle. Il avait hâte d'être fixé dans ses projets, car il mourait d'envie d'en faire part à Geneviève.

* * *

Flora était allée accueillir Elizabeth à Longueuil la veille. Celle-ci venait passer quelque temps à Chambly. Les deux amies s'étaient couchées très tard ce soir-là. Elles avaient discuté de tout ce qui s'était passé dans leur vie depuis leur dernière rencontre. Le mariage d'Elizabeth était prévu pour l'automne. Flora était sincèrement heureuse pour son amie. William ferait un excellent mari. D'ailleurs, il devait venir chercher Elizabeth à la fin de son séjour à Chambly.

Le lendemain de son arrivée, Flora avait amené Elizabeth au lieu de rassemblement du dimanche, près de la rivière. Geneviève et Elizabeth étaient très vite devenues amies, au grand bonheur de Flora. Les trois jeunes femmes étaient assises à l'ombre d'un arbre, près de la rivière. James et François-Xavier se trouvaient un peu plus loin et pêchaient en discutant tranquillement. Elizabeth se leva et marcha dans les champs pour cueillir quelques fleurs sauvages.

— J'ai toujours rêvé de courir à travers champs cueillir des fleurs ! À Montréal, il était hors de question de le faire, qu'aurait dit la bonne société ? Mais ici, tout est permis.

— Va assouvir tes envies, ma chère Elizabeth ! Je te conseille même de t'allonger au beau milieu du champ sur cette couverture et de remplir tes poumons de l'odeur de l'herbe fraîche.

— Viens-tu avec moi, Flora ?

— Non, j'ai déjà eu la chance de profiter de ce champ et je voudrais rester un peu à l'ombre, il fait si chaud !

LES ROUTES DE LA LIBERTÉ

— Et toi, Geneviève, j'imagine que tu veux te reposer toi aussi ? Tant pis, je reviens tout à l'heure.

Elizabeth partit en laissant Geneviève et Flora discuter tranquillement à l'ombre de leur gros chêne. Geneviève se pencha vers Flora.

— Elizabeth est quelqu'un de formidable, Flora ! Je suis heureuse que tu me l'aies présentée.

— Tu as raison, c'est une très bonne personne, je lui souhaite beaucoup de bonheur. Elle va se marier à l'automne avec William Hamilton.

— Je crois que tu m'as déjà parlé de lui.

— Bien sûr, il a presque été mon cavalier au bal du gouverneur.

— Je me souviens maintenant, Wallace Callaghan avait passé la soirée avec sa sœur ?

— C'est bien cela. William est quelqu'un de très respectueux, je suis persuadée qu'Elizabeth fera un excellent mariage.

— Elle a bien de la chance qu'il l'ait demandée en mariage ! Moi, j'attends toujours impatiemment que James me fasse sa demande officielle.

— Je croyais qu'il voulait t'épouser.

— Il m'a dit qu'il le voulait, mais il n'en a pas parlé à mon père, et encore moins à votre père.

— Je comprends que tu t'impatientes. Je crois que James attend le moment propice.

— Peut-être a-t-il changé d'avis et il ne sait plus comment me l'annoncer ? Je suis tellement triste que ces sombres pensées commencent à me hanter de plus en plus.

— Tu ne devrais pas laisser le doute s'installer dans ton esprit. James t'aime, j'en suis persuadée ; seulement je m'étonne qu'il n'ait pas entrepris de démarche. Si tu le veux, j'essaierai de lui en glisser un mot quand j'en aurai l'occasion.

— J'ai un peu peur qu'il sente que je le presse.

— Ne t'en fais pas, Geneviève, je peux être très subtile.

Flora éclata de rire et Geneviève fit de même. Elizabeth revint les bras chargés de marguerites. Elle les déposa devant les deux amies et se rassit dans l'herbe.

— J'ai dû me limiter, mais, s'il n'en avait été que de moi, je les aurais toutes cueillies. Je me demande si William a déjà vu un aussi bel endroit. Je me promets de l'amener ici un jour. Qui sait, peut-être aimerait-il pêcher avec vos frères ? Tiens, voilà justement nos pêcheurs qui reviennent. Je me demande si nous avons du poisson pour le dîner de ce soir. J'espère bien ; courir dans les champs m'a creusé l'appétit !

Les trois jeunes filles s'étendirent dans l'herbe fraîche, tenant chacune une marguerite. Geneviève et Elizabeth pensaient à leurs amoureux respectifs en contemplant leur fleur. Flora se demandait bien qui ferait battre son cœur un de ces jours.

* * *

Flora et Elizabeth étaient rentrées tout comme Geneviève. Avant de retourner chez eux, James et François-Xavier s'étaient rendus dans la clairière pour voir si la construction d'une maison sur les ruines de l'ancienne était possible. François-Xavier attendait l'arrivée de son père. Joseph avait construit quelques maisons lorsqu'il était plus jeune et il pourrait donner de meilleurs conseils à James.

François-Xavier inspectait les environs lorsque Joseph arriva près des ruines. Il examina avec beaucoup d'attention ce qui restait de la maison des Bouchard puis, s'adressant à James, il dit :

— Les fondations sont encore stables. Avec un peu de travail, tu réussiras à rebâtir une maison solide ici si tu veux. À condition, bien sûr, que le vieux Gagnon consente à te céder le terrain.

— Pour ce qui est du terrain, monsieur Gagnon a accepté de me le vendre à un prix très raisonnable. Il n'en avait que faire, en fait. Je pense que mon offre l'a soulagé. Il pense même que je suis un peu fou de vouloir rebâtir quelque chose ici.

James sourit et Joseph lui serra la main chaleureusement.

— Alors je suis heureux de savoir que tu seras certainement notre prochain voisin. Je pense que ce sera bien pratique d'avoir un médecin comme voisin d'ailleurs. Marie-Louise sera heureuse d'apprendre cette nouvelle.

* * *

Il pleuvait beaucoup ce jour-là et Flora était désolée d'être confinée à l'intérieur avec Elizabeth. Elle aurait voulu amener son amie faire une promenade à cheval. James avait pris la voiture pour se rendre au village et Flora devait rester à l'intérieur. Elizabeth avait dit à son amie qu'elle aimait bien rester dans la maison par jour de pluie. Les deux amies avaient joué quelques morceaux de piano puis s'étaient installées dans le petit salon avec Katherine pour faire de la broderie.

Wallace avait profité de cette journée pour rendre visite à la famille MacGregor. Il avait semblé heureux de revoir Elizabeth Ashton et l'avait félicitée de son prochain mariage. Puis, s'excusant auprès des deux jeunes femmes, il se rendit à la bibliothèque pour discuter avec John Henry.

Katherine laissa Flora et Elizabeth et se rendit à la cuisine pour discuter du repas du soir avec madame Carter. Elizabeth posa sa broderie puis s'assit près de Flora.

— Je ne me suis jamais sentie à l'aise en présence de Wallace Callaghan. Il est tellement présomptueux ! Je ne sais comment tu fais pour supporter sa présence.

—Je ne me suis pas encore habituée. Mes parents l'aiment beaucoup et apprécient sa compagnie. Je reste courtoise avec lui même si j'ai souvent envie de lui demander de partir.

— Et je te comprends !

— Tu sais ce que j'aime chez toi, Elizabeth ? Tu es une personne honnête et je trouve cela remarquable dans notre société.

— Et toi, sais-tu ce que j'aime chez toi, Flora ? Tu es la meilleure amie que l'on puisse avoir.

Elizabeth embrassa Flora sur la joue et reprit tranquillement sa broderie en regardant la pluie glisser en serpentant sur les carreaux.

* * *

James s'était rendu chez monsieur Gagnon malgré le mauvais temps, ayant trop hâte de conclure cette affaire. Il s'imaginait déjà dans cette maison avec sa douce Geneviève et tous les enfants qu'ils auraient. Au début, ils devraient se serrer la ceinture, et un jour, ils vivraient peut-être confortablement, comme son père. L'indifférence de John Henry avait poussé James à agir. Dorénavant, il espérait le jour où il lui annoncerait qu'il quittait la maison familiale pour voler de ses propres ailes. Ce jour était presque arrivé et James poussa un soupir de soulagement.

Après avoir réglé les arrangements avec monsieur Gagnon, James se rendit chez les Lacombe. Il ne pouvait plus attendre pour annoncer la bonne nouvelle à Geneviève. François-Xavier lui avait fait part de sa conversation avec elle et des inquiétudes de la jeune femme. James avait pris sa décision.

Il s'arrêta quelques instants sur ce qui était désormais sa terre et repartit en direction de la maison de Joseph Lacombe. La pluie s'était enfin arrêtée, et James était rempli d'espoir lorsque Marie-Louise l'invita à entrer. Geneviève l'accueillit et l'invita à s'asseoir. Il refusa poliment son offre et lui demanda si elle pouvait faire une promenade avec lui quelques instants. Marie-Louise laissa sa fille partir.

James aida Geneviève à monter dans la voiture et la conduisit dans la clairière. Il l'aida à descendre et l'amena près des ruines.

— Tu vois ici, bientôt, notre cheminée s'élèvera au milieu de la clairière. Là-bas, tu pourras faire ton potager avec tous les légumes qu'il nous faudra.

— Tu veux dire que tu vas construire une maison ici ?

— Non, pas une maison Geneviève, notre maison. Je viens tout juste d'acheter ce petit bout de terre.

— Je n'arrive pas à y croire.

— C'est pourtant vrai, mon amour, cette maison sera la nôtre si tu acceptes de m'épouser.

— J'attends ce moment depuis si longtemps, James ! Oui, je veux devenir ta femme.

James prit Geneviève dans ses bras et l'embrassa en la faisant tournoyer.

— Alors, si tu acceptes de m'épouser, allons annoncer la bonne nouvelle à ton père. Il me faut son accord.

— Je n'ai pas peur, je sais qu'il va t'accorder ma main.

— Dans ce cas, allons-y avec toute la confiance du monde.

* * *

Joseph finissait de rentrer ses bêtes à l'étable lorsque Geneviève arriva avec James. Le père suivit sa fille dans la maison. Geneviève demanda à ses parents un petit moment d'attention. Marie-Louise et Joseph s'assirent et attendirent que Geneviève leur dise ce qui se passait. À leur grand étonnement, James prit la parole.

— J'ai enfin fait mon offre à monsieur Gagnon et il l'a acceptée. Je suis votre nouveau voisin !

— Félicitations, mon garçon ! J'ai dit à Marie-Louise à quel point je serais content d'avoir un médecin tout près de la maison.

— Je ne suis pas venu ici aujourd'hui uniquement dans le but de vous annoncer mon achat, mais aussi pour vous dire à quel point j'aime votre fille. Si vous le permettez, j'aimerais qu'elle devienne ma femme. Je l'épouserai dès que ma maison sera construite. Soyez certains que je serai le meilleur mari du monde.

Geneviève regarda ses parents à la dérobée. Elle s'était rapprochée de James et lui avait pris la main. Marie-Louise s'essuya le coin de l'œil avec un mouchoir. Joseph se leva et s'approcha de James. Il lui tendit la main et dit :

— Je suis heureux de te donner la main de ma fille. Elle sera très heureuse avec toi, j'en suis certain. De plus, elle ne sera jamais bien loin de la maison. Bienvenue dans la famille, mon garçon !

* * *

Flora vit James revenir de chez les Lacombe. Il marchait d'un pas léger et semblait beaucoup plus heureux qu'il ne l'avait été les semaines précédentes. Pendant qu'Elizabeth s'exerçait au piano, Flora attendit que James soit monté dans sa chambre pour le suivre. Elle frappa discrètement à la porte. James ouvrit et la laissa entrer en prenant soin de refermer la porte.

— Que se passe-t-il, James ? Tu as l'air si heureux !

— C'est fait ! Je vais épouser Geneviève. Monsieur Lacombe m'a donné son consentement. Dès que je serai établi, j'amène Geneviève devant l'autel et nous allons devenir époux légitimes !

— Je suis si heureuse pour vous deux ! Qu'a dit notre père de tout ceci ?

— Il n'a rien dit, il n'est pas encore au courant.

— Quand comptes-tu le lui dire ?

— Dès que ma maison sera en état d'être habitée, car, vois-tu, je crains fortement qu'il m'ordonne de quitter son toit. Son fils qui épouse la fille d'un habitant et une catholique par-dessus tout !

— Ta maison ? De quoi veux-tu parler ?

James raconta à Flora comment il avait acquis le terrain de la clairière. Bientôt, il y aurait une maison bien à lui.

— Je suis heureuse pour toi, James ; je suis surtout heureuse que tu aies décidé de vivre ta vie et non celle imposée par notre père. Je crains cependant une forte réaction de sa part. Tu as peut-être raison d'attendre avant de lui faire part de tes projets de mariage.

— Je trouve quand même dommage que notre père soit aussi autoritaire. Il sera absent à mon mariage, j'en suis certain.

— Moi, je serai présente et fière de mon frère.

Flora embrassa James sur la joue et sortit en laissant son frère rêver au jour de son mariage qui n'était plus si lointain.

* * *

Pendant que James faisait part de ses projets de mariage à Flora, d'autres projets du genre étaient en train de s'échafauder.

Wallace profita que John Henry lui parle de sa famille pour lui dire ce qu'il caressait concernant Flora.

— Vous savez, John Henry, je me suis beaucoup attaché à votre famille. En m'accueillant en ami comme vous l'avez fait, vous m'avez prouvé que les liens familiaux sont très importants. Je n'ai pas eu la chance de connaître ce qu'était une famille.

— Vous êtes plus qu'un ami, je vous considère presque comme un fils, Wallace.

— Vous me touchez beaucoup, John Henry. Je crains aussi qu'en m'attachant à votre famille, je me sois pris d'affection pour votre fille. J'ai attendu d'être certain de mes sentiments avant de vous faire part de tout ceci. Je vous prie, au nom de notre amitié, de m'accorder la main de Flora.

— J'en serais très fier, Wallace. Je pense que Flora ne pourrait trouver meilleur mari.

— Et moi, je ne pouvais trouver meilleure femme. Je suis si heureux que vous m'accordiez votre consentement.

— Que vous a-t-elle dit concernant votre demande en mariage ?

— Rien encore, elle n'est pas au courant. Je voulais vous faire part de mes projets avant.

— Vous avez bien fait, il est toujours essentiel d'obtenir le consentement du père de la mariée.

— Je vous prie donc, John Henry, de bien vouloir me laisser lui faire ma demande avant que vous ne lui en parliez.

— Bien entendu, Wallace.

— Soyez certain que je mettrai tout en œuvre pour rendre votre fille heureuse. D'ailleurs, récemment, j'ai conclu l'achat d'une maison à Montréal où je projette de m'établir définitivement.

Bien entendu, je compte garder ma maison à Chambly. Vous pourrez voir votre fille quand bon vous semblera.

— Flora sera heureuse à Montréal auprès de sa sœur.

John Henry se leva pour remplir le verre de cognac de Wallace et en profita pour lever son verre en l'honneur du futur mariage.

* * *

Lorsque William Hamilton arriva à Chambly pour chercher Elizabeth, Katherine et John Henry insistèrent pour qu'il ne reparte que le lendemain. Flora et Elizabeth profitèrent de l'occasion pour lui faire visiter les environs. Les deux jeunes femmes le conduisirent près de la rivière, puis tous se rendirent dans la clairière pour voir comment avançaient les travaux de construction de la maison de James et Geneviève.

Flora aperçut son frère et François-Xavier. Elle en profita pour leur présenter William, le fiancé d'Elizabeth. Puis, elle laissa les deux fiancés un peu seuls et James lui montra où en étaient les travaux. Flora souriait en pensant qu'elle avait hérité de la tâche de chaperonner son amie.

Elizabeth et William marchaient plus loin et se racontaient à quel point ils avaient eu hâte de se revoir. Flora regardait le couple en rêvant. Elle avait hâte de partager cette intimité avec un homme. James la tira de ses rêveries.

— Je pense que tu ne remplis pas ta fonction de les surveiller tous les deux. Tu devrais les suivre de plus près.

— Si je t'avais surveillé de plus près, peut-être ne serais-tu pas fiancé aujourd'hui? Tu devrais me remercier au lieu de m'embêter.

James éclata de rire et François-Xavier se rapprocha pour savoir ce qui faisait rire son ami.

— C'est vrai que nous aurions dû les surveiller de plus près, Flora ! Je regrette parfois de ne pas l'avoir fait. Imagine à quel point James me casse les oreilles à propos de Geneviève. Il ne cesse de parler d'elle. J'ai bien hâte qu'ils soient mariés tous les deux, nous pourrons alors nous reposer un peu !

16

L'été touchait à sa fin et l'automne commençait à faire rougir les feuilles des arbres. Dans bien des maisons du Bas-Canada, la vie suivait son cours malgré la montée du sentiment de rébellion. Cet été-là, le mot d'ordre des diverses assemblées avait été de ne plus consommer de produits importés pour montrer le mécontentement des habitants du Bas-Canada à l'égard de Londres. Au Parlement, les députés patriotes avaient même siégé, vêtus de l'étoffe du pays. Ainsi, les députés si élégants portaient maintenant des vêtements fabriqués dans la colonie et arboraient fièrement la ceinture fléchée sur leur redingote d'étoffe grise. Ils proposèrent d'entreprendre des négociations pour apporter des correctifs au régime parlementaire. Les députés ayant refusé de voter pour le budget du gouvernement, le gouverneur n'eut d'autre choix que de clore la session parlementaire.

Un peu partout, on se préparait au pire. Les tentatives de conciliation entre le gouvernement et les députés avaient échoué. Le colonel Colborne surveillait de plus près les différents foyers de rébellion, notamment dans la vallée du Richelieu et dans le nord de Montréal. Une association fut créée par plusieurs jeunes hommes dans le but de s'organiser pour protester contre le gouvernement. Cette association, les Fils de la liberté, en plus d'une aile politique, comprenait aussi une aile militaire dirigée par Thomas Storrow Brown, un journaliste anglophone et patriote.

James était aussi préoccupé par les différentes manifestations politiques que par la construction de sa maison. Il décida de se joindre aux Fils de la liberté et, le 5 septembre, il se rendit à Montréal, à l'hôtel Nelson, fonder officiellement cette association.

Il prêta serment, comme près de 500 autres hommes, et la réunion se termina par une parade dans les rues de la ville.

Flora profitait des dernières journées chaudes de l'automne pour se promener à cheval. Elle se rendait aussi souvent qu'elle le pouvait dans la clairière pour voir où en était la construction de la maison de James et Geneviève. Elle y avait croisé son amie à plusieurs reprises et les deux jeunes femmes avaient discuté du mariage qui aurait probablement lieu au début du printemps. James tenait à ce que la maison soit prête et Geneviève voulait avoir le temps de préparer son coffre d'espérance.

En ce matin du mois de septembre, Flora se leva de bonne heure et partit à cheval. Elle voulait revenir tôt pour écrire une lettre à Anne et à Elizabeth. Elle désirait aussi se rendre dans la clairière, car Geneviève et elle s'y étaient donné rendez-vous l'après-midi-même.

Elle galopait depuis quelque temps lorsqu'elle décida de s'arrêter pour que Lady puisse se reposer. Elle quitta le chemin pour marcher un peu dans le bois. La rosée mouillait les feuilles des arbres tombées un peu tôt en cette saison. Flora ferma les yeux pour respirer pleinement l'odeur particulière de cette matinée d'automne. Bientôt, le parfum épicé des feuilles mortes laisserait place à la froideur de l'hiver. Elle trouva une souche et s'assit en contemplant la nature qui déployait ses couleurs devant elle. Flora entendit des pas et se retourna précipitamment. Elle fut soulagée de voir Wallace venir vers elle.

— Je m'excuse de vous avoir fait peur, Flora, j'étais certain d'avoir reconnu votre cheval. Je suis heureux de vous trouver ici. Quelle journée splendide ! Moi aussi j'ai décidé de profiter de ces dernières belles journées d'automne. Bientôt, le temps sera maussade et il pleuvra presque tous les jours.

— C'est vrai que c'est une belle journée.

— Puis-je m'asseoir quelques instants près de vous, Flora ?

Flora lui indiqua une grosse pierre tout près d'elle.

— Je dois dire que ce n'est pas le siège le plus confortable que je connaisse, mais il est tout de même au beau milieu de la nature.

— Avez-vous commencé à meubler votre maison de Montréal ?

— La plupart de mes meubles sont commandés, j'attends leur arrivée prochainement. J'espère m'installer à Montréal avant l'hiver.

— Je ne croyais pas que vous nous quitteriez si tôt, Wallace. Il est vrai que la ville est assez réjouissante en hiver. L'isolement y est beaucoup moins important qu'à Chambly.

Flora se leva et secoua sa jupe pour la nettoyer des morceaux d'écorce qui étaient restés collés. Wallace se leva et se rapprocha d'elle. Il lui prit la main.

— Je crois que je devrais rentrer. J'ai beaucoup à faire aujourd'hui. Voulez-vous que nous rentrions ensemble, Wallace ?

— Je voudrais vous parler, Flora. C'est très important, si vous me le permettez.

Wallace lui tenait toujours la main. Flora était une fois de plus mal à l'aise de la présence de Wallace et, pendant quelques secondes de silence, elle redouta le pire.

— Depuis votre arrivée à Chambly, Flora, mes pensées sont constamment tournées vers vous. Je sais que vous ne ressentez pas les mêmes sentiments que moi, mais, avec le temps, vous pourriez éprouver de la tendresse et peut-être même de l'amour. Épousez-moi, Flora.

Flora libéra sa main, recula d'un pas et regarda Wallace.

— Je ne peux pas vous épouser. Ce serait malhonnête de ma part de vous laisser espérer que j'éprouve des sentiments pour vous. Je vous respecte, Wallace, mais ce n'est pas suffisant, hélas, pour vous épouser.

— Votre père m'a donné son consentement.

— Je suis la seule à pouvoir décider ! Qu'importe ce à quoi mon père consent !

— Je pense au contraire que, dans notre cas, le consentement de votre père est très important.

— Je ne comprends rien à ce que vous me dites. Laissez-moi maintenant !

Flora tourna les talons, mais Wallace la retint par le bras.

— Vous m'épouserez, ma chère, que vous le vouliez ou non !

— Lâchez-moi, Wallace, vous me faites mal !

Wallace desserra son étreinte, mais il continua à la tenir par le bras.

— Soyez raisonnable, Flora ! Vous ne savez pas la chance que vous avez que je jette mon dévolu sur vous, ma chère. Toutes les femmes du Bas-Canada souhaiteraient m'avoir comme mari.

— C'est ce que vous croyez ! Je pense qu'en vous connaissant mieux, elles changeraient d'idée.

— Vous êtes injuste, Flora, de me traiter ainsi, je vous offre tout ce qu'une femme pourrait rêver d'avoir. Cette maison que j'ai achetée à Montréal, je l'ai achetée pour vous.

— Et vous pensez pouvoir m'acheter aussi ? Je ne suis pas une chose que vous pouvez convoiter à votre guise. Vous savez, ce qui est méprisable chez vous, c'est votre assurance. Vous pensez que parce que vous êtes riche le monde entier se doit d'être à vos pieds. Je refuse catégoriquement de vous épouser. Maintenant, laissez-moi passer !

— Je ne veux pas vous acheter, Flora, tout ce que je veux c'est que vous deveniez ma femme et, comptez sur moi, vous le deviendrez !

Flora lui jeta un regard rempli de colère avant de lui tourner le dos et de repartir au galop sur son cheval.

* * *

John Henry se trouvait dans sa bibliothèque lorsque Flora y entra comme une furie. Elle claqua la porte derrière elle. John Henry leva les yeux de son journal.

— Calme-toi, ma fille ! Que veux-tu ?

— Comment pourrais-je me calmer ? Vous avez organisé mon mariage avec Wallace sans mon consentement, sans même m'en parler d'abord. Comment avez-vous pu ?

— Wallace Callaghan est un homme respectable. Un père ne veut-il pas ce qu'il y a de mieux pour sa fille ?

— Vous voulez me voir malheureuse dans un mariage avec un homme que je méprise plus que tout. Il est imbu de lui-même et je le déteste. Vous ne pouvez pas me forcer à l'épouser.

— Ta sœur est très heureuse avec Alexander, pourtant, au début, elle ne voulait pas l'épouser.

— Jamais je ne pourrai être heureuse avec un homme qui dirigera ma vie comme Wallace le fera.

— Justement, ma fille, je crois que ça te fera le plus grand bien ! Maintenant, la discussion est close. Tu vas épouser Wallace, un point c'est tout !

— Jamais, vous entendez ?

Flora sortit de la bibliothèque et se dirigea vers l'écurie presque en courant. Elle passa devant Katherine sans la voir. Cette dernière avait été témoin de la vive discussion entre sa fille et son mari. Elle n'approuvait pas que John Henry impose ce mariage à Flora. Certes, Wallace était un homme respectable, mais elle-même avait souffert longtemps d'un mariage forcé et elle ne voulait pas que Flora soit malheureuse comme elle l'avait été. De tous ses enfants, Flora était celle qui avait le plus de caractère, et sa mère l'admirait en silence.

Katherine entra dans la bibliothèque et prit place dans le fauteuil placé devant John Henry.

— J'ai peur de sa réaction, John Henry. Flora n'a jamais aimé que nous décidions pour elle. Elle a toujours été en mesure de s'affirmer et qui sait ce qu'elle pourrait faire devant cette proposition de mariage ?

— Une fois calmée, elle se rendra compte que c'est la meilleure chose à faire pour elle. Wallace Callaghan est un très bon parti et je suis fier qu'il ait demandé à notre plus jeune fille de l'épouser. Seul James doit maintenant se trouver une épouse convenable. Flora sera entre bonnes mains avec Wallace Callaghan ; je ne doute pas de l'amour de ce jeune homme pour elle. Il fera tout en son possible pour la rendre heureuse. Il a même acheté une magnifique maison à Montréal où ils pourront s'installer après le mariage.

Katherine détourna les yeux. Ses deux filles se trouveraient loin d'elle. John Henry avait l'air convaincu que ce mariage était la meilleure chose à faire. Katherine quitta la bibliothèque, résignée ; elle ne pourrait pas faire en sorte que son mari change d'idée car elle savait à quel point il était obstiné dans ses décisions.

* * *

Flora galopa un long moment et se rendit à la clairière. Elle fut soulagée de voir qu'elle y était seule. Elle descendit de son cheval et s'affaissa sur une souche. Elle était en colère et désemparée, prise au piège comme un pauvre insecte dans une toile d'araignée. Comme elle détestait Wallace Callaghan ! Elle était prête à s'enfuir à l'autre bout du monde pour échapper au destin qui s'imposait à elle.

Elle éclata en sanglots en se rendant compte qu'elle ne pourrait que se conformer à la décision de son père. Elle ne pouvait pas s'enfuir, n'ayant nulle part où aller et se trouvant encore sous l'autorité paternelle. Elle savait que John Henry ne changerait pas d'idée. Elle pourrait s'acharner à le contredire, mais il aurait toujours raison et ne reviendrait pas sur sa décision.

La jeune fille regrettait amèrement de ne pas avoir d'alliés dans la famille. Elle pouvait se confier à James, mais son frère ne pouvait rien pour elle. Flora ne pouvait pas compter sur sa propre mère. Katherine obéissait toujours à John Henry. Pourtant, elle aurait pu s'imposer et tenter de raisonner son mari. N'avait-elle pas vécu la même chose plusieurs années auparavant ? Flora se voyait déjà mariée à Wallace, habitant son immense demeure à Montréal, prenant le thé avec des personnes se croyant supérieures et s'occupant de ses rosiers, sa seule consolation, comme le faisait sa mère.

Elle se leva et s'essuya les yeux. Elle n'avait pas le choix de son propre mariage, mais elle ne baissait pas les bras pour autant. Elle pouvait modifier son attitude vis-à-vis de Wallace Callaghan. Elle ne serait jamais la femme soumise et docile qu'il souhaitait. Elle ferait tout pour gâcher sa vie comme lui voulait gâcher la sienne.

* * *

Geneviève se rendit à la clairière et y trouva Flora. Son amie semblait bouleversée. Flora raconta à Geneviève ce que son père avait décidé pour elle. Cette dernière s'efforça de réconforter Flora de son mieux.

— C'est vraiment épouvantable que quelqu'un puisse décider de ta propre vie, Geneviève.

— Tu as raison, Flora, je ne sais pas comment je réagirais à ta place.

— Tu as beaucoup de chance que ton père te laisse décider de ce que tu veux faire. Il veut te voir heureuse et tes décisions sont importantes pour lui. Si tu savais comme je t'envie !

— Mon mariage n'a pas eu lieu encore. Ton père pourrait très bien intervenir et interdire à James de m'épouser.

— Il s'imposera, j'en suis certaine, mais au moins James pourra partir et vivre sa vie. Moi, je n'ai nulle part où aller et je n'ai pas d'argent. La vie d'une femme est bien différente de celle d'un homme. Si tu savais comme je déteste Wallace Callaghan ! Il est l'homme le plus méprisable que je connaisse. J'ai la nausée en pensant qu'il deviendra mon mari.

Flora cessa de parler en voyant François-Xavier et James arriver pour travailler à la construction de la maison. Elle ne voulait pas rentrer tout de suite chez elle et resta dans la clairière jusqu'à ce que James ait terminé.

* * *

Flora rentra en compagnie de James. Voyant sa sœur perdue dans ses pensées, celui-ci décida de prendre un moment pour discuter avec elle. Ils s'immobilisèrent près de la rivière et Flora raconta à son frère ce qui la tourmentait.

— Je voudrais tellement t'aider, Flora ! La façon dont père nous impose ses choix me révolte. Peut-être pourrais-tu venir t'installer chez moi quelque temps ? La maison est presque prête.

— Tôt ou tard, je devrai faire face à la décision de notre cher père. Je ne pourrai pas fuir toute ma vie, James.

— Je vais essayer de le raisonner. Tu ne peux pas épouser Callaghan contre ta volonté, Flora. Anne s'est laissé imposer Alexander, mais tu dois continuer à t'y opposer. Il est temps que père comprenne qu'il ne peut pas nous manipuler à sa guise !

— Tu es majeur, James, et médecin. Tu peux partir quand bon te semble. Tu peux faire tout ce que tu veux. Mais moi, de quoi vais-je vivre ? Je suis révoltée de voir que père peut décider à ma place, mais pour le moment, il a tous les droits sur moi.

— Je vais faire l'impossible pour t'aider, Flora.

— Merci beaucoup, James, de ta sollicitude. Je suis heureuse que quelqu'un dans cette famille se préoccupe de mon sort.

— Tu seras toujours ma petite sœur, Flora, et je veux que tu sois heureuse comme je le serai avec Geneviève.

James serra Flora dans ses bras et l'aida à remonter sur son cheval. Ils repartirent en direction de la maison familiale.

* * *

Flora, beaucoup trop en colère, ne descendit pas pour le repas du soir. Madame Carter vint lui porter une assiette et une tasse de thé, mais la jeune femme se contenta de manger quelques morceaux de viande et repoussa le tout du revers de la main. Elle n'avait pas d'appétit. Lorsque madame Carter revint chercher son plateau, elle insista pour que Flora mange un peu plus, mais celle-ci répondit par la négative. Flora resta longtemps éveillée ce soir-là.

James resta aussi longtemps éveillé. Après le dîner, il avait pris son courage à deux mains et avait parlé à John Henry. Son père et sa mère se trouvaient au salon ; il entra et prit une grande respiration avant de leur faire part de ses projets.

— J'ai quelque chose d'important à vous dire, ce soir. J'ai attendu longtemps avant de vous faire part de mes projets, mais maintenant, le moment semble propice pour vous annoncer mes fiançailles.

Katherine retint son souffle et regarda John Henry dont le visage prenait une teinte plus colorée. Pour la première fois de sa vie, il ne semblait plus contrôler la situation. Il regarda son fils droit dans les yeux et dit :

— Tes fiançailles? Est-il trop impoli de te demander avec qui tu comptes te marier?

— Je vais épouser Geneviève Lacombe.

— Cette fille d'habitant? Crois-tu vraiment que je vais te laisser faire? Cette fille n'est pas pour toi. Aurais-tu commis l'erreur de la mettre enceinte? Est-ce pour cette raison que tu veux l'épouser?

— Je veux l'épouser parce que je l'aime, un point c'est tout! N'ayez crainte, elle n'est pas enceinte. Vous avez raison, père, elle ne mérite pas quelqu'un de cette famille. Elle mériterait beaucoup mieux qu'un homme qui s'est laissé imposer les choix de son père toute sa vie.

— Je t'interdis de me parler sur ce ton, James MacGregor! Tant que tu seras sous mon toit, tu devras te conformer à mon autorité. Tu n'amèneras pas cette fille habiter ici, crois-en ma parole!

— Justement, je ne serai bientôt plus sous votre toit père. Je m'attendais à votre réaction et je compte partir d'ici.

— Pour aller où? Crois-tu que le père de cette fille va tolérer qu'elle épouse un vagabond?

— Il a déjà accepté de m'accorder sa main, père. Nous ne serons pas des vagabonds puisque j'ai maintenant ma propre maison.

Katherine demanda d'une voix à peine audible de quelle maison James voulait parler.

— Je parle de la maison que j'ai presque fini de bâtir sur le terrain que j'ai réussi à acheter avec mes économies. J'aime Geneviève Lacombe et je compte l'épouser. Personne ne m'en empêchera. Vous m'avez obligé à devenir médecin et, aujourd'hui, je vous en remercie, car je pourrai subvenir à mes besoins et à ceux de ma famille. C'était la dernière chose que vous avez choisie à ma place, père.

Katherine se leva et s'approcha de son fils.

— Tu ne peux pas nous quitter comme cela, James ! Nous allons discuter plus calmement tous les trois.

John Henry se leva et s'approcha de James.

— Je n'ai plus rien à dire, Katherine. James a fait son choix et nous ne pouvons rien y changer. Il a décidé de renier notre famille en manigançant derrière notre dos. Eh bien, je n'ai plus qu'à me conformer à ce choix ! Tu n'as plus ta place dans ma maison, James.

— Il y a longtemps d'ailleurs que je n'ai plus ma place ici ! Allez-vous demander à Flora de partir elle aussi si elle refuse d'épouser Callaghan ? Vous ne pourrez pas la traîner de force devant l'autel !

— Ce qui se passe avec ta sœur ne te regarde pas, James, et en ce qui nous concerne, nos vies ne te regardent plus.

Katherine aurait voulu crier à John Henry de se taire et de régler ce différend avec James plutôt que de lui ordonner de partir, mais elle resta sans voix. James tourna les talons et monta dans sa chambre. Katherine le suivit, mais lorsqu'elle arriva devant la porte close de la chambre de son fils, elle se contenta d'effleurer des doigts le bois de la porte et d'essuyer les larmes qui l'aveuglaient.

* * *

Quand la famille se réveilla le lendemain, James avait fait ses bagages et quitté la maison pour vivre sa vie.

17

Flora se rendit chez James pour voir comment son frère se débrouillait dans sa nouvelle vie. La maison ne comptait qu'un simple mobilier, mais James semblait heureux de se retrouver enfin libre.

La jeune femme n'avait plus adressé la parole à ses parents depuis la dispute avec son père. Katherine restait, elle aussi, murée dans le silence. Elle aurait voulu se rapprocher de sa fille et lui dire à quel point elle comprenait que ce mariage lui fasse peur. Flora ne pourrait trouver meilleur parti que Wallace Callaghan, mais Katherine savait à quel point l'adaptation de sa fille serait difficile.

Un jour, elle profita de ce que Flora soit seule dans le salon pour lui parler. Flora lui tournait le dos quand elle entra dans la pièce. Quand elle la vit, Katherine s'attendit à une réaction, mais sa fille resta silencieuse. Elle fixa sa mère en attendant que celle-ci prenne la parole.

— Je sais, Flora, à quel point tu es terrorisée par ce mariage. Tout ce que je peux te dire, c'est que tu dois laisser le temps arranger les choses. Wallace est un homme généreux et il saura être patient avec toi.

— Pensez-vous que le temps fera en sorte que je tomberai éperdument amoureuse de lui? Jamais je ne pourrai épouser un homme que je déteste, aussi généreux soit-il.

— Je sais que tu n'es pas amoureuse de lui, mais, tôt ou tard, tu en viendras à l'apprécier. J'en ai voulu longtemps à mon père d'avoir arrangé mon mariage avec ton père, mais aujourd'hui je ne regrette pas ce sacrifice. J'ai appris à aimer John Henry.

— Je ne pourrai jamais aimer Wallace, nous sommes beaucoup trop différents. Pour le moment, je ne souhaite épouser personne, mais un jour, je sais que j'épouserai un homme dont je serai amoureuse. Avez-vous déjà aimé un autre homme que mon père ?

Katherine détourna le regard quelques instants, tournant le dos à Flora. La fille se rapprocha de sa mère.

— Répondez-moi, mère.

— Ce sont des choses beaucoup trop personnelles, Flora.

— N'ayez pas peur de me les confier.

— J'étais amoureuse de quelqu'un d'autre, tu as raison, mais j'ai vite compris que cet homme n'était pas fait pour moi et que le mieux que j'avais à faire était d'épouser ton père. Mon père désapprouvait cette union et toute ma famille était contre moi. Je ne pouvais affronter seule ma famille qui refusait de me voir épouser cet homme.

— Qu'est-il devenu mère ?

— Il a été désemparé de me voir épouser John Henry, il aurait voulu que nous nous enfuyions tous les deux, mais où aurions-nous fui ? Je ne l'ai jamais revu, mais j'ai su qu'il s'était marié et que, malheureusement, il était décédé du choléra en 1834. Je ne l'ai jamais oublié, mais aujourd'hui, je sais que j'ai fait la meilleure chose qui soit en épousant ton père. Il m'a donné de magnifiques enfants et j'ai une vie confortable. Donne-toi du temps, Flora. Wallace saura te rendre heureuse, j'en suis certaine.

— Je ne comprends pas pourquoi père et vous êtes tellement pressés de me voir mariée.

— Nous voulons que tu te maries avec le meilleur des partis ct Wallace est celui qui correspond le mieux à l'homme que nous souhaitons te voir épouser.

Flora se leva et regarda par la fenêtre.

— Je croyais que vous me comprendriez, mère, et que je pouvais trouver une alliée en vous.

— Je serai toujours là pour toi, Flora.

— Alors, aidez-moi pour que père change d'idée, je vous en prie ! Vous êtes ma seule chance d'échapper à ce mariage.

Katherine se rapprocha de sa fille et posa une main sur son épaule.

— Je vais voir ce que je peux faire, Flora. Promets-moi de réfléchir à cette proposition de mariage. As-tu eu des nouvelles de James ? J'aimerais beaucoup voir comment il est installé. Crois-tu qu'il accepterait de me recevoir ?

— J'en suis certaine. D'ailleurs, je pensais me rendre chez lui cet après-midi. Voulez-vous m'accompagner ?

— J'en serais très heureuse.

Katherine embrassa sa fille et se retira en la laissant seule près de la fenêtre.

* * *

François-Xavier aidait James à corder du bois avant l'hiver qui ne tarderait pas. Les deux hommes travaillaient dehors lorsque la voiture de la famille MacGregor s'arrêta devant la clairière. James fut surpris de voir descendre sa mère suivie de sa sœur. Il alla les accueillir.

François-Xavier salua madame MacGregor et Flora, puis il s'excusa et continua sa tâche. James fit visiter la maison à sa mère. Il lui expliqua avec fierté que, bientôt, il aurait tous les meubles dont il avait besoin et qu'il serait confortablement installé. Il l'invita à s'asseoir et fit chauffer de l'eau pour faire du thé. Flora retourna dehors pour en offrir à François-Xavier. Elle le trouva derrière la maison à fendre du bois.

— Mon père a envoyé du bois à James pour l'hiver. Il lui a demandé en échange de lui donner des médicaments pour calmer son mal de dos.

— Je suis heureuse de voir que mon frère ne manquera pas de bois cet hiver. James prépare du thé, en veux-tu une tasse ?

— Peut-être tout à l'heure, car j'ai encore beaucoup de travail.

— J'espère que ça ne t'ennuie pas si je reste un peu avec toi. Je voulais laisser ma mère et mon frère seuls quelques instants. Je pense qu'ils ont des choses à se dire.

— Je suis toujours heureux de me retrouver en ta compagnie. James est très heureux que ta mère soit venue voir sa maison. Il sait que ton père n'est pas d'accord avec ses choix, mais il voulait garder contact avec ta mère. Crois-tu qu'elle assistera au mariage ?

— Je n'en sais rien, mais je l'espère. Geneviève doit travailler fort pour que tout soit prêt.

— Elle consacre toutes ses soirées à coudre, à tisser et à broder. Les seules conversations de la maison portent sur le futur mariage de ma sœur et les assemblées de Patriotes. James a réussi à nous convaincre, mon père, mon frère Jean-Baptiste et moi, de nous rendre à la grande assemblée des Cinq-Comtés qui aura lieu prochainement à Saint-Charles.

— James croit fermement à la cause des Patriotes.

— Il est même très persuasif ; j'avoue qu'au début la politique ne m'intéressait pas beaucoup, mais James m'a presque convaincu qu'il est temps d'agir.

— James ferait un excellent orateur, je pense. J'espère simplement que tout ceci ne dégénérera pas. Mon père m'a dit que les autorités sont sur le qui-vive et surveillent de près les différentes assemblées.

— Ton frère m'a expliqué que la grande assemblée devrait apporter de nouvelles indications quant aux actions futures.

— J'aimerais tellement y assister, mais je doute que mon père me laisse y aller. Saint-Charles est un peu loin et, surtout, l'assemblée devrait durer deux jours. Mon absence ne peut passer inaperçue.

— Nous pourrons te raconter ce qui s'est passé.

— J'espère bien !

James sortit pour dire à Flora que le thé était prêt. François-Xavier déclina l'offre de son ami de venir se reposer. Il avait beaucoup trop à faire. Flora salua François-Xavier et entra se réchauffer.

* * *

Katherine était heureuse de s'être rendue chez son fils pour voir comment il s'était installé. Sur le trajet du retour, Flora constata que sa mère avait le cœur plus léger. Elle la remercia de l'avoir accompagnée chez James. Katherine lui sourit en lui disant que c'était plutôt à elle de la remercier. Elle avait vu son fils et, surtout, elle lui avait dit qu'elle assisterait à son mariage avec Geneviève Lacombe. Elle préférait voir ses enfants heureux plutôt que de les savoir enfermés dans une vie qu'ils ne voulaient pas.

En voyant à quel point James était bien dans son nouveau foyer, Katherine avait décidé d'essayer d'intervenir au sujet du mariage de sa fille et de Wallace Callaghan. Peut-être, après tout, que ce dernier n'était pas le meilleur mari que sa fille puisse avoir. Elle ferait part de cette incertitude à John Henry et tenterait de le convaincre de ne pas insister à ce sujet. Avec le temps, Flora rencontrerait peut-être un homme de bonne famille qui voudrait l'épouser et elle consentirait à cette union-là.

Durant le dîner, John Henry interrogea sa femme et sa fille sur leur promenade de l'après-midi. Katherine lui dit simplement qu'elle avait eu envie de prendre l'air avant les froides et pluvieuses journées. Elle omit volontairement de lui dire qu'elle avait rendu visite à James. Elle ne voulait pas mécontenter John Henry, sachant qu'il était encore trop tôt pour parler de James sans que celui-ci n'entre dans une terrible colère. Avec les années, elle avait appris que son mari avait besoin de temps pour accepter que quelque chose soit hors de son contrôle. Sur la décision de James, il n'en avait justement aucun, et Katherine savait à quel point tout cela l'exaspérait. Elle espérait vraiment que le temps arrangerait les choses, car elle ne se voyait pas du tout cacher à John Henry ses visites à James.

* * *

François-Xavier avait essayé de convaincre Étienne de les accompagner à Saint-Charles. Celui-ci lui avait répondu qu'il n'avait pas le temps de s'occuper de politique, et encore moins aux côtés de James. Depuis l'annonce officielle de son prochain mariage avec Geneviève, Étienne détestait plus que jamais le médecin qui lui avait volé son avenir et celle qu'il avait toujours voulu épouser.

James, François-Xavier, Joseph et Jean-Baptiste partirent tôt, en ce matin du 23 octobre, pour se rendre à Saint-Charles. Le ciel était couvert de nuages. Un vent froid transperçait les vêtements et fouettait le visage des voyageurs. Malgré les lourds nuages menaçant de se transformer en pluie cinglante, près de cinq mille personnes se déplacèrent pour assister à l'assemblée des Cinq-Comtés qui devint bientôt celle des Six-Comtés lorsqu'une délégation du comté de l'Acadie se joignit à la dernière minute aux comtés de Saint-Hyacinthe, Rouville, Chambly, Verchères et Richelieu. Un coup de canon retentit à midi pour prévenir tous les citoyens que l'assemblée commençait.

François-Xavier était surpris du nombre de gens qui s'étaient déplacés pour assister à ce rassemblement en plein air. Devant eux se trouvait une tribune construite pour l'occasion où se tenaient les représentants des différents comtés. Des drapeaux et des bannières entouraient la scène et il régnait un sentiment patriotique que François-Xavier n'avait jamais connu. Divers slogans indiquaient que les Canadiens en avaient plus qu'assez de se faire malmener.

La foule acclama Louis-Joseph Papineau qui prit la parole. Son beau discours ne plut pas aux plus radicaux des Patriotes présents. Il fit un appel au calme, ne croyant pas à l'utilisation de la force pour se faire entendre du gouvernement. Papineau semblait persuadé qu'il restait encore des moyens constitutionnels pour inciter Londres à revoir ses décisions devant les demandes du Bas-Canada.

Le docteur Cyrille-Octave Côté, membre de la délégation de l'Acadie, et le docteur Wolfred Nelson n'étaient pas de cet avis. Les deux hommes clamèrent qu'il était temps que le monde entier sache qu'au Canada, des hommes méritaient d'être indépendants. Le docteur Nelson déclara qu'il était temps de faire fondre des cuillères et des plats d'étain pour en faire des balles !

La foule acclama ses chefs, et après les discours, les participants se rendirent devant la colonne de la liberté surmontée d'un bonnet phrygien, symbole de la Révolution française, et ornée d'une inscription en l'honneur de Papineau. Devant cette colonne érigée pour l'occasion, les hommes prêtèrent serment de fidélité à leur patrie. Ils jurèrent qu'ils vaincraient ou mourraient pour elle. James et François-Xavier furent de ceux-là et le moment solennel se termina par des salves de mousquets.

* * *

Flora s'était rendue chez son frère pour savoir ce qui s'était passé durant l'assemblée des comtés et avait trouvé James et François-Xavier s'affairant à isoler la maison en prévision de l'hiver. François-Xavier lui fit le compte rendu de la réunion de deux jours. Flora était suspendue à ses lèvres.

L'assemblée de Saint-Charles avait poussé la population à entreprendre des actions locales pour signifier au gouvernement qu'elle était prête à agir. Partout, les Patriotes réclamaient la démission de tous ceux qui détenaient une commission gouvernementale. Les juges de paix, capitaines et lieutenants de milice durent s'y soumettre et les Patriotes usèrent de multiples moyens pour y parvenir. Les groupes de Patriotes se rendaient devant la propriété de celui dont ils réclamaient la renonciation et organisaient des charivaris ; cette vieille coutume française se manifestait par des chants, des cris et des bruits infernaux. Des fenêtres furent brisées, des granges incendiées, des chevaux eurent la crinière et la queue coupées lorsque les Patriotes n'obtenaient pas gain de cause.

La tension montait et James était plus partisan que jamais. Les autorités craignaient un soulèvement et un sentiment de panique régnait dans la vallée du Richelieu. Tout agissement mystérieux faisait l'objet de soupçons.

Même Flora en était venue à croire que James participait à ces charivaris. Elle gardait le secret sur ses présomptions, mais elle craignait qu'il n'arrive malheur à son frère. Elle décida donc de l'inviter à l'accompagner au mariage d'Elizabeth et de William, à Montréal. Elle n'avait jamais aimé voyager seule et ne voulait en aucun cas se rendre en ville en compagnie de Wallace. Elle était bien heureuse de ne pas avoir eu de ses nouvelles depuis qu'il leur avait fait sa demande en mariage. James accepta d'accompagner sa sœur au début du mois de novembre.

* * *

Anne était heureuse d'accueillir sa sœur et son frère qu'elle n'avait pas vus depuis un bon moment. Les chambres étaient préparées et elle souhaitait qu'ils restent quelques jours près d'elle. Anne voulait surtout interroger sa sœur sur sa décision au sujet d'un mariage avec Wallace.

James et Flora étaient heureux de revoir leur neveu Adam et leurs nièces Victoria et Rose. Après un succulent repas, Flora s'excusa et se retira pour la nuit. Le voyage l'avait épuisée, le mariage avait lieu le lendemain et elle voulait être au meilleur de sa forme.

Elle s'endormit ce soir-là en pensant à son propre mariage qu'elle ne pourrait peut-être pas éviter. Comme elle enviait ses deux amies, Geneviève et Elizabeth, qui, elles, épouseraient l'homme de leur choix !

* * *

Après la cérémonie à l'église, la réception se tint chez les Ashton. Matthew et Margaret Ashton avaient tenu à ce que la noce soit célébrée chez eux. Flora félicita les mariés et leur offrit tous ses vœux de bonheur. James vint la trouver avec une coupe de champagne puis l'accompagna à la salle à manger où le dîner était servi.

Flora se demandait si le hasard, ou encore la bienveillance de son amie Elizabeth, l'avait placée complètement à l'opposé de Wallace Callaghan, également invité au mariage par la sœur du marié. Quoi qu'il en soit, Flora était soulagée de ne pas avoir à converser avec lui. Durant tout le repas, elle sentit Wallace prendre un malin plaisir à la dévisager.

Après le dîner, les invités furent priés de se rendre au grand salon transformé en salle de bal pour l'occasion. Avant que les musiciens ne jouent la première valse, Matthew Ashton prit la parole, félicitant sa fille de son mariage et remerciant les invités d'être venus en si grand nombre pour célébrer cette union. Après, Flora vit avec horreur Wallace s'avancer et annoncer à tous les invités qu'ils seraient bientôt conviés à un autre mariage. La jeune femme n'entendit pas les messages de félicitations fusant de toutes parts à son intention. Elle était furieuse, mais ne voulait pas perdre son sang-froid et crier à tue-tête qu'il n'y aurait pas de mariage. Elle se contenta de sourire pour cacher sa colère. Dès que les invités se mirent à danser, elle sortit précipitamment de la pièce.

James essaya de la retenir, mais ce fut en vain. Il voulut suivre sa sœur, mais Elizabeth lui dit de ne pas s'inquiéter et partit retrouver son amie.

Flora attendait que le domestique lui apporte sa cape. Elle était assise dans le vestibule, tremblante de rage. En voyant Elizabeth, elle eut beaucoup de mal à retenir ses larmes. Son amie la conduisit dans la bibliothèque et referma la porte derrière elle. Elizabeth prit Flora dans ses bras et la laissa pleurer un bon moment.

* * *

Wallace cherchait Flora et il demanda à James où se trouvait sa fiancée. James dut se retenir de le frapper.

— Vous êtes méprisable, Callaghan ! J'espère de tout cœur que ma sœur n'épousera pas un être aussi ignoble que vous !

— Calmez-vous, James ! L'annonce de mon mariage ne fait que rendre officielle une nouvelle que tous connaissent déjà. Tous les invités nous ont félicités.

— Je ferai tout pour que ce mariage n'ait pas lieu, Wallace, croyez-en ma parole !

— Je pense que vous ne pourrez empêcher ce que votre père a décidé, James.

James préféra se taire et il bouscula Wallace en rejoignant Flora.

* * *

Jane Hamilton était restée surprise par l'annonce de Wallace, furieuse d'apprendre qu'elle ne faisait plus partie de ses projets. Elle aurait voulu disparaître en entendant qu'elle n'était pas l'élue, mais que c'était bien cette MacGregor. Wallace vint vers elle après son altercation avec James et elle lui jeta un regard méprisant.

— Je vous déteste, Wallace Callaghan ! Vous êtes infâme !

— Je ne voulais pas vous blesser, Jane. Il y a si longtemps que nous sommes amis. J'ai toujours eu une grande estime pour vous, mais je ne vous ai jamais aimée d'amour. Je suis désolé de la tournure des événements.

— Pas autant que moi, Wallace ! Et cette fille, vous espérez qu'elle vous aimera comme moi je vous aime ? Vous ne serez jamais heureux avec elle. Vous viendrez alors me dire que j'avais raison ! Maintenant, laissez-moi, Wallace.

Jane tourna les talons et sortit de la pièce au moment même où Flora revenait avec Elizabeth. Jane s'approcha de Flora et chuchota :

— Je souhaite que vous soyez malheureuse dans ce mariage. Wallace mérite quelqu'un de bien meilleur que vous !

Elizabeth, ayant entendu, regarda Jane et lui dit :

— C'est plutôt l'inverse, Jane, Flora mérite quelqu'un de mieux que Wallace. En fait, vous vous méritez bien tous les deux, prétentieux comme vous êtes. Maintenant, ma chère belle-sœur, veuillez nous excuser, mais je dois célébrer mon union avec votre frère !

Jane resta muette de rage et demeura quelques instants dans la pièce. Elizabeth entraîna Flora parmi les invités. Cette dernière aurait voulu partir, mais elle avait décidé de rester pour son amie. Elle regrettait de s'être emportée, son chagrin avait presque ruiné la joie d'Elizabeth. William avait vu sa femme quitter la salle pour réconforter son amie et il vint retrouver les deux jeunes femmes. Il invita Flora à danser et laissa Elizabeth seule avec James qui convia la mariée à danser.

— Je ne pensais pas que Wallace pourrait vous faire un tel affront. Je suis vraiment désolé de cet incident.

— Je suis désolée si tout ceci a perturbé votre réception, William.

— Voyons, Flora, tout ceci n'est pas votre faute. Je suis désolé que ma sœur ait été rejetée de cette manière. Si j'étais chez moi, j'aurais chassé Callaghan.

Quand la danse fut terminée, Flora prit place dans un fauteuil, dans un coin de la salle. Wallace profita de cette occasion pour aller lui parler.

— Je n'ai rien à vous dire, Wallace. Laissez-moi tranquille !

— Je suis vraiment désolé de la façon dont j'ai fait ma déclaration tout à l'heure. Je croyais que le moment était bien choisi pour annoncer nos fiançailles.

— Je ne vous ai pas encore donné mon consentement, Wallace, et croyez-moi, tout ceci ne m'incite pas à vous épouser.

— Le consentement qui est important, ma chère Flora, est celui de votre père. Dois-je vous rappeler qu'il m'a accordé votre main ?

— Vous devrez me traîner de force devant l'autel, Wallace ! Vous avez perdu tout ce qui vous restait d'estime à mes yeux ce soir. Je préférerais mourir plutôt que de devenir votre femme !

— N'exagérez pas, ma chère. Donnez-vous du temps pour accepter notre mariage. Je suis prêt à attendre que vous en veniez à de meilleurs sentiments à mon égard.

— Mes sentiments ne changeront pas, maintenant laissez-moi seule, je vous prie.

— Je vous rendrai visite dans quelque temps, Flora. À bientôt.

Wallace quitta Flora au moment où James revenait avec des rafraîchissements.

* * *

Le lendemain matin, 6 novembre, Flora se réveilla tôt. Elle était épuisée, n'ayant presque pas fermé l'œil de la nuit. Anne était venue la trouver pour savoir comment s'était passé le mariage de son amie. Flora lui raconta la cérémonie en omettant le petit discours de Wallace. Mais Anne demanda à sa sœur si elle avait vu Wallace à la réception. Flora explosa.

— Il a annoncé à tout le monde que nous étions fiancés, sans même m'en parler. Si tu savais comme je le déteste !

— Tu ne devrais pas te fâcher de la sorte, Flora. Il tient beaucoup à toi, j'en suis certaine.

— Il me voit comme un trophée de chasse, il ne tient pas compte du tout de mes sentiments.

Flora se leva et marcha de long en large. Sa sœur la regardait et tentait de maîtriser sa colère. Flora faisait l'enfant gâtée. Anne décida de le lui dire.

— Je ne fais pas l'enfant gâtée, Anne, comprends-moi. Je ne veux pas de ce mariage !

— Ce mariage t'offre une vie confortable. Wallace est un homme prisé dans tout le Bas-Canada.

— Tu crois que seuls l'argent et le pouvoir comptent pour épouser quelqu'un, Anne ?

— Si j'étais à ta place, Flora, je n'hésiterais pas une seule seconde et je l'épouserais sur-le-champ ! La vie d'une femme est difficile, crois-moi ! Quand un homme veut l'épouser et lui offrir une vie comme celle que Wallace est prêt à t'offrir, toute femme sensée ne penserait même pas à l'amour.

— Je préfère être privée de tout le confort dont tu parles et être heureuse avec l'homme que j'aurai décidé d'épouser.

— Tu es insensée, Flora !

— Et toi, Anne, tu me déçois beaucoup! J'aurais pensé que tu comprendrais comment je me sens dans ce mariage imposé. Maintenant, laisse-moi seule, je dois préparer mes bagages. Je rentre à Chambly dès que James sera revenu.

* * *

Flora avait préparé ses bagages et attendait impatiemment le retour de James. Son frère n'était toujours pas rentré et la nuit commençait à poindre. La jeune femme serrait les mâchoires à l'idée de rester une nuit de plus chez Anne. Les deux sœurs étaient restées silencieuses après leur altercation du matin. Flora était profondément triste de constater à quel point Anne et elle étaient devenues si différentes. Peut-être qu'après tout, elles ne s'étaient jamais ressemblé?

Elle constatait que ses propres idées, ses opinions et tout ce qu'elle pouvait ressentir n'étaient pas importants pour son père, ni pour sa sœur, et surtout pas pour l'homme qui prétendait être amoureux d'elle. Flora s'imaginait très mal vivre aux côtés d'un homme qui ne respectait pas ses opinions. Tout ce que Wallace voulait, c'était parader dans les riches salons de Montréal en l'exhibant fièrement à son bras.

Anne vint trouver Flora et lui dit doucement:

— Je pense que tu devrais remonter tes bagages dans ta chambre. James va certainement rentrer tard et tu ne peux pas partir en pleine nuit. Vous partirez demain si tu le souhaites.

— Tu as raison, Anne. Je commence sérieusement à être inquiète pour lui. J'espère qu'il ne lui est rien arrivé.

— James va bien, j'en suis certaine. Il est peut-être même en excellente compagnie dans une auberge à boire et à discuter avec des amis. Allez, viens, chère sœur, nous allons bientôt dîner.

Anne prit Flora par le bras et l'entraîna vers l'escalier qui menait au deuxième étage.

* * *

Quand James rentra, Flora, Anne et Alexander étaient au salon et se préparaient à monter se coucher. Flora fut la première à voir que son frère était blessé. James se laissa tomber dans un fauteuil et ferma les yeux. Flora s'agenouilla devant lui et demanda à Alexander d'aller chercher sa trousse de premiers soins. James avait la paupière gauche enflée et le coin de la lèvre fendue. Flora essuya le sang séché avec précaution. Elle se demandait où il était allé et, surtout, qui l'avait mis dans cet état lamentable. Il éclata de rire et Flora dut lui dire de rester tranquille pendant qu'elle appliquait de l'eau froide sur sa paupière tuméfiée.

— Celui qui m'a fait ça est dans un état bien pire que le mien, mes chères sœurs! Vous pouvez être fières de votre frère. Je me suis battu courageusement avec une force que je ne me connaissais pas.

Alexander revint en tenant sa trousse d'une main. Il ouvrit la petite mallette et sortit une pommade qu'il appliqua sur la paupière de James. Il interrogea son beau-frère qui raconta avec fierté sa mésaventure.

— Je me suis rendu avec d'autres hommes à la taverne Bonacina, rue Saint-Jacques, pour discuter.

— Cet endroit est un lieu de rassemblement des Fils de la liberté.

— Je le sais très bien, Alexander, et c'est pour cela que je m'y trouvais.

— Ne me dis pas que tu fais partie de ce groupe de révolutionnaires, James?

— Si, et j'en suis fier. Pour ce qui est de mon histoire, nous étions derrière, dans la cour, lorsque nous fûmes bombardés de toutes parts de cailloux et d'autres projectiles. Nous nous sommes bien vite rendu compte qu'ils avaient été tirés par des membres de ce satané Doric Club. Nous les avons repoussés jusqu'à la Place d'Armes où la majorité des membres de ce club nous attendaient. Nous nous sommes battus et les avons poursuivis dans les rues de la ville. Les membres du Doric Club ont même attaqué la maison de Papineau. Heureusement, les soldats sont arrivés à temps pour une fois, et la maison a pu être épargnée. Certains Fils de la liberté sont restés pour surveiller les environs.

Anne s'approcha pour sermonner son frère.

— Tu aurais pu être blessé davantage, James ! Tu ne devrais pas te mêler à ces révolutionnaires.

— Nous ne faisions rien de mal, Anne, nous discutions tout simplement. Je pense que quand quelqu'un est attaqué, il a le droit de se défendre. Je n'ai pas été le seul blessé dans cet affrontement ! Thomas Storrow Brown a été blessé à un œil. J'ai de la chance de m'en sortir avec quelques égratignures.

Sachant que sa sœur n'épouserait pas les convictions politiques de James, Flora essaya de changer de sujet. Elle demanda à James s'il avait mangé. Son frère lui sourit en lui disant que cela lui avait creusé l'appétit. Anne lui fit préparer une assiette et James se retira dans sa chambre.

Avant d'aller se coucher, Flora frappa discrètement à la porte de son frère qui l'invita à entrer. Elle lui demanda de lui raconter en détail tout ce qui s'était passé. James expliqua comment il s'était défendu et comment la bataille s'était terminée. Flora resta stupéfaite en apprenant le dernier détail que James avait gardé secret : il avait distingué très clairement, parmi les membres du Doric Club, Wallace Callaghan !

18

Le lendemain des affrontements entre les Fils de la liberté et le Doric Club, Flora et James étaient repartis. Flora était restée surprise en apprenant que Wallace faisait partie du Doric Club, mais cela n'avait rien d'étonnant au fond. Wallace vouait une haine presque maladive aux Patriotes. Une fois de plus, ce sujet risquait d'être divergent entre les futurs époux puisque Flora approuvait les revendications patriotes. À Chambly, James reconduisit sa sœur jusque devant la maison paternelle, mais ne voulut pas descendre saluer ses parents.

— Je sais que mère serait heureuse de me voir, mais je ne veux surtout pas me retrouver nez à nez avec notre cher père. Il trouverait très certainement quelques reproches à me faire au sujet de mes blessures et je ne me sens pas le courage de l'affronter. Je risquerais aussi de rencontrer Callaghan et, crois-moi, je n'y tiens pas vraiment, compte tenu des circonstances.

— Rentre chez toi. Je viendrai te voir dès que je le pourrai.

Flora embrassa son frère et le regarda partir, sachant qu'il avait hâte de retrouver sa petite maison.

* * *

Flora monta dans sa chambre se changer avant de descendre retrouver sa mère. Katherine attendait impatiemment des nouvelles de sa fille Anne et de sa famille. Flora, pour sa part, avait hâte de savoir si sa mère avait parlé à son père au sujet du mariage.

Katherine se trouvait au salon et brodait en attendant sa fille. Elle se leva et embrassa Flora lorsqu'elle entra dans la pièce. La jeune femme lui fit le récit de son voyage à Montréal en omettant de raconter à sa mère que James avait participé à un affrontement ; elle ne voulait pas l'inquiéter inutilement.

Après avoir parlé du mariage d'Elizabeth et de William, Flora profita de l'occasion pour interroger sa mère au sujet de sa discussion avec John Henry. Katherine ferma les yeux et invita sa fille à s'asseoir. Elle ne savait pas comment lui annoncer qu'elle avait lamentablement échoué dans sa mission de convaincre John Henry que Flora n'était pas prête à se marier. Celle-ci attendait en silence en imaginant déjà ce que sa mère allait lui dire.

— J'ai longuement parlé avec ton père, ma chérie, et je dois te dire que je n'ai pas réussi à le faire changer d'avis. Il reste convaincu qu'épouser Wallace est la meilleure chose qui puisse t'arriver.

— J'aurais été très surprise du contraire.

— Tu le sais, ton père est très têtu.

— Je constate surtout à quel point il ne pense qu'à lui et à quel point il est indifférent au bonheur de son entourage.

— Tu ne devrais pas parler comme ça, Flora. Il t'aime, j'en suis certaine, et il veut ce qu'il y a de meilleur pour toi.

— Il pense que le mieux pour moi est d'épouser cet homme que je déteste plus que tout ?

— Si tu le veux, Wallace saura te rendre heureuse. J'ai su me fabriquer un bonheur auprès de ton père, Flora.

La jeune femme n'entendit pas les dernières paroles de sa mère, elle se leva et se précipita à l'extérieur. Elle avait soudainement un besoin pressant de prendre l'air.

* * *

James était heureux de se retrouver chez lui. En arrivant, il avait défait ses bagages et fait un feu dans la cheminée pour réchauffer la petite maison. Geneviève devait être venue durant son absence, car il trouva sur la table un pot de confitures de fraises. Il sourit en pensant que bientôt, la jeune femme serait toujours à ses côtés. En songeant à elle, James constata qu'elle lui manquait beaucoup et qu'il ne pourrait pas attendre au lendemain pour la voir. Il remit sa redingote, prit son cheval puis se dirigea en direction de la maison des Lacombe.

La nuit commençait à tomber. Derrière les fenêtres illuminées de la maison, il imaginait Geneviève s'affairant autour du poêle, aidant sa mère à préparer le repas. James n'avait pas regardé l'heure avant de partir ; la famille Lacombe devait se préparer à manger. Il ne voulait pas déranger, mais il n'avait pas envie de se retrouver seul ce soir-là. Il frappa discrètement à la porte de bois. François-Xavier vint lui ouvrir et l'invita à entrer.

— Je m'excuse d'arriver à cette heure. J'avais hâte de venir vous saluer et de vous dire que j'étais rentré de Montréal. J'ai rapporté ce médicament pour monsieur Lacombe, je pense que ça soulagera ses maux de dos.

François-Xavier prit la redingote de son ami et l'invita à s'asseoir. Il lui toucha l'épaule en disant :

— À mon avis, le mal de dos de mon père n'est pour rien dans ta visite ! C'est beaucoup plus ma sœur que tu avais envie de saluer !

Marie-Louise répondit à la taquinerie de son fils en lui disant de laisser tranquille ce pauvre garçon. Elle aimait beaucoup le jeune médecin et était heureuse que sa fille et lui soient fiancés. Elle invita James à partager leur repas. Il hésita un peu, puis accepta.

* * *

L'assemblée des Six-Comtés avait fait prendre conscience à la population qu'il était désormais temps d'agir. Après les charivaris, des rumeurs circulaient dans la vallée du Richelieu.

Plusieurs groupes de Patriotes, dont celui du docteur Côté de l'Acadie, auraient élaboré une stratégie pour s'emparer des armes du fort Saint-Jean. Il n'y eut pas de vol d'armes, mais les autorités de Montréal commencèrent à craindre le pire. Devant les menaces sans cesse croissantes, elles décidèrent d'envoyer du renfort à Saint-Jean pour protéger le poste de douane. Le 10 novembre, un détachement de cavalerie et d'artillerie y fut envoyé. Quand les troupes traversèrent La Prairie, la population crut que les Habits rouges arrivaient dans le but d'arrêter le docteur Côté. Dans toute la région du Haut-Richelieu, on se regroupa pour libérer les éventuels prisonniers.

Une sorte de folie collective s'empara de la population. Un peu partout, les gens voyaient des conspirations. Même le gouverneur Gosford se mit à craindre le pire. Devant la pression des bureaucrates, qui voulaient que la menace de rébellion cesse, Gosford lança des mandats d'arrêt contre les principaux chefs patriotes de la région du Richelieu.

Le constable Malo, venu de Montréal et escorté d'un escadron, se rendit à Saint-Jean pour y arrêter le docteur Davignon et Pierre-Paul Demaray, maître de poste. Les deux prisonniers furent conduits à Montréal les fers aux poignets, assis dans une charrette remplie de foin. La troupe de volontaires préféra prendre la route de Chambly-Longueuil plutôt que de revenir par le chemin de fer reliant Saint-Jean à La Prairie.

James faisait partie des hommes prêts à intervenir en tout temps. Ainsi, lorsque certains Patriotes se regroupèrent pour libérer les deux prisonniers, il se joignit au groupe. Il n'eut pas le temps de prévenir François-Xavier ; il était encore tôt et le temps pressait : des émissaires avaient vu les prisonniers arriver à Chambly. Armé d'un fusil ayant appartenu à son père, le jeune médecin se rendit sur le chemin en compagnie de plusieurs autres hommes. Cachés derrière des clôtures sur le bord de la route, ils attendirent le détachement.

James sentit les battements de son cœur accélérer lorsqu'il entendit la troupe venir dans leur direction. Lorsque la charrette arriva à leur hauteur, un homme cria qu'ils laisseraient passer les troupes si les prisonniers étaient libérés. Le corps des volontaires feignit de ne rien entendre et poursuivit son chemin. Alors, les Patriotes cachés derrière leurs palissades de fortune commencèrent à tirer en direction du corps de volontaires. Les tirs durèrent quelques minutes, la route se trouva bloquée et les soldats, ne pouvant poursuivre leurs assaillants, se dispersèrent, abandonnant la charrette et les deux prisonniers. Quand les volontaires furent dispersés, on détacha les prisonniers et on les amena chez le forgeron pour briser leurs fers. On les conduisit plus tard à l'auberge, on leur donna à manger et on célébra cette victoire.

James rentra chez lui au lever du jour. Il avait des patients à voir, mais encore une heure de sommeil devant lui. Il se hâta de se mettre au lit, mais ne parvint pas à s'endormir. Il repensait aux derniers événements. L'échauffourée à laquelle il venait de participer l'avait convaincu qu'il était temps que le peuple se réunisse et manifeste son mécontentement beaucoup plus radicalement que lors des semaines précédentes. Il était heureux d'avoir participé à cette attaque. Des sentiments contradictoires l'avaient envahi en portant son arme. Il avait compris qu'en tenant un fusil, il pouvait disposer de la vie de quelqu'un. Il se souvenait d'avoir éprouvé ce sentiment lorsqu'il avait commencé à pratiquer la médecine. Mais l'impression s'était accrue en attendant l'ordre de tirer. Il était resté étonné de constater que la nécessité de libérer les prisonniers avait triomphé de la crainte de blesser ou de tuer quelqu'un. Ce sentiment lui avait fait un peu peur, lui qui se devait de préserver la vie en tant que médecin. Malgré ces pensées qui se bousculaient dans son esprit, il réussit à s'endormir.

* * *

Flora se leva tôt ce matin-là et sortit faire une promenade à cheval. Les matins devenaient de plus en plus froids. Les toits et les champs étaient recouverts de givre. La jeune femme s'était vêtue plus chaudement que d'habitude. Elle fit galoper Lady presque une heure puis dut se résoudre à retourner chez elle. Depuis son retour de Montréal, elle aurait voulu se trouver n'importe où sauf dans la maison de son père. Elle n'adressait la parole à John Henry que dans des cas d'extrême nécessité. Elle parlait peu à sa mère et Katherine ne savait comment ranimer la bonne humeur de Flora. Seule l'annulation du mariage aurait pu ramener la gaieté de sa fille, mais John Henry avait été formel : il ne changerait d'idée sous aucune considération. Katherine savait que son mari en avait assez de toutes ces discussions entourant le mariage et, tout comme Flora, elle évitait son mari de plus en plus.

Si elle avait d'abord approuvé ce mariage, désormais elle se posait de plus en plus de questions à ce sujet. Flora serait malheureuse le reste de sa vie. Katherine le savait ; Flora était aussi entêtée que son père et, si elle avait décidé qu'elle n'aimerait jamais Wallace, rien ne pourrait lui faire changer d'idée. Lorsqu'elle-même avait épousé John Henry, elle s'était dit qu'elle ne l'aimerait pas et qu'elle serait malheureuse toute sa vie, mais Katherine se savait moins intransigeante que sa fille. Elle s'était résignée et, avec l'arrivée des enfants, elle avait cessé de regretter d'avoir épousé John Henry MacGregor. Elle craignait de plus en plus d'imaginer sa fille mariée à Callaghan et de la voir perdre toute la fougue, la vitalité et surtout le caractère qu'elle admirait chez sa benjamine. Elle devait faire quelque chose, mais quoi ? Elle n'en avait pas la moindre idée.

John Henry, Katherine et Flora se trouvaient dans la salle à manger lorsque Wallace entra en trombe dans la pièce, suivi par madame Carter.

— Je suis désolé de venir troubler votre déjeuner et d'arriver ici sans me faire annoncer, mais il fallait que je vous voie.

John Henry l'invita à s'asseoir. Il attendit que Wallace ait pris quelques gorgées de thé et interrogea le jeune homme.

— Que vous arrive-t-il, Wallace ?

— Vous n'êtes pas au courant de la nouvelle ?

— De quelle nouvelle voulez-vous parler ?

— Un groupe de Patriotes armés a réussi à faire libérer deux prisonniers sur la route de Longueuil. Les Patriotes ont blessé quatre policiers. Je crains une montée de violence sans précédent.

John Henry demanda plus de détails à Wallace. Flora écoutait en se demandant si James avait été parmi les rebelles, en espérant le contraire. Elle fut tirée de ses pensées lorsque Wallace déclara que Colborne devait intervenir et capturer tous ces hommes. La population n'était plus en sécurité avec ces mercenaires cachés le long des routes. Flora se décida à intervenir.

— Je ne crois pas que la population ait à craindre qui que ce soit en ce qui concerne les Patriotes. La majorité des gens se rallient à eux. Nous aurions beaucoup plus à craindre de ces extrémistes prêts à tout pour mater toute rébellion.

— Tu ne sais pas de quoi tu parles, ma fille. Cette attaque signifie que les Patriotes sont prêts à prendre les armes. Tout ceci va mal se terminer, j'en suis certain.

— Peut-être que si le gouvernement était intervenu plus tôt, les gens n'auraient pas trouvé bon de rassembler les armes et de se décider à intervenir.

Flora s'excusa et quitta la pièce. Elle avait hâte de savoir si James avait participé cette attaque. Wallace la suivit et la rejoignit au moment où elle s'apprêtait à monter dans sa chambre.

— Je n'ai pas osé parler de cela à vos parents, mais je crains que votre frère n'ait participé à cette attaque.

— D'où tenez-vous vos renseignements, Wallace ?

— Plusieurs personnes m'ont dit avoir vu ce cher docteur MacGregor parmi les insurgés. J'ai pensé qu'il ne pouvait pas s'agir de votre père, ma chère !

Wallace la regarda en souriant. Flora sentit toute la colère contenue des semaines précédentes refaire surface comme la lave d'un volcan.

— Tout ceci vous fait rire, Wallace ?

— En fait, je pense à Colborne. Il aura tôt fait d'écraser ces révolutionnaires munis de fusils désuets, de pics, de faux et de tout autre outil qui ne sauraient rivaliser contre les hommes de Sa Majesté.

— Ces sont des pensées comme les vôtres qui vont conduire au massacre, Wallace, vous rendez-vous compte ? La population en a assez d'avoir faim et de cultiver une terre de plus en plus pauvre.

— Si vous n'étiez pas une femme, je serais presque certain de vous voir parmi ces Fils de la liberté.

— Croyez-moi, je n'aurais pas hésité une seule seconde à vous frapper lorsque les membres de votre Doric Club ont poursuivi les Fils de la liberté qui s'étaient réunis pour discuter calmement à la taverne Bonacina.

— Ainsi, c'était bien votre frère que j'ai vu ce jour-là. Décidément, il est de tous les affrontements. Si j'étais à votre place, je lui dirais de se tenir tranquille. Qui sait, il pourrait bien être arrêté ?

— Je suis certaine que cela vous procurerait le plus grand des plaisirs, Wallace !

— Vous êtes de mauvaise foi, Flora ! Je ne veux pas qu'il arrive quoi que ce soit aux membres de votre famille, au contraire, je vous veux le plus grand bien, croyez-moi ! C'est pour cela que je voulais vous prévenir en ce qui concerne votre frère. Je suis désolé que vous m'en vouliez encore pour l'annonce que j'ai faite lors du mariage de William Hamilton. Je ne voulais pas vous blesser.

— C'est ce que vous avez fait, pourtant, en précipitant les choses !

— Je suis vraiment désolé, je vous aime et je voulais que tout le monde le sache. Je vous en prie, ne m'en tenez pas rigueur.

— Alors, si vous m'aimez autant que vous le dites, vous attendrez que je sois prête à vous épouser.

— Je suis prêt à vous attendre, mais ne me faites pas trop languir, Flora. Je vous laisse le temps de vous faire à cette idée. J'essaierai de contenir mon empressement.

Il lui prit la main et l'embrassa en ne la quittant pas des yeux. Il retourna dans la salle à manger. Flora se dépêcha de monter pour se changer puis sella Lady et se rendit chez James.

* * *

James n'était pas chez lui. Flora décida d'aller chez les Lacombe. Peut-être que François-Xavier saurait où trouver son frère. Geneviève invita son amie à entrer. Personne chez les Lacombe n'avait vu James. Flora craignait qu'il ne lui soit arrivé malheur. François-Xavier proposa son aide pour le retrouver. Il prit la monture de Flora et parcourut les environs.

François-Xavier ne revint qu'une heure plus tard. Geneviève et Flora étaient presque mortes d'inquiétude. François-Xavier les rassura sans tarder. Il avait rencontré James auprès de ses patients. Il ne lui restait qu'une visite à faire puis il viendrait les retrouver. Flora était un peu plus rassurée. Marie-Louise servit de la soupe à tous pour les faire patienter.

* * *

Après le départ de Wallace, John Henry retrouva Katherine qui lisait dans le salon. Il toussota pour que sa femme le regarde.

— Je pense que notre fille serait heureuse si tu lui donnais ta robe de mariée. Je suppose que tu l'as conservée après toutes ces années. Flora te ressemble beaucoup lorsque tu avais son âge. Elle serait très certainement fière de porter cette robe.

Katherine ne broncha pas et le regarda droit dans les yeux pour la première fois de sa vie, avant de lui dire d'un ton rempli de colère :

— Tu n'as qu'à lui prêter la robe toi-même ! Je ne suis pas d'accord avec ce mariage et je ne vais sûrement pas l'obliger à mettre ma robe.

— Tu sais que je veux le meilleur pour ma fille, Katherine, nous en avons déjà parlé toi et moi. Avec cette rébellion qui plane au-dessus de nos têtes, je pense qu'il serait mieux que ce mariage ait lieu le plus tôt possible.

— Je pense au contraire que Flora n'est pas prête. De toute façon, tu n'as jamais prêté la moindre attention à mon opinion. Si tu veux qu'elle porte ma robe, donne-la-lui toi-même !

Katherine se leva et sortit de la pièce. John Henry resta silencieux devant la colère de sa femme. Il ne l'avait jamais vue dans un tel état de toute sa vie. Katherine, de nature si douce, l'avait surpris en s'opposant à lui. Il sortit de la pièce et se réfugia dans sa bibliothèque en se disant que cette colère passerait. De toute façon, le mariage aurait lieu.

* * *

Lorsque James arriva chez les Lacombe, les questions fusèrent de toutes parts. Il raconta ce qui s'était passé et comment il était prêt désormais à intervenir. Avec cette attaque, l'histoire venait de prendre une tournure différente. Les autorités comprendraient que les Patriotes étaient sérieux et prêts à se battre pour affirmer leurs convictions. François-Xavier regarda son ami et lui dit :

— Je sais que nous en sommes venus à prendre les armes pour que l'on nous entende, mais je sais aussi que tout ceci est insensé. Comment pouvons-nous arrêter ces volontaires bien plus nombreux que nous tous réunis ? J'ai vraiment peur que ça tourne mal. Tu devrais prendre un peu de recul, James.

— Comment peux-tu dire une chose pareille ? Je croyais que tu étais d'accord avec les revendications.

— Oui je le suis, mais je ne suis pas d'accord avec le fait de tuer pour que nous nous fassions entendre.

— Nous sommes en guerre contre le gouvernement, contre les loyaux sujets de Sa Majesté qui se fichent pas mal de ce qui se passe dans le Haut et le Bas-Canada. Il est temps d'agir, François-Xavier ! Soit tu es avec nous, soit tu es contre nous ! Le temps d'être modéré dans nos pensées est révolu. Nous sommes acculés au pied du mur. Il ne nous reste plus qu'à prendre les armes. Nelson l'a dit et la majorité pense comme lui.

Joseph, qui était resté silencieux, crut bon d'intervenir.

— James a raison. Il est temps de passer aux actes. Si j'étais plus jeune, mon garçon, et si mon dos ne me faisait pas autant souffrir, je me battrais à vos côtés. Je sais que c'est dangereux, mais la liberté vaut la peine d'être défendue. Si j'étais à ta place, François-Xavier, je n'hésiterais pas une seconde.

James était heureux de trouver un allié en Joseph. Cependant, François-Xavier n'était pas encore convaincu de la nécessité d'employer la force. Il baissa la tête et dit à James :

— Je suis avec toi, et non contre toi. Je me battrai à tes côtés s'il le faut.

* * *

Geneviève sortit avec James pour être un peu seule avec lui. Marie-Louise et Joseph retournèrent vaquer à leurs occupations. Flora resta seule avec François-Xavier. Il l'invita à sortir prendre l'air. La jeune femme accepta. Ils firent quelques pas sans parler, puis Flora brisa le silence.

— Tu n'es toujours pas d'accord avec James, n'est-ce pas ? Pourquoi veux-tu le suivre dans cette bataille ?

— Je suis d'accord avec lui et mon père sur le point qu'il est temps d'agir. Ce que je vais te dire est difficile à avouer à une femme. D'ailleurs, je n'en ai parlé à personne.

Flora le regarda en souriant. Elle voyait bien que ce qu'il s'apprêtait à dire le rendait mal à l'aise. Il se tenait devant elle et fixait ses pieds. Elle lui répondit en souriant et surtout pour détendre l'atmosphère :

— Je ne suis pas une femme comme les autres ! Mon père me le dit souvent. Je m'intéresse à la politique, je monte à cheval comme un homme, je déteste prendre le thé avec les autres femmes et commérer sur tout un chacun.

— C'est difficile à expliquer. Je suis mort de peur à l'idée de me retrouver sur un champ de bataille. Je sais que nous ne pouvons pas reculer, que nous devons continuer en utilisant les armes, mais j'ai vraiment peur.

— Je comprends et je ne te juge pas. Mon frère est aveuglé par ses idéaux. Il ne se rend pas compte de la gravité de la situation.

— Je n'ai pas osé le dire à mon père, il serait tellement déçu.

— Je ne crois pas que tu décevrais ton père en lui faisant part de tes craintes.

— Peut-être pas, après tout. De toute façon, je vais y aller pour suivre James. Ma sœur veut que je veille sur son fiancé. James est comme un frère pour moi, je sais que si je suis avec lui et si je me rends compte que la situation devient dangereuse, je pourrai l'entraîner avec moi et nous pourrons fuir le danger. Peut-être serai-je plus prudent en étant conscient de ma peur ?

— J'en suis certaine. Je sais aussi que tu vas veiller sur mon frère et je t'en remercie. James a beaucoup de chance. Une seule chose m'inquiète cependant : qui va veiller sur toi ?

— Ne t'en fais pas pour moi, il ne m'arrivera rien.

Flora et François-Xavier s'étaient rapprochés l'un de l'autre. Celle-ci comprenait désormais que James et François-Xavier soient amis. Ils se complétaient tellement. François-Xavier prit la main de Flora. Il regarda la jeune femme dans les yeux et ajouta :

— Ton père a raison, tu n'es pas une femme comme les autres, tu es beaucoup mieux que ce que j'aurais pu imaginer. Je n'aurais jamais pensé me confier à toi, ça ne m'est même jamais arrivé avec Geneviève.

Il se pencha vers elle, mais se redressa en entendant James et Geneviève venir vers eux. Flora rejoignit son frère et son amie. Pour chasser son malaise, François-Xavier se passa la main dans les cheveux et rejoignit aussi les autres.

19

Les Patriotes se préparaient au pire et John Colborne aussi. Le 18 novembre, les troupes de Wetherall arrivèrent à la nuit tombée au fort Chambly. Les quatre compagnies attendaient du renfort avant de remonter le Richelieu vers le nord, en direction de Saint-Charles. De leur côté, les troupes du lieutenant-colonel Charles Gore débarquèrent à Sorel le 22 novembre pour descendre au sud du Richelieu en direction de Saint-Denis. Ainsi, Saint-Denis et Saint-Charles se trouveraient pris comme dans un étau. Les soldats de Gore entreprirent leur marche en direction de Saint-Denis vers 22 heures.

Les Patriotes s'étaient préparés à un affrontement. James et François-Xavier attendaient à Saint-Denis l'arrivée des Habits rouges avec des centaines d'autres Patriotes venus combattre avec eux. James avait la chance de posséder une arme et avait réussi à en trouver une pour François-Xavier. Cependant, la plupart s'étaient fabriqué des armes de fortune : fourches, pieux et bâtons. Lorsqu'un éclaireur les prévint, le matin du 23 novembre, que les troupes approchaient de Saint-Denis, tous prirent leurs postes en attendant les ordres. Quelques-uns se tenaient prêts à l'attaque dans la maison de la veuve Saint-Germain, à l'entrée du village.

James et François-Xavier attendaient dans les tranchées, transis de froid et surtout prêts à toute éventualité. Les fusils étaient chargés et François-Xavier espérait sincèrement ne pas avoir à utiliser son arme. Il se demandait une fois de plus ce qu'il faisait au fond de cette tranchée. Peut-être qu'un affrontement n'aurait pas lieu, après tout. Il ferma les yeux un instant et imagina se trouver ailleurs. Il se transporta tout près de la rivière, pêchant tranquillement, et il se vit travailler aux champs.

James attendait en tenant fermement son arme, les mâchoires crispées. Il était prêt au combat, prêt à mourir pour la cause. La pensée de Geneviève lui donnait du courage, il se battait pour elle et pour tous ceux qui avaient été trop longtemps opprimés par le gouvernement britannique. Il savait que la volonté de vaincre était une arme puissante, bien plus puissante que toutes les troupes de Sa Majesté.

Le silence qui régnait dans les tranchées fut perturbé par l'arrivée des troupes de Gore. Environ 400 hommes avançaient dans leur direction. Lorsqu'ils arrivèrent à l'entrée du village, ils s'arrêtèrent quelques instants et firent la reconnaissance des lieux. Les Patriotes retranchés dans les maisons avoisinantes attendaient patiemment que les troupes soient assez proches pour lancer l'attaque. Lorsque les Habits rouges furent suffisamment près, la fusillade commença dans leur direction. Bientôt, les soldats ripostèrent et ils réussirent à atteindre la maison Saint-Germain d'un boulet de canon, tuant quatre hommes qui s'y trouvaient. Mais la maison fortifiée ne céda pas.

Les échanges armés se poursuivaient tandis que les hommes dans les tranchées attendaient que les troupes royales battent en retraite. Le capitaine Markham tenta à plusieurs reprises de prendre possession de la maison qui était devenue une véritable forteresse. Des Patriotes de l'autre rive arrivèrent en renfort. Les troupes décidèrent d'assiéger le village par la gauche en traversant les champs, mais furent assaillies par les hommes tapis dans les tranchées. Les Patriotes venus en renfort s'avancèrent sur le flanc droit, entourant les troupes de Gore. Après cinq heures de lutte, les troupes encerclées de toutes parts durent battre en retraite, laissant leur canon enlisé dans la boue.

Malgré la perte d'une douzaine d'hommes, tous ceux qui avaient participé à la bataille se félicitèrent de leur victoire sur les troupes de Sa Majesté.

James était désormais convaincu qu'ils réussiraient à gagner cette guerre. Pour sa part, bien qu'encouragé par cette victoire,

François-Xavier doutait encore de la légitimité de la rébellion. Une bataille avait été gagnée, mais cela ne garantissait pas qu'ils remportent la guerre pour autant. Mais au moins, à présent, les autorités devaient reconnaître que les Patriotes étaient prêts à tout et qu'il n'était plus question pour eux de reculer devant l'ennemi.

Après que les troupes britanniques eurent battu en retraite, le village de Saint-Denis célébra sa victoire malgré la perte de plusieurs hommes. On essayait de se consoler en se disant qu'ils n'étaient pas morts pour rien, qu'ils avaient réussi à vaincre l'ennemi! Cependant, une question restait en suspens, à laquelle personne ne pouvait réellement répondre. Où se trouvait leur chef, Louis-Joseph Papineau? Plusieurs racontèrent l'avoir vu au début de l'affrontement, mais ne pas l'avoir vu partir, étant beaucoup trop occupés par la bataille à livrer. Certains racontaient qu'il était parti aux États-Unis demander de l'aide pour se procurer des armes supplémentaires et des munitions. D'autres l'accusèrent d'avoir fui comme un lâche. Les opinions étaient partagées.

James penchait du côté de ceux qui affirmaient que Papineau avait fui par lâcheté et par crainte de représailles. Pour James et plusieurs autres, le véritable chef et héros était Wolfred Nelson, qui avait combattu avec eux et réussi à repousser l'ennemi.

* * *

James et François-Xavier réussirent à se loger à Saint-Denis. Ils décidèrent de repartir le lendemain pour Chambly, afin de rassurer leur famille certainement très inquiète. François-Xavier pensait à son père qui serait fier de le voir revenir. Il pensa aussi à sa mère et à sa sœur qui avaient sûrement prié pour qu'il revienne sain et sauf. Le visage de Flora le hanta quelques instants. Il avait subitement hâte de la revoir. Il n'avait pas oublié qu'elle avait écouté ses confidences sans le juger. Bien qu'elle ait semblé inquiète pour lui, il sentait à quel point elle était confiante de sa force. S'il lui était arrivé à lui de douter de sa capacité à se battre sur des champs de bataille,

Flora l'avait cru capable d'affronter les pires ennemis. Il accéléra le pas, il avait hâte de lui raconter la bataille.

James pressa le pas en voyant que son ami avait accéléré. Il avait hâte aussi de se retrouver confortablement blotti dans la chaleur des bras de sa fiancée. Il savait intérieurement que la guerre n'était pas finie, mais, pour l'instant, il voulait savourer pleinement la victoire. Il revenait à Chambly la tête haute, fier d'avoir combattu à Saint-Denis et d'être parmi les habitants victorieux. Il sourit en pensant que cette victoire resterait longtemps dans la mémoire collective. Il s'imaginait au coin du feu, racontant à ses petits-enfants comment leur grand-père avait réussi à repousser l'ennemi et avait fait du Bas-Canada un pays libre de la Couronne britannique. Il marchait sur des nuages et les détonations lointaines semblaient venir d'un rêve. François-Xavier s'arrêta et James fit de même. Les coups de canon venaient de là où ils se dirigeaient, de Saint-Charles. James serra son arme et vérifia s'il lui restait un peu de munitions. Il n'avait pas cru bon de s'en procurer avant de repartir. Il en restait peu dans son sac. Il interrogea François-Xavier du regard qui lui montra son sac, presque vide. James brisa le silence.

— Nous devons y aller quand même, nos compatriotes sont en danger. Nous trouverons d'autres munitions là-bas, c'est presque certain.

— Nous devrions attendre un peu avant de nous précipiter dans la bataille. Nous ne savons pas comment s'organisent les forces.

— Je ne peux pas rester ici à entendre tonner les canons. Reste si tu veux, moi j'y vais.

James partit presque en courant. François-Xavier le regarda se diriger vers Saint-Charles. James n'avait pas eu peur à Saint-Denis, et il était prêt à tout pour revenir à Chambly en héros. François-Xavier détourna le regard. Si James voulait y aller, il n'y pouvait rien, mais il savait très bien qu'il ne voulait pas vivre encore la crainte d'être tué. Il ferma les yeux, revit le visage de Flora et se souvint de sa promesse à la jeune femme. Il devait veiller sur James et donc rester à ses côtés. Il maudit alors cette promesse et courut derrière James pour le rattraper.

* * *

Lorsque James et François-Xavier se retrouvèrent à l'entrée du village, la bataille était presque terminée. Plusieurs maisons avaient été détruites et les troupes britanniques avançaient en rangs. Les Patriotes couraient alors en tous sens, pris au piège dans leur propre guerre.

James et François-Xavier réussirent à se mettre à l'abri avec quelques autres Patriotes qui rechargeaient leurs fusils avec le peu de munitions qui leur restait. Les troupes marchaient dans leur direction en traînant un canon. James, absorbé par le chargement de son fusil, ne vit pas le canonnier recharger son canon et pointer la pièce d'artillerie dans leur direction. François-Xavier n'eut que le temps d'accrocher son ami par la manche de son manteau et le tirer vers lui en direction de la rivière. Les deux hommes se précipitèrent dans l'eau et se réfugièrent derrière une grosse pierre quand le boulet atteignit l'endroit même qu'ils avaient fui. Trois hommes n'eurent pas la même chance et retombèrent sur le sol, inertes comme de vulgaires poupées désarticulées.

Les deux amis restèrent à l'abri dans l'eau froide et boueuse de la rivière. Puis, ils rampèrent en se dissimulant dans les herbes hautes de la berge. Lorsqu'ils arrivèrent près de la sortie du village, ils jetèrent un coup d'œil au terrain pour voir si des soldats s'y trouvaient encore. Les Habits rouges mettaient désormais le feu aux maisons avoisinantes et les deux fuyards purent revenir sur la terre ferme et se sauver en courant en direction de Chambly.

* * *

Flora commençait à être inquiète au sujet de son frère et de François-Xavier. Depuis plusieurs jours, le peu de nouvelles qui lui étaient parvenues n'était pas des meilleures. Certains parlaient d'affrontements sanglants, de plusieurs Patriotes blessés et même tués. Elle s'était rendue chez les Lacombe, mais personne n'avait pu la renseigner.

Geneviève partageait les inquiétudes de son amie. Et s'il était arrivé malheur à son frère et à son fiancé ? Elle essaya de chasser ces mauvaises pensées de son esprit et encouragea Flora à ne pas douter de la force des deux hommes. Ils résisteraient à la pire des batailles.

Flora était restée presque tout l'après-midi chez les Lacombe et les deux femmes s'étaient mutuellement réconfortées. Marie-Louise était également très inquiète pour son fils, mais sa lourde tâche domestique réussissait presque à lui changer les idées.

Flora était retournée chez elle à contre-cœur plus tard cette journée-là. Elle savait très bien qu'elle ne serait pas la première à être au courant des nouveaux développements en restant chez son père. James ne viendrait pas la voir, par crainte d'y rencontrer John Henry. Flora avait fait promettre à Geneviève de venir lui donner des nouvelles aussitôt qu'elle en aurait.

En arrivant chez elle, la jeune femme passa devant la bibliothèque avant de monter dans sa chambre. Wallace y discutait avec son père. Elle détourna les yeux et accéléra le pas. John Henry interpella sa fille et lui demanda de venir. Elle entra dans la pièce sans regarder Wallace.

— As-tu des nouvelles de ton frère ?

— Non, pourquoi me demandez-vous cela ?

Flora crut discerner une lueur d'inquiétude dans le regard habituellement confiant de son père.

— S'il n'est pas chez lui, c'est qu'il est peut-être en danger. Je lui avais pourtant dit que toute cette histoire ne pouvait qu'apporter malheur et désolation !

Wallace s'approcha de Flora et posa une main sur son avant-bras.

— Il est important que vous nous disiez la vérité, Flora. Était-il chez lui ces derniers jours ?

— Vous qui êtes au courant de tout ce qui se passe, Wallace, vous devriez le savoir !

— Flora, je te prierais d'être polie avec Wallace, tout ceci est d'une importance capitale, crois-moi !

— Je ne sais pas où il est père, je vous le jure.

— Dans ce cas, il ne peut être que là-bas, à Saint-Denis ou à Saint-Charles. Je souhaite qu'il se trouve au premier endroit plutôt qu'au second.

Wallace raconta à Flora ce qui s'était passé ces derniers jours et, non sans cacher une pointe de fierté, comment son ami Wetherall avait battu les Patriotes à Saint-Charles. Flora retint son souffle et laissa Wallace continuer son récit. Puis, elle s'excusa et monta dans sa chambre. L'inquiétude la rongeait tant qu'elle crut devenir folle si elle ne recevait pas de nouvelles. Elle retournerait le lendemain chez Geneviève et y passerait une autre journée à attendre en sa compagnie.

Elle se dévêtit puis enfila son peignoir. Elle n'avait nulle envie de descendre dîner. L'idée de soutenir les yeux suppliants de sa mère qui la questionnerait sur James, et le regard inquisiteur de son père lui était insupportable. On frappa discrètement à la porte de sa chambre ; Flora serra son peignoir sur elle. Madame Carter venait sûrement lui porter quelque chose à manger. Sa surprise fut grande de voir Wallace sur le pas de la porte et tenant une boîte. Il s'excusa de la déranger et avança dans sa direction. Flora dut reculer pour le laisser passer.

— J'ai quelque chose à vous donner et je devais vous parler.

Elle poussa un soupir et lui répondit ironiquement :

— Entrez donc, faites comme chez vous !

— Il est vrai que, bientôt, votre chambre sera la mienne ! Je dois dire que vous êtes tout en beauté ce soir, ma chère ! En fait, vous êtes plus belle que jamais, Flora. Ce peignoir vous va à ravir.

— Vous n'êtes certainement pas ici pour me faire des compliments, Wallace, que me voulez-vous ?

— J'ai une surprise pour vous, ma chère Flora. Elle arrive directement de Londres. J'espère qu'elle vous plaira.

Wallace lui tendit la boîte attachée avec un large ruban de velours vert émeraude. Flora la prit avec méfiance et dénoua lentement le ruban. Elle trouva à l'intérieur une superbe robe blanche garnie de dentelles. Elle ouvrit la bouche, mais aucun son ne franchit ses lèvres. Wallace se rapprocha d'elle.

— Je sais que l'on dit que cela porte malheur que le futur marié voie la robe de sa future épouse, mais je n'ai pu m'empêcher de vous offrir cette magnifique tenue. Je sais que vous serez la plus belle mariée. Je serais très heureux que vous acceptiez de la porter.

Flora resta silencieuse. Elle ne voulait pas de cette robe, et encore moins de ce mariage. Elle était trop en colère pour trouver les mots justes afin de dire à Wallace à quel point elle le détestait. Elle décida d'ignorer le présent, redonna la boîte et le regarda droit dans les yeux.

— Vous aviez quelque chose à me dire ?

Wallace posa la boîte sur la commode.

— Je veux seulement que vous avisiez votre frère et son compagnon d'armes, si je puis dire, qu'ils seront vus comme de dangereux criminels recherchés s'ils reviennent à Chambly et qu'ils seront mis en état d'arrestation. C'est par amour pour vous que je vous fais ces confidences ce soir, ma chère. Je sais que vous êtes proche de votre frère et il serait inconvenant qu'il soit arrêté alors que nous aurons le cœur à célébrer notre mariage.

— Merci pour les renseignements. Mais pour ce qui est du cœur, le mien ne sera pas présent à ce mariage !

— En essayant cette robe vous changerez d'idée, j'en suis certain. Toutes les femmes accepteraient de se marier avec Satan en personne pour pouvoir revêtir une telle robe !

— Vous me connaissez très mal, Wallace, et une fois de plus, je me rends compte que nous n'avons rien en commun.

— Vous verrez, avec le temps vous apprendrez à me connaître, Flora.

— C'est ce que je crains le plus, croyez-moi ! Plus je vous connais et moins j'ai de respect pour vous, Wallace.

— Vous êtes cruelle avec moi, ma chérie, mais dites-vous bien que toute cette discussion ne fait que vous rendre encore plus désirable à mes yeux.

Il se planta devant elle et l'embrassa de force. Elle réussit à se dégager et à le repousser.

— J'épouserai un homme que je respecte et ce n'est pas votre cas. Sortez tout de suite !

Wallace eut juste le temps de sortir de la chambre avant que Flora ne lui claque la porte au nez.

* * *

James et François-Xavier avaient couru longtemps avant de s'arrêter. Leurs vêtements étaient encore trempés et les deux hommes étaient gelés jusqu'aux os. Ils s'arrêtèrent à Pointe-Olivier, tout près de Chambly, avant de décider de se séparer. À deux, ils risquaient d'éveiller les soupçons. Ils ne pouvaient pas rentrer à Chambly et faire comme s'il ne s'était rien passé. Ils craignaient les représailles. James brisa le silence, devenu presque accablant depuis quelques minutes.

— Nous devrions y retourner. Je suis certain qu'ils ont encore besoin de nous.

François-Xavier réagit vivement aux propos de son ami. Il le foudroya du regard.

— Es-tu complètement fou, James MacGregor? On dirait presque que tu regrettes d'être encore en vie!

— Je regrette que nous ayons fui comme des lâches!

— Nous avons fui pour sauver notre vie! Tu aurais voulu finir tes jours comme ces pauvres hommes déchiquetés par ces obus? Leurs fiancées et leurs familles devront vivre avec leur mort. C'est cela que tu veux infliger à ma sœur et à Flora?

James resta silencieux et baissa les yeux.

— Maintenant, écoute-moi bien, James, tu vas faire ce que je dirai. Nous allons nous séparer ici. Toi, tu te rends à Saint-Jean et, si je ne suis pas là dans quatre jours, tu vas m'attendre chez ma sœur à La Prairie. Elle saura te cacher en attendant mon arrivée. Nous partirons ensemble pour les États-Unis. Là-bas, nous ne serons pas recherchés et nous pourrons réfléchir à ce qu'il y a de mieux à faire pour nous.

— Que feras-tu?

— Récupérer quelques affaires à Chambly et rassurer tout le monde sur notre santé. Je vais te rejoindre le plus tôt possible.

James accepta la proposition de François-Xavier, et lui demanda de se rendre chez lui pour récupérer de l'argent. Cet argent qu'il avait amassé depuis longtemps pour s'établir confortablement, ils en auraient besoin pour leur exil. Les deux amis se donnèrent une chaleureuse accolade avant de partir dans des directions opposées.

20

Quand Flora ouvrit les yeux, le lendemain, la boîte contenant la robe de mariage que Wallace lui avait apportée se trouvait toujours sur la commode, à l'endroit même où il l'avait posée la veille. Flora remit le couvercle sur la boîte pour ne plus voir cette robe qui ne faisait que la narguer en lui rappelant que, bientôt, elle serait la femme de Wallace Callaghan. Elle se dépêcha de s'habiller pour prendre son petit-déjeuner et se rendre chez les Lacombe afin d'attendre des nouvelles.

Katherine et John Henry étaient à table lorsqu'elle entra dans la salle à manger. Le père regarda sa fille s'asseoir et lui dit :

— Wallace nous a confié hier soir qu'il t'avait acheté ta robe de mariage. Elle doit être des plus ravissantes si je pense à la description qu'il nous en a faite. J'aurais aimé te conduire à l'autel dans la robe de ta mère, mais celle offerte par ton futur époux est encore mieux. Il a choisi la plus belle des robes, j'en suis certain.

— Même si la robe était cousue de fils d'or, je ne voudrais pas la porter davantage.

— Tu dois te rendre à l'évidence, ma fille : dans quelques jours, nous célébrerons ton mariage. Malheureusement, je pense que ton frère sera absent pour cette grande occasion.

Flora termina son petit-déjeuner en vitesse, se leva sans s'excuser, puis sortit de la pièce sans adresser la parole à ses parents.

* * *

Flora avait passé la journée entière chez les Lacombe à attendre des nouvelles de son frère et de son ami. Après avoir refusé poliment de rester souper, elle repartit chez elle. Geneviève et ses parents étaient morts d'inquiétude eux aussi. Le plus difficile était de ne pas savoir si François-Xavier et James étaient sains et saufs.

Il était déjà tard et Geneviève était montée se coucher. Marie-Louise tricotait et Joseph sommeillait dans sa chaise berçante lorsque la porte s'ouvrit. Marie-Louise se leva en pensant qu'un coup de vent avait fait ouvrir la porte ; elle poussa un petit cri qui réveilla son mari lorsqu'elle aperçut François-Xavier. Elle embrassa chaleureusement son fils et referma la porte derrière lui. François-Xavier s'affala sur une chaise et Marie-Louise lui servit un bol de soupe chaude. Après en avoir pris quelques cuillerées, il se mit à parler à ses parents.

— Je ne resterai pas longtemps, je préfère que personne ne me voie. Je suis seulement venu chercher quelques affaires et je pars rejoindre James à Saint-Jean.

Pendant que François-Xavier racontait ce qui s'était passé à Saint-Denis et à Saint-Charles, Geneviève s'était jointe à la conversation. Joseph demanda à son fils où ils comptaient se réfugier tous les deux.

— Une fois la frontière traversée, nous trouverons certainement un endroit où nous loger. Une chose est certaine, nous serons en sécurité là-bas, le temps de décider ce qu'il sera nécessaire de faire par la suite.

François-Xavier se leva et mit la main sur l'épaule de sa sœur qui se tenait à l'écart, silencieuse.

— James est en bonne santé, il aurait voulu venir te voir, mais nous avons trouvé plus prudent de nous séparer pour circuler.

— Dis-lui seulement que je l'aime et que je vais l'attendre. J'irai peut-être vous retrouver au printemps, si tout va bien. Je te demande seulement de veiller sur lui.

— Je le ferai, je te le promets.

Le frère et la sœur s'étreignirent. Marie-Louise remit un petit paquet à son fils.

— Je t'ai préparé quelques provisions pour ton voyage. Je t'ai aussi mis deux chemises sèches et des chaussettes de laine pour te tenir au chaud. Je t'en prie mon garçon, fais attention à toi. Pour James, nous aviserons Flora qu'il sera bientôt en sécurité aux États-Unis. Pars, mon fils, et dépêche-toi d'arriver à Saint-Jean.

Joseph s'approcha de son fils, le serra contre lui et lui dit en le regardant dans les yeux :

— Je suis fier de toi, mon fils. Donne-nous de tes nouvelles le plus tôt possible s'il te plaît, ta mère s'inquiète beaucoup pour toi.

François-Xavier sourit à son père. Joseph réussissait mal à dissimuler qu'il s'inquiétait aussi pour son fils, mais il préférait le cacher. Le jeune homme laissa ses parents et sa sœur et leur fit un salut de la main en les voyant tous les trois à la fenêtre de la maison paternelle qui le regardaient s'éloigner dans la nuit froide de la fin du mois de novembre.

François-Xavier ne savait pas quand il reverrait sa famille, mais il espérait en son for intérieur qu'il ne tarderait pas à la retrouver bientôt.

* * *

Il y avait un bon moment déjà que ses parents étaient montés se coucher. Flora était assise près d'une fenêtre et serrait son châle sur ses épaules. Elle se préparait à aller se coucher elle aussi lorsqu'elle entendit un bruit venant de la véranda. Elle saisit une bougie et se rapprocha de la fenêtre. Elle ne distingua rien dans la nuit sombre. Elle ouvrit la porte et jeta un coup d'œil sur la galerie. Quelle ne fut pas sa surprise de voir

François-Xavier qui lui fit signe de sortir. Elle prit son châle et sortit dans la nuit froide.

— Comme je suis heureuse de te voir. Où est James ? Il ne lui est rien arrivé, j'espère ?

— Il est en sécurité à Saint-Jean. Je pars le rejoindre.

— Viens, assieds-toi et raconte-moi tout.

François-Xavier hésita et regarda en direction de la maison. Flora le rassura en lui disant que tous dormaient. François-Xavier s'installa sur un banc en face d'elle. Elle resserra son châle sur ses épaules en frissonnant. François-Xavier retira sa veste et la lui tendit. Elle la posa sur ses épaules et attendit qu'il lui raconte ce qui se passait.

— Pourquoi partez-vous pour les États-Unis ?

— Ils sont demeurés neutres, là-bas, nous ne craindrons pas pour notre liberté. Je dois récupérer quelques affaires chez James puis je vais le rejoindre.

— Vous allez être si loin de Chambly.

— Il le faut, Flora, nous n'avons pas le choix.

— Tu as raison, Wallace m'a dit que vous pourriez être mis aux arrêts.

Flora détourna le regard en sentant les larmes lui monter aux yeux. François-Xavier se leva et vint s'asseoir près d'elle.

— Que se passe-t-il ? Je ne pense pas que ton chagrin soit uniquement dû à notre départ.

— Tu as raison, votre départ m'attriste beaucoup, mais ce n'est pas tout. Dans quelques jours, je serai mariée contre ma volonté, j'aimerais mieux être emprisonnée que d'épouser Wallace Callaghan.

— Je ne savais pas que vous étiez fiancés.

François-Xavier resta songeur. Il ne vit pas qu'une lueur d'espoir brillait dans les yeux de Flora.

— Je pourrais partir avec vous !

— Tu n'y penses pas ? Ce serait beaucoup trop dangereux. S'il t'arrivait quelque chose, je ne me le pardonnerais jamais.

— Je pense que c'est une bonne idée, au contraire. Vous allez passer beaucoup plus inaperçus si je vous accompagne. Vous ne ressemblerez pas à deux fuyards de cette façon.

François-Xavier devait l'avouer : l'idée de Flora n'était pas bête. La présence d'une femme avec eux détournerait tous les soupçons. Il craignait cependant de l'exposer à une situation dangereuse. Une chose était certaine, il était heureux qu'elle refuse d'épouser Callaghan.

— D'accord, tu peux m'accompagner jusqu'à Saint-Jean. Si ton frère juge plus prudent que tu reviennes ici, tu devras lui obéir.

— C'est d'accord, mais je suis certaine que James ne me renverra pas ici. Il ne veut pas que je me marie malgré moi. Il souhaite ardemment mon bonheur, j'en suis certaine. Je rentre m'habiller plus chaudement et préparer quelques affaires, je ferai vite. J'ai quelque chose à donner à Geneviève.

— Je dois m'arrêter chez James récupérer de l'argent, tu lui laisseras ce que tu veux lui donner là-bas. Elle s'y rend souvent, je suis certain qu'elle trouvera ton présent.

Flora lui rendit sa veste et entra dans la maison. François-Xavier la regarda partir en souriant. Il n'aurait pas réussi à s'opposer à sa décision. Flora, très têtue, savait se montrer extrêmement persuasive lorsqu'elle avait une idée en tête, comme lorsqu'elle les avait aidés aux travaux de la ferme, vêtue d'un vieux pantalon de James et prête à affronter les rudes travaux ménagers. Décidément, la jeune femme l'étonnait de plus en plus chaque jour. Ce qu'il découvrait d'elle n'était pas sans lui plaire.

* * *

Flora monta dans sa chambre sans faire de bruit. Elle ramassa quelques affaires et rédigea une courte lettre expliquant à ses parents qu'elle préférait fuir plutôt que de se marier contre son gré. Elle leur dit qu'elle irait retrouver James et qu'elle leur ferait vite parvenir une lettre. Elle prit ses affaires et, lorsqu'elle fut prête à sortir, sa mère se tenait devant sa porte. Flora recula et Katherine entra dans la pièce en refermant la porte derrière elle.

— Où vas-tu à une heure pareille ?

— Je vais retrouver James.

— Tu ne pars pas uniquement pour cette raison, n'est-ce pas ?

— Non, et vous savez pourquoi. Je ne veux pas de ce mariage avec Wallace. Vous le savez et rien de ce que vous me direz, mère, ne m'empêchera de partir.

— Crois-tu que tu pourras fuir toute ta vie, Flora ?

— Si cette fuite peut me rendre heureuse, alors j'y compte bien.

Flora s'attendait à ce que sa mère la retienne et se préparait à argumenter pour qu'elle la laisse partir. Katherine regarda longuement sa fille avant de lui dire :

— Alors, si tu sais que tu seras heureuse, pars ma chérie. Je ne te retiendrai pas. Promets-moi seulement que tu feras attention à toi.

Flora demeura quelques secondes silencieuse à la suite de ce que sa mère venait de dire. Katherine prit sa fille dans ses bras et l'embrassa chaleureusement.

— Dépêche-toi de partir, Flora. Dis à James que je l'aime et que je lui souhaite d'être heureux lui aussi. Si tu savais comme je t'envie, tu seras libre de décider de ta vie. Avant de sortir de la maison, va dans la bibliothèque de ton père. Dans le tiroir de son bureau, tu trouveras une boîte en métal. Il y a un peu d'argent à l'intérieur, cela devrait suffire à vous aider, James et toi, à payer votre voyage. Pars maintenant, Flora.

Katherine embrassa sa fille sur le front et essuya les larmes qui roulaient à présent sur ses joues. Flora faisait ce qu'elle aurait dû faire à son âge. Peut-être aurait-elle été heureuse elle aussi? Elle avait dit à Flora qu'elle ferait tout pour l'aider à se sortir de cette mauvaise situation. Elle n'avait pas réussi à convaincre John Henry d'empêcher ce mariage, mais ce soir, elle aidait sa fille à voler vers la liberté. Elle s'essuya les yeux en la voyant partir. Sa dernière-née venait de quitter le nid familial.

* * *

Après avoir récupéré la boîte de métal de son père, Flora se rendit à l'écurie sous le regard interrogateur de François-Xavier. Elle sella Lady en vitesse et la conduisit devant le jeune Lacombe qui la regardait en silence.

— Avec un cheval, nous serons plus vite aux côtés de James. Il nous reste peu de temps avant qu'il ne prenne la route de La Prairie, comme vous l'aviez prévu. Avec un peu de chance, nous le rejoindrons à Saint-Jean.

— Je me demande encore si c'est une bonne idée que tu nous accompagnes. Tes parents ne tarderont pas à lancer un avis de recherche.

— Raison de plus pour que nous nous dépêchions.

François-Xavier haussa les épaules et aida Flora à monter derrière lui. Elle tenait fermement une boîte dans ses bras. Le cheval partit au galop et franchit rapidement la distance séparant la maison des MacGregor de celle de James. Après avoir scruté les environs, François-Xavier arrêta la monture devant la demeure de son ami. Il aida Flora à descendre et ils entrèrent tous deux dans la maison. La jeune femme posa la boîte contenant la robe que Wallace lui avait offerte. Elle rédigea une courte note pour son amie, puis elle sortit de la maison suivie de François-Xavier. Ils prirent la direction de Saint-Jean en galopant à vive allure.

* * *

Une pluie froide et cinglante tombait sur les deux cavaliers. Flora tenait fermement la taille de François-Xavier et avait posé sa tête sur le dos de celui-ci. Elle ferma les yeux en pensant à sa mère. Jamais elle ne pourrait assez la remercier de ne pas l'avoir retenue. Sa mère, qu'elle avait crue faible et manquant d'autorité, lui avait prouvé le contraire ce soir. Elle imaginait la colère de son père quand il se rendrait compte de son départ. Elle se demandait ce qu'inventerait sa mère pour excuser sa fuite. Elle sourit en pensant à la tête de Wallace lorsqu'il apprendrait la nouvelle. Lui qui aimait tout maîtriser devrait avouer que, pour une fois, la situation lui échappait.

François-Xavier espérait avoir pris la bonne décision pour Flora. Il ne voulait pas lui faire courir le moindre risque, mais il était heureux qu'elle soit derrière lui. Il sentait sa chaleur. Elle avait posé la tête dans son dos et semblait s'être assoupie. Cette chaleur le réconfortait et le consolait. Car leur départ précipité pour les États-Unis lui faisait craindre le pire. Quand pourraient-ils rentrer au pays ? Toute cette folie de rébellion prendrait-elle fin un jour ? Il l'espérait de tout cœur, souhaitant ardemment mener une vie tranquille et rangée auprès de sa famille. Pour l'instant il fuyait, mais bientôt il espérait revenir la tête haute de son exil aux États-Unis. Flora resserra son étreinte et il sourit en pensant à la chance qu'il avait qu'elle soit près de lui.

* * *

Bientôt, ils aperçurent les lueurs de Saint-Jean et celles de l'aube. Il n'avait pas cessé de pleuvoir cette nuit-là et les deux cavaliers étaient trempés jusqu'aux os. Ils s'arrêtèrent à la première auberge qu'ils rencontrèrent sur leur chemin où, par chance, James était descendu. L'aubergiste, encore endormi de s'être fait tirer de son sommeil un peu trop tôt, les conduisit à la chambre de James. François-Xavier dut frapper plusieurs fois. James vint ouvrir, les cheveux hirsutes et les yeux encore bouffis de sommeil. Il invita son ami à entrer sans se rendre compte que Flora le suivait.

Ce n'est que lorsque la porte fut refermée qu'il vit sa sœur toute trempée, derrière François-Xavier.

— Que fais-tu ici ? À quoi as-tu pensé d'entraîner ma sœur dans cette histoire ?

— Ne te mets pas en colère, je t'en prie. François-Xavier n'y est pour rien. Je suis venue de mon plein gré et mère est même au courant. Je refuse d'épouser Wallace et partir est le seul moyen que j'ai trouvé pour empêcher ce mariage. Maintenant, je pense que nous avons mérité une tasse de thé, si tu veux bien nous en offrir une.

James se passa la main dans les cheveux. Il leur servit une tasse de thé et les aida à se dévêtir.

* * *

Le petit-déjeuner était servi depuis un bon moment lorsque John Henry envoya madame Carter chercher Flora. Katherine buvait son café en essayant de garder son calme. Madame Carter revint quelques minutes plus tard en tenant la lettre que la jeune femme avait rédigée la veille.

Après avoir pris connaissance du contenu de la lettre, John Henry abattit un poing sur la table et sortit précipitamment de la pièce. Katherine lut calmement la lettre de sa fille. À l'heure actuelle, Flora se trouvait sans doute en sécurité aux côtés de James. La mère souhaita ardemment que le voyage de ses enfants se déroule sans encombre.

* * *

— Il est hors de question que tu viennes avec nous! Quand tu seras réchauffée et que le mauvais temps se sera calmé, tu repars pour Chambly.

James marchait de long en large, furieux. Il n'admettait pas que sa sœur se trouve à Saint-Jean. François-Xavier se réchauffait près de l'âtre et restait silencieux. Flora posa sa tasse de thé, se leva et se tint devant James, l'obligeant à s'arrêter.

— Je ne retournerai pas à Chambly! Je partirai, que tu le veuilles ou non. Si ce n'est pas avec vous, je me débrouillerai seule, mais il est hors de question que je retourne là-bas, m'entends-tu?

— Où comptes-tu aller si je refuse que tu nous accompagnes?

— Je ne le sais pas encore, mais je trouverai.

James se tourna vers son ami et attendit qu'il lui vienne en aide et raisonne sa sœur. François-Xavier haussa les épaules devant le regard implorant de James.

— Je ne voulais pas qu'elle vienne avec nous, mais elle a réussi à me convaincre. Vous êtes semblables lorsque vous exposez vos arguments. Mais il est vrai que sa présence pourra détourner les soupçons.

— Alors, comme je peux voir, vous êtes tous les deux contre moi! Jamais je n'aurais pensé que mon meilleur ami et ma propre sœur se ligueraient ensemble! Tu peux venir, mais si je vois que tu cours le moindre danger, tu reviens à Chambly sans aucun autre argument. En attendant, tâchez de dormir un peu, je vais réserver nos places sur le prochain bateau.

James ne pouvait que baisser les bras devant la détermination de sa sœur. Jamais elle ne repartirait à Chambly. Et seul Dieu savait de quelles bêtises elle était capable, si elle ne les suivait pas. En étant près d'elle, il pourrait mieux la protéger. Jamais Callaghan n'épouserait sa sœur !

* * *

John Henry avait envoyé quelqu'un chercher Wallace et celui-ci ne tarda pas à entrer dans la bibliothèque où une réunion de famille l'attendait. Katherine se tenait un peu à l'écart, assise dans un fauteuil confortable. Elle mit de côté sa broderie lorsque Wallace entra dans la pièce.

— Que se passe-t-il John Henry ?

— Flora est partie !

— Partie ? Que voulez-vous dire ? Elle ne doit pas être bien loin !

Wallace prit la lettre que lui tendait John Henry. Il la lut et la relut une seconde fois avant de la chiffonner et de la jeter par terre avec colère.

— Je vais tout faire pour la retrouver, soyez-en certains ! Votre fille ne peut pas me faire un tel affront, c'est inconcevable !

John Henry s'approcha de Wallace.

— Ne vous mettez pas en colère ! Elle est partie sur un coup de tête, mais elle reviendra dans quelques jours. Votre mariage ne sera que remis un peu plus tard.

— Une fois qu'elle sera ma femme, elle n'agira plus sans réfléchir comme elle l'a fait, j'y veillerai personnellement !

— Vous serez son mari et elle vous devra obéissance. Ma fille a besoin de quelqu'un comme vous pour freiner ses élans irréfléchis.

Katherine se leva et leur coupa la parole.

— Flora a peut-être fait ce qui était le mieux pour elle. Elle a fui un père autoritaire qui veut régenter sa vie et un futur mari qui veut la dominer et asservir ses pensées et ses sentiments. Son départ m'inquiète énormément, mais je souhaite presque qu'elle ne revienne pas ici et qu'elle soit heureuse.

John Henry se sentait humilié par les propos de sa femme et, ne voulant pas perdre la face devant Wallace, déclara :

— Tu ne sais plus ce que tu dis, Katherine ! Tout ce que je veux, c'est le bien de ma fille et qu'elle se trouve loin de la maison me rend fou d'inquiétude.

— Je n'ai jamais si bien su ce que je dis, au contraire. Pour la première fois de ma vie, je me rends compte à quel point tu as toujours voulu tout contrôler. Maintenant que cette situation t'échappe, tu ne sais plus comment te rattraper.

Katherine regarda John Henry droit dans les yeux avant d'ajouter :

— Tu as éloigné mes enfants de moi avec ton autorité et ton manque d'indulgence à leur égard. D'abord, James a dû partir parce que tu refusais qu'il épouse cette jeune femme dont il est profondément épris. Maintenant, Flora a dû fuir à cause de ton entêtement. Jamais je ne pourrai te pardonner.

John Henry regarda Katherine quitter la pièce et ne put détourner le regard de cette femme qu'il ne reconnaissait plus. Jamais elle ne lui avait parlé de cette façon ; Katherine était une compagne douce qui n'avait jamais rien trouvé à redire concernant sa façon de gérer la maison. Tout cet esprit de rébellion qui sévissait dans le Haut et dans le Bas-Canada prenait d'assaut sa propre famille ; son fils, sa fille et à présent sa femme se retournaient contre lui.

Wallace s'était tenu à l'écart pendant l'altercation. Comment Flora avait-elle pu faire une chose pareille ? Elle était audacieuse et savait défendre ses opinions, mais jamais il ne l'aurait crue capable de s'enfuir ainsi. Elle ne devait pas être partie seule, c'était presque impossible. Dans sa lettre, elle ne faisait pas mention de gens l'accompagnant, mais Wallace était presque certain que James devait se cacher derrière tout cela. Une seule personne pouvait le renseigner sur l'endroit où se trouvaient James et, par conséquent, Flora. Il s'excusa auprès de John Henry et sortit en se dirigeant vers le seul endroit où l'on pourrait le renseigner.

* * *

Flora se réveilla d'un sommeil profond. Tout de suite après avoir terminé sa tasse de thé, James était parti avec François-Xavier. Flora s'était étendue sur le lit et s'était endormie presque instantanément. La chambre était silencieuse et James n'était pas revenu. La jeune femme se leva du lit et aperçut alors François-Xavier qui dormait dans un fauteuil, auprès de la chaleur réconfortante du foyer. Elle l'observa un bon moment.

Le jeune homme avait étiré ses jambes et croisé les pieds. Il avait retiré ses bottes trempées ainsi que sa veste de laine grise. Il dormait, le front appuyé dans la paume d'une main, le coude reposant sur l'appuie-bras du fauteuil. Ses cheveux, trempés à son arrivée, avaient eu le temps de sécher, mais ils étaient en bataille et bouclés par l'humidité. Flora saisit un châle dans ses bagages préparés à la hâte. Elle mit quelques bûches dans l'âtre pour aviver le feu qui sommeillait sous les braises. Elle prit l'édredon sur le lit et le posa délicatement sur François-Xavier qui bougea un peu sans s'éveiller. Flora approcha une chaise et s'assit devant lui en continuant de l'observer.

Alors, elle se rendit compte qu'elle ne l'avait jamais regardé de cette façon et dut s'avouer qu'elle trouvait le jeune homme très beau. Elle avait toujours perçu sa force physique surprenante lorsqu'il travaillait la terre mais, désormais, en l'observant dormir paisiblement, elle vit qu'une douceur et une sensibilité touchantes se dégageaient de lui. Elle se souvint de leur baiser du soir du réveillon. Wallace l'avait embrassée à plusieurs reprises, mais ses baisers étaient restés sans conséquence et Flora n'avait rien éprouvé. Mais le baiser avec François-Xavier était resté gravé dans son cœur. Même s'il s'était excusé de s'être laissé emporter, elle savait au fond d'elle-même que le jeune homme ne regrettait aucunement ce qui s'était passé. Elle ferma les yeux quelques instants et, quand elle les ouvrit, François-Xavier, réveillé, s'étirait pour chasser le sommeil. Elle lui sourit et lui offrit une tasse de thé. Ils se rapprochèrent du foyer pour se réchauffer et burent leur thé en silence.

* * *

Geneviève s'était retrouvée seule à la maison pour la première fois depuis des jours. Sa mère s'était rendue au village afin de se procurer quelques articles pour la maison, et son père était aux champs à faire les derniers préparatifs avant l'hiver.

Le matin, elle était allée chez James installer les rideaux qu'elle avait cousus pour que lorsque son fiancé reviendrait d'exil, il trouve la maison plus accueillante. Chaque fois qu'elle s'y rendait, elle se sentait plus proche de James, plus proche de son rêve qu'elle avait dû remettre à plus tard. En entrant, elle trouva une boîte sur la table au centre de la pièce principale. Elle la prit et s'assit avant de l'ouvrir. La robe de mariée la laissa stupéfaite, et elle lut attentivement la note qui l'accompagnait.

Ma chère Geneviève,

Avant de partir, je tenais à te laisser cette robe. Elle m'a été offerte par Wallace, mais comme tu sais, ce mariage n'aura jamais lieu. Par contre, le tien n'est que remis à plus tard. Mon frère t'aime profondément et il fera tout pour revenir le plus tôt possible. Je sais que tu seras la plus belle mariée et surtout la plus heureuse. J'espère que cette robe te plaira et qu'elle te fera espérer des jours meilleurs.

Je t'écrirai dès que je le pourrai.

Ton amie Flora.

Geneviève n'avait jamais vu une si belle robe de toute sa vie. Elle se hâta de rentrer chez elle. Lorsqu'elle arriva, elle se précipita dans sa chambre et l'essaya. Elle devrait la raccourcir un peu, mais la robe lui allait à merveille. James serait certainement heureux de la voir vêtue de cette façon. Elle avait tellement hâte qu'ils unissent leurs vies.

Geneviève venait tout juste de redescendre vêtue de sa robe de tous les jours lorsqu'on frappa à la porte. Elle se recoiffa en vitesse et ouvrit. Elle recula d'un pas lorsqu'elle reconnut Wallace Callaghan.

— Je veux voir ton frère.

— Il n'est pas ici.

— Où est-il alors ?

— Je ne le sais pas. Il n'est pas venu ici depuis plusieurs jours.

— Si j'étais à ta place, je ne mentirais pas.

— Je ne mens pas.

De quel droit venait-il jusqu'ici l'interroger ? Elle fit un pas, l'obligeant à reculer. Malgré l'imposante stature de Callaghan, Geneviève ne se laisserait pas intimider par cet homme qui se croyait tout permis.

— Sais-tu au moins s'il est avec James MacGregor ?

— Je l'ignore. Maintenant, si vous le permettez, monsieur, j'ai d'autres choses à faire que de subir votre interrogatoire.

Wallace devait l'admettre, cette jeune femme toute menue lui tenant tête n'était nullement impressionnée par lui. Il décida de l'effrayer un peu pour qu'elle lui dise où se trouvait son frère. Il lui prit le bras et se rapprocha d'elle.

— Vous me faites mal ! Lâchez-moi !

— Je tiens seulement à t'avertir que je vous ai à l'œil. Ton frère est recherché ainsi que MacGregor. Je les soupçonne d'avoir entraîné dans leur fuite ma fiancée, Flora. Tu sais que tu pourrais être accusée de complicité si tu caches des fugitifs. Une dernière fois : dis-moi où ils se trouvent.

Geneviève essayait de se défaire de l'emprise de Callaghan. Elle fut très heureuse de voir arriver Étienne qui se précipita vers la maison lorsqu'il les vit.

— Je crois que j'arrive à temps. Lâchez-la tout de suite ou vous allez savoir que mademoiselle Lacombe a des amis qui peuvent la protéger.

Wallace lâcha prise et toisa Étienne. Les deux hommes, presque de la même taille, se regardèrent quelques instants puis Wallace recula d'un pas et dit à Geneviève avant de partir :

— Si jamais j'apprends que vous les avez protégés, je trouverai bien un moment de vous le faire payer.

* * *

Le bateau leva l'ancre tôt le lendemain matin. Du pont, James, François-Xavier et Flora regardaient les premières lueurs du jour éclairer Saint-Jean. Tous les trois étaient perdus dans leurs pensées.

James se demandait quand il pourrait rentrer et épouser Geneviève. Depuis les dernières semaines, les événements s'étaient bousculés. Il s'était laissé entraîner dans la rébellion. Il ne le regrettait aucunement, mais l'absence de Geneviève lui pesait. Il rêvait d'être auprès de la jeune femme, de se réveiller chaque matin à ses côtés, de tenir leurs enfants dans ses bras. La présence de Flora le tourmentait un peu. Il ne voulait pas qu'elle coure de risque et il n'était pas certain d'avoir pris la bonne décision en la laissant venir avec eux. Il ferma les yeux en espérant rentrer bientôt au pays.

François-Xavier regardait l'horizon, saisi par une inquiétude sans bornes qui lui nouait les entrailles. Il n'avait d'autre choix que de fuir et cela lui faisait terriblement peur. Heureusement, la présence de Flora le réconfortait un peu. Il avait contemplé longuement la jeune femme la veille, pendant son sommeil. Pour la première fois, il avait pris conscience de sa beauté : son nez fin, ses paupières closes cachant ses yeux bleu ciel, ses cheveux couleur cuivre encadrant son visage délicat. En regardant ses lèvres, il s'était souvenu de leur baiser du soir du réveillon. Il avait dit à Flora de l'excuser, qu'il s'était laissé emporter, mais il avait désiré plus que tout embrasser la jeune femme. À présent, elle se trouvait près de lui, dans un moment de sa vie qu'il anticipait et qu'il redoutait. Cette fuite lui faisait envisager le pire et, tout comme James, il craignait que Flora coure un quelconque danger, mais il était prêt à tout pour la défendre.

Des trois voyageurs, Flora était celle qui espérait le plus de cette fuite. Peut-être que son père comprendrait enfin qu'elle ne se laisserait pas imposer une vie qu'elle n'avait pas choisie. Elle ne voulait pas de Wallace et sa fuite rendait le message encore plus clair. Aux côtés de son frère et de François-Xavier, elle ne craignait rien, les deux hommes veilleraient sur elle. La jeune femme était heureuse que François-Xavier soit près d'elle. Elle commençait à le connaître de plus en plus et ce qu'elle en découvrait lui plaisait. Leur fuite leur permettrait de se rapprocher. Son seul regret était qu'ils avaient dû vendre Lady avant de quitter Saint-Jean. Flora avait caressé affectueusement, une dernière fois, la crinière de l'animal et l'avait laissé à son nouvel acquéreur qui lui avait promis d'en prendre soin.

Les trois fuyards rentrèrent dans leurs cabines, car un vent froid se levait sur la rivière Richelieu, emportant leurs dernières inquiétudes. Ils quittaient le Bas-Canada en espérant y revenir un jour, enfin libres.

21

Durant la traversée de Saint-Jean à Burlington, dans l'État du Vermont, Flora garda le lit. Lors de sa chevauchée sous la pluie avec François-Xavier, elle avait contracté un rhume et, à présent, elle était fiévreuse. James avait réussi à faire descendre sa température, mais la jeune femme était faible et restait alitée. Quand James allait prendre un peu d'air sur le pont, François-Xavier restait auprès d'elle. Il s'était promis de veiller sur Flora.

Lorsque le bateau passa devant l'Île-aux-Noix, peu de temps avant l'arrivée au Lac Champlain, James et François-Xavier regardèrent avec appréhension le fort qui se dressait fièrement sur la pointe de l'île. Le bateau sembla ralentir et les deux hommes craignirent que des troupes de volontaires n'embarquent pour inspecter le bateau. Par bonheur, il pleuvait. La pluie froide, mêlée à de la neige, avait découragé les soldats de fouiller tous les bateaux passant sur la rivière. Le commandant reçut l'autorisation de continuer, et le bateau poursuivit son périple sans encombre jusqu'au Lac Champlain.

James ne voulait plus se rendre à Burlington, préférant demeurer près de la frontière et être prêt à toute éventualité. Beaucoup de Patriotes se trouvaient dans les environs d'Alburgh. Lorsque le bateau arriva à destination, Flora eut à peine la force de se vêtir et de descendre. James loua deux chambres dans une auberge et aida sa sœur à s'allonger. Celle-ci, fiévreuse, frissonnait sous les couvertures. James et François-Xavier occupaient la chambre voisine et se relayaient auprès d'elle. Dehors, la neige tombait à gros flocons, annonçant l'hiver. James descendit manger un peu, et François-Xavier resta auprès de la malade.

Il venait de s'asseoir lorsque la jeune femme s'éveilla d'un cauchemar. Son visage était couvert de sueur et elle s'assit dans son lit en ouvrant les yeux. François-Xavier lui épongea douce-ment le front et l'aida à se recoucher.

— Merci de veiller sur moi, François-Xavier.

— Rendors-toi.

— Tu devrais descendre retrouver mon frère, je me sens un peu mieux et je crois que je vais dormir encore un peu. Vous pourriez m'apporter une soupe en revenant, je commence à avoir faim.

François-Xavier posa la main sur le front de Flora et constata que la fièvre avait presque disparu. La jeune femme ferma les yeux à ce contact. Le jeune homme y garda sa main quelques instants. La peau de Flora était d'une douceur exquise. La porte s'ouvrit et James entra. François-Xavier retira sa main et dit à son ami que sa sœur se portait mieux.

— Je suis bien heureux d'apprendre cette nouvelle. Je suis venu chercher ma trousse ; un blessé a besoin de mes soins.

— Je vais t'accompagner et manger un peu. Je dois rappor-ter quelque chose à Flora.

— Repose-toi, chère sœur, nous revenons bientôt.

* * *

Les malles de Wallace étaient terminées. Avant de partir s'ins-taller dans sa nouvelle demeure à Montréal, il s'arrêta chez les MacGregor pour s'enquérir de leur fille. Flora n'avait pas encore donné signe de vie, et Wallace fut déçu. Il avait cru que celle-ci ne serait partie que quelques jours, mais il devait se rendre à l'évidence : elle n'était pas prête à revenir. Décidément, la jeune femme jouait les enfants gâtées. Elle refusait d'épouser un homme que toutes les femmes convoitaient. Le simple fait de penser à cette fuite faisait entrer Wallace dans une grande colère. Flora méritait une leçon sévère. Sa jeunesse et sa fougue étaient certainement responsables de son exil. Désormais, elle devait être loin, sûrement aux États-Unis, le seul endroit où il était impossible de rechercher des Patriotes en fuite. Ce qui l'exaspérait le plus était de savoir que ce Lacombe se trouvait certainement en sa compagnie. Ce rustre, ce paysan qui avait aidé sa fiancée à fuir comme une criminelle.

Malheureusement, John Henry n'avait reçu aucune nouvelle de sa fille et Katherine restait murée dans le silence. Si Flora avait donné des nouvelles à sa mère, elle ne l'aurait pas dit à son mari car, depuis leur dernière altercation, elle ne lui adressait plus la parole. Wallace refusa poliment l'invitation à rester pour le déjeuner, étant donné que le temps était mauvais et qu'il souhaitait arriver tôt à Montréal. Il invita le père de sa fiancée à lui rendre visite en ville. John Henry et Katherine seraient toujours les bienvenus. Il les pria de communiquer avec lui s'ils avaient des nouvelles de leur fille et leur dit qu'il en ferait de même. Puis il les salua, monta dans sa calèche et partit sans se retourner.

* * *

James se pencha sur l'homme. Samuel Dawson s'était blessé en abattant un arbre. Il était pourtant habitué à couper des arbres imposants, mais, ayant trébuché sur une pierre, il n'avait pu reculer à temps. L'arbre était tombé sur ses jambes et son neveu, Jonathan, avait eu beaucoup de peine à le tirer de là. Il avait réussi à conduire son oncle jusqu'à l'auberge espérant qu'un médecin y séjournait.

Samuel Dawson était resté conscient et, à présent, il écoutait attentivement les conseils du docteur MacGregor : beaucoup de repos, prendre les calmants que le médecin lui laissait et attendre que son état s'améliore. Heureusement que l'homme avait pu éviter le tronc d'arbre. Avec beaucoup de patience, Samuel Dawson serait de nouveau sur pied quelques mois plus tard. Il remercia chaleureusement le médecin et se tourna vers son neveu.

— C'est ennuyeux, comment pourrons-nous réussir à abattre tous les arbres que nous avions prévu de couper avec cette sale blessure ? Tu vas devoir travailler pour deux, mon garçon. Je savais bien qu'un jour, la nature se vengerait de moi !

— Je vais travailler fort, mon oncle, du lever du soleil à son coucher.

James écoutait discrètement les deux hommes. François-Xavier se tenait en retrait, son anglais n'était pas très bon et il ne captait que quelques mots ici et là. James s'approcha des deux hommes.

— Nous venons d'arriver dans ce coin, mon ami, ma sœur et moi, et nous ne savons pas encore où nous établir pour quelque temps. Peut-être pourrions-nous vous aider ? Je n'ai pas peur des gros travaux, et mon ami François-Xavier est habitué au travail de la terre. En échange, vous pourriez nous trouver un endroit où nous loger.

— Ce serait peut-être une bonne idée ; j'aurais une personne de plus pour bûcher. Pour le logement, j'ai sans doute une solution. Je possède une petite cabane sur mes terres, où je ne vais plus depuis longtemps ; la cabane est encore en ordre, vous y seriez logés et, en retour, vous n'auriez qu'à abattre les arbres pour moi.

James fit part de la proposition de Samuel Dawson à François-Xavier. Les deux hommes décidèrent d'accepter et burent un verre de brandy pour sceller leur accord.

* * *

Le lendemain, Flora ne faisait plus de fièvre et les trois voyageurs prirent place à bord de la voiture de Samuel Dawson. Jonathan conduisit tout le monde chez Dawson. Après avoir aidé son oncle à rentrer chez lui et pris quelques provisions pour les nouveaux arrivants, Jonathan Dawson mena les trois voyageurs à la cabane. Jonathan avait trouvé fort charmante la sœur de James. Il l'avait aidée à monter à bord de la voiture et

LES ROUTES DE LA LIBERTÉ

avait regardé ses grands yeux bleus pleins de douceur. En fait, il n'avait jamais vu de jeune femme aussi belle. Il avait été heureux d'apprendre qu'elle n'était pas mariée à ce Canadien français et encore moins qu'elle soit sa fiancée. Peut-être aurait-il une chance auprès d'elle ? Il l'espérait sincèrement.

Flora se sentait observée par Jonathan. Ce jeune homme de l'âge de James dépassait presque d'une tête son frère et François-Xavier. Il avait de larges épaules, et une crinière rouge comme du feu effleurait ses épaules. Sa peau d'une blancheur de lait arborait plusieurs taches de rousseur. Ses yeux verts lui donnaient un regard sympathique. Un début de barbe commençait à pousser sur son menton.

François-Xavier, assis en face de Flora, la regardait observer Dawson à la dérobée. Comme elle était belle vêtue de ce long manteau de laine gris et de ces pantalons que James avait réussi à lui procurer et qui convenaient beaucoup mieux au temps qu'une robe ! Cette tenue aurait pu sembler déplacée en d'autres circonstances, mais en ces jours d'exil, Flora était la plus ravissante des exilées.

Celle-ci cessa de regarder Jonathan et posa les yeux sur François-Xavier en lui souriant de ce sourire qui lui faisait battre le cœur. La jeune femme n'avait pas besoin de parler pour lui signifier qu'elle se sentait bien, loin de Chambly. Flora laissa tomber un de ses gants et François-Xavier se pencha pour le récupérer et lui redonner. Leurs doigts de rencontrèrent et, pendant un bref instant, Flora lui dit en silence qu'elle était heureuse qu'il soit avec elle, loin de leurs familles.

La voiture avançait sur un petit chemin rocailleux couvert de boue. Bientôt, James, François-Xavier et Flora aperçurent la petite cabane de bois rond au centre d'une clairière. La voiture s'arrêta, les quatre occupants descendirent et suivirent Jonathan vers la cabane.

— Mon oncle a longtemps habité ici avant de construire une maison plus grande à l'entrée de ses terres. Sa femme n'aimait pas tellement habiter au fond des bois, mais, depuis sa mort, je surprends mon oncle à repenser à ces jours heureux. Je suis certain que vous y serez bien. Je vais vous laisser ranger vos bagages et je viendrai demain pour vous montrer ce qu'il y a à faire.

Il les salua et sortit de la cabane, les laissant tous les trois en explorer les moindres recoins. Samuel Dawson avait construit un autre étage et les trois exilés furent surpris d'y trouver trois chambres meublées simplement, mais confortables. En fouillant dans un gros coffre, dans l'une des chambres, ils trouvèrent des draps pour faire les lits. Ils étaient un peu poussiéreux, mais après les avoir secoués dehors, ils étaient parfaits.

Au rez-de-chaussée, Flora trouva des assiettes et des verres qu'elle lava et remit dans l'armoire. James et François-Xavier rentrèrent du bois pour faire un feu. Avec les provisions de monsieur Dawson, Flora prépara une soupe qui les réchaufferait. Elle n'avait pas eu la chance d'exercer ses talents de cuisinière souvent, mais, plus jeune, elle avait suivi madame Carter derrière les fourneaux et celle-ci, heureuse d'avoir une élève, lui avait montré les rudiments de la cuisine.

Bientôt, un délicieux arôme de soupe envahit la petite maison et tous passèrent à table. James et François-Xavier complimentèrent la cuisinière et prirent une seconde portion de soupe bien chaude.

Après ce premier repas dans leur refuge, la fatigue s'empara des voyageurs et chacun, se souhaitant une bonne nuit, se retira dans sa chambre.

* * *

Le lendemain et les jours suivants, François-Xavier et James bûchèrent en compagnie de Jonathan. Le soir, après le repas, James allait parfois chez les Dawson s'enquérir de l'état du malade. Jonathan Dawson avait apporté à Flora le coffret de broderie de sa défunte tante et la jeune fille passait ses après-midi et ses soirées à broder et à coudre.

Les premiers jours, Flora les avait passés à nettoyer la cabane. Elle avait fait disparaître l'épaisse couche de poussière qui recouvrait les meubles, avait nettoyé les fenêtres et, désormais, un peu plus de lumière entrait dans la maison. Elle préparait aussi les repas. Parfois, Jonathan dînait avec eux. Tenir une maison était beaucoup plus épuisant qu'elle ne l'aurait cru, cependant, elle ne regrettait pas de se trouver loin du confort de la maison paternelle.

Les nouvelles du Bas-Canada n'étaient pas des meilleures. La loi martiale avait été adoptée le 5 décembre et un grand nombre de Patriotes avaient été arrêtés ; des récompenses furent même offertes pour l'arrestation de plusieurs chefs patriotes, dont le docteur Côté. James lisait les journaux à haute voix le soir, au coin du feu, et voulait venir en aide à ses compatriotes pourchassés par les volontaires. Il avait même voulu se rendre dans le comté de Missisquoi en compagnie d'autres Patriotes, mais, heureusement, Flora et François-Xavier avaient réussi à l'en empêcher. Quelques jours plus tard, les journaux mentionnaient des Patriotes mis en déroute par 300 volontaires. À Moore's Corner, plusieurs Patriotes avaient été fait prisonniers.

James apprit avec regret et rage que les volontaires avaient marché sur Saint-Eustache le 13 décembre. Le docteur Chénier et plusieurs autres hommes avaient trouvé la mort lors de cet affrontement. Quelques jours plus tard, le village de Saint-Benoît avait été rasé par les flammes sous l'ordre de John Colborne. Flora remercia le ciel que James et François-Xavier se trouvent en sécurité près d'elle.

* * *

John Henry en avait plus qu'assez que Katherine ne lui adresse plus la parole. Jamais sa femme ne s'était fâchée contre lui et il ne savait comment faire pour qu'elle lui pardonne. Seul le retour de James et de Flora pourrait arranger les choses.

Katherine s'était rendue chez les Lacombe pour savoir s'ils avaient eu des nouvelles de leur fils. Marie-Louise, quelque peu intimidée par une telle visite, invita madame MacGregor à prendre un thé. Elle lui remit une lettre que Flora avait écrite à Geneviève. Les choses allaient pour le mieux et ils avaient trouvé à se loger dans les environs d'Alburgh. Katherine avait chaleureusement remercié Marie-Louise, cette femme qui partageait ses moments d'inquiétude en espérant, elle aussi, le retour de son fils. De retour chez elle, Katherine était montée dans sa chambre sans dire à John Henry qu'elle avait eu des nouvelles de leurs enfants.

John Henry trouva sa femme dans le petit salon, referma la porte derrière lui et s'approcha d'elle. Comme elle en avait pris récemment l'habitude, Katherine ne leva pas les yeux de son ouvrage en entendant son mari ; elle continuait de broder, comme s'il n'était pas là. John Henry s'agenouilla devant elle et lui prit la main.

— Je sais que ces dernières semaines ont été difficiles, et que nos enfants te manquent énormément. Bientôt, nous célébrerons la fête de Noël et cette année sera la plus triste que nous ayons connue. Je pense que nous pourrions nous rendre à Montréal pour passer Noël et le Nouvel An chez Anne. La présence des petits te changerait les idées et tu serais au moins auprès d'une de nos filles. Wallace nous a aussi invités à aller le voir. Il serait très heureux de nous compter parmi ses invités.

— Anne me manque beaucoup, ce serait une bonne idée de lui rendre visite. Pour ce qui est de Wallace, je n'ai pas tellement envie de le voir.

— Nous verrons en ce qui le concerne. Fais préparer tes malles, nous partons pour Montréal demain si tu veux.

— Je suis d'accord.

John Henry aurait voulu prendre sa femme dans ses bras, mais elle était déjà sortie de la pièce. Il se releva en se disant pour se consoler qu'elle lui avait au moins adressé la parole pour la première fois depuis des semaines.

* * *

Flora regardait la neige qui tombait désormais à gros flocons. Si le vent commençait à souffler, la tempête se mettrait de la partie. James et François-Xavier ne tarderaient pas à rentrer et elle ne serait plus seule. Depuis quelques jours, sa solitude lui pesait lourd sur le cœur. D'autant plus que lendemain serait la veille de Noël et que Flora prévoyait de passer le réveillon comme une soirée ordinaire. L'année précédente, à pareille date, elle se préparait à réveillonner chez les Lacombe. Comme ils s'étaient amusés ce soir-là! Ils avaient dansé presque toute la nuit et elle s'était sentie acceptée par la famille de Geneviève. Cette dernière lui manquait terriblement, et elle ne cessait d'y penser. Geneviève lui avait écrit et Flora s'était empressée de lui répondre en attendant impatiemment de ses nouvelles.

Flora avait mis de côté sa broderie et remis des bûches dans le poêle. Elle regarda la petite pendule et se rendit compte que le temps avait passé. Son frère et François-Xavier auraient dû être rentrés depuis longtemps. Le vent soufflait fort à présent et la nuit tombait. Flora dut se résoudre à manger sans eux ; malgré l'inquiétude qui s'emparait d'elle, la faim la tenaillait. Elle avala distraitement sa soupe en fixant la porte, s'attendant à la voir s'ouvrir pour les laisser entrer. Dehors, le vent soufflait toujours et Flora commençait à craindre le pire.

* * *

James et François-Xavier faisaient tout leur possible pour distraire la jeune femme. Flora se rendait bien compte qu'ils ne savaient plus comment la faire rire et lui rendre sa bonne humeur. Depuis plusieurs jours, elle arpentait la maison avec mélancolie et son regard était triste. Même Jonathan, lors de ses visites, s'était rendu compte du chagrin de la jeune femme.

François-Xavier comprenait, trouvant lui-même que cette fin d'année 1837 était la plus triste qu'il ait connue. Sa famille lui manquait et la venue de Noël ne faisait que leur rappeler leur exil et leur éloignement. Il avait réfléchi à une façon de rendre Flora heureuse et de lui faire passer un joyeux temps des fêtes. Une idée lui était venue en se rendant chez Samuel Dawson en compagnie de James venu pour examiner le malade.

C'était d'ailleurs à cause de cette idée que James et François-Xavier arrivèrent très tard ce soir-là. Ils s'étaient fait surprendre par la tempête. Fort heureusement, Jonathan les accompagnait et leur avait indiqué le chemin à travers le blizzard, sinon ils se seraient certainement perdus. La noirceur et la poudrerie faisaient en sorte qu'il était presque impossible de voir à un pied devant soi. Enfin, ils avaient aperçu la fumée s'échappant de la cheminée de la petite maison.

Flora avait cru entendre des chevaux arrivant près de la maison. Elle avait pris son châle et une lampe, avait ouvert la porte, et avait été soulagée de voir son frère et François-Xavier sur le seuil. James avait pris le bras de sa sœur.

— Ma chère Flora, tu vas rentrer et fermer les yeux, nous avons une surprise pour toi.

— D'où venez-vous à pareille heure ?

— Ne pose pas de questions et va t'asseoir là-bas, nous revenons tout de suite.

Flora avait pris une chaise et s'était rapprochée du foyer en fermant les yeux. Elle se demandait bien quelle surprise son frère lui réservait. Il lui avait semblé que les deux hommes transportaient quelque chose de lourd. Elle avait reconnu la voix de Jonathan et attendit le signal pour ouvrir les yeux.

Elle était restée muette de surprise en découvrant la surprise. Les trois hommes attendaient sa réaction. Un piano se trouvait au centre de la pièce et les trois hommes souriaient. Flora s'était levée et s'était lentement approchée du piano, comme s'il s'agissait d'un rêve. Elle avait effleuré les touches du revers de la main et avait souri en entendant leur son. Non, elle ne rêvait pas, un piano se trouvait bel et bien dans la maison, au milieu des bois. James avait rompu le silence.

— Qu'attends-tu pour nous jouer un air, Flora ?

Jonathan s'était approché d'elle.

— James et François-Xavier m'ont dit que tu jouais à merveille. J'ai hâte d'entendre ce vieil instrument.

Flora avait regardé les trois hommes et leur avait souri en s'asseyant pour jouer un cantique de Noël.

* * *

En se couchant, ce soir-là, Flora se dit que plus jamais elle ne se laisserait submerger par la tristesse comme elle l'avait fait les jours précédents. Elle ne s'était pas rendu compte à quel point son frère et François-Xavier s'étaient fait du souci pour elle. Elle était heureuse de ce superbe piano qui avait appartenu à madame Dawson. Jonathan avait convaincu son oncle de le céder à Flora. Elle avait remercié Jonathan en ignorant que l'idée venait de François-Xavier. Jonathan avait été tenté d'accepter les remerciements. En voyant François-Xavier reculer pour lui laisser la place auprès de Flora, il avait regardé la jeune femme et lui avait dit que le mérite ne lui revenait pas. Il avait précisé que François-Xavier avait insisté pour que Jonathan persuade son oncle. Samuel Dawson avait demandé en retour de fêter Noël à la cabane. Il avait envoyé une dinde et plusieurs vivres, demandant aux jeunes gens de préparer un repas digne des plus grandes réceptions. Il accompagnerait Flora avec son violon.

Flora avait remercié et promit de cuisiner un succulent repas pour Noël. Jonathan avait été invité à rester pour la nuit, le temps ne s'étant pas amélioré. James l'avait aidé à abriter les chevaux et le traîneau dans la grange. François-Xavier lui avait offert de partager sa chambre.

À présent que la maison était silencieuse, Flora n'arrivait pas à s'endormir. Lorsqu'elle était trop heureuse, cela lui arrivait. Elle descendit contempler le piano encore une fois. Elle s'assit sur le petit banc et caressa du bout des doigts les touches de l'instrument, en prenant grand soin de ne pas faire de bruit pour ne réveiller personne. Le plancher craqua pourtant et Flora, levant les yeux, aperçut François-Xavier.

— Je suis heureux que ce cadeau te plaise.

— De toute ma vie, je n'ai jamais reçu de plus beau cadeau ! Merci d'avoir pensé à moi.

— Quand j'ai vu que monsieur Dawson possédait un piano et que personne ne l'utilisait, j'ai sorti mon anglais du dimanche et je lui ai demandé s'il pouvait te le donner. Jonathan l'a convaincu.

— Tu parles de mieux en mieux l'anglais, c'est vrai. Merci encore, François-Xavier, pour ce magnifique cadeau. Je ne pourrai jamais assez te remercier d'avoir eu pareille idée.

— Je ne pouvais supporter de te voir triste en ce jour de Noël. L'an dernier, à la même date, nous nous amusions et ne savions pas qu'aujourd'hui nous serions loin de notre famille. La mienne aussi me manque beaucoup. Mais te savoir heureuse me console et m'aide à supporter l'éloignement.

— C'est vrai que je me sens loin de chez moi, moi aussi, mais je ne regrette rien. Même si le travail est difficile, je me sens bien ici et je me rends compte que je peux diriger ma vie. Je ne manque de rien, tu vois, j'ai même un piano pour occuper mes loisirs.

—Joue-moi quelque chose.

Flora se pencha sur le piano et joua doucement un air qu'elle aimait beaucoup. François-Xavier ferma les yeux et se laissa bercer par la douce musique.

Jonathan était descendu en constatant que François-Xavier n'était plus dans le lit à côté du sien. Il entendit le piano et descendit. Voyant François-Xavier derrière Flora, il s'assit dans l'escalier. La lampe à l'huile posée sur l'instrument éclairait le visage de la jeune femme. Jamais il n'avait vu femme aussi belle. Il n'oublierait pas comment ses yeux avaient brillé lorsqu'elle avait vu le piano. Lorsqu'elle avait joué un air, un peu plus tôt, Jonathan avait fermé les yeux et imaginé que la jeune femme le regarde comme elle avait admiré son cadeau.

Malgré la faible lueur de la lampe, Jonathan observait cette même lueur briller dans les yeux de Flora tandis qu'elle regardait François-Xavier. Il ne voulait pas détruire cet instant d'intimité entre les deux jeunes gens et remonta sans faire de bruit. Il ne connaissait presque rien au sentiment amoureux, mais, ce soir-là, il venait de constater à quel point ces deux personnes étaient proches sans même parler, unies par la musique.

François-Xavier ouvrit les yeux lorsque le silence revint.

— Je n'ai jamais rien entendu d'aussi beau. Je me souviendrai toujours de cet air. Chaque fois que je serai triste ou que ma famille me manquera, je repenserai à ce moment. Merci, Flora, je te souhaite un très joyeux Noël.

Il se pencha et embrassa la jeune femme sur le front en lui effleurant le visage du bout des doigts. Puis il remonta dans sa chambre. La jeune femme le suivit du regard puis ferma les yeux. Elle aurait voulu qu'il l'embrasse sur les lèvres comme il l'avait déjà fait un an auparavant. Ce soir-là, avec l'arrivée du piano, elle avait compris qu'elle comptait peut-être un peu pour François-Xavier.

François-Xavier avait dû se retenir d'embrasser Flora sur les lèvres ce soir-là. Le morceau qu'elle avait joué l'avait ému encore plus qu'il ne l'avait laissé paraître. Il ne voulait pas être cavalier avec la jeune femme en l'embrassant avec passion. Flora était une jeune femme respectable et il ne voulait pas se comporter comme un rustre avec elle. Elle méritait qu'on la respecte. Il s'endormit le cœur léger, en pensant qu'elle avait aimé son cadeau.

* * *

Katherine avait retrouvé un peu de sa bonne humeur en séjournant à Montréal chez Anne. Sa fille avait tout fait pour lui changer les idées. La présence des enfants brisait le calme d'une maison et Katherine avait bien besoin de s'étourdir pour ne pas sombrer dans la mélancolie. Même si elle savait que James et Flora n'étaient pas en danger, qu'ils soient loin d'elle l'inquiétait beaucoup.

John Henry était heureux de voir sa femme reprendre un peu de vitalité. Même s'ils étaient loin de s'être réconciliés, Katherine ne le traitait plus avec autant de mépris. Elle lui avait souri à quelques occasions et l'avait laissé lui tenir la main durant la messe de minuit. Lorsque John Henry s'était rendu chez Wallace lui faire ses salutations, Katherine ne l'avait toutefois pas accompagné. Il s'était laissé charmer par la maison de son hôte et regrettait que sa fille n'y habite pas. Wallace avait demandé des nouvelles de Flora. John Henry, ignorant que Katherine savait où se trouvaient les enfants, avait répondu n'en avoir aucune. Mais Wallace se doutait que Katherine connaissait l'endroit où se trouvait Flora. Tôt ou tard, elle en parlerait à John Henry et ce dernier le renseignerait.

* * *

Les festivités de Noël et de la nouvelle année étaient aussi très tristes chez les Lacombe. Marie-Louise et Joseph se faisaient beaucoup de souci pour leur fils, mais préféraient le savoir en sécurité dans un autre pays plutôt que de le voir croupir dans une prison humide et froide avec ses compatriotes. Geneviève travaillait fort aux côtés de sa mère pour oublier sa propre morosité. Son frère et surtout son fiancé lui manquaient énormément. Depuis la visite de Wallace Callaghan, Étienne venait souvent lui tenir compagnie et, le soir du réveillon, il lui avait offert ses meilleurs vœux en lui disant qu'il serait toujours là pour elle, que James rentre ou non. Geneviève lui avait dit qu'elle était persuadée qu'il reviendrait et Étienne avait répondu qu'elle devait avoir raison : James était un homme d'honneur.

Geneviève espérait que James ne l'ait pas oubliée et que, dès qu'il le pourrait, il reviendrait. Le temps et la distance laissaient planer plusieurs incertitudes et il arrivait que Geneviève doute du retour de son fiancé. Et s'il rencontrait quelqu'un ? Et s'il aimait assez les États-Unis pour ne jamais revenir ? Lorsque ces sombres pensées l'assaillaient, elle tentait par tous les moyens de se changer les idées et elle se rendait à la maison de la clairière pour se prouver que, bientôt, cette maison lui appartiendrait et qu'elle serait la femme de James MacGregor.

Dans cette maison, elle avait trouvé un peu d'argent que James avait oublié et elle avait compté ses économies. Au printemps, elle pourrait peut-être le rejoindre. D'ici là elle espérait recevoir de ses nouvelles. Il ne lui avait pas encore écrit, mais Flora l'avait fait et l'avait rassurée un peu en lui disant qu'il pensait à elle et que le travail qu'il avait à accomplir le fatiguait beaucoup. Chaque soir avant de s'endormir, elle sortait la robe de sa boîte et, admirant la fine dentelle, pensait qu'un jour elle se rendrait à l'autel pour épouser l'homme qu'elle aimait.

* * *

Flora, James et François-Xavier célébrèrent les fêtes de Noël et de la nouvelle année en essayant d'être joyeux. Flora se révéla une excellente cuisinière en apprêtant la dinde et tous les aliments savoureux offerts par monsieur Dawson. Les cantiques de Noël au piano égayèrent la soirée et tout le monde était heureux d'être ensemble.

Il y avait de cela plusieurs années, depuis le décès de sa Mary, que Samuel Dawson et son neveu n'avaient pas fêté Noël. Jonathan, n'ayant que son oncle au monde, s'était efforcé de le consoler de la mort de sa femme, mais Samuel Dawson trouvait particulièrement pénible de célébrer les fêtes de la Nativité. Mais il était heureux d'avoir aidé ces trois jeunes gens en leur offrant sa cabane. Lorsqu'il avait entendu Flora jouer du piano, il avait revu sa Mary et n'avait pas regretté sa décision d'offrir le piano à la jeune femme. Il avait vu aussi que son neveu était heureux entouré de gens de son âge plutôt qu'en compagnie d'un homme bourru et vieillissant.

Jonathan était heureux de voir que son oncle avait ressorti son violon et l'entendre jouer lui avait rappelé les fêtes d'autrefois, avec sa tante. Il considérait désormais James et François-Xavier comme ses amis. La présence de Flora le réjouissait. Elle apportait un peu de douceur et de raffinement dans ce monde rude de bûcherons. Il aimait être invité pour un repas et appréciait les bonnes manières de Flora. Chaque fois qu'il se retrouvait à la table de ses amis, il se sentait comme le plus distingué des invités. Il s'était rendu au village quelques jours avant Noël et s'était procuré des mouchoirs de soie pour les offrir à la jeune femme en cadeau afin de la remercier d'avoir préparé ce repas de Noël. Flora lui avait témoigné sa gratitude en admirant la délicatesse des broderies du fin carré de soie.

James avait beaucoup pensé à Geneviève dernièrement, et il aurait voulu l'avoir près de lui pour célébrer Noël et la nouvelle année. Il lui avait écrit pour lui dire à quel point elle lui manquait et pour lui faire parvenir de l'argent afin qu'elle le retrouve au printemps. Celle-ci devrait recevoir sa lettre bientôt. Enfin, il avait admis être heureux que Flora soit venue avec eux aux États-Unis. La présence de sa sœur l'aidait à supporter l'éloignement. Celle-ci savait se montrer attentive et l'écoutait patiemment lui parler de Geneviève et de ses projets. Même s'il trouvait le travail de bûcheron plus difficile qu'il ne l'aurait cru, il s'estimait heureux de s'être logé aussi vite. Samuel Dawson s'était montré compréhensif à leur égard et il avait senti beaucoup de sollicitude lorsque l'homme leur avait proposé de venir habiter chez lui.

François-Xavier n'avait pas regretté d'avoir fait en sorte que Flora obtienne le piano de madame Dawson. En entendant le son mélodieux de l'instrument, il s'était presque retrouvé chez lui. Lorsque Flora avait entonné un cantique en français à son intention, il avait senti son cœur se gonfler de bonheur, en constatant que la jeune femme avait pensé à lui, et de tristesse, en souffrant d'être loin des siens. Il aurait voulu étreindre Flora pour la remercier. Lorsque Jonathan lui avait offert ses mouchoirs et quand il les avait surpris s'amuser et rire ensemble, il avait ressenti un douloureux pincement au cœur et cela l'avait étonné. Flora n'appartenait à personne et elle avait le droit de s'amuser. Cependant, voir Jonathan si près d'elle lui avait fait comprendre à quel point il s'était attaché à la jeune femme.

Flora se rendait compte que sa présence apportait un certain équilibre à tout le monde. Monsieur Dawson avait besoin d'une femme pour lui donner un peu de bonheur et lui rappeler ses merveilleux souvenirs avec sa regrettée Mary. Jonathan avait besoin d'elle pour lui rappeler la douceur d'une présence féminine qu'il n'avait que trop peu connue. James avait besoin de son écoute lorsqu'il doutait de lui et lorsque sa tendre Geneviève lui manquait. Enfin, François-Xavier avait besoin d'elle pour lui rappeler qu'en dehors de la rudesse de la vie, de la cruauté de la rébellion et de la déchirure d'être éloigné des siens, il y avait des parcelles de bonheur prêtes à le combler à chaque instant. Flora, de son côté, puisait force et énergie dans ses compagnons. La jeune femme quelque peu immature d'avant l'exil avait laissé place à une femme prête à franchir les plus hautes montagnes afin d'atteindre ses désirs les plus chers.

* * *

Le matin du Nouvel An, la famille Lacombe était agenouillée pour recevoir la bénédiction paternelle. Jean-Baptiste, sa femme Madeleine, et leurs trois enfants, Adéline et Amable Morisset, son mari, et leurs deux enfants, ainsi que Geneviève et Marie-Louise attendaient patiemment que Joseph les bénisse comme il le faisait chaque année. Celui-ci profitait de ce moment solennel pour demander à Dieu de protéger toute sa famille et de lui apporter une autre année de bonheur et de santé. Joseph se racla la gorge et dit d'une voix remplie d'émotion :

— Je bénis tous ceux qui sont présents dans cette maison ainsi que ceux qui sont loin d'ici, mais combien présents dans notre cœur. Que l'année 1838 soit meilleure que celle que nous venons de connaître et qu'elle nous ramène en bonne santé les êtres chers. Je vous bénis, mes enfants, et je bénis aussi votre frère qui est si loin en ce jour. Amen.

Après avoir fait son signe de croix, Joseph se tourna pour essuyer les larmes qui roulaient sur ses grosses joues. Il espérait de tout cœur que sa famille soit de nouveau réunie cette année.

22

Après le Nouvel An, la vie reprit son cours pour Flora, James et François-Xavier. Les deux hommes travaillaient dur en compagnie de Jonathan. Flora préparait les repas, s'occupait de la lessive, nettoyait la maison et profitait de ses temps libres pour jouer du piano. Il lui arrivait parfois de douter des raisons qui l'avaient conduite aux États-Unis. Elle se demandait bien quand elle rentrerait au pays. Son père avait-il compris sa démarche ? Avait-il admis qu'il ne pouvait décider de sa vie, qu'elle avait le droit de choisir son époux ? Sa mère devait savoir dorénavant où elle se trouvait. Elle espérait recevoir une lettre d'elle, dans laquelle elle lui demanderait de revenir, lui disant que son père avait changé d'idée au sujet de son mariage avec Wallace Callaghan. Cette lettre ne venait pas et Flora se demandait si un jour elle en recevrait une. Peut-être devrait-elle demeurer aux États-Unis le reste de sa vie ? Il lui arrivait parfois de vouloir partir sur-le-champ et retourner à Chambly. Quand le mal du pays la prenait, elle pensait à son frère et à François-Xavier qui attendaient d'y revenir, en hommes libres. Elle pensait aussi à Wallace qui ne se gênerait pas pour se venger de l'affront qu'elle lui avait fait. Ces pensées justifiaient sa présence dans ce pays d'adoption.

Les États-Unis venaient de réaffirmer leur neutralité concernant les Patriotes réfugiés au pays. Cela les rassurait. Ils pouvaient rester en sécurité dans ce pays d'accueil sans courir le risque d'être déportés puis emprisonnés. Cependant, il y avait un inconvénient important : les Patriotes exilés ne pouvaient compter sur l'appui des Américains pour préparer un nouveau soulèvement. En dépit de la neutralité proclamée par le président Van Buren, certains Américains fournirent des armes aux Patriotes. Plusieurs entrepôts de munitions avaient été pillés dans l'État de New York, dont celui d'Elizabethtown. Les armes étaient acheminées près des frontières où étaient regroupés plusieurs Patriotes.

Ni Flora ni François-Xavier n'avaient su que James était l'un de ceux qui rassemblaient les armes en vue d'un autre soulèvement. Il s'était absenté quelques jours, prétextant se rendre à une réunion strictement politique. François-Xavier ne l'avait pas accompagné, ne voulant pas laisser Flora seule au fond des bois. De toute façon, James savait bien que François-Xavier aurait été contre l'idée de rassembler des armes et il avait tenu son ami en dehors du secret.

Flora croyait que le sentiment de rébellion s'était atténué chez son frère, et que celui-ci ne souhaitait qu'attendre que l'amnistie soit prononcée pour rentrer au pays. Elle ne savait pas que, plus que jamais, James souhaitait ardemment que le Haut et le Bas-Canada soient libérés du joug de l'Angleterre. En fait, James et plusieurs autres étaient déterminés à tenter le tout pour le tout. Au début du mois de février, Londres avait nommé un nouveau gouverneur : John George Lambton, mieux connu sous le nom de Lord Durham. Ce dernier avait aussi été nommé haut-commissaire pour enquêter sur les rébellions des Patriotes et proposer des solutions aux problèmes de la colonie. Le gouverneur Gosford étant parti, John Colborne avait tout pouvoir en attendant l'arrivée de Lord Durham. Plusieurs volontaires avaient été mobilisés le long de la frontière pour contrer une éventuelle attaque.

Robert Nelson, pour sa part, croyait fermement à un autre soulèvement armé. James appuyait cet homme. Le 28 février, Nelson rassembla quelques centaines de Patriotes à Alburgh puis traversa la frontière jusqu'à Caldwel's Manor pour y proclamer l'établissement de la République du Bas-Canada. James était heureux de s'y trouver et d'assister à ce moment historique. Robert Nelson s'était proclamé président de cette nouvelle république. Malheureusement, cette journée patriotique se termina plus rapidement que prévu. Les Patriotes avaient appris que des troupes de volontaires venaient dans leur direction et, n'ayant pas d'armes, ils durent retourner aux États-Unis. Nelson et le docteur Côté se firent arrêter à la frontière pour violation de neutralité. Heureusement, ils furent relâchés quelques jours plus tard.

Après ces arrestations, les rassemblements se firent plus discrets et les chefs exilés fondèrent l'Association des frères chasseurs. James prêta serment lors d'une cérémonie secrète. L'Association des frères chasseurs avait pour but de mieux organiser un prochain soulèvement et de recruter le plus de gens possible. L'Aigle était chef de division, le Castor ou capitaine commandait cinq Raquettes, responsables de neuf hommes.

Fier d'avoir été nommé Raquette, James espérait mener à bien un prochain soulèvement. Il avait participé à la rébellion de 1837, et voulait être présent à celle qui se préparait pour 1838. Il ne pouvait plus reculer et, surtout, il ne pouvait plus attendre une improbable amnistie. De toute façon, à quoi bon être amnistié pour subir encore une fois l'autorité d'un pays qui opprimait sa colonie ? Il savait que sa sœur et François-Xavier ne seraient pas d'accord avec ses idéaux, mais il avait toujours été un homme d'engagement et, une fois qu'il avait donné sa parole, il ne pouvait se parjurer. Après tout, il avait prêté serment de venir en aide à tous ses compatriotes qui se battaient au nom de la liberté.

* * *

L'anniversaire de naissance de Flora coïncidait avec le retour du beau temps. Malgré l'exil, ses vingt ans furent soulignés. James avait supervisé les préparatifs et monsieur Dawson avait tenu à célébrer la jeune femme lors d'une soirée chez lui. Jonathan avait invité quelques jeunes gens des environs. Parmi les invités se trouvait Anna Smith, une jeune femme qui plut tout de suite à Flora. Une présence féminine lui avait terriblement manqué durant les quelques mois où elle avait dû rester dans la chaleur réconfortante de la maison de monsieur

Dawson. Elle écrivait des lettres à Geneviève, mais la distance était douloureuse.

Anna Smith et Flora s'étaient trouvé plusieurs points en commun dès le début de leur conversation. Anna était la fille d'un riche fermier des environs et était accompagnée à la soirée par son frère, John. Celui-ci était un ami de longue date de Jonathan et les deux hommes discutaient tandis que Flora apprenait à connaître Anna. Les deux jeunes femmes parlaient de tout et de rien, au grand bonheur de Flora qui avait bien besoin de se changer les idées.

Lorsque Samuel Dawson sortit son violon et entama une musique endiablée, les jeunes gens trouvèrent des partenaires pour danser. James invita sa voisine, une petite rousse, Jonathan invita Flora, et François-Xavier offrit son bras à Anna.

Lorsque la soirée se termina, Flora, James et François-Xavier rentrèrent chez eux. Sur le chemin du retour, Flora repensa aux confidences d'Anna concernant Jonathan. Elle lui avait dit à quel point elle était attirée par lui, mais que celui-ci ne lui prêtait pas la moindre attention. Anna venait d'avoir vingt-deux ans, et elle était prête à se marier. Elle aurait bien voulu que l'ami de son frère la remarque et devienne cet amoureux qu'elle espérait tant. Elle n'osait pas lui avouer ses sentiments et espérait que le moment propice ait lieu. Flora lui avait promis d'essayer d'en glisser un mot à Jonathan si l'occasion se présentait. Anna l'avait chaleureusement remerciée et les deux jeunes femmes s'étaient promis de se revoir.

Flora s'endormit ce soir-là en pensant à cette merveilleuse soirée. Même si sa famille était loin, James n'avait pas oublié son anniversaire et ses nouveaux amis l'avaient fêtée. Elle regrettait cependant que François-Xavier ne l'ait presque pas invitée à danser. Il paraissait distant depuis quelque temps, et Flora croyait que le mal du pays lui rongeait le cœur. Lorsqu'il avait invité Anna à danser, Flora avait éprouvé un peu de jalousie en les voyant s'amuser. Heureusement, les confidences d'Anna l'avaient un peu rassurée, la jeune femme était vraiment amoureuse de Jonathan et avait seulement pris François-Xavier comme cavalier. Flora se demandait ce qui pouvait tracasser François-Xavier. Auparavant, celui-ci n'hésitait pas à se confier à elle, comme un ami. Ils partageaient une certaine complicité. Maintenant, il lui adressait à peine la parole et évitait à tout prix de se retrouver seul avec elle.

Si François-Xavier avait mis de la distance entre Flora et lui, c'était seulement dans le but de s'empêcher de commettre une erreur. En fait, il éprouvait de plus en plus de sentiments à son égard et il craignait qu'elle ne les partage pas. Il avait aussi peur de perdre son amitié s'il lui disait à quel point elle comptait pour lui. Jonathan était un meilleur parti pour Flora et il savait que celui-ci était épris de la jeune femme. Que pouvait-il lui offrir ? Une vie entière à fuir et attendre l'amnistie pour rentrer au pays. Flora ne se plaignait jamais des durs travaux qu'elle devait effectuer, mais il savait bien qu'elle n'était pas faite pour ce genre de vie. Jonathan pourrait lui offrir un quotidien beaucoup plus confortable. De toute façon, il doutait que Flora éprouve des sentiments semblables aux siens ; elle le considé-rait comme un ami, et même comme un frère. Si seulement il ne la voyait pas tous les jours !

* * *

La chaleur commença à s'installer définitivement et les insectes piqueurs devinrent de plus en plus nombreux. James et François-Xavier revenaient de bûcher la peau couverte de piqûres qui les démangeaient terriblement. James avait réussi à confectionner un baume parvenant à leur donner un bref répit.

Flora ne connaissait rien au potager. Dans un petit espace derrière la maison, elle avait semé quelques graines de légumes que monsieur Dawson lui avait envoyées. Les trois exilés se préparaient à passer l'été aux États-Unis.

Flora avait reçu une lettre du Bas-Canada ; Geneviève viendrait les rejoindre. Elle s'était empressée d'apprendre la nouvelle à James qui préparait la maison pour l'arrivée de sa fiancée. Geneviève dormirait dans la chambre de Flora. Les deux jeunes femmes pourraient ainsi rattraper le temps perdu. Elles avaient tant de choses à se raconter. Flora attendait impatiemment l'arrivée de Geneviève, prévue pour la mi-juin. D'ici là, elle aurait le temps de lui préparer un coin bien à elle dans la grande chambre qu'elle occupait.

* * *

La journée de l'arrivée de Geneviève, James avait dû s'absenter et François-Xavier se rendit à l'auberge d'Alburgh pour aller chercher sa sœur. Il commanda une chope de bière pour étancher sa soif. Il avait hâte de revoir Geneviève. Il se sentirait moins seul. Avoir un membre de sa famille à ses côtés lui rappellerait que le pays n'était pas loin et le consolerait dans son exil. Il venait de terminer sa bière lorsque la porte de l'auberge s'ouvrit. Il aperçut Geneviève, scrutant la pénombre de la grande pièce où s'entassaient déjà plusieurs habitués, bien qu'il soit encore tôt pour boire de l'alcool. Un homme s'avança près d'elle et lui dit en anglais :

— Tu es perdue, mon chou ? Viens avec moi, je t'aiderai à retrouver ton chemin.

Geneviève lui sourit timidement, ne comprenant rien à ce qu'il venait de dire. François-Xavier s'avança et lui répondit en s'exprimant parfaitement dans la même langue.

— Elle n'est pas perdue, et je vous remercie de votre aide, mon brave. Maintenant, laissez-nous.

L'homme ne voulant pas s'attirer la colère de François-Xavier s'inclina pour le laisser passer et retourna à sa table où son verre de rhum l'attendait.

En voyant François-Xavier, Geneviève fut soulagée et lui sauta au cou. Malgré sa déception de ne pas voir James, elle était heureuse que son frère soit là, en chair et en os. En route, elle lui raconta son voyage. Sur le bateau, elle avait rencontré un couple de Montréalais avec qui elle était restée tout le temps.

Personne ne l'avait ennuyée à part l'homme de l'auberge. Elle demanda ensuite où se trouvait James.

— Je n'en ai pas la moindre idée! Il s'absente de plus en plus souvent pour rencontrer d'autres Patriotes. Peut-être sera-t-il un peu plus loquace avec toi. À Flora et à moi, il ne dit pratiquement rien!

— J'aurais pensé qu'il serait venu m'attendre, il y a si longtemps que nous sommes séparés. Crois-tu qu'il est heureux que je vienne vous retrouver?

— J'en suis certain. Il avait hâte de te revoir, crois-moi. Il ne cessait de me casser les oreilles à propos de toi. Enfin, je n'entendrai plus parler de toi!

François-Xavier embrassa affectueusement sa sœur. Elle lui avait tant manqué. Le jeune homme lui raconta comment se passait sa nouvelle vie de bûcheron. Il trouvait le travail éreintant, mais remerciait le ciel d'avoir mis Samuel Dawson sur leur route. Ils avaient un gîte confortable et de quoi se nourrir. Il lui raconta son amitié avec Jonathan qui lui rappelait un peu Étienne par ses allures brusques et sa stature imposante. Geneviève s'enquit ensuite de Flora. Elle demanda comment son amie s'était habituée à la vie dans les bois. François-Xavier répondit qu'il avait été agréablement surpris. Flora se débrouillait bien en cuisine, la maison était impeccable et elle trouvait même le temps de la remplir d'une douce musique lorsqu'elle s'installait au piano. François-Xavier l'admirait d'ailleurs pour tout ce qu'elle avait entrepris. Geneviève esquissa un sourire en écoutant son frère qui parlait de Flora avec beaucoup d'estime.

Bientôt, ils arrivèrent devant la petite maison. Flora, qui surveillait leur venue, sortit en les entendant approcher. Elle accueillit chaleureusement son amie et François-Xavier s'occupa des bagages. Il devait repartir aussitôt pour ramener les chevaux chez monsieur Dawson. Les deux jeunes femmes auraient du temps pour se raconter les événements des mois précédents.

* * *

Flora, Geneviève et François-Xavier attendirent longtemps avant de souper puis, ne voyant pas James arriver, ils durent se résoudre à commencer leur repas. Flora était furieuse que son frère ne soit pas présent pour accueillir Geneviève. Il aurait pu reporter ses réunions politiques plutôt que de faire languir ainsi la femme qu'il espérait épouser. Quand elle en aurait l'occasion, elle lui en glisserait un mot.

François-Xavier était également furieux. Depuis quelque temps, son ami dépassait les bornes. Il ne travaillait plus avec autant d'assiduité. Il s'absentait de plus en plus souvent, et François-Xavier et Jonathan devaient travailler encore plus fort pour parvenir à abattre le travail de trois hommes. Monsieur Dawson n'avait pas repris le travail, son dos le faisait souffrir et sa jambe n'était pas encore tout à fait guérie. James négligeait sa sœur, Geneviève, qui s'était fait une joie de venir le retrouver, et lui ne daignait pas être au rendez-vous. François-Xavier avait un peu menti en disant à Geneviève que James ne cessait de lui parler d'elle. En fait, au cours des derniers mois, les seuls sujets de conversation de James tournaient autour de Robert Nelson et des Frères chasseurs. James se dirigeait tout droit vers un piège et il ne pourrait bientôt plus en sortir. François-Xavier se promettait d'avoir une sérieuse discussion avec son ami très prochainement.

* * *

James avait dû s'absenter ce jour-là, car il avait des armes à rassembler et à apporter chez un fermier tout près de la frontière. Il aurait aimé être au rendez-vous pour accueillir Geneviève, mais il avait aussi des devoirs envers ses compatriotes. Geneviève comprendrait qu'il ait dû s'absenter. La cause qu'il défendait méritait d'être prise au sérieux.

Il rentra très tard, et trouva la maisonnée endormie. Il monta sans faire de bruit puis entrouvrit la porte de la chambre de sa sœur. Il trouva Geneviève endormie dans le lit voisin de celui de

Flora. Elle était aussi belle que dans ses souvenirs. Il s'approcha sans bruit et déposa un baiser sur son front. Sa fiancée sourit dans son sommeil, mais ne s'éveilla pas. Il sortit et referma la porte. Il la verrait le lendemain au petit-déjeuner. En attendant, une bonne nuit de sommeil serait la bienvenue.

* * *

Les retrouvailles eurent lieu tôt le lendemain. Geneviève s'était réveillée dès l'aube pour voir James. Il avait très mal dormi et était sorti avant tout le monde pour faire sa toilette et raser sa barbe qu'il avait négligée depuis quelque temps. Les fiancés se retrouvèrent près de la pompe à eau. Après s'être enlacés longuement, ils entrèrent prendre leur petit-déjeuner. Flora et François-Xavier s'apprêtaient à s'installer à la table. Les quatre amis bavardèrent longtemps ce matin-là, se confiant les derniers mois qu'ils avaient passés éloignés les uns des autres.

Samuel Dawson avait accepté de leur donner congé pour permettre les retrouvailles, et avait demandé à François-Xavier de passer un peu plus tard pour lui présenter sa sœur dont il avait souvent entendu parler. Puis, Geneviève et James partirent faire une promenade et Flora resta seule avec François-Xavier. Ce dernier était allé s'asseoir sur le petit balcon devant la maison. Flora attendit un peu et décida de prendre son courage à deux mains afin de lui demander pourquoi il avait mis une distance entre eux depuis quelque temps. Après avoir placé sa chaise devant celle de François-Xavier, elle brisa le silence.

— Je suis heureuse que James soit parti avec Geneviève. Ils avaient besoin d'un peu d'intimité, je crois.

— Peut-être éprouvait-il du remords de ne pas avoir été présent lors de son arrivée ?

— Geneviève était tellement déçue qu'il ne soit pas là ! Elle a eu beaucoup de difficulté à trouver le sommeil hier soir. À tout moment, elle croyait qu'il arrivait.

— Ton frère a beaucoup changé depuis quelque temps.

— Moi aussi je l'ai remarqué, mais il n'est pas le seul.

François-Xavier comprit qu'elle faisait allusion à lui. Il baissa les yeux et garda le silence. Flora continua.

— Je ne sais pas ce que j'ai pu faire pour te contrarier, mais j'ai l'impression que tu es en colère contre moi.

— Tu n'as rien fait.

— Alors, explique-moi pourquoi tu ne me parles plus comme avant. Tu n'avais pas peur de me confier tes craintes, de me raconter ce que tu espérais, ce que tu faisais. Maintenant, c'est à peine si tu me salues lorsque tu me vois. Je pensais que nous étions amis. James a changé, il est presque toujours absent. Même si tu es présent physiquement, je me sens aussi loin de toi que de James.

Flora avait la gorge serrée et les yeux remplis de larmes. L'indifférence de François-Xavier la blessait encore plus qu'elle ne le croyait et, en lui parlant, elle venait de prendre conscience qu'elle avait besoin de son amitié.

— Je suis désolé si je t'ai causé du chagrin, c'est bien malgré moi. Je sais que je t'ai ignorée ces derniers temps et je te prie de me pardonner. Je me sens si loin de chez moi, je me demande pourquoi je me suis enfui, peut-être que je ne serais pas en prison à l'heure qu'il est ? Pardonne-moi, j'ai moi-même de la difficulté à me supporter. Je suis furieux contre James qui m'a entraîné dans tout cela. Il s'est presque fait tuer et ses idées de rébellion ne se sont même pas affaiblies. Pire, elles ne cessent d'augmenter et il est prêt à tout pour servir sa cause. Je suis désolé, Flora !

— J'ai peut-être mal choisi mon moment pour te faire part de mes tracas.

— Non, tu as eu raison. Si je suis furieux contre James, je n'ai pas à te faire subir cette colère. Pour me faire pardonner, laisse-moi te montrer un endroit ravissant que j'ai découvert il y a quelques jours.

Flora le suivit, le cœur léger de lui avoir fait part de son tracas. François-Xavier la conduisit non loin de la maison, où, le long d'une pente abrupte, un petit ruisseau cristallin serpentait le long de grosses pierres. L'eau était d'une fraîcheur délicieuse et Flora retira ses petites bottines pour la laisser couler sur ses pieds dénudés. François-Xavier lui prit la main pour l'aider à traverser le ruisseau sans tomber sur les pierres couvertes de limon. Il s'adossa à un arbre et ferma les yeux en écoutant le clapotis de l'eau sur les rochers. Lui aussi était soulagé d'avoir mis les choses au clair avec Flora.

* * *

Geneviève était adossée à un gros chêne, la tête de James reposant sur ses genoux ; elle caressait doucement les cheveux de son fiancé.

— Je me suis tellement ennuyée, James, je me rendais tous les jours chez toi. J'avais l'impression d'être plus près de toi ainsi.

— À moi aussi tu m'as manqué. Je suis heureux que tu sois venue me rejoindre.

— Rentre au pays, James, je ne peux plus vivre sans toi !

— Si seulement je pouvais rentrer, Geneviève ! Je risque d'être arrêté et mis en prison. Ici, nous pouvons être ensemble. Peut-être pourrions-nous même y faire notre vie ? Dans un pays avec une vraie démocratie, où le peuple peut décider de son avenir.

— Je ne pourrais pas vivre ici, James, tu n'y penses pas !

— Pourquoi ? Nous sommes jeunes et nous pouvons fonder une famille ici, nous pouvons aussi aller ailleurs si ça ne te plaît pas.

— Je ne pourrais pas vivre éloignée de ma famille, je veux être avec toi, mais je veux aussi pouvoir compter sur l'appui de mes parents. Que mes enfants grandissent près de leurs grands-parents, James, comprends-moi !

— Je ne veux pas t'éloigner de ta famille, mais, pour l'instant, il est hors de question que je retourne à Chambly.

— Alors si je sais que tu espères rentrer au pays, je vais t'attendre, mais je t'en prie, ne tarde pas trop. Je t'aime et j'ai très hâte de devenir ta femme. J'ai peur parfois que tu ne changes d'avis et que tu en épouses une autre.

— Ne crains rien, je t'aime, et moi aussi j'ai hâte que tu deviennes ma femme.

James se redressa et regarda Geneviève droit dans les yeux.

— Épouse-moi ici ! Je vais trouver un prêtre catholique et nous allons nous marier le plus tôt possible.

— J'accepte, mais promets-moi que nous rentrerons au pays dès que ce sera possible.

— Je te le promets, mon amour.

James embrassa Geneviève et la serra sur son cœur. Bientôt, elle serait sa tendre épouse. Les deux amoureux restèrent assis à l'ombre du gros chêne à parler de leurs projets.

* * *

À la fin du mois de juin 1838, des nouvelles du Bas-Canada parvinrent jusqu'à la maison de bois rond. James déposa le journal avec colère sur la table de la cuisine. Huit Patriotes emprisonnés avaient fait des aveux de culpabilité afin d'amnistier les autres Patriotes écroués. Parmi les chefs, on retrouvait Wolfred Nelson, le frère de Robert, ainsi que Bonaventure Viger et Robert Shore-Milnes-Bouchette. Ceux qui étaient passés aux aveux pouvaient à tout moment être déportés aux Bermudes selon la bonne volonté de Sa Majesté. Tous les autres

Patriotes avaient été amnistiés en versant une caution, sauf ceux réfugiés aux États-Unis, dont Louis-Joseph Papineau, Robert Nelson et Cyrille-Hector-Octave Côté.

Devant les regards interrogateurs de Geneviève, Flora et François-Xavier, James serra les mâchoires. Puis il déclara :

— Les autorités ont eu ce qu'elles voulaient, sans remplir leur part du marché. Si presque tous ceux qui ont été emprisonnés ont été amnistiés, ce n'est pas notre cas. Nous sommes encore considérés comme des criminels et si nous remettons les pieds au Bas-Canada, nous pouvons être condamnés à mort.

François-Xavier était profondément déçu de cette nouvelle. Quand pourrait-il donc rentrer chez lui ? Il regrettait presque ne pas avoir été arrêté quelques mois plus tôt. Au moins aujourd'hui, il serait libre et non plus considéré comme un paria. Il sortit, laissant James déverser sa rage.

* * *

Flora avait laissé James et Geneviève seuls. Son frère ne s'était pas calmé. Il était furieux. Geneviève tentait de l'apaiser de son mieux et Flora avait préféré partir à la recherche de François-Xavier, mais ne le trouva nulle part. Enfin, elle devina où il pouvait se trouver. Elle se rendit près du ruisseau et le découvrit, assis sur un rocher, regardant fixement l'eau couler. François-Xavier se tourna vers elle les yeux rougis. Flora s'approcha de lui.

— Je savais que je te trouverais ici. Je suis vraiment désolée de cette nouvelle.

— Et moi donc !

François-Xavier s'essuya les yeux et dit tout bas :

— Je n'avais pas pensé qu'en te montrant cet endroit, je perdrais mon refuge lorsque je me sentirais triste.

— Si tu préfères, je peux m'en aller.

— Non, reste, et viens t'asseoir près de moi.

Flora resta silencieuse et prit place près de lui. Leurs épaules se touchaient presque. François-Xavier murmura en avalant ses larmes :

— Jamais je ne pourrai rentrer au pays. Je devrais me faire à l'idée et m'installer définitivement ici.

Les mains devant les yeux, il ne pouvait plus retenir ses larmes, refoulées depuis trop longtemps. Flora était désemparée de le voir si abattu et posa doucement sa main sur son épaule. Il l'attira vers lui et la serra fort en sanglotant. Flora lui rendit son étreinte et le laissa pleurer pour se soulager.

* * *

Le calme revint après la tempête. François-Xavier s'épongea les yeux du revers de sa manche. Il se lava le visage avec l'eau froide du ruisseau et revint s'asseoir près de Flora.

— Je suis vraiment épuisé ! C'est la première fois que je pleure autant. J'ai honte de m'être laissé aller ainsi.

— Tu n'as pas à t'excuser. Moi-même, il m'arrive de ne plus savoir où j'en suis. Chambly me manque de plus en plus et, lorsque j'ai le mal du pays, il m'arrive même de me dire que j'aurais dû épouser Wallace et en finir une fois pour toutes.

— Dans ces moments-là, tu dois être dans un profond désarroi !

Flora éclata de rire en voyant que François-Xavier la taquinait. L'atmosphère se détendit et, après quelques blagues, François-Xavier lui prit la main et lui dit en la regardant droit dans les yeux :

— Merci de m'avoir écouté comme tu l'as fait. J'avais bien besoin d'une oreille attentive. Merci, Flora, d'être mon amie.

— N'oublie pas que je suis là lorsque tu as besoin de parler. Fais-moi encore rire comme tu viens de le faire en retour. J'ai bien besoin de me distraire moi aussi !

Ils rentrèrent tous les deux, le cœur plus léger de s'être confiés l'un à l'autre comme deux vieux amis l'auraient fait.

* * *

Comme convenu, James avait trouvé un prêtre catholique prêt à célébrer le mariage. Le matin du grand jour, Geneviève et Flora procédèrent aux derniers ajustements de la robe. En faisant ses bagages, Geneviève avait pris soin d'apporter la robe que Flora lui avait donnée. Elle s'était dit qu'elle en aurait peut-être besoin plus tôt que prévu. Les deux jeunes femmes avaient dormi chez monsieur Dawson, l'église se trouvant à proximité. Geneviève tenait à faire les choses selon les règles, et il était hors de question que James voie sa robe avant son entrée dans l'église. Elle regrettait sincèrement que ses parents ne soient pas présents au mariage mais elle n'en pouvait plus d'attendre, et James s'était enfin décidé à l'épouser. François-Xavier lui servirait de témoin et Geneviève avait demandé à monsieur Dawson de l'accompagner jusqu'à l'autel. Le vieil homme avait les yeux remplis de larmes lorsqu'il avait accepté, très fier de cet honneur.

Jonathan frappa discrètement à la porte.

— La voiture est prête et, si vous ne voulez pas être en retard, il est grand temps de partir.

Flora lui dit qu'elles descendraient quelques minutes plus tard. Elle ajusta le voile sur la tête de son amie et l'embrassa sur les joues.

— Je suis tellement heureuse pour toi. Comme tu es belle ! Je ne regrette pas de t'avoir donné cette robe. Tu feras un mariage beaucoup plus heureux que si je l'avais portée.

— J'aime profondément ton frère, et je sais que je l'aimerai toujours.

— Viens, allons-y avant que Jonathan ne vienne nous chercher de force. James doit être impatient de te voir.

* * *

Le prêtre bénit le couple et les mariés s'embrassèrent. Flora essuya une larme et souhaita que son frère et son amie soient heureux toute leur vie. Les mariés sortirent, suivis des quelques invités.

Une petite réception avait lieu chez monsieur Dawson et les invités furent heureux de se rafraîchir et de manger un peu. Il faisait très chaud en cette journée du mois de juillet. La limonade fraîche était la bienvenue. Flora s'aspergeait la nuque d'eau froide à la pompe extérieure. Jonathan vint la retrouver. Elle sursauta en l'entendant.

— C'était une belle cérémonie. Les mariés ont l'air bien heureux de leur journée. Mon oncle était vraiment honoré que Geneviève lui demande de la conduire à l'autel. Il était aussi heureux d'organiser cette réception.

— C'est vraiment gentil à vous deux de nous recevoir encore une fois.

— Depuis que vous êtes à Alburgh, mon oncle semble revivre et prendre goût à recevoir. En fait, moi aussi j'aime beaucoup votre présence parmi nous. Je me rends compte qu'avant votre arrivée, ma vie était bien terne. Je redoute le jour où vous repartirez.

— Nous avons réellement été bien accueillis ici. Je ne sais pas quand nous pourrons rentrer au Bas-Canada.

— Le plus tard sera le mieux, à mon avis. En fait, j'ai peut-être une proposition à vous faire. Mon oncle possède des terres cultivables un peu plus loin, et il serait prêt à vous les céder pour un prix raisonnable. Il veut lui aussi que vous restiez dans les environs. James et Geneviève, mariés, auront besoin d'un endroit bien à eux. François-Xavier trouvera certainement un bon parti dans la région.

— Et moi ? Vous voulez me vendre une terre à moi aussi ?

— En fait, je voulais te demander de devenir ma femme. Je pourrais te rendre heureuse, je serais un bon mari.

Flora resta étonnée. Certes Jonathan ferait un bon mari, mais elle l'avait toujours considéré comme un ami. Il attendait une réponse, et avait baissé les yeux. Flora constata qu'il se tordait les mains de nervosité.

— J'éprouve beaucoup de tendresse pour toi, et je te suis reconnaissante de tout ce que tu fais pour nous. Cependant, je pense qu'il est important pour deux êtres qui désirent se marier d'éprouver tous les deux de l'amour et j'ai bien peur que mes sentiments ne soient pas orientés dans cette direction. Je t'aime bien, mais pas assez pour devenir ta femme.

— Je vois, je croyais que mes sentiments étaient partagés. Pardonne-moi d'avoir été si ridicule en te demandant de m'épouser.

— Tu n'es pas ridicule. Tu ne pouvais pas savoir, et ta démarche demande beaucoup de courage. Je suis certaine que tu trouveras quelqu'un qui t'aimera et qui te rendra heureux.

Jonathan se passa la main dans les cheveux et se prépara à partir. Flora le retint par le bras.

— Je ne voulais pas te blesser.

— Non, je te suis reconnaissant de ta franchise. Un jour, je trouverai certainement quelqu'un qui voudra de moi.

— Ce jour est peut-être plus près que tu ne le crois. Anna m'a confié à quel point elle est amoureuse de toi et à quel point elle rêve de t'épouser.

— Anna Smith ? La sœur de mon ami John ?

— Oui, le bonheur est peut-être plus près que tu ne le crois, Jonathan.

— Je ne lui ai jamais prêté la moindre attention, je croyais que je ne l'intéressais pas. Son père est beaucoup plus riche que mon oncle. Je croyais qu'elle se cherchait un meilleur parti que moi.

— Elle avait peur que ses sentiments ne soient pas partagés.

Flora regarda partir Jonathan, l'esprit perdu, le cœur gonflé de fierté qu'une jeune femme s'intéresse à lui. Il venait de prendre conscience qu'Anna était celle qu'il lui fallait. Flora sourit en pensant qu'elle avait aidé un couple à se reconnaître. Elle retourna dans la fraîcheur de la maison rejoindre les autres invités.

23

Samuel Dawson avait fait ses propositions à James et à François-Xavier concernant la vente d'une terre à prix modique. Le premier fut tenté. Il pourrait s'installer avec Geneviève et fonder une famille dans leur terre d'accueil. Il lui en avait parlé, mais Geneviève avait refusé une fois de plus. Il lui avait promis avant le mariage de rentrer au pays dès qu'ils le pourraient. James était déçu qu'elle soit aussi entêtée, mais il comprenait et il lui avait fait une promesse.

François-Xavier avait remercié monsieur Dawson, mais avait refusé son offre. S'il revenait au pays et qu'il ne parvenait pas à s'y faire une place, il viendrait peut-être le revoir un peu plus tard. Après tout, à la mort de son père, la terre lui reviendrait. Samuel Dawson leur avait alors souhaité la meilleure des chances et leur avait chaleureusement serré la main.

L'été s'écoulait et, bientôt, le temps des récoltes arriva. Flora ramassa fièrement les légumes qu'elle avait semés elle-même au printemps. Elle prépara des confitures avec Geneviève durant l'été. Les deux jeunes femmes confectionnèrent une courtepointe et l'offrirent à monsieur Dawson pour lui tenir chaud durant les froides nuits d'hiver.

Jonathan avait commencé à fréquenter assidûment Anna, et celle-ci avait rendu visite à Flora pour la remercier d'avoir intercédé auprès de lui. Ils prévoyaient de se fiancer bientôt et de célébrer le mariage à Noël. Jonathan avait également tenu à remercier Flora d'avoir été franche avec lui et de lui avoir fait comprendre qu'Anna était la femme qu'il cherchait depuis longtemps.

* * *

Les huit chefs patriotes qui avaient signé des aveux de culpabilité en juin avaient été déportés aux Bermudes en juillet. James imaginait ce que ces hommes devaient endurer, séparés de leurs femmes, de leurs enfants. Malgré le climat agréable de l'île, ils y étaient traités comme des forçats. James ne pouvait plus s'imaginer être séparé de Geneviève. Il aimait se retrouver près d'elle dans l'intimité de leur chambre à coucher, s'endormir en la tenant près de son cœur après qu'ils avaient fait l'amour. Il regrettait d'avoir mis autant de temps avant de l'épouser, à présent qu'il connaissait le bonheur du mariage et des rapprochements permis. Il pensait à son père, qui désapprouvait son union avec une Canadienne française, catholique par-dessus le marché. John Henry lui pardonnerait peut-être un jour en le voyant aussi comblé auprès de la femme qu'il aimait.

Flora avait trouvé sa chambre bien grande les premiers soirs où Geneviève avait commencé à partager le lit de James. Elle aimait se retrouver près de son amie pour bavarder parfois très tard. Les deux amies s'étaient raconté leurs journées, leurs espoirs.

Flora enviait un peu son amie en l'entendant décrire combien il était doux de s'endormir dans les bras de son mari. Connaîtrait-elle ce bonheur un jour ? Elle l'espérait de tout cœur. Flora avait eu deux demandes en mariage et les avait repoussées. Une troisième demande serait presque improbable. Elle demeurerait peut-être seule toute sa vie parce qu'elle avait trop attendu l'amour. Pour l'instant, elle essayait de ne pas se préoccuper de cette question troublante.

En fait, James l'inquiétait de plus en plus. Il s'absentait souvent. Sa sœur commençait à se douter qu'un nouveau soulèvement se préparait. Elle avait voulu interroger James, mais son frère se montrait distant. Même François-Xavier n'arrivait pas à savoir ce qui se préparait. James lui parlait peu depuis quelque temps ; les deux amis semblaient s'être éloignés. François-Xavier en avait fait part à Flora et il lui avait dit qu'il regrettait que James ne se confie plus à lui comme il l'avait si souvent fait. James ne se livrait guère à sa femme qui s'inquiétait de plus en plus elle aussi.

* * *

Les arbres avaient revêtu les couleurs de l'automne. François-Xavier et Jonathan cordaient du bois près de la maison pour les froides nuits d'hiver. Désormais, François-Xavier ne comptait plus sur l'aide de James, mais sur celle de Jonathan. Les deux hommes, prenant une pause, burent un peu d'eau froide pour se désaltérer.

— Je te remercie encore une fois, Jonathan, pour ton aide.

— Ce n'est rien, je ne voulais pas que mes amis aient froid cet hiver.

— Disons que ce n'est pas grâce à James que nous allons pouvoir nous chauffer !

— Je crois savoir qu'il se rend aux réunions des Frères chasseurs. Ils ont rassemblé des armes et se préparent à passer à l'attaque.

— D'où tiens-tu tes renseignements ? Il ne parle plus à personne, ni à sa femme, ni à sa sœur, ni même à moi.

— J'ai des amis qui ont décidé d'aider les Patriotes en exil. J'ai entendu dire que James faisait partie de ceux qui transportent des armes.

François-Xavier serra les poings. James mettait leur sécurité en danger. Si les autorités américaines l'apprenaient, ils pourraient être arrêtés pour ne pas avoir respecté la neutralité du pays. Que James décide d'agir seul, François-Xavier n'y pouvait rien. Mais qu'il le fasse en oubliant qu'il devait dorénavant assumer les responsabilités d'un homme marié, cela le rendait fou de rage.

Voyant son ami furieux, Jonathan changea de sujet.

— Je t'annonce officiellement que je suis fiancé, et que je vais me marier la veille de Noël.

François-Xavier détourna le regard. Il habitait dans la même maison que les MacGregor et ceux-ci parvenaient à lui cacher une grande partie de leur vie. Ainsi Flora ne lui avait pas dit qu'elle allait épouser Jonathan. Il était extrêmement déçu que la jeune femme n'ait pas eu la décence de lui faire part de ses projets. Il lui avait confié ses moindres pensées et elle, non. Lui qui croyait être son ami ! Il avala avec peine avant de féliciter Jonathan.

— Flora ne m'avait pas dit que vous alliez vous marier. Je suis heureux pour vous deux.

Jonathan resta muet de surprise puis éclata de rire.

— J'aurais bien voulu l'épouser, mais avant, il aurait fallu qu'elle accepte ! Je me demande ce qui t'a fait croire que j'allais épouser Flora.

— Ce n'est pas Flora l'heureuse élue ?

— Eh bien non ! Je vais épouser Anna Smith. Je peux voir à ton regard que tu sembles soulagé. Flora est libre comme l'air, mais si j'étais à ta place, je tenterais ma chance avant qu'elle rencontre quelqu'un d'autre.

— Flora est mon amie et rien d'autre !

— Tu peux le faire croire à d'autres, mais pas à moi. Je vous ai vus tous les deux, et c'est évident que tu es amoureux d'elle. Alors, mon vieux, tente ta chance ou tu le regretteras toute ta vie !

Jonathan lui donna une grande claque dans le dos et retourna travailler. François-Xavier resta songeur. Jonathan avait dit vrai en lui montrant à quel point il s'était menti à lui-même en niant être amoureux d'elle. Jonathan avait peut-être raison, il devait tenter sa chance.

* * *

En se rendant dans la grange, François-Xavier découvrit, dissimulés sous un peu de paille, plusieurs fusils et des munitions. Il retourna à la maison. James y était attablé avec Geneviève et Flora, et mangeait tranquillement sa soupe. François-Xavier l'entraîna dehors sous le regard interrogateur des deux jeunes femmes. Flora et Geneviève sortirent à la suite des deux hommes pour savoir ce qui se passait.

— Je ne sais pas ce qui te prend, François-Xavier, mais tu aurais pu me laisser terminer mon repas !

— Ce que j'ai à te dire est beaucoup trop important. Que tu me laisses travailler à ta place, que tu partes des jours sans nous dire où tu vas, que nous ne puissions plus nous fier à toi pour quoi que ce soit, c'est ton choix et nous n'y pouvons rien ! Cependant, que tu mettes notre liberté et nos vies en péril, je pense que cela nous concerne tous !

— De quoi veux-tu parler ?

— De tes armes qui traînent dans la grange ! Tu n'as pas eu assez de la défaite de Saint-Charles ? As-tu oublié que tu as failli te faire tuer ?

— Comment pourrais-je oublier ? Tu me le rappelles sans cesse ! Calme-toi maintenant, François-Xavier !

— Depuis trop longtemps, je meurs d'envie de te dire tout cela. Tu as une femme qui compte sur toi maintenant.

— Comprends-moi, François-Xavier, nous n'avons plus le choix, si nous voulons revenir au pays la tête haute, nous devons le faire par la force. Geneviève veut rentrer au pays et je veux que mes enfants grandissent dans un endroit où ils pourront décider de leur avenir. J'ai besoin que tu me fasses confiance, j'ai besoin de toi, mon ami. Joins-toi à nous, François-Xavier. Nous sommes beaucoup mieux organisés qu'en 1837. Je te jure que nous réussirons cette fois-ci.

— Je n'ai pas envie d'aller me faire tuer pour une cause à laquelle je ne crois plus.

— Tu n'es qu'un lâche !

François-Xavier empoigna James et, sans l'intervention de Flora, il lui aurait mis son poing au milieu du visage. Flora se plaça entre les deux amis.

— Arrêtez tous les deux ! Nous sommes bien tous les quatre ici, n'essayez pas de tout détruire !

— Tu as raison, Flora. Retourne manger ta soupe, James, mais je t'en prie, débarrasse-nous de ce qui se trouve dans la grange.

François-Xavier tourna le dos et partit en direction de la maison. James rentra, suivi de Geneviève et de Flora.

* * *

Quand François-Xavier revint à la maison, un peu plus tard dans la journée, James était parti et avait dit à Geneviève qu'il serait absent quelques jours, et qu'il ne fallait pas s'inquiéter pour lui. À la fin octobre, les chefs patriotes exilés aux Bermudes reçurent l'autorisation de rentrer au pays à leurs frais. James avait accueilli la nouvelle avec bonheur.

Geneviève était montée se coucher et Flora était restée seule près du feu à broder tandis que François-Xavier passait sa rage à sculpter un morceau de bois. Geneviève leur avait appris une excellente nouvelle durant le repas : elle était enceinte. James semblait très heureux, mais l'idée d'être père ne l'empêcha pas de partir plus tôt.

François-Xavier essayait de donner une forme quelconque à sa sculpture et Flora ne savait pas quoi dire pour rompre le silence. François-Xavier se leva, et jeta son morceau de bois dans le feu.

— Je ne ferai rien de bon ce soir, je pense que le mieux serait d'aller me coucher.

— Tu devrais être fier, Geneviève nous a appris une grande nouvelle. Elle est si heureuse !

— Encore faudrait-il que son mari se trouve près d'elle !

— Tu es sévère envers James !

— Je pense que cet exil est en train de me rendre fou ! James a sans doute raison, je ne suis qu'un lâche après tout. Notre seule façon de rentrer au pays est sans doute de le faire par la force.

— Ne dis pas cela, tu n'es pas un lâche ! Tu étais à Saint-Denis, tu n'as pas reculé devant l'ennemi, tu t'es battu courageusement.

— Je croyais alors en notre cause, maintenant je pense que c'est allé beaucoup trop loin. Je voudrais retourner à Chambly, te ramener en sécurité dans la maison de tes parents.

— Je suis en sécurité ici, et j'ai librement choisi de vous suivre. Si j'étais restée, je serais en sécurité dans la grande maison de Wallace à Montréal.

— Dans ce cas, j'aimerais t'amener loin de toute cette maudite rébellion ! Tu mérites une vie meilleure que celle que nous t'offrons. Pourquoi as-tu refusé d'épouser Jonathan ?

— Il t'en a parlé ? J'ai préféré être honnête avec lui, je ne l'aimais pas comme il l'aurait souhaité.

— Au moins, tu aurais une vie beaucoup plus agréable qu'ici.

Flora s'approcha de François-Xavier qui lui tournait le dos. Elle murmura tout bas en espérant qu'il l'entende :

— Je suis bien ici parce que je suis avec toi.

Il se retourna et prit sa main. Il effleura doucement le contour de son visage puis posa ses lèvres sur les siennes. Flora ferma les yeux, lui rendant son baiser. Elle souhaitait depuis longtemps qu'il l'embrasse de cette façon. Elle n'avait plus envie de partir. Tout ce qu'elle désirait désormais était que leur étreinte ne se termine jamais.

Leur baiser, timide au début, devint de plus en plus fougueux, libérant toute la passion qui avait eu le temps de grandir au cours des dernières semaines. François-Xavier amena Flora près du feu et continua de l'embrasser. Celle-ci retira son peignoir, découvrant une chemise de nuit de coton blanc. François-Xavier caressait Flora avec tendresse à travers le tissu diaphane. Elle se pressait contre lui, répondant favorablement à ses caresses. Il détacha sa robe de nuit. Le vêtement glissa sans bruit, et les lueurs du feu éclairèrent le corps de la jeune femme. François-Xavier étendit une couverture de laine sur le plancher de pin et, prenant Flora dans ses bras, il l'allongea sur la couverture. Elle l'aida à déboutonner puis à retirer sa chemise, couvrant de baisers le torse de l'homme qu'elle aimait et à qui elle était prête à se donner entièrement. Les deux amoureux s'aimèrent avec passion devant le feu qui dansait dans l'âtre.

* * *

Geneviève, descendue boire un verre d'eau, s'arrêta au milieu de l'escalier en voyant son frère et Flora devant le foyer. Enlacés, ils dormaient profondément. Elle sourit puis remonta dans sa chambre sans faire de bruit. Elle avait toujours su au fond d'elle-même qu'ils étaient faits pour être ensemble. François-Xavier pourrait rendre Flora heureuse si seulement il arrivait à ne pas douter de lui-même. Flora le suivrait n'importe où. Elle était comme James : quand elle se donnait, elle se donnait entièrement.

* * *

Flora s'éveilla. Il ne restait que quelques braises dans l'âtre. Elle se rapprocha de François-Xavier pour se réchauffer. Il l'enlaça et rabattit la couverture sur elle.

— Il y a si longtemps que je n'ai pas été aussi bien. Je t'aime, Flora.

— Moi aussi je t'aime.

François-Xavier se leva, prit sa chemise et remit des bûches pour que le feu reprenne et réchauffe la pièce qui commençait à refroidir. Flora ramassa les vêtements éparpillés sur le sol et s'enroula dans la couverture de laine. Elle avait sommeil, mais ne voulait plus laisser François-Xavier à présent qu'ils s'étaient tout dit et qu'ils savaient à quel point ils s'aimaient. François-Xavier revint vers elle en s'étirant et en bâillant.

— Je crois que nous devrions aller dormir. Il fait plus froid à l'étage, mais sous les couvertures nous serons au chaud.

— Je n'ai pas envie que cette nuit se termine, je suis bien près de toi.

— Alors, suis-moi. Mon lit est beaucoup plus confortable que ce plancher.

Il l'embrassa et Flora, relevant la couverture afin de marcher sans trébucher, le suivit.

* * *

Quand Flora s'éveilla, François-Xavier était parti bûcher. Elle se demanda si elle n'avait pas rêvé la nuit précédente. En voyant qu'elle ne se trouvait pas dans sa chambre, elle sourit en pensant que c'était bel et bien la réalité : François-Xavier l'aimait, et ils avaient passé la nuit ensemble. Elle s'étira puis prit l'oreiller sur lequel il avait dormi. Elle y enfouit la tête et se recroquevilla sous les chaudes couvertures. Puis, elle décida de se lever.

Après avoir fait sa toilette, elle descendit prendre son petit-déjeuner. Geneviève buvait une tasse de thé. Elle leva les yeux.

— As-tu bien dormi, Flora ?

— Très bien, je ne pensais pas me lever aussi tard ! Je meurs de faim.

Geneviève la laissa manger un bout de pain grillé et se verser une tasse de thé. Elle voulait lui dire qu'elles les avaient vus, la nuit précédente. Geneviève tira Flora de ses rêveries.

— Je sais pourquoi tu as aussi bien dormi la nuit dernière, Flora. Je vous ai vus, mon frère et toi. Rassure-toi, je ne vous juge pas. Je suis heureuse pour vous deux.

— J'aime ton frère, Geneviève, et je pense qu'il y a trop longtemps maintenant que je le nie.

— Je suis sincèrement heureuse pour vous deux, je sais qu'il t'aime depuis longtemps, lui aussi. J'ai toujours su que vous étiez faits l'un pour l'autre. J'avais réellement hâte que vous vous en aperceviez, tu sais ?

— François-Xavier est celui que j'ai toujours attendu, je pense.

— Je pense la même chose de James. J'espère que vous connaîtrez beaucoup de bonheur tous les deux comme nous en connaissons, James et moi. Si seulement une nouvelle menace de rébellion ne planait pas au-dessus de nos têtes…

— J'ai peur moi aussi. James croit qu'ils seront suffisamment d'hommes et surtout encore mieux armés que la dernière fois.

— Je ne veux pas t'inquiéter outre mesure, Flora, mais je pensais demander à François-Xavier d'accompagner James. Ensemble, ils veilleront l'un sur l'autre.

— Tu ne lui as pas encore demandé, mais je sais déjà que François-Xavier ne laissera pas mon frère partir seul. L'idée de devoir se battre encore une fois lui répugne, mais son sens du devoir le force à y aller.

— Ensemble, il ne peut rien leur arriver, n'est-ce pas, Flora ?

Flora ne répondit pas, espérant que Geneviève ait raison.

* * *

En allant chercher de l'eau à la pompe, Flora rencontra François-Xavier. Elle sentit ses joues s'empourprer lorsqu'il lui demanda si elle avait bien dormi. Elle répondit timidement et il l'attira près de lui pour l'embrasser.

— Il y a longtemps que je n'ai pas aussi bien dormi. Je me suis levé à contre-cœur, ce matin. Tu étais si belle dans ton sommeil et je voulais rester près de toi à te regarder dormir. Je regrette d'avoir attendu aussi longtemps avant de te dire que je t'aime.

— Nous n'avons plus de temps à perdre dans ce cas. Ce soir, je t'attendrai dans ma chambre. Maintenant, retourne au travail.

Flora lui rendit son baiser puis repartit vers la maison, légère malgré le poids du seau d'eau qu'elle portait.

* * *

Ce soir-là, quand Geneviève se retira pour la nuit, François-Xavier monta au second étage et frappa discrètement à la porte de la chambre de Flora. Elle l'attendait depuis un moment déjà. Ils s'embrassèrent longuement, heureux de se retrouver après leur journée de travail.

James rentra tard ce soir-là, bien après que François-Xavier s'était faufilé dans la chambre de sa sœur. Il se dévêtit et s'étendit auprès de Geneviève qui dormait déjà. Au contact de la main de James dans son dos, Geneviève s'éveilla. James embrassa sa femme et la serra contre lui.

— Robert Nelson a levé l'armée, nous partons après-demain. Je veux que tu rentres au pays avec Flora. À Chambly, il ne peut rien vous arriver, tu seras en sécurité chez tes parents.

— Je veux t'attendre ici, James. Il n'est pas question que je parte sans toi.

— Tu le feras, ma chérie, pendant qu'il est encore possible de voyager. Un dernier bateau quitte pour Saint-Jean avant l'hiver. Tu es en parfait état pour voyager, il ne faut pas attendre trop longtemps, le bébé prendra vite la place qui lui est due et tu ne pourras plus partir au printemps.

— Quand viendras-tu me retrouver ?

— Dès que je le pourrai, et nous nous installerons dans notre maison. En attendant, retourne chez tes parents, je serai moins inquiet de vous savoir en sécurité chez eux, toi et le bébé. François-Xavier voudra peut-être rentrer avec vous. Je vais lui en parler demain.

— Il ne partira pas avec nous, il m'a dit qu'il partait avec toi.

— Dans ce cas, Flora saura prendre soin de toi.

— Promets-moi, James, de faire attention à toi. Le bébé et moi avons besoin de toi.

— Je te le promets.

James embrassa Geneviève et ils s'endormirent dans les bras l'un de l'autre.

* * *

François-Xavier et Flora étaient blottis tous les deux sous les épaisses couvertures. François-Xavier caressait le visage de Flora.

— J'ai dit à Geneviève que je partirais avec James dès qu'il aura besoin de moi. Je vais veiller sur ton frère, Flora.

— J'ai tellement peur qu'il t'arrive quelque chose. Nous venons juste de nous rendre compte que nous voulons être ensemble et, déjà, il faut nous séparer.

— Ne t'en fais pas, nous serons bientôt réunis. Je pense que le mieux pour toi et ma sœur serait de partir pour Chambly. Là-bas, vous serez en sécurité. Ton père ne te fera pas épouser Callaghan de force. Il a sûrement compris que tu l'en empêcherais et ta mère a certainement réussi à le faire changer d'avis.

— Tu ne connais pas mon père! De toute façon, j'ai une raison de plus pour me battre. Je t'aime et je veux vivre avec toi, rien ne pourra nous séparer, pas même mon père.

Flora embrassa François-Xavier et se blottit dans ses bras.

* * *

Après le petit-déjeuner, James rejoignit François-Xavier, occupé à travailler avec Jonathan.

— Je pars demain, Robert Nelson a levé l'armée, nous prêterons main-forte aux Patriotes de l'autre côté de la frontière. J'ai convaincu Geneviève de rentrer au pays pendant qu'il en est encore temps. Peut-être pourrais-tu l'accompagner avec Flora?

— Je vais avec toi.

— Je suis heureux de ta décision. Tu es comme un frère pour moi, François-Xavier, et je ne pouvais pas croire que tu me laisses tomber, que tu laisses tomber la cause!

— La cause n'a rien à avoir dans tout cela. Je vais avec toi pour que nous puissions rentrer au pays en hommes libres, c'est tout.

Jonathan, resté en retrait, écoutait ses deux amis. Il s'approcha d'eux en silence.

— Si je ne devais pas me marier dans quelque temps, je vous accompagnerais volontiers. Je doute qu'Anna souhaite me voir partir et remettre mon mariage à plus tard. Vous savez ce que c'est!

— Dans ce cas, pourrais-tu t'occuper de conduire ma femme et ma sœur au premier bateau en partance pour Saint-Jean ?

— J'y veillerai personnellement. Vous serez toujours les bienvenus ici, vous êtes mes amis. Si tout ceci devait tourner mal, vous vous réfugierez ici.

Les trois amis se serrèrent amicalement la main et se souhaitèrent la meilleure des chances.

* * *

L'aube se levait. Flora n'avait pas fermé l'œil de la nuit. François-Xavier dormait à ses côtés. Elle le regardait dans son sommeil et priait pour qu'il ne lui arrive rien. Elle l'aimait tellement ! Il lui avait promis de faire attention, de se sauver à l'instant même où il sentirait sa vie menacée. Flora savait bien que, parfois, les circonstances compromettent les plus belles promesses. Elle croyait cependant en François-Xavier. Bientôt, ils se retrouveraient à Chambly, si tout se déroulait comme prévu, ou encore à Alburgh. Si les Patriotes échouaient, ils s'installeraient en effet définitivement aux États-Unis. Ils en avaient longuement parlé. Monsieur Dawson leur laisserait une terre. Flora aurait espéré que François-Xavier ne souhaite pas partir avec James et qu'ils s'établissent pour de bon, mais c'était un homme d'honneur et il avait donné sa parole à Geneviève : il veillerait sur James.

François-Xavier bougea dans son sommeil et se découvrit l'épaule. Flora y posa un baiser et remonta la couverture. Bientôt, il s'éveillerait et partirait au front. Rien qu'à cette pensée, Flora sentit son cœur se serrer et ses yeux devenir humides. Elle se rapprocha de l'homme qu'elle aimait. Il la serra contre lui et ouvrit les yeux.

— Tu es déjà réveillée ? Il nous reste un peu de temps pour dormir.

— Je n'ai pas dormi de la nuit. Ton départ me fait si peur. Je t'aime et je veux te le dire encore de nombreuses fois.

— Tu le feras, je te le promets. Moi non plus je ne veux pas te perdre, Flora. Tu seras en sécurité chez tes parents. Promets-moi que tu m'attendras.

— Tu le sais, je ne pourrai plus vivre sans toi.

Flora l'embrassa et François-Xavier l'attira près de lui. Rien ne pourrait les séparer, ils en étaient convaincus.

* * *

Le jour était arrivé beaucoup trop tôt. À présent, les deux hommes se tenaient sur le seuil de la porte, un sac sur l'épaule et vêtus chaudement. Prêts à affronter toutes les guerres, ils reviendraient libres au pays, et l'oppression britannique cesserait enfin. Un peu avant leur départ, James avait passé un petit moment avec Flora.

— Je veux que tu fasses attention à toi pendant le voyage. Dis à mère que je l'aime de tout mon cœur et que je vais bientôt rentrer au pays, qu'elle peut être fière de son fils !

— Notre père est fier de toi, j'en suis certaine. Il nous a appris à aller toujours au bout de nos idées et de nos convictions et tu fais honneur à son enseignement. Je suis fière de toi, James. Reviens vite en bonne santé. Geneviève aura besoin de toi et ton enfant aussi.

— Promets-moi de veiller sur eux s'il m'arrive malheur, Flora.

Flora sentit son cœur se serrer. Elle ne voulait perdre ni l'homme qu'elle aimait ni son frère dans cette bataille. Elle se jeta dans les bras de James et il la serra fort en l'embrassant sur le front.

— Si cela devient trop dangereux pour François-Xavier et pour toi, je t'en prie, reviens ici. Monsieur Dawson vous accueillera et nous viendrons vous rejoindre.

— Je sais que François-Xavier a beaucoup d'importance pour toi, c'est un excellent ami, le frère que je n'ai pas eu.

— Il est beaucoup plus qu'un ami pour moi. Je l'aime énormément et je veux vivre avec lui.

— Ceci explique tout maintenant! Ma petite sœur est amoureuse! Ça me donne une raison suffisante pour faire encore plus attention. Je veux être présent à votre mariage.

Flora sourit en essuyant ses larmes. James comprenait qu'elle lui confiait ce qu'elle avait de plus précieux, soit son amour pour François-Xavier.

Le temps des adieux arriva. S'éloignant de la maison et des femmes qu'ils aimaient, les deux hommes firent tout pour retenir leurs larmes.

Flora et Geneviève suivirent James et François-Xavier des yeux jusqu'à ce qu'ils soient hors de vue. Inquiètes du sort de leurs bien-aimés, les deux jeunes femmes trouvèrent réconfort dans les bras l'une de l'autre.

* * *

James et François-Xavier se félicitèrent d'avoir passé la frontière du Bas-Canada. Ils avaient dû attendre la nuit pour traverser un petit ruisseau afin d'éviter que les autorités les voient. Tenant leur sac à dos au-dessus de leur tête pour ne pas tremper leurs effets, ils s'étaient cachés dans un bosquet de l'autre côté du cours d'eau. Après avoir enfilé à la hâte des vêtements secs, ils marchèrent vers Napierville. Depuis le 3 novembre, un grand nombre de Patriotes s'y étaient rendus, faisant prisonniers tous les loyalistes du village et attendant des renforts de troupes américaines.

James et François-Xavier parvinrent à Napierville. Robert Nelson y avait fait une arrivée triomphale la veille. Près de 3 000 Patriotes y étaient rassemblés. Charles Hindenlang, un mercenaire français, avait reçu le commandement des troupes et essayait de structurer une armée composée de fermiers, de notables et d'hommes de tous les milieux. James et François-Xavier reçurent, comme tous les hommes armés, cinq cartouches chacun pour leurs fusils. Une soixantaine de cavaliers étaient partis le matin du 6 novembre sous le commandement du docteur Côté vers les États-Unis, pour recevoir à la frontière des renforts et des armes venant de Rouse's Point.

Vers minuit, les Patriotes de Napierville apprirent que Côté et les autres étaient parvenus à traverser la frontière après un affrontement avec les volontaires du capitaine Fisher. Les volontaires retranchés dans le moulin de Lacolle tentèrent d'empêcher les Patriotes de passer. Après une fusillade d'environ une heure, faisant un mort du côté des Patriotes, les volontaires se replièrent vers Odelltown. La victoire des Patriotes fut accueillie avec joie. Du reste, lorsque les volontaires apprirent le passage à l'acte du côté des Patriotes, ils ne tardèrent pas à intervenir.

James et François-Xavier étaient désormais pris dans un engrenage. S'ils changeaient d'idée et repartaient chez eux, ils seraient traités en déserteurs. De toute façon, leur sentiment patriotique était si fort que les deux jeunes hommes étaient presque étourdis par tout ce qui se préparait autour d'eux. Ce soir-là, un peu avant de tomber de sommeil, ils avaient eu une pensée pour Flora et Geneviève. François-Xavier ne regrettait plus de se trouver avec James parmi les hommes prêts à se battre. Ils étaient nombreux et tous les espoirs étaient permis. Bientôt, il rejoindrait Flora à Chambly et demanderait la jeune femme en mariage. Il se doutait bien que le père de Flora n'accepterait pas que sa fille se marie avec lui, mais, après avoir combattu l'armée de Sa Majesté, François-Xavier n'avait plus peur de John Henry MacGregor. James avait peut-être eu raison en disant qu'il était temps que les choses changent, et François-Xavier était heureux de faire partie de ceux qui contribueraient à ce changement.

* * *

Flora et Geneviève étaient arrivées sans encombre à Chambly. Jonathan les avait accompagnées jusqu'au bateau. Il leur avait promis de leur rendre visite avec Anna au printemps. Flora avait accompagné Geneviève jusque chez elle et, à présent, elle se tenait, avec son sac de voyage, devant la maison de son père, hésitant à entrer. Peut-être aurait-il mieux valu qu'elle reste quelque temps chez les Lacombe. Elle n'avait pas envie que son père lui demande des explications et elle savait qu'elle n'y échapperait pas. Rassemblant tout le courage qu'il lui restait, elle monta les escaliers menant à la grande porte d'entrée. En refermant la porte derrière elle, Flora fit quelques pas et se retrouva nez à nez avec sa mère. Katherine serra sa fille dans ses bras et l'invita à s'asseoir. Elle demanda à un domestique de monter ses bagages et fit préparer du thé.

La jeune femme raconta à sa mère ce qui s'était passé au cours des derniers mois, sauf son amour pour François-Xavier. Katherine s'enquit de James et Flora vit passer une lueur d'inquiétude dans ses yeux. Tout comme elle, Katherine craignait le pire pour James. Flora tenta de rassurer sa mère. Les deux hommes avaient promis de revenir si le danger devenait trop grand. Katherine et sa fille se regardèrent en souriant tristement. Elles savaient très bien toutes les deux que James ne partirait pas au beau milieu d'une bataille. Il était prêt à mourir pour la cause qu'il défendait si ardemment.

* * *

John Henry s'était retenu de poser des questions à Flora. Il savait que, s'il insistait, elle garderait ses distances. Il l'avait embrassée et serrée contre son cœur en lui demandant si elle se portait bien. À présent, elle était assise devant lui dans la salle à manger et terminait une pointe de tarte aux pommes que madame Carter avait préparée pour fêter son retour. John Henry observait sa fille du coin de l'œil, constatant qu'elle était désormais une femme et qu'il n'aurait peut-être pas dû insister autant pour qu'elle épouse Wallace. Son entêtement avait failli l'éloigner pour de bon. Il devrait être un peu plus diplomate à son endroit, car Flora ne tolérerait jamais qu'on décide de sa vie pour elle.

Quand il avait appris que James se trouvait peut-être sur un champ de bataille, il avait éprouvé un étrange sentiment de fierté mêlé à la plus viscérale inquiétude. Si son fils mourait sans qu'ils ne se soient revus, et sans s'être expliqués, John Henry ne pourrait pas l'accepter. Il ne pourrait pas non plus supporter les reproches de sa femme. Il espérait le retour de son fils encore plus ardemment que pouvaient le penser Katherine ou Flora. James et lui avaient presque toujours des opinions divergentes; cependant, il se revoyait un peu en son fils à son âge. James allait toujours au bout de ses idées, il avait épousé Geneviève Lacombe sans son consentement et suivi les Patriotes au péril de sa vie. Son fils, son unique fils, était peut-être en danger et il ne pouvait rien faire pour empêcher le pire. Pour la première fois de sa vie, John Henry se rendait compte qu'il n'avait aucun contrôle sur la vie et sur la mort des êtres qui lui étaient chers.

* * *

À Napierville, les dernières nouvelles n'étaient pas les meilleures. Le 7 novembre, après la défaite de Lacolle, les volontaires d'Odelltown étaient maintenant prêts à intervenir en tout temps. Les Patriotes, revenus des États-Unis avec des munitions, avaient établi leur camp tout près de la frontière. Après avoir tiré du canon et s'être lancés courageusement au front, les Patriotes durent se rendre à l'évidence : les volontaires étaient mieux préparés. Après un échange de coups de feu qui fit huit morts du côté des Patriotes, le groupe prit la fuite vers les États-Unis, abandonnant un canon et près de 400 fusils.

Cette défaite venait de rompre les communications entre les Patriotes de Napierville et les États-Unis. De plus, les troupes avaient perdu considérablement le moral et un grand nombre de Patriotes désertaient le grand camp de Napierville.

Le matin du 8 novembre, Nelson rassembla des Frères chasseurs pour se rendre à Lacolle et tenter de reprendre le contrôle de la situation, ainsi qu'à Odelltown. James et François-Xavier y furent recrutés et partirent avec 300 compatriotes. Quand ils arrivèrent à Lacolle, vers quatre heures de l'après-midi, des Patriotes s'étaient joints à eux. Ils étaient alors près de 500.

Il avait plu toute la journée, James et François-Xavier étaient trempés, couverts de boue jusqu'aux mollets. Les volontaires s'étant retranchés dans l'église d'Odelltown, les troupes patriotes se préparèrent à y passer la nuit. Les deux hommes trouvèrent une place dans une tente de fortune et essayèrent de se réchauffer de leur mieux. L'air était glacial. Le plus inconfortable était l'humidité extrême à l'intérieur de l'abri. Sur le point de s'endormir, ils pensaient que les prochains jours seraient décisifs pour leur cause.

* * *

Le 9 novembre 1838, vers onze heures du matin, James, François-Xavier ainsi que plusieurs autres se trouvaient devant l'église d'Odelltown, attendant les ordres pour tirer. Les Patriotes étaient divisés en trois colonnes ; celle de gauche, dirigée par Robert Nelson et le général Poirier, celle de droite, par le général Médard Hébert, et celle du centre, par le brigadier Charles Hindenlang. De 200 à 300 volontaires les attendaient de pied ferme, prêts à tirer eux aussi.

James et François-Xavier se trouvaient dans la colonne de Charles Hindenlang. Un coup de canon fut tiré par les volontaires en direction du général Hébert. Celui-ci se réfugia dans une grange devant l'église. Leur colonne se divisant, James et François-Xavier se retranchèrent à l'abri d'une clôture, derrière l'ennemi, faisant feu sur les volontaires réfugiés dans un fossé derrière l'église. Bien qu'étant hors de portée des tirs patriotes, les volontaires perdirent l'un de leurs officiers.

La bataille dura plusieurs heures et les munitions s'épuisaient à toute vitesse. Puis, la grange où s'était réfugié Hébert fut incendiée. Bientôt, 150 volontaires du lieutenant-colonel

Lewis Odell s'approchèrent des Patriotes en tirant. L'issue de la bataille penchait de plus en plus en faveur de l'armée de Sa Majesté.

Vers les trois heures de l'après-midi, les volontaires de Caldwell's Manor, tapis dans un bois, donnèrent le dernier assaut sur les Patriotes, provoquant la confusion générale. L'ordre fut donné de se replier sur Lacolle.

James et François-Xavier n'avaient plus de munitions. Ils décidèrent qu'il était temps d'abandonner et de fuir dans le boisé le plus proche. François-Xavier n'entendait plus rien, ne voyait plus rien. Il avait promis à Flora de fuir si la situation s'envenimait. James courait à ses côtés et les deux hommes, aveuglés par la peur, ne remarquèrent pas quatre volontaires qui les poursuivaient. L'un d'entre eux s'arrêta, visa et tira. James s'effondra, obligeant François-Xavier à s'arrêter.

Le jeune homme avait été atteint d'une balle au milieu du dos et reposait face contre terre. François-Xavier l'aida à se retourner et, constatant l'ampleur de la blessure, comprit qu'il ne pouvait plus rien pour son ami. Il lui maintint fermement la main en s'efforçant de le réconforter. James perdait des forces et avait de la difficulté à respirer. Il chuchota et François-Xavier dut se pencher pour l'entendre.

— Promets-moi de veiller sur Geneviève et sur notre enfant. Dis-lui que je regrette d'avoir fait passer mes idéaux avant notre mariage. Je vais toujours l'aimer.

— Garde tes forces, je vais te sortir de là et tu le lui diras toi-même.

— Je vais mourir, François-Xavier, sauve-toi pendant qu'il est encore temps.

— Jamais je ne te laisserai, James, j'ai promis de veiller sur toi.

James ferma les yeux et ne les ouvrit que le temps de rendre son dernier souffle. Quand les volontaires arrivèrent à leur hauteur, François-Xavier tenait toujours la tête de son ami et pleurait la mort d'un frère. Il se laissa emmener sans protester, laissant le corps sans vie de James au milieu du bois.

24

François-Xavier avait été conduit comme une dizaine d'autres dans l'église d'Odelltown. Les soldats ivres déambulaient devant eux en les injuriant. François-Xavier restait stoïque. La veste encore couverte du sang de James, il regardait droit devant lui, fixant un crucifix, au-dessus de l'autel. Malgré la peur et le chagrin qui le rongeaient, il restait impassible.

La seule pensée qui aurait pu le troubler et lui faire perdre le contrôle était qu'il avait failli à sa promesse. Il n'avait pas veillé sur James comme il l'avait promis à sa sœur et à Flora. Ils auraient dû fuir bien avant la fin de la bataille. Il s'efforçait de repousser cette pensée au plus profond de son âme.

Cette nuit-là, malgré la faim, le froid, les remords et le chagrin, il parvint à trouver le sommeil, recroquevillé sur le plancher de l'église gardée par plusieurs soldats. Presque tous ses compagnons d'infortune étaient tombés eux aussi de fatigue.

Le lendemain, les prisonniers, enchaînés deux par deux, prirent le chemin de Napierville, sur une route couverte de boue, dans le froid et l'humidité de ce mois de novembre 1838. Ils arrivèrent à Napierville à la nuit tombée et furent conduits à la prison où les attendaient une trentaine de leurs compatriotes. Fers retirés, poignets en sang, ils reçurent une maigre ration de nourriture infecte. Les vaincus étaient traités comme des moins que rien.

Des rumeurs circulaient dans les cellules : les prisonniers seraient exécutés sans procès. Au moindre bruit, ils sursautaient, certains que la fin approchait. François-Xavier ne parvint pas à trouver le sommeil cette nuit-là. La peur lui nouait les entrailles. Son sort reposait entre les mains de soldats aveuglés par la haine. Il allait peut-être mourir sans revoir

Flora. Les larmes qu'il était parvenu à retenir l'aveuglaient à présent. Il avait vécu les dernières heures comme dans un rêve, et, à présent, il comprenait qu'il ne verrait plus jamais James. Geneviève se retrouvait sans compagnon, enceinte de quelques semaines. Elle devrait élever seule cet enfant. Il pensait aussi à Flora qui devrait surmonter la perte de son frère. Il enfouit son visage dans ses mains et pleura amèrement une bonne partie de la nuit.

Les rumeurs d'exécution étant sans fondement, le lendemain, vers neuf heures, les prisonniers reprirent leur marche épuisante, les fers aux poignets, en direction de La Prairie. Ils s'arrêtèrent à l'Acadie chez un certain Roy pour y passer la nuit. Se trouvant près de la voie ferrée, les prisonniers furent conduits le lendemain dans des chars à bagages en direction de La Prairie. Ironiquement, François-Xavier se souvenait du jour où il s'était rendu chez sa sœur Adéline lors de l'inauguration du chemin de fer. Il avait alors eu envie de monter dans un des wagons. Il aurait alors donné tout ce qu'il avait pour en descendre.

En peu de temps, ils furent conduits à La Prairie où ils prirent un bateau à vapeur pour Montréal. Dans le port, des gens hostiles aux Patriotes les attendaient de pied ferme, leur criant des injures et leur lançant tout ce qui leur tombait sous la main. Sans la garde des soldats, les prisonniers auraient sans doute été lapidés ou agressés. Enfin, ils se retrouvèrent devant la nouvelle prison de Montréal, la prison du Pied-du-Courant.

Les geôliers firent lecture des règlements, puis les prisonniers furent conduits deux par deux dans leur cellule et enfermés, sans savoir ce qui les attendait.

* * *

Flora revenait d'une visite à Geneviève lorsqu'on lui annonça la présence d'un visiteur. Flora se précipita dans le salon. Elle espérait y trouver François-Xavier et fut presque déçue et surtout intriguée en apercevant Jonathan Dawson.

— Bonjour, Jonathan, quelle surprise de te voir ici !

— Bonjour, Flora, comment vas-tu ?

— Je suis inquiète pour James et François-Xavier, je n'ai pas eu de nouvelles depuis des jours maintenant. Comment va Anna ?

— Anna va bien, elle te salue.

— Que viens-tu faire à Chambly ? Je ne m'attendais pas à ta visite. Tu restes quelques jours, n'est-ce pas ? Je vais faire préparer une chambre.

— J'ai pris une chambre à l'auberge et je repars demain.

Flora commençait à craindre le pire. Jonathan n'était pas venu uniquement dans le but de la saluer. Elle prit une chaise et s'assit devant lui, attendant qu'il lui explique le but de sa visite.

— Je n'ai pas trouvé le courage de me rendre chez Geneviève. J'ai des nouvelles au sujet de James et de François-Xavier.

Le sang de Flora ne fit qu'un tour. Elle respira profondément sans quitter Jonathan des yeux.

— Quelques amis ont participé à la bataille d'Odelltown et m'ont raconté ce qui s'est passé. Les volontaires étaient beaucoup plus nombreux et beaucoup mieux armés que les Patriotes. Je suis tellement désolé d'avoir à t'apprendre cette nouvelle. En voulant fuir devant les Habits rouges, James a reçu une balle et il est mort peu de temps après.

Flora se leva précipitamment et dit à Jonathan qu'il devait se tromper, que son frère ne pouvait pas être mort !

— Mes amis qui le connaissaient ont réussi à ramener son corps à Alburgh, et nous l'avons enterré près de la tombe de ma tante. Je suis sincèrement désolé, Flora, j'aimais beaucoup James.

Flora, ne pouvant plus retenir ses larmes, s'effondra dans un fauteuil et Jonathan s'approcha d'elle.

— J'ai aussi des nouvelles de François-Xavier. Des soldats l'ont trouvé près de James et l'ont arrêté. Il a été conduit à la prison de Montréal. Je n'ai pas d'autres renseignements le concernant.

— A-t-il été blessé ?

— Je ne pense pas. Il va bien, j'en suis certain.

Katherine venait d'entrer dans le salon et attendait d'être présentée au visiteur. Voyant sa fille sangloter, elle interrogea l'homme du regard. À la nouvelle de la mort de son fils, Katherine resta muette quelques instants et sortit en courant du salon. Flora trouva refuge dans les bras de Jonathan.

* * *

Geneviève profitait des derniers jours ensoleillés avant l'hiver. Elle se trouvait sur la galerie quand elle vit Flora et Jonathan. Elle sut immédiatement que quelque chose de grave venait d'arriver. Elle s'assit dans les escaliers. Flora prit place à ses côtés et, lui prenant la main, lui raconta en retenant ses larmes les mauvaises nouvelles. Geneviève regarda fixement devant elle et posa machinalement la main sur son ventre. Flora la prit dans ses bras. Geneviève éclata en sanglots.

— James t'aimait beaucoup, Geneviève.

— Je ne lui ai pas dit à quel point j'avais besoin de lui, à quel point je l'aimais. Je suis seule à présent. Il ne reviendra plus.

— Tu n'es pas seule, je serai toujours là pour toi et le bébé. Je te le promets.

Flora berçait doucement son amie en lui caressant les cheveux. Geneviève pleura longtemps le décès de James, leur amour à jamais perdu, leur enfant qui naîtrait sans connaître son père. Lorsqu'elle avait dit au revoir à James, quelques jours auparavant, elle avait eu le pressentiment de le voir pour la dernière fois. Elle avait toutefois chassé cette pensée en se disant qu'il était impossible qu'il lui arrive quoi que ce soit. Ils venaient tout juste de se marier et elle attendait un enfant. La vie ne pouvait être aussi cruelle et les séparer pour toujours !

À présent, Geneviève avait l'impression de vivre un cauchemar, qu'elle allait se réveiller, avec James à ses côtés. Flora lui tenait la main, Jonathan se tenait devant les deux jeunes femmes, ne sachant quoi dire ni quoi faire pour atténuer leurs souffrances. Il s'approcha et s'accroupit devant Geneviève.

— Je crois que vous devriez rentrer. Je vais vous préparer du thé.

— Jonathan a raison, Geneviève. Viens, nous allons prendre froid.

Flora aida son amie à se lever et la conduisit à l'intérieur. Joseph et Marie-Louise s'étaient absentés quelques heures, ils devaient être de retour bientôt. Jonathan mit de l'eau à bouillir pendant que Flora aida Geneviève à s'asseoir sur la chaise berçante de Joseph.

Geneviève but son thé et Flora l'accompagna à l'étage pour l'aider à se mettre au lit. Elle redescendit et attendit le retour des Lacombe en compagnie de Jonathan.

* * *

Katherine s'était réfugiée dans sa chambre et n'en était pas sortie depuis qu'elle avait appris la nouvelle de la mort de James. Flora s'était rendue dans la bibliothèque où se trouvait son père. En voyant le visage baigné de larmes de sa fille, il avait compris que ce qu'il redoutait le plus était arrivé. Son fils était mort, celui qu'il avait toujours aimé malgré les conflits, malgré les fréquentes disputes des dernières années. Il ne lui avait jamais dit à quel point il était fier de lui et, désormais, il était trop tard. John Henry retint ses larmes et accueillit sa fille dans ses bras pour la réconforter. Il était trop tard pour James, mais il pouvait encore se racheter avec Flora.

Puis, sa fille était partie chez les Lacombe et John Henry était resté seul pendant des heures dans sa bibliothèque. Il se demanda toute la journée comment aborder sa femme. Ils s'étaient éloignés au cours des derniers mois et le retour de Flora les avait quelque peu rapprochés. Avec la mort de leur fils, il était convaincu que Katherine ne lui pardonnerait jamais le mal qu'il avait causé avec son entêtement. Mais John Henry n'avait plus rien à perdre. Il monta à l'étage et frappa discrètement à la porte de la chambre de Katherine. Il entra sans faire de bruit et trouva sa femme assise près de la fenêtre, regardant droit devant elle. Elle avait beaucoup pleuré, ses yeux étaient gonflés et elle semblait avoir vieilli de dix ans en l'espace de quelques heures. Il s'approcha d'elle et lui prit la main. Katherine le laissa faire sans broncher.

John Henry tenait la main glacée de sa femme, ne sachant par où commencer pour lui dire à quel point il regrettait tout ce qui s'était produit. À l'instant où Katherine posa les yeux sur lui, il éclata en sanglots, désormais incapable de retenir ses larmes.

Jamais Katherine n'avait vu son mari dans un état semblable. John Henry était effondré, la gorge nouée de sanglots. Katherine dut se pencher pour entendre ce qu'il lui murmurait.

— Je suis désolé, tout ce qui est arrivé est de ma faute. Pardonne-moi, Katherine, pour tout le mal que je t'ai fait. Jamais je n'aurais voulu qu'il arrive quoi que ce soit à James. Je l'aimais tellement. Je n'ai jamais su le lui dire. Je n'ai jamais dit ni à Flora, ni à Anne, à quel point elles sont importantes pour moi. Même toi, je n'ai jamais été capable de dire que je t'aime. Je t'ai toujours aimée, Katherine, et je comprendrais que tu ne veuilles pas me pardonner.

John Henry s'était replié sur lui-même et pleurait aux pieds de sa femme. Katherine s'agenouilla près de lui et le prit dans ses bras.

— Tu n'es pas responsable de la mort de James. Il avait choisi de se rendre là-bas. Je n'ai pas à te pardonner, John Henry. James a peut-être compris que tu l'aimais et que tu souhaitais le meilleur pour lui.

— Je souhaitais le meilleur pour mes enfants. Ma famille est ce qui compte le plus pour moi. Je t'aime, Katherine.

— Moi aussi je t'aime, John Henry.

Pour la première fois de sa vie, le couple se parlait en toute sincérité. Katherine et John Henry pleurèrent ensemble sur la perte de leur fils et sur toutes ces années d'incompréhension mutuelle.

* * *

Joseph dut s'asseoir en apprenant les mauvaises nouvelles. Marie-Louise et lui venaient de rentrer et furent très surpris de trouver chez eux Flora et un homme qu'ils ne connaissaient pas. Après avoir rassuré Marie-Louise sur l'état de Geneviève, Flora leur avait présenté Jonathan Dawson.

Marie-Louise n'avait pu retenir ses larmes en apprenant le décès de James. Elle avait toujours beaucoup aimé le docteur MacGregor et elle était heureuse que sa fille ait trouvé le bonheur à ses côtés. Elle l'aimait comme un fils. Puis, lorsqu'elle apprit que François-Xavier croupissait en prison comme un dangereux criminel, elle dut s'asseoir pour reprendre ses esprits.

Joseph était d'une pâleur inquiétante. Flora leur offrit une tasse de thé pour tenter de les réconforter. Marie-Louise, un peu ressaisie, s'approcha de son mari et lui tint la main. Elle tendit son autre main à Flora et invita la jeune femme à venir vers eux.

— Nous devons nous compter chanceux, Joseph et moi, puisque François-Xavier est encore en vie. Je plains tellement votre mère, Flora. Je pense à notre pauvre Geneviève, seule avec un enfant à charge. Nous ferons tout ce que nous pourrons pour elle.

— Elle peut compter sur moi aussi et sur ma famille. Je suis certaine que ma mère voudra lui apporter son aide.

— Vous n'avez aucune nouvelle de François-Xavier ?

— Tout ce que je sais c'est qu'il n'a pas été blessé et qu'il a été conduit en prison avec plusieurs autres hommes. Je compte en savoir plus. Je pars dès demain pour Montréal et je vous ferai parvenir des nouvelles le plus tôt possible. Je vais faire l'impossible pour le tirer de cette impasse.

Joseph prit la main de la jeune femme et la regarda droit dans les yeux.

— Vous êtes notre dernier espoir, Flora. Faites tout ce que vous pouvez pour notre François-Xavier.

— Je vous le promets, monsieur Lacombe.

Flora embrassa Joseph et Marie-Louise avant de repartir en compagnie de Jonathan. Elle était prête à donner sa vie pour François-Xavier.

Marie-Louise était inquiète pour son fils, mais aussi pour Geneviève. Joseph prit sa femme dans ses bras et l'embrassa tendrement sur le front. Elle lui sourit avec tristesse.

— Je suis inquiète pour mes enfants, Joseph. Geneviève aura énormément besoin de nous au cours des prochains mois. Je n'arrive pas à croire que James soit mort. Je l'aimais beaucoup. Pour ce qui est de François-Xavier, je crains le pire. Je sais cependant qu'il a une alliée. Flora fera tout en son pouvoir pour aider notre fils.

— Elle a dit cela, je pense, pour nous rassurer. Que veux-tu qu'elle fasse pour lui ?

— Flora connaît beaucoup de gens influents qui peuvent intervenir en faveur de François-Xavier. Elle ira au bout d'elle-même pour l'aider, Joseph. Cette jeune femme est amoureuse de notre fils, j'en suis convaincue.

* * *

Cette nuit-là, lorsque Flora parvint enfin à s'endormir, épuisée par la trop grande quantité de larmes qu'elle avait versées durant la journée, elle rêva de son frère et de François-Xavier. Dans son rêve, James lui disait de ne pas s'en faire, qu'il reviendrait bientôt, qu'il était parvenu à atteindre la frontière américaine. Puis, il avait disparu comme le brouillard se dissipe lorsque le soleil apparaît. Elle avait alors vu une silhouette s'approcher d'elle : François-Xavier marchait dans sa direction. Il l'avait prise dans ses bras puis avait posé ses lèvres sur les siennes. Lorsque Flora avait voulu lui rendre son étreinte, il avait disparu en lui murmurant qu'elle ne pouvait plus rien pour lui, qu'il allait être pendu comme un vulgaire criminel. Elle avait crié son nom et s'était éveillée en sursaut.

Assise dans son lit, elle se frottait les yeux. Le cauchemar était bien réel ; James était mort et François-Xavier croupissait quelque part en prison. De sombres pensées l'assaillirent. François-Xavier disait peut-être vrai dans son rêve : elle ne pouvait plus rien pour lui. Elle se refusait à cette horrible éventualité et, pour se prouver qu'elle pouvait intervenir, elle prépara ses bagages. Tôt ce matin-là, elle partirait pour Montréal et frapperait à toutes les portes où il y avait des gens susceptibles de l'aider. Elle se rendrait chez Colborne en personne s'il le fallait pour faire libérer l'homme qu'elle aimait.

* * *

Flora souriait, le rassurant : tout irait bien, il sortirait de cette cellule froide et retrouverait bièntôt la petite cabane de monsieur Dawson, près d'Alburgh, loin de toute cette folie. Lorsque François-Xavier tendit les bras pour l'embrasser, Flora avait disparu et il se réveilla. Il s'était replié sur lui-même pour se réchauffer et se réconforter, transi de froid et souffrant atrocement de ses poignets.

Son compagnon de cellule gémissait sur sa paillasse. Il n'était pas parvenu à s'endormir et tomberait sans doute d'épuisement, comme il l'avait fait un peu plus tôt. François-Xavier s'essuya les yeux du revers de la main. Il devait garder une grande maîtrise de lui-même et ne pas se décourager. Il n'avait tué personne lors des batailles auxquelles il avait participé, s'efforçant de toujours placer son fusil de façon à ne viser personne. Il n'avait pas prêté le serment des Frères chasseurs, n'avait jamais assisté à leurs réunions secrètes. La seule réunion à laquelle il avait participé était celle de Saint-Charles, près d'un an plus tôt. François-Xavier avait l'impression que dix ans s'étaient écoulés depuis cette assemblée. Il n'avait rien à se reprocher, sauf d'avoir suivi James dans cette rébellion. Mais les gens qui le jugeraient feraient-ils la différence ?

En pensant à James, il sentit son courage se dérober. Son ami était mort dans ses bras, tué par une balle. Il venait de se marier, attendait un enfant. James aurait pu être heureux sans cette maudite balle ! Il était mort injustement et lui, François-Xavier Lacombe, espérait que ses geôliers seraient justes avec lui en le laissant partir et en lui faisant promettre de ne pas recommencer. Il devait se rendre à l'évidence : il était en prison et sa vie dépendait de gens qui décidaient du sort des prisonniers comme on décide de quelle façon il est convenable de s'habiller. François-Xavier étouffa un sanglot. Il allait mourir dans cette prison froide ou, bien pis, il serait pendu devant une foule lui criant sa haine au visage.

Pour se réconforter, et surtout pour s'empêcher de pleurer comme un enfant, François-Xavier s'efforça de penser à Flora, à la douceur de sa peau, à son magnifique sourire. Son compagnon de cellule s'était enfin endormi et François-Xavier se laissa aller lui aussi au sommeil en pensant à Flora qu'il amènerait loin d'ici, près du ruisseau où ils avaient connu des jours beaucoup plus heureux.

* * *

Anne recula en voyant Flora sur le seuil de la porte. Les deux sœurs s'embrassèrent chaleureusement et Anne invita Flora à entrer. Une domestique que Flora voyait pour la première fois la débarrassa de ses bagages et les monta à l'étage. Alexander s'était absenté ; Anne fit préparer le thé et invita Flora à passer au salon.

Lorsqu'Anne lui demanda ce qu'elle avait fait au cours des derniers mois, Flora eut peine à retenir ses larmes en annonçant le décès de James. Anne, la plus raisonnable des enfants MacGregor, celle qui ne montrait en aucune façon sa joie ou sa contrariété, se mit à pleurer. Flora la prit dans ses bras pour la consoler et elles restèrent longtemps assises côte à côte en se remémorant leur enfance avec ce frère qu'elles aimaient plus que tout. Anne déplorait de ne pas avoir vraiment connu James. Flora lui raconta les derniers moments auprès de lui et le bonheur de leur frère le jour de son mariage. Anne sourit tristement en pensant à l'enfant qui naîtrait sans connaître son père. Flora lui murmura qu'il aurait des tantes pour l'aimer et lui faire connaître ce père disparu trop tôt.

Alexander trouva sa femme et sa sœur enlacées, les yeux remplis de larmes. Il les laissa seules pour s'occuper de son invité. Wallace avait accepté de se joindre à eux pour le dîner et Alexander voulait faire la surprise à Anne. Finalement, la surprise, ce serait Wallace qui l'aurait en voyant Flora ! Il alla le retrouver dans la bibliothèque pour lui annoncer qu'une visite inattendue rendrait la soirée encore plus agréable.

* * *

— Il est hors de question que je dîne avec Wallace Callaghan !

— Flora, je t'en prie, fais-nous l'honneur de ta présence ! Si tu y tiens, tu remonteras pour le dessert. Wallace a eu le cœur brisé de te voir partir et je suis certaine qu'il sera l'homme le plus heureux de te voir ce soir.

Anne ne comprenait donc pas que Wallace était la dernière personne que Flora souhaitait voir sur cette terre. Sa sœur insistait tellement que Flora finit par céder et descendit pour le dîner en se promettant que, dès le lendemain, elle prendrait une chambre à l'auberge. Elle ne voulait pas déranger sa sœur, ignorant combien de temps elle séjournerait à Montréal, et elle ne voulait certainement pas tomber sur Wallace Callaghan par hasard.

Tout le monde était à table lorsque Flora descendit. Wallace leva les yeux vers elle en la voyant arriver. Elle prit place sans le regarder et commença à manger son potage. Durant tout le repas, Flora ne dit mot et réussit à tenir jusqu'au dessert. Puis, elle s'excusa et se dirigea vers sa chambre. Wallace se leva précipitamment et la suivit, la rejoignant au pied de l'escalier.

— Je suis heureux de vous savoir parmi nous, Flora. Croyez-moi, je suis sincèrement attristé par le décès de votre frère. Beaucoup d'hommes valeureux ont perdu la vie dans ces affrontements et je suis vraiment désolé que James soit un de ceux-là.

— Je vous remercie de votre compassion, Wallace. Je vous en prie, veuillez m'excuser, les dernières journées ont été éprouvantes pour moi et je souhaite me retirer.

— Reposez-vous bien et j'espère que nous nous reverrons bientôt, Flora.

Flora lui tourna le dos et monta l'escalier. Wallace la regarda disparaître puis murmura :

— J'espère vous revoir bientôt, ma chère, très bientôt.

* * *

Marie-Louise avait insisté pour accompagner Geneviève jusqu'à la maison de la clairière. La jeune femme voulait y récupérer quelques affaires de James. La mère et la fille arrivèrent bientôt près de la petite maison qui aurait dû abriter le jeune couple. Geneviève avait pris la main de sa mère et la serra avec force en franchissant le seuil de la maison. Rien n'avait changé depuis la dernière fois que Geneviève y était venue, quelques mois auparavant, alors que James était encore vivant et qu'ils avaient l'avenir devant eux.

Geneviève lâcha la main de sa mère et marcha lentement dans la petite maison en regardant les meubles. Elle caressa l'accoudoir de la chaise berçante où James aimait s'asseoir pour lire ou tout simplement se reposer après une journée trop chargée. Sur une petite table d'appoint reposait la pipe dont James se servait à l'occasion. Geneviève regrettait que sa trousse médicale soit restée à Alburgh. Elle aurait voulu la conserver pour un jour la donner à leur enfant. Jonathan, heureusement, avait promis à Geneviève de lui faire parvenir la précieuse trousse le plus tôt possible.

La jeune veuve posa un instant les yeux sur les rideaux qu'elle avait cousus. James n'avait pas eu le temps de les voir et ne les verrait jamais ! À cette pensée, ses yeux se remplirent de larmes. La jeune femme prit une profonde inspiration pour ne pas se mettre à pleurer. Marie-Louise gardait le silence et se tenait à l'écart de sa fille. Geneviève avait besoin de s'imprégner de l'endroit où avait habité l'homme qu'elle aimait.

Après avoir récupéré une veste de laine de James, ainsi que sa pipe et sa montre de poche, les deux femmes sortirent de la maison. Geneviève s'essuya les yeux.

— Je ne reviendrai plus ici, c'est trop difficile d'être parmi les affaires de James. Je vais demander à papa s'il peut récupérer la chaise berçante et fermer la maison pour de bon.

— Ton père sera heureux de venir chercher la chaise si cela peut t'être agréable. Laisse-toi du temps, un jour tu reviendras ici et tu pourras le faire sans en être bouleversée.

— J'ai tellement hâte de ne plus avoir mal en pensant à lui. Il me manque tellement.

Marie-Louise tendit les bras et serra sa fille contre son cœur.

— Il t'a laissé un précieux cadeau, ma chérie. Ton enfant sera toujours là pour te rappeler à quel point vous vous aimiez. Nous serons là nous aussi, ton père et moi, pour t'aider à surmonter cette terrible épreuve.

— Je suis heureuse que vous soyez là, maman. Je sais que, ces derniers jours, je me suis repliée sur moi-même et que je n'ai pensé qu'à mes problèmes ! Tout comme je sais à quel point vous êtes inquiète pour François-Xavier, que vous attendez impatiemment de ses nouvelles. Je voulais simplement vous dire que je suis là moi aussi pour vous réconforter.

Marie-Louise sourit à sa fille et l'embrassa chaleureusement. Les deux femmes arrivèrent devant la maison paternelle et, reconnaissant la voiture de la famille MacGregor, Geneviève se précipita à l'intérieur. Joseph avait préparé du thé. En voyant la mère de James, Geneviève s'avança lentement vers Katherine. Celle-ci se leva et lui ouvrit les bras.

— Je suis heureuse de te voir, Geneviève.

— Moi aussi je suis heureuse de vous voir, madame MacGregor. Je viens d'aller chez James récupérer quelques affaires. Peut-être souhaitez-vous y récupérer quelques objets en souvenir de votre fils ?

— Je te remercie, j'aimerais beaucoup avoir ses livres.

— Je vous les ferai parvenir.

Marie-Louise s'était approchée de Katherine et lui tendit la main.

— Je partage votre chagrin, madame MacGregor. Nous aimions beaucoup James et nous sommes extrêmement tristes de ce qui lui est arrivé.

— Je vous remercie, madame Lacombe, le décès de James va créer un grand vide. Flora m'a appris l'arrestation de votre fils. N'hésitez pas à faire appel à moi si vous avez besoin de quelque chose.

— Je vous remercie de votre aide. Nous attendons des nouvelles de Flora.

Geneviève se tenait à l'écart et écoutait les femmes partager leur chagrin. Katherine déclara à Marie-Louise à quel point James avait eu de la chance d'être aimé comme il l'avait été par Geneviève.

— En tout temps, Geneviève, si tu as besoin de quoi que ce soit pour l'enfant à naître, viens nous voir à la maison. Mon mari et moi serons heureux de t'aider. Je sais que je ne t'ai peut-être pas traitée avec tous les égards que tu méritais. Promets-moi que ton enfant connaîtra ses grands-parents MacGregor.

— Je vous le promets, madame.

Katherine embrassa Geneviève sur le front puis s'en alla. Geneviève serra la veste de laine de James contre elle et monta dans sa chambre, le cœur lourd.

* * *

Anne et Flora prenaient leur petit-déjeuner, Alexander était parti auprès de ses patients et les petits s'amusaient avec une domestique. Flora restait silencieuse. Elle pensait à James, à sa fin tragique, et elle espérait que François-Xavier ne connaisse pas le même sort. Son frère qu'elle avait aimé n'était plus là. Elle n'arrivait pas à y croire. Anne brisa le silence.

— Je trouve que tu aurais pu réserver un meilleur accueil à Wallace. Ton départ précipité, disons-le, n'a pas été facile pour lui. Il est venu nous rendre visite souvent depuis son installation à Montréal et ton absence lui a brisé le cœur.

— Il ne t'est pas venu à l'esprit que je suis peut-être partie par sa faute ? Il était hors de question que je l'épouse et le seul moyen que j'ai trouvé a été de m'enfuir.

— Je ne comprends pas pourquoi tu ne veux pas de lui comme mari.

— Pour la simple et bonne raison que je ne peux pas épouser un homme que je n'aime pas, c'est hors de mes convictions.

— Si tu voulais, Flora, tu pourrais être heureuse avec lui. Je me demande si tu vas finir par trouver chaussure à ton pied. Peut-être es-tu trop exigeante ?

Flora soupira en entendant sa sœur. Elle déplorait que sa sœur ne la comprenne plus, elle aurait voulu une alliée et non celle qui éprouvait un malin plaisir à la sermonner. La jeune femme aurait souhaité lui confier à quel point elle aimait François-Xavier. C'était lui, l'homme qu'elle désirait épouser. Elle écoutait sa sœur faire l'éloge de Wallace, gardant le silence en se disant que celle-ci se lasserait de lui parler de cet homme.

— Je pense qu'Alexander a trouvé un véritable ami en Wallace. Ils s'entendent à merveille. Au fait, Flora, combien de temps comptes-tu rester à Montréal ?

— Je ne sais pas encore. Le temps qu'il faudra pour que je puisse voir François-Xavier. Je pense qu'il est de mon devoir de faire tout ce que je peux pour le sortir de cette impasse. Les procès commencent le 28 novembre et je veux être là pour l'aider si je peux.

— Je me demande bien comment. Si je ne te connaissais pas, je dirais que tu t'es amourachée de cet homme. Tous les rebelles auraient dû être emprisonnés à mon avis, et ton François-Xavier mérite son sort. Beaucoup de personnes partagent cet

LES ROUTES DE LA LIBERTÉ

avis. Alexander a justement lu des articles concernant les rebelles dans le *Montreal Herald*.

— Comment peux-tu être aussi cruelle ? James faisait partie de ces rebelles, comme tu dis, et il a payé de sa vie. Souhaites-tu que tous les Patriotes soient exécutés ? Les répressions ont fait un grand nombre de malheureux. Depuis les derniers jours, des centaines de maisons ont été incendiées, des femmes et des enfants sont privés de logis et plongés dans l'incertitude concernant le sort de leurs pères, de leurs fils et de leurs frères emprisonnés. Tout ce que les Patriotes ont voulu, c'est améliorer les conditions de vie de gens qui ont souffert de la faim, du choléra et qui n'ont que faire de politiciens qui siègent de l'autre côté de l'océan, décidant du sort de chacun sans jamais avoir mis les pieds dans la colonie !

— Ne te fâche pas ! Je sais à quel point cette cause comptait pour James, mais l'idée de chasser les Britanniques du Bas-Canada relève de l'utopie, ne penses-tu pas ? De toute façon, nous n'y pouvons rien, ils sont en prison et doivent attendre leur jugement.

Anne ne comprenait rien et ne comprendrait jamais rien aux souffrances humaines. Flora essaya de clore le sujet.

— Je dois m'absenter aujourd'hui. Je veux rendre visite à Elizabeth.

— J'aimerais que tu te joignes à nous pour le dîner et que tu mettes ta plus belle robe. J'attends quelques invités.

— Dont Wallace Callaghan !

— Entre autres, mais j'ai aussi invité quelques amis d'Alexander.

— Je ne viendrai pas, Anne.

— Mais je donne ce dîner en ton honneur, pour célébrer ton retour !

— Je te demande une seule chose : n'essaye pas de m'obliger à voir Wallace, veux-tu ?

— Tu devras te faire à l'idée, Flora, Wallace fait partie de nos amis et il viendra ici aussi souvent qu'il en a envie.

— Dans ce cas, il ne me reste qu'une seule chose à faire. Je pense que je ne suis plus la bienvenue dans cette maison. Je monte préparer mes bagages et je les ferai porter à l'auberge.

— Si tu te sens mieux ainsi, dans ce cas, fais ce que tu veux.

Flora posa sa serviette de table puis regarda Anne essayer de contenir sa colère en se pinçant les lèvres. La jeune femme monta dans sa chambre préparer ses affaires. Anne avait fait un choix en invitant Wallace chez elle et elle n'en faisait pas partie.

* * *

Flora laissa ses bagages chez Anne, elle les récupérerait plus tard. Elle voulait se rendre chez Elizabeth. William pourrait peut-être lui venir en aide. Elle arriva bientôt devant la maison des Ashton. Elizabeth y habitait toujours en compagnie de son mari. Flora frappa et une domestique vint lui ouvrir. Tout le monde était sorti sauf William. Flora fut conduite au salon pour l'attendre. Le visage de William s'illumina à sa vue.

— Comme je suis heureux de vous revoir, Flora ! Elizabeth a dû s'absenter quelques heures, j'espère que vous allez l'attendre.

— Si je ne vous dérange pas, je serais heureuse de vous tenir compagnie, William.

Celui-ci la questionna sur son escapade aux États-Unis. Flora lui fit le récit des derniers mois et, quand elle lui annonça le décès de son frère, William s'approcha d'elle et lui prit la main.

— Je suis vraiment attristé de cette nouvelle. Si je peux faire quoi que ce soit pour vous, Flora, n'hésitez pas.

— Justement, William, j'ai besoin de votre aide.

Elle lui expliqua qu'elle n'avait pas eu de nouvelles de François-Xavier et qu'elle souhaitait savoir où il se trouvait.

— Je serais heureux de vous aider, mais je ne sais pas vraiment si je peux le faire.

— Vous connaissez beaucoup de personnes, William, qui pourraient nous aider. Je vous en prie, je ne sais vraiment pas vers qui me tourner.

— Je vais faire tout ce que je peux, Flora.

— Merci William. Comment va Elizabeth ?

— Elle se porte bien, mais elle est devenue insupportable. Malgré sa grossesse, elle tient à aider son père au magasin ; sinon, elle suit sa mère dans ses visites de charité. Je voudrais bien qu'elle se repose, mais elle ne tient pas en place !

— Elizabeth aime s'engager dans différentes activités.

— En effet, vous avez raison. Vous resterez pour dîner, j'espère. Monsieur et madame Ashton ne me pardonneraient pas de ne pas vous avoir invitée. Vous habitez chez votre sœur ? Voulez-vous que je la fasse prévenir ?

— En fait, je compte m'installer à l'auberge. J'ai eu quelques différends avec Anne, je le crains.

Flora fut interrompue par Elizabeth qui venait d'entrer dans la pièce.

— Flora ! Quelle belle surprise ! Il est hors de question que tu ailles à l'auberge. Nous avons une chambre pour toi ici. Tu pourras y rester tout le temps que tu le désires.

— Je vous remercie de votre hospitalité, mais je ne veux pas déranger.

— C'est avec plaisir que nous t'accueillons chez nous. William s'occupera de tes bagages.

— J'y vais tout de suite, j'ai quelques personnes à rencontrer pour Flora, je serai de retour pour le dîner. Je vous laisse discuter. À plus tard.

William sortit après avoir embrassé Elizabeth. Les deux jeunes femmes se racontèrent leurs vies.

* * *

François-Xavier fut convoqué dans le bureau du directeur de la prison. Il était intrigué et un peu effrayé de se retrouver dans les quartiers du plus haut dirigeant du Pied-du-Courant. Un gardien le conduisit devant l'immense porte du bureau, frappa, ouvrit et laissa François-Xavier seul devant le directeur. Ce dernier lui dit en anglais de s'asseoir et le prisonnier lui demanda ce qu'il voulait dans la même langue. Cette fois, le directeur lui répondit en français avec un accent.

— Vous parlez très bien anglais, monsieur Lacombe, sans accent, félicitations !

Ne trouvant rien à répondre, François-Xavier se contenta d'attendre. Le directeur ne semblait pas pressé de lui dire pourquoi il l'avait convoqué. Il se versa un verre de vin rouge à même une carafe posée sur sa table de travail et mordit dans une côtelette d'agneau. En voyant la pièce de viande, François-Xavier se rendit compte à quel point il était affamé. La bouillie qui leur était servie chaque jour n'avait rien de comparable à ce que le directeur et les gardiens mangeaient.

Le jeune homme attendit patiemment que le directeur termine son repas et parcourut la pièce des yeux. Un immense foyer éclairait et surtout réchauffait l'endroit. François-Xavier s'en serait volontiers rapproché. Il était transi de froid. Ses vêtements étaient humides et sales. Sa chemise était tachée du sang de James et déchirée par endroits. Le directeur s'essuya les doigts et la moustache avec sa serviette de table avant d'aller se réchauffer près du feu.

— Si je vous ai convoqué dans mon bureau, c'est dans un seul but, monsieur Lacombe. Je pourrais faire en sorte d'alléger votre peine. Il suffit que vous me disiez qui de vos compagnons étaient présents à la bataille d'Odelltown et quel était leur rôle dans toute cette affaire. Tout ce que j'attends de vous, c'est des noms.

— Vous voulez que je dénonce mes compatriotes ?

— Je veux vous aider à alléger votre peine, c'est tout. Le seul moyen pour y parvenir est celui-là.

— En aucun cas je ne trahirai des hommes qui souffrent autant que moi.

— Vous préférez les suivre sur l'échafaud ? C'est votre choix ! Garde ! Ramenez monsieur Lacombe dans sa cellule.

François-Xavier fut escorté jusqu'à sa cellule. Son entretien avec le directeur lui avait au moins apporté une légère compensation puisque le garde lui donna une chemise de flanelle propre avant de refermer la porte.

* * *

Matthew et Margaret Ashton étaient ravis d'avoir Flora à leur table. Le dîner était servi lorsque William arriva. Il s'excusa de son retard et dit à Flora que ses bagages devaient arriver bientôt. Flora, épuisée, fut reconnaissante envers madame Ashton qui lui offrit de prendre son thé dans sa chambre si celle-ci désirait se retirer plus tôt.

Une fois le repas terminé, William y reconduisit Flora. Il voulait être seul avec elle pour lui faire part de ce qu'il avait appris dans la journée.

— J'ai des nouvelles de François-Xavier. Il va bien et il est emprisonné à la prison du Pied-du-Courant comme nous nous en doutions. Les procès vont débuter le 28 novembre. Je ne connais pas la date du jugement de François-Xavier. Ces nouvelles ne sont pas les meilleures, hélas ! Deux avocats ont été nommés pour conseiller les prisonniers : Charles Hart et Lewis Thomas Drummond que je connais un peu. Malheureusement, ils seront jugés devant une cour martiale, c'est-à-dire par des militaires. Les avocats ne peuvent pas plaider à la cour, les Patriotes doivent se défendre eux-mêmes ; seuls les avocats de la poursuite ont la parole. Or, les détenus sont accusés de haute trahison par le gouverneur Colborne. Je vais être honnête avec vous Flora : François-Xavier risque la peine capitale.

Flora ferma les yeux en tâchant de retenir ses larmes. William essaya de la rassurer.

— Il ne faut pas imaginer le pire tout de suite, il faut attendre le procès. Certains seront certainement acquittés ou mis hors de cause. Ce sera peut-être le cas de François-Xavier. Peut-être pourrait-il même être libéré sous caution.

— Je dois le voir !

— C'est impossible, les visites sont restreintes.

— Je vous en prie, William, il faut absolument que je le voie.

— Je vais essayer de faire en sorte que vous puissiez avoir un entretien de quelques instants avec lui. Vous devez être forte, Flora. Si je comprends bien, vous êtes attachée à lui. Il ne faut pas perdre espoir.

— J'ai beaucoup de chance d'avoir des amis comme Elizabeth et vous. J'espère pouvoir vous aider un jour moi aussi.

— Je suis heureux de vous venir en aide, Flora. Maintenant, ce n'est pas que je n'aime pas votre compagnie, mais je pense que vous devriez aller vous reposer, vous semblez épuisée. Essayez de dormir cette nuit et de mettre vos préoccupations de côté. Avec un peu de chance, vous verrez peut-être François-Xavier dès demain.

— Merci, William, vous avez raison, je tombe de sommeil. Bonne nuit.

— Dormez bien, Flora.

Flora referma la porte derrière elle. Ce soir-là, elle réussit à trouver le sommeil en pensant qu'elle verrait peut-être François-Xavier le lendemain. Elle pourrait enfin lui dire à quel point elle l'aimait.

* * *

François-Xavier avait été conduit par des gardes dans une petite pièce dans laquelle se trouvaient une table et deux chaises. Un des gardes lui dit de s'asseoir et resta près de la porte. L'autre garde sortit quelques instants. Le prisonnier se demandait bien qui voulait le voir à pareille heure. Il espérait ne pas avoir affaire encore une fois au directeur de la prison. Il n'était pas un traître et en aucun cas ne le deviendrait. La porte s'ouvrit et François-Xavier resta muet de stupéfaction.

Flora prit place devant lui et les gardes se retirèrent dans un coin de la pièce. François-Xavier eut un geste pour cacher ses poignets menottés sous la table. La jeune femme posa sa main sur les siennes, attendant la réaction des gardes. Ils ne bougèrent pas de leur poste de surveillance. François-Xavier baissa les yeux quelques instants puis regarda Flora. Il ne rêvait pas, elle se tenait bel et bien devant lui.

— Comment vas-tu, Flora ? Je suis heureux de te voir, si tu savais à quel point !

— Je vais bien. Tu n'es pas blessé et tu es devant moi, je ne pourrais aller mieux. Je n'ai que quelques minutes pour te parler. Je vais tout tenter pour te sortir d'ici.

— Je suis dans de mauvais draps, je le crains. Tu es au courant pour James ?

— Oui, Jonathan m'a appris la terrible nouvelle. Ses amis ont conduit mon frère au cimetière d'Alburgh et l'ont enterré dans le même lot que celui de sa tante.

— Je craignais qu'il reste dans les bois, je suis heureux qu'il repose en paix. Comment va Geneviève ?

— Ce sont de pénibles moments pour elle, mais elle possède une grande force et surmontera cette épreuve.

— Tu me manques tellement, Flora ! Je rêve du jour où je pourrai te ramener loin d'ici, tout près du ruisseau où nous étions si bien. Nous aurions dû accepter l'offre de monsieur Dawson et nous installer aux États-Unis. J'aurais pu essayer de convaincre James de cela. Ma sœur aurait encore un mari et nous serions ensemble tous les deux.

— James avait fait son choix, et toi tu as fait ce que tu croyais devoir faire.

— J'avais promis de veiller sur James. Il est mort maintenant.

— Tu n'as pas à te sentir coupable, François-Xavier. James n'est pas mort par ta faute.

Le garde leur dit d'une voix autoritaire qu'il ne leur restait que quelques minutes. Flora serra la main de François-Xavier et s'efforça de maîtriser le tremblement de sa voix, la gorge nouée par l'émotion. François-Xavier réprima un sanglot. Il se devait désormais d'aller à l'essentiel avant une nouvelle séparation.

— Je veux que tu dises à mes parents de ne pas s'inquiéter, que tout se passe bien pour moi. Dis-leur aussi que je les aime.

— Je leur transmettrai le message, je te le promets.

— Je t'aime, Flora, quoi qu'il arrive.

Les gardes demandèrent à François-Xavier de se lever. Lui prenant chacun un bras, ils se dirigèrent vers la porte. Flora n'avait pas eu le temps de lui dire qu'elle l'aimait elle aussi et qu'elle l'attendrait, quoi qu'il arrive. Elle se leva et rattrapa les gardes, se plaçant devant eux avant de prendre François-Xavier par le cou. Devant la volonté de cette femme, les gardes reculèrent quelques instants, laissant les amoureux se dire au revoir.

— Je t'aime, François-Xavier, en dépit de tout.

Flora posa ses lèvres sur celles de son bien-aimé avant d'en être séparée de nouveau par les gardes. La jeune femme lui répéta qu'elle l'aimait alors qu'il franchissait la porte. François-Xavier se retourna pour la voir une dernière fois avant que la porte ne se referme.

* * *

Les fêtes de Noël et du Jour de l'An furent les plus tristes de toute la vie de Flora. Elle était demeurée à Montréal, et Elizabeth s'était efforcée de lui changer les idées. Flora était allée dîner la veille de Noël chez Anne ; Katherine et John Henry étaient venus de Chambly pour célébrer Noël et le Jour de l'An. Les deux sœurs n'avaient pas tenté de rapprochement. Elles s'étaient simplement souhaité leurs meilleurs vœux et en étaient restées là. Wallace avait été invité, et Flora avait gardé ses distances toute la soirée. Juste avant de rentrer chez les Ashton, Wallace était allé voir Flora alors qu'elle se tenait près de la porte, attendant son cocher.

— Je suis heureux de vous avoir vue ce soir, Flora. J'aurais aimé vous raccompagner, mais je doute que vous le souhaitiez. Je suis désolé si je me suis montré aussi insistant avec vous, en aucun cas je ne voulais vous brusquer, Flora. Vous êtes très précieuse pour moi et je veux que vous sachiez que je vous aime plus que tout. Joyeux Noël, Flora !

Il se pencha vers elle et l'embrassa doucement sur les lèvres. Flora recula et Wallace n'insista pas. Elle le regarda droit dans les yeux avant de sortir. Wallace retourna au salon, le sourire aux lèvres.

Flora était heureuse de revenir chez les Ashton. Elle monta dans sa chambre et s'effondra sur son lit pour pleurer. François-Xavier lui manquait terriblement en cette veille de Noël. L'année précédente, malgré l'éloignement dû à l'exil, Flora avait passé un merveilleux Noël. Cette année, la tristesse et le désœuvrement étaient tout ce qui restait de ce temps qui lui semblait si loin. James était mort, François-Xavier en prison, plongé dans l'incertitude en attente de son procès. Une peur viscérale lui nouait les entrailles depuis les derniers jours. Le notaire Joseph-Narcisse Cardinal, et son clerc Joseph Duquet, avaient été exécutés le 21 décembre. Flora craignait le pire pour François-Xavier. Il pouvait être pendu lui aussi. Cette pensée raviva ses larmes et elle ne s'endormit que très tard.

* * *

Geneviève avait trouvé très pénibles les fêtes de Noël et du Jour de l'An. James lui manquait et ses parents étaient rongés par l'inquiétude au sujet de François-Xavier. Jean-Baptiste était venu célébrer avec eux, ainsi que sa sœur Adéline et Étienne. Celui-ci s'était montré prévenant à l'égard de Geneviève et elle avait aimé retrouver leur vieille complicité.

François-Xavier, tout comme les autres prisonniers, n'avait eu droit à rien de spécial pour le réveillon. Il était assis dans sa cellule, essayant de se réchauffer. Son unique couverture ne suffisait pas à lui procurer la moindre chaleur. Les murs de la cellule étaient couverts de frimas et l'air glacial s'infiltrait par les moindres interstices des pierres. Flora hantait ses pensées. Depuis leur rencontre dans la pièce dénudée de la prison, l'absence de la jeune femme lui pesait encore plus. Il la savait à Montréal, tout près de lui, mais il ne pouvait la voir. Les exécutions de Cardinal et de Duquet lui avaient enlevé presque tout espoir de sortir un jour de la prison. En cette veille de Noël, François-Xavier se recroquevilla sur sa paillasse et pleura comme il n'avait jamais pleuré de sa vie.

25

La terreur régnait dans la prison du Pied-du-Courant. Au début de l'année 1839, le 18 janvier, cinq prisonniers avaient été exécutés : Pierre-Théophile Decoigne, Joseph Robert, les frères Ambroise, Charles Sanguinet et François-Xavier Hamelin.

Le procès de François-Xavier commença quelque temps après, le samedi 26 janvier. Les familles des prisonniers avaient le droit d'y assister. Malgré un mal de dos presque insupportable, Joseph vint, avec Jean-Baptiste. Flora tint à y être également. Elizabeth ne pouvait pas l'accompagner, car elle avait donné naissance quelques jours plus tôt à un fils, William Andrew Hamilton. Elle avait demandé à William de se rendre à la cour avec Flora, ne voulant pas laisser leur amie seule affronter ce moment atroce.

Douze prisonniers entrèrent dans la cour. Flora cherchait des yeux François-Xavier. Les prisonniers déambulaient deux par deux, les poignets liés par les fers, les yeux hagards, les traits émaciés. Flora retint son souffle lorsqu'elle le reconnut. Il avait beaucoup maigri depuis leur seule et unique rencontre, et son teint était cireux. Il jeta un bref regard en direction de l'assistance et un léger sourire éclaira son visage lorsqu'il vit son père, son frère, Flora et William. Puis, il leur tourna le dos et attendit debout l'arrivée du juge, n'ayant aucun siège à sa disposition. Un gardien retira leurs fers aux prisonniers.

Des loyalistes ricanaient et pointaient du doigt les accusés. Flora distinguait les épaules de François-Xavier et fixait sa nuque. Il lui semblait que ses épaules s'étaient voûtées. Elle ne voyait que le dos de l'homme qu'elle aimait, mais se sentait rassurée de le savoir encore vivant. Elle regardait ce dos qu'elle avait tant aimé caresser et ferma les yeux un instant, se remémorant ces moments passés. Pourrait-elle encore se réveiller à ses côtés ?

L'arrivée des magistrats entraîna le silence à l'intérieur de la salle. Les noms des accusés furent prononcés ainsi que leur lieu d'origine. Théodore Bédard, François Bigonesse Beaucaire, Constant Bousquet, François Camyré, Antoine Coupal dit Lareine, Amable Daunais, Antoine Doré, Pierre Lavoie, Joseph Marceau, Pierre-Rémi Narbonne, François Nicolas et François-Xavier Lacombe étaient accusés du crime de haute trahison contre Sa Majesté et d'avoir tenté par les armes de remplacer le gouvernement de Sa Majesté dans la colonie. Tous plaidèrent non coupables. Les témoins circulaient pour incriminer davantage les accusés et toutes les procédures se déroulaient en anglais. François-Xavier avait la chance, si chance il avait, de ne pas perdre un seul mot des témoignages.

Quelquefois, l'assistance fut sommée d'évacuer la salle lorsque les injures des loyalistes devenaient trop impitoyables et entravaient le déroulement du procès. Colborne n'avait pas voulu courir de risque en laissant une cour civile décider du sort des Patriotes. Il craignait un manque d'impartialité de la part d'un jury composé de compatriotes. La cour martiale constituée d'officiers garantissait une condamnation certaine des accusés.

Le verdict fut prononcé le 6 février 1839. Constant Bousquet fut mis hors de cause, Antoine Doré acquitté, François Camyré, condamné à mort, fut libéré sous caution et tous les autres, condamnés à mort.

Sitôt le verdict rendu, les prisonniers furent conduits à l'extérieur de la salle. L'assistance se bouscula vers la sortie, certains pleuraient, d'autres affichaient un air de vainqueur. Flora cherchait des yeux François-Xavier dans toute cette cohue. Leurs regards se croisèrent quelques secondes avant que la porte ne se referme. Flora vit la peur dans les yeux de son bien-aimé et, le cœur déchiré, elle fut escortée à l'extérieur par William.

* * *

François-Xavier s'était presque habitué à la présence des gardiens de la prison. Les premiers mois avaient été les plus terribles à vivre. Après beaucoup d'insistance, les prisonniers obtinrent le droit de sortir de leur cellule six heures par jour. Depuis la fin du procès, le plus dur n'était pas la petite ration de pain quotidienne, ni les corvées. La froideur et le dénuement de sa cellule n'effrayaient plus François-Xavier, même si l'absence de Flora ou de toute autre chaleur humaine lui brisait le cœur. Ce qui le terrifiait était l'incertitude de ne pas savoir combien de temps il lui restait à vivre. Dans ces moments de découragement, il lui arrivait même d'espérer être pendu pour échapper à cette vie de misère. Il se demandait s'il reverrait un jour sa famille, Flora et la si belle rivière Richelieu de son enfance.

Le soir du 12 février, des sulpiciens rendant visite aux prisonniers apportèrent de très mauvaises nouvelles. Les autorités avaient commandé sept cercueils. La peur d'être un de ceux à qui ces bières étaient destinées empêcha un bon nombre de condamnés à mort de dormir. François-Xavier fut de ceux-là.

Les condamnés tressaillaient chaque fois que leur nom était appelé, craignant leur heure venue. François-Xavier n'échappa pas à l'appel le lendemain et fut conduit dans le bureau du directeur en compagnie de quelques hommes : Charles Hindenlang, qu'il avait connu lors de la bataille d'Odelltown, Marie-Thomas Chevalier de Lorimier, Pierre-Rémi Narbonne, à qui il manquait un bras, Amable Daunais et François Nicolas, instituteur à Saint-Athanase.

Comme tous les prisonniers, François-Xavier entendit la phrase fatidique d'un des gardiens : « Que François-Xavier Lacombe soit pendu par le cou jusqu'à ce mort s'ensuive. » Il ne leur restait que deux jours à vivre.

En réintégrant sa cellule, ce soir-là, François-Xavier n'éprouvait plus rien. La tristesse avait cédé la place à l'indifférence.

Tout ce qui comptait à présent était de se préparer à quitter ce bas monde. Deux jours plus tard, ses souffrances seraient terminées. Ses seuls regrets étaient de laisser sa famille et surtout de ne plus revoir Flora.

* * *

Flora et Elizabeth étaient assises dans le petit salon et brodaient. Flora se livrait à cette tâche pour se changer les idées. Depuis le procès, elle ne tenait plus en place. François-Xavier condamné à mort ! Elle ne pouvait se faire à cette idée : l'homme qu'elle aimait mourant sur l'échafaud. Depuis le verdict, elle n'était que l'ombre d'elle-même, et Elizabeth commençait à s'inquiéter de sa santé. Flora ne mangeait presque plus, perdue dans ses pensées. Elle n'avait pas touché aux petits gâteaux posés sur la table basse. Elle avait à peine trempé les lèvres dans sa tasse de thé. Elizabeth allait lui en faire la remarque lorsque William entra en trombe dans le salon. Il se dirigea vers Flora et s'agenouilla devant elle. Devant ce geste solennel, Elizabeth se leva et s'approcha de son amie et de son mari. William saisit la main de Flora et s'apprêta à parler.

— J'ai de mauvaises nouvelles.

Flora, craignant le pire, le regarda droit dans les yeux. Le silence devenait insupportable.

— Je ne sais pas par où commencer… J'ai reçu cette information d'un ami qui connaît un des gardiens de la prison. Dans deux jours, le 15 février, François-Xavier va être exécuté.

Flora se sentit faiblir. Elle tremblait de la tête aux pieds. Elle se leva.

— Je suis certain de mes sources. Je suis vraiment désolé.

Elizabeth prit le bras de son mari.

— Tu dois faire quelque chose, William. François-Xavier ne peut pas mourir comme ça !

— Je ne peux rien y faire, Elizabeth, tu le sais. Si je le pouvais, j'aurais tout tenté pour le sortir de prison.

— Certains condamnés à mort ont été libérés sous caution, nous pouvons payer pour François-Xavier.

— J'ai essayé de verser une caution. François-Xavier s'est attiré les foudres du directeur de prison. Il a refusé de témoigner contre ses compatriotes. Hélas, je ne peux rien faire !

— Il doit bien y avoir quelqu'un qui peut l'aider !

Elizabeth implorait son mari de réfléchir à cette possibilité. Flora s'immobilisa et retint son souffle. Il lui restait peut-être un espoir, et, aussi mince soit-il, elle devait tout tenter. Devant l'étonnement d'Elizabeth et de William, elle quitta la pièce. Il ne lui restait qu'une chose à faire pour sauver François-Xavier.

* * *

En revenant de Montréal, Joseph avait annoncé à sa femme que leur fils était condamné à mort. Marie-Louise avait pleuré toutes les larmes de son corps. Joseph avait essayé de la réconforter, mais lui aussi était fortement ébranlé. Depuis longtemps, la famille Lacombe s'attendait au pire. Chaque fois qu'un voyageur venant de Montréal s'arrêtait à Chambly, Joseph et Marie-Louise appréhendaient l'annonce de la mort de leur fils.

Geneviève avait reçu une lettre de Flora et craignait pour son frère. Son amie avait voulu la rassurer, mais elle savait à quel point les chances que François-Xavier s'en sorte étaient minces. Sa grossesse et la visite d'Étienne qui venait la voir dès qu'il avait du temps libre lui procuraient un certain réconfort. Ce petit être grandissant dans son ventre n'était-il pas une promesse que les choses iraient mieux ? Katherine MacGregor lui avait rendu visite à quelques reprises, lui apportant des vêtements qu'elle-même avait brodés pour l'enfant.

Geneviève priait tous les soirs pour que François-Xavier soit libéré. Elle voyait l'inquiétude ronger la santé de ses parents et demandait de plus en plus souvent à James d'intercéder et d'aider François-Xavier. En s'endormant, un soir, elle avait eu la certitude que la misère de son frère prenait fin. Imprégnée de cette certitude, elle avait craint sa mort.

Étienne ne tarda pas à lui proposer de l'épouser et de prendre en charge l'enfant de James. Geneviève devait se rendre à l'évidence : ses parents ne pourraient subvenir à ses besoins ni à ceux de l'enfant. Étienne était travailleur et il ferait un bon mari et un bon père. Elle accepta et ils décidèrent de se marier le plus tôt possible avant la naissance de l'enfant.

* * *

Flora revêtit sa plus belle robe, la bleue garnie de dentelles fines. Elle demanda à la femme de chambre d'Elizabeth de la coiffer. Elle mit son collier de perles qui mettait en valeur la blancheur de sa peau. Son châle de dentelle cachait un peu son décolleté. Avant de sortir de sa chambre, elle regarda son reflet dans le miroir et esquissa un sourire. En sortant, elle rencontra le regard interrogateur d'Elizabeth et de William. Mettant sa cape, elle sortit dans la froideur de la fin de journée.

Désormais, elle attendait patiemment dans un salon richement décoré que son hôte vînt la rejoindre. Le majordome l'avait fait entrer, avait pris sa cape, et l'avait invitée à attendre son patron. Flora respira profondément en entendant la porte s'ouvrir et se tourna vers l'arrivant en tentant de garder son calme malgré son envie de fuir.

Wallace fut stupéfié de voir Flora. Il avait cru que Jane était arrivée plus tôt que prévu. Il se réjouit en la voyant, mais se garda bien de le lui montrer. Flora était éblouissante dans cette robe. Feignant l'étonnement, il l'invita à s'asseoir. Ses invités n'allaient pas tarder à arriver, dont Anne et Alexander Thompson. Il savait que Flora éprouverait une certaine gêne en voyant sa sœur. Il entra donc dans le vif du sujet.

— Que me vaut l'honneur de votre visite, Flora ? Vous êtes éblouissante, ma chère ! Si je ne vous connaissais pas, je penserais que vous voulez me faire du charme.

— J'ai beaucoup réfléchi avant de venir vous voir, Wallace. Je sais à quel point je vous ai blessé et je suis repentante de ma conduite.

— Oui ! Vous m'avez blessé terriblement. Tout Montréal ne parlait que de ce pauvre Callaghan abandonné par sa fiancée. Certains disaient même que c'était pour un autre. Nous savons vous et moi qu'il n'en est rien, n'est-ce pas ?

— Je suis sincèrement désolée, je ne voulais pas vous faire de mal, je savais qu'en vous épousant je vous aurais rendu malheureux.

— Il ne tient qu'à moi d'en juger ! Qu'attendez-vous de moi, Flora ? Je sais que vous n'êtes pas ici dans le seul but de vous excuser, cette robe en témoigne. Vous avez mis vos plus beaux atours dans le but de me convaincre de vous venir en aide. Que voulez-vous, Flora ?

Celle-ci resserra son châle sur ses épaules. Elle regrettait désormais d'avoir choisi cette tenue aguichante. Wallace la dévisageait avec un sourire ironique. Elle rassembla son courage et exposa à Wallace le but de sa visite.

— Vous êtes mon dernier recours, Wallace. François-Xavier Lacombe a été condamné à mort et, dans deux jours, il sera exécuté.

— C'est le sort que l'on réserve aux traîtres, hélas ! Pour quelle raison vous viendrais-je en aide ?

— Parce qu'un jour vous avez dit que vous aviez des sentiments pour moi. Je vous prie d'intercéder en ce qui concerne la condamnation de François-Xavier.

— Vous me demandez d'aider ce Lacombe ? Vous savez à quel point je le déteste. Vous seriez-vous amourachée de lui, ma tendre Flora ?

— Sa famille a besoin de lui, il ne mérite pas la mort.

— Que gagnerais-je à le faire libérer ? Vous voir une fois de plus vous enfuir avec lui ?

Flora tourna le dos quelques instants à Wallace pour retenir les larmes qui lui piquaient les yeux.

— Je suis prête à renoncer à lui.

— Vous renonceriez à lui pour qu'il ne soit pas pendu ?

— Oui, je ne veux pas le voir mourir. Demandez-moi ce que vous voulez en échange et je vous l'accorderai.

— Je n'ai pas le pouvoir de le faire libérer, vous le savez !

— Vous avez beaucoup d'amis qui pourraient empêcher sa mort. Je vous en prie, Wallace, aidez-moi !

Flora ne put retenir ses larmes plus longtemps. Wallace perdit son air arrogant en la voyant s'effondrer dans le plus proche fauteuil. Il lui tendit un mouchoir et elle s'épongea les yeux. Prenant un ton moins cruel, il demanda :

— Que m'offrez-vous en échange, Flora ?

— Vous m'avez dit un jour que vous souhaitiez plus que tout que je vous épouse. Je vous offre mon accord, c'est tout ce que j'ai à offrir.

— Vous renonceriez à votre propre liberté pour cet homme ?

Flora ferma les yeux. Elle était prête à tout pour que François-Xavier puisse vivre. En épousant Wallace, elle renonçait pour toujours à vivre à ses côtés. L'amour qu'elle portait à François-Xavier valait le sacrifice. Elle voulait le sauver de l'échafaud. Elle savait aussi que Wallace ne pourrait rester indifférent à un tel marché. La fierté de celui-ci avait été sévèrement atteinte lors de sa fuite vers les États-Unis. En acceptant, Wallace, orgueilleux et fier de sa personne, pourrait montrer à la colonie entière qu'il avait eu ce qu'il voulait et que Flora MacGregor serait sa femme.

Wallace n'était pas sans savoir le sacrifice qu'elle s'apprêtait à faire. Il la voulait pour femme depuis longtemps et le fait qu'elle accepte ce mariage dans ces conditions le rendait presque malade. Il aimait Flora et il ne pouvait pas supporter de la voir avec un autre homme. Il regrettait cependant de ne pas être l'objet d'un amour aussi fort, qui donne lieu à un si grand sacrifice. Jamais il ne connaîtrait l'amour d'une femme capable d'en épouser un autre pour lui sauver la vie. Il savait qu'en concluant ce marché, il vivrait auprès d'une femme qui aurait le cœur ailleurs toute sa vie. Cependant, lui, Wallace Callaghan, aurait ce qu'il avait toujours voulu, et sauverait sa fierté : Flora MacGregor serait sa femme devant Dieu et les hommes.

— Je suis prête à vous épouser si vous me promettez d'intercéder en sa faveur.

— Vous renoncez à le revoir quoi qu'il arrive ? Vous savez qu'en m'épousant, vous me jurez fidélité et obéissance ? Il serait aussi disgracieux que vous fassiez part à qui que ce soit de notre petit marché.

— Personne ne sera au courant.

— Dans ce cas, ma chère, marché conclu !

Wallace s'approcha de Flora. Il avait envie de retirer le châle couvrant ses délicates épaules et de l'embrasser avec fougue pour sceller leur accord, mais il se contenta de lui serrer la main. Il aurait tout le temps de l'embrasser. Il s'excusa auprès d'elle et sortit en lui disant que ses invités venaient d'arriver et qu'il avait une grande nouvelle à leur annoncer. Il lui dit qu'il l'excuserait auprès d'eux, mais qu'il comptait qu'elle assiste à leur prochain dîner.

Flora, escortée du majordome, reprit sa cape et sortit de l'immense demeure de Wallace Callaghan qui, bientôt, serait la sienne.

* * *

La veille de leur exécution, François-Xavier et ses compatriotes reçurent la visite des membres de leur famille et partagèrent un repas. François-Xavier avait espéré que Flora lui rende visite, mais elle ne vint pas. Il se retira dans un coin de la pièce et observa ses compatriotes vivre leur dernière soirée en compagnie de personnes chères. Avait-il été assez mauvais dans sa vie pour passer sa dernière soirée sur terre seul comme une âme en peine ? Personne n'était venu pour lui et il se préparait à sortir et à retourner à sa cellule lorsqu'un garde vint le chercher en lui disant que quelqu'un souhaitait le voir.

Wallace Callaghan, élégamment vêtu, remercia le garde qui retourna dans la pièce commune.

— Vous faites peine à voir, monsieur Lacombe ! Vous êtes un peu moins faraud que lors de notre dernière rencontre.

— Êtes-vous ici, monsieur, pour m'insulter ?

— Non, mon cher, je suis ici pour vous annoncer une excellente nouvelle. Vous avez beaucoup de chance d'avoir une amie comme mademoiselle MacGregor. Elle m'a prié de vous aider et, devant son insistance, je n'ai pu refuser. J'ai de puissantes relations, monsieur Lacombe, et j'ai fait en sorte que votre exécution soit reportée. Votre cas était plutôt désespéré. Vous n'êtes pas marié et vous n'avez pas d'enfants à charge. J'ai cependant dû faire votre éloge en disant que vous étiez un honnête citoyen et que vous aviez été l'un de mes amis. Imaginez-vous que je me suis porté garant de vous, mon cher !

— Vous pensez que c'est une bonne nouvelle ? Mon calvaire achevait et maintenant vous vous réjouissez de le faire durer ?

— Vous ne comprenez rien, monsieur Lacombe ! Vous ne serez peut-être jamais pendu. Mon ami Colborne est sur le point de se lasser de pendre les traîtres de Sa Majesté. Peut-être serez-vous parmi les heureux qui verront leur condamnation à mort commuée en déportation ? Quoi qu'il en soit, rassurez-vous, votre heure n'est pas encore venue. Ce soir n'est pas votre dernier soir en ce monde, et je peux me féliciter d'être celui à qui vous devez la vie.

— Je devrais peut-être vous remercier ?

— D'un homme comme vous je n'en attends pas autant ! Contentez-vous de remercier le ciel d'avoir une amie comme mademoiselle MacGregor. Elle a cru que vous étiez un brave homme ! Maintenant, monsieur Lacombe, je dois m'excuser, des amis m'attendent. Je saluerai ma fiancée de votre part !

François-Xavier regarda Wallace sortir et dut se retenir de ne pas lui sauter au visage. Dans sa rage, il n'avait pas compris l'allusion que Wallace avait faite concernant sa fiancée. Cet être qu'il méprisait et détestait plus que tout venait de lui redonner espoir. Il ne serait pas pendu le lendemain, ni peut-être jamais. Un instant, il redouta un mensonge. Mais, le lendemain matin, constatant que les gardes ne venaient pas le chercher pour le conduire à l'échafaud, il comprit qu'il devait la vie à son ennemi. Sa colère tomba. Il pensa qu'il devait aussi son salut à Flora, qui, en dépit de tout, ne l'avait pas abandonné.

* * *

En février, peu de temps après les exécutions auxquelles François-Xavier avait échappé, Colborne écrivit une lettre à Lord Glenelg, le secrétaire aux colonies, pour lui annoncer la fin des condamnations à mort. Cependant, Colborne devait décider du sort des prisonniers. Certains avaient vu leur peine adoucie, et avaient pu s'exiler aux États-Unis. Il fut décidé que ceux jugés plus dangereux seraient déportés dans une colonie pénale, la Nouvelle-Galles du Sud, lorsqu'un vaisseau du gouvernement de Sa Majesté serait mis à leur disposition. Comme le directeur de la prison l'avait pris en aversion, François-Xavier faisait partie des déportés. En juin, les condamnés à mort apprirent donc qu'ils ne seraient pas exécutés, mais envoyés au bagne.

Après avoir passé l'été à Chambly, Flora était de retour à Montréal pour son mariage. Le 26 septembre 1839, elle apprit que François-Xavier s'embarquait sur le vapeur *British America* vers onze heures du matin. Malgré la promesse faite à Wallace de ne pas le revoir, elle appela un cocher et se rendit à la prison du Pied-du-Courant pour faire ses adieux à celui qu'elle aimait et qu'elle aimerait toute sa vie.

Lorsqu'elle arriva au port, une foule était venue faire ses adieux à ces êtres chers partant à l'autre bout du monde. Flora essayait de distinguer François-Xavier parmi les prisonniers. Mais la foule se bousculait et les gardes devaient repousser les personnes qui entravaient la marche des détenus vers le bateau. Lorsqu'ils montèrent enfin sur le pont du navire, elle réussit à voir François-Xavier, enchaîné à ses compagnons d'infortune. Il regarda un instant dans sa direction et, une fraction de seconde, leurs yeux se croisèrent. François-Xavier, enchaîné, ne pouvait s'approcher. Flora, tenue par sa promesse à Wallace, ne pouvait le rejoindre.

Le bateau s'éloignant du port, elle espéra de tout son cœur qu'en la voyant, François-Xavier avait compris qu'un jour, ils seraient enfin réunis.

Remerciements

Je tiens à exprimer ma reconnaissance envers Madeleine Martel pour l'excellent travail de correction qu'elle a accompli en mettant à profit son amour pour l'exactitude de la langue française.

Merci à mes premières lectrices qui m'ont toujours encouragée à poursuivre ma passion pour l'écriture et qui ont fait en sorte que ce roman puisse voir le jour.

Merci aussi aux amours de ma vie, Louis, Rosalie et Félix, pour leur présence et leur soutien inconditionnel dans la réalisation de ce projet.